庫

チャタレー夫人の恋人

D・H・ロレンス

木村政則訳

kobunsha classics

光文社

Title : LADY CHATTERLEY'S LOVER
1928
Author : David Herbert Lawrence

目次

訳者まえがき 5

チャタレー夫人の恋人 13

解説 木村政則 631

年譜 658

訳者あとがき 665

訳者まえがき

上流階級の令夫人が領地の森番と契りを結び、道ならぬ恋へと突き進む――。『チャタレー夫人の恋人』(一九二八)という小説を一文でまとめてしまうと、きわめて陳腐な恋物語にしか思えません。でも、そこには驚くほど豊かな、そして少しどきどきするような世界が描かれています。しかも読み終わったあとには、言い知れぬ感動が待ち受けています。ただ、この物語を純粋に味わうためには、さまざまな難関を乗り越えてもらわなければなりません。古典となった小説、とくに外国の小説では仕方のないことです。したがって、文芸作品に対する従来の翻訳作法に従うならば、多くの注を付けることになるのですが、本書では大半の情報を本文に溶け込ませました。それが難しいと思われた場合のみ、簡単な注を設けています。それでも、『チャタレー夫人の恋人』には物語の根幹を理解するには重要な――そして日本人には把握しにくい――情報が多く含まれています。とくに第1章は物語の基本的な背景を説明していて、そこをよく理解しておかないと第2章へすんなり入っていけません。ですから、まずはこの「訳者まえがき」に目を通し、それから第1章に進んでもらえたらと思います。

小説を読みはじめてすぐに「大戦」という言葉が登場します。これは第一次世界大戦（一九一四―一九一八）のことです。戦争が始まってしばらくのあいだ、イギリスの政府や軍は数カ月で戦いは決着すると思っていました。その点は国民も変わりません。国家に愛国心を煽られた青年たちは、馬上の騎士が敵陣に突撃するような戦闘場面を期待して、こぞって軍に志願しました。そういう若者の一人に、主人公コニーの夫のクリフォード・チャタレーがいます。ところが開戦から約一カ月後、戦況が一変します。ヨーロッパの西部戦線に塹壕が築かれ、長期戦に突入したのです。クリフォードがハネムーンのあとで戻っていく「フランダース地方」――現在のベルギー西部、オランダ南西部およびフランス北部を含む北海沿岸地域――は、この西部戦線の中心地に当たり、第一次世界大戦の激戦地でした。

第一次世界大戦は、とてもたくさんの人が亡くなったという点で人類史上初の総力戦でした。塹壕の両側にいる兵士が、さまざまな近代兵器――機関銃、毒ガス、手榴弾、飛行機、戦車など――で殺戮《さつりく》されたのが大きな原因だとされています。科学による進歩への絶対的な信頼が根底から揺らぎ、人間から個としての尊厳が完全に削ぎとられた戦争だったのです。この「非人間的な戦争」を前にして、ロレンス自身はすべての希望を失ったといいます。「悲劇の時代」において、人はどう生きたらよいのか。『チャタレー夫人の恋人』という小説は、そのような難問に解答を与えようとする一つの果敢な試みになっています。

小説のおもな舞台はイギリスの中部です。もともとは農業と牧畜と手工業を生業《なりわい》とする自然豊かな地域でしたが、十八世紀の半ばに産業革命が起きて、牧歌的な生活が維持しにくくなりました。鉄道網が発達したことにより、石炭の産出地として注目され、工業化の波にのまれていったのです。美しい田園風景は少しずつ消えていき、農村の生活と村民の性格も変わりました。作品の中で描かれているグロテスクな風景や領地内の生臭い人間ドラマの背景には、第一次世界大戦の衝撃に加えて、このようなイギリス社会の変化も反映されています。

イギリスが農業国だったときに社会を支配していたのは地主階級です。しかし工業化が進むにつれて、新たにブルジョワ階級と労働者階級が誕生しました。しばらくは主導権を握っていた地主階級ですが、十九世紀後半の不況時に大きな打撃をこうむり、代わってブルジョワ階級が経済的な優位に立ちました。政治の面でも、地主階級が支持する保守党とブルジョワ階級が支持する自由党が覇権を争うようになり、さらにストライキで権利の拡大を図っていた労働者たちが労働党を結成してからは、三つ巴《みつどもえ》の様相を呈しました。

この文章の冒頭で「上流階級の令夫人」と書きました。チャタレー夫人であるコニーは貴族の令夫人なのだと思った読者もいるでしょう。しかし、コニーの夫であるクリフォードは、厳密に言えば「貴族」ではありません。貴族の下の階層に位置する「ジェントリ」、つまり地方の土地所有者です。ジェントリは近代以前から貴族と一緒に上流階級を構成していて、この物語が深く関わる二十世紀初頭あたりまで、経済的・政治的・社会的に隠然たる影響力を保持していました。このような意味において、コニーは「上流階級の令夫人」となります。

貴族にも公・侯・伯・子・男という爵位の違いがあるように、ジェントリの内部にも世襲称号の有無や家督の規模に応じて格差があります。詳細は省略して物語に関わる点だけを記せば、ジェントリの最上層に「準男爵」が位置しています。準男爵はいま挙げた貴族の五つの爵位と同じように世襲の称号で、階層的には男爵の下に定められているのですが、正統な意味での貴族には属していません。ただ、社会的には「地主貴族」として扱われることが多いようです。大地主のクリフォードは、この準男爵の称号を有しています。物語の中で「貴族」と称されているのはそのためです。

準男爵の称号を保持する人は、敬称として「サー」（Sir）が用いられます（つけ加えておきますと、姓名あるいは名と一緒に使われます）。これまで多くの場合、Sirには「卿」という訳語が当てられてきました。しかし、この語は本来ならばLordの訳語として使用されるべきです。Lordと呼ばれる資格を持つ人は、大まかに言えば貴族です。したがって厳密に言えばクリフォードを「チャタレー卿」と呼ぶことはできません。そのため本書ではサーのままにしておきました。つまりSir Clifford (Chatterley) は「サー・クリフォード（・チャタレー）」となります。

ただ、クリフォードは貴族としての扱いを受けているので、「チャタレー卿」としてしまう手もあります。そう思いながらも「チャタレー卿」という訳語を避けたのは、サーという敬称が貴族とは程遠い人物たちにも付されているからなのです。

たとえばチャタレー夫人の父親であるマルコム・リードは「サー・マルコム」と呼ばれています。しかし彼は、準男爵ではありません。中世の騎士団制度に由来する称号「ナイト」(knight)――伝統的な日本語訳によれば、「勲爵士」もしくは「ナイト爵」――の保有者です。では、ナイトの称号はどのように得られるのか。今日、国家や王室に勲功のあった臣下へ与えられる栄誉としての勲章は、首相の推薦に基づいて元首(いまならエリザベス女王二世)が与えることになっています。この各種の勲章の中に、ナイトの称号が付けられたものがあり、その勲章を授与された人がナイトの地位を得ることになるのです。

ナイトは準男爵と違って非世襲の称号で、階層的には準男爵の下に位置します。このような違いがあるにもかかわらず、どちらの称号の保有者も同じ敬称、すなわちサーの使用が認められているわけです。だから『チャタレー夫人の恋人』のように階級の微妙な差が物語と深く関わる場合、サーを卿と訳してすますことも、チャタレー家とリード家の格差を無視することもできません。サー・クリフォード・チャタレーは、古くから準男爵の称号を有する大地主、つまり上流階級です。一方、チャタレー夫人の父親であるサー・マルコム・リードは、それなりの資産を持つらしい王立美術院会員の画家、つまり上層中産階級――語り手の言葉を借りれば「富裕な知識人階級」――です。このような溝を「〜卿」で埋めてしまうと、あたかも両者が同じ正真正銘の貴族であるかのように思われてしまいます。

一般的に、チャタレー夫人はいわゆる最上流階級の貴族の出身だというイメージがありますが、それは違うのだということを頭に入れて、この小説を読んでほしいと思います。

前置きはここまでにしておきましょう。これで少しは物語に入りやすくなったでしょうか。まだまだ道は険しいかもしれませんが、暗い道をランプで照らしながら慎重に歩いていくチャタレー夫人と森番メラーズのように、ゆっくりと読み進めていけば、やがて目の前に豊かな物語の世界が開けてきます。そこには、いつの世も変わらぬ男と女の姿があります。とにかく理屈は抜きにして、二人の恋の行方を存分に味わってください。

チャタレー夫人の恋人

第1章

現代はまさに悲劇の時代である。だから時代に絶望だけはするまい。先の大戦であらゆるものが破壊され、あとには瓦礫《がれき》だけが残された。これからまた安住の地を築き、ささやかな希望を育むことになる。根気のいる作業だ。いまや未来への道筋は険しく、まわり道をしながら、あるいは行く手を阻《はば》む難関を乗り越えながら進まねばならないのだから。いくたび災禍に見舞われようとも、そうやって人は生きていく。

同じようにコンスタンス・チャタレーも過酷な状況に置かれていた。戦争により人生の歯車が狂わされ、人生は勉強だと知ったのだ。

結婚したのは一九一七年である。クリフォード・チャタレーがひと月の休暇で戦地から戻ったときのことだ。一カ月の新婚生活が終わると、クリフォードはフランダース地方の戦線に帰っていったが、半年後にはずたずたの状態でイギリスへ送り返されてきた。妻は二十三歳、夫は二十九歳だった。

クリフォードは生に異常な執着を示し、一命を取り留めた。破壊された肉体が回復を見せたあとも二年ほど医者の世話になり、治癒を告げられてようやく以前の生活に戻った。体の下半分、つまり腰から下が永久に麻痺したままではあったが。

これが一九二〇年のことである。クリフォードは妻のコンスタンス（コニー）を連れ、チャタレー一族の本拠地となるラグビー館《ホール》に戻った。父親はすでに他界し、現在はクリフォードが準男爵の称号を継いでいる。つまりクリフォードはサー・クリフォード、準男爵夫人のコニーはレディ・チャタレーとなるわけだ。二人はわびしげな屋敷で十分とはいえない収入を頼りに暮らしを整え、夫婦としての生活を始めた。クリフォードには姉がいたが、すでに家は出ている。ほかに近親者はいない。兄は戦死した。下半身が永久に麻痺し、子孫を残せないことはクリフォードも承知している。それでも可能なかぎりは家名を存続させたいと思い、黒煙の立ち込めるイギリス中部の工業地帯に帰ってきたのだった。

打ちひしがれていたわけではない。車椅子で移動はできた。小型のエンジンが付いた車椅子に乗れば庭園をゆっくり走ることも可能である。鬱蒼《うっそう》とした大きな森にも入っていけた。この森のことは気にかけていないふりをしていたが、じつはとても自慢に思っていたのだ。

無限の苦しみを味わったせいで、クリフォードは苦しむ力を幾分か失っていた。いつでも不思議なほど明るく朗らかである。浮かれて見えると思う者さえいるだろう。血色のよい健康的な顔も、挑戦的に輝く水色の目も昔と変わらず、肩はがっしりと広く、手も非常にいかつい。ロンドンで仕立てた高級なスーツを身につけ、ボンド・ストリートの高級店で購入したネクタイも趣味がよかった。しかし、いくら貫禄のある外見であろうとも、その顔には体が不自由な人間に特有の警戒するような表情、さらには虚《うつ》ろな表情が見て取れた。

九死に一生を得た経験のあとだけに、クリフォードには残されたものがなおさら大切に思えた。あれだけの衝撃を受けたのにまだ生きている。それが大いなる誇りであることは、不安げに輝くその目が歴然と物語っていた。だが瀕死の重傷を負ったことにより、体のなかで何かが潰《つい》え、心のどこかに穴が開いていた。無感覚な空白のようなものがあったのだ。

妻のコニーは、血色がよくて親しみの持てる顔をした娘だった。柔らかな茶色の髪。骨太の体つき。悠然とした身のこなしには活力がみなぎっている。好奇心に満ちた大きくて青い目と柔らかくて落ち着いた声を持ち、故郷の村を出てきたばかりという風情があった。

事実はまるで違う。父親は王立美術院の会員として名を馳せたサー・マルコム・リードである。母親もかつてはフェビアン協会[1]に属する知識人の一人だった。ラファエル前派[2]の影響が残る黄金時代のことだ。コニーは姉のヒルダとともに、芸術家や教養高い社会主義者に囲まれ、型破りの芸術教育を受けた。パリ、フィレンツェ、ローマでは芸術の息吹に触れ、ハーグやベルリンでは社会主義者の大会に出席したこともある。そこでは、あらゆる文明国の言語が話され、誰もが堂々としていた。

そのような教育を受けた結果、姉妹はごく若いときからいかなる芸術や政治理念を前にしても動じることがなかった。それらにいつも囲まれていたからだ。二人は世界と自国を同時に意識することができた。芸術と純粋な社会理念が合致した場合、とかく国際意識と愛国心が共存するものなのだ。

二人とも十五歳のときにドレスデンへ留学した。目的は音楽教育である。幸せな時間だった。学生に交じって羽を伸ばし、青年たちと哲学や社会や芸術の問題を論じあう。一歩も引けを取らなかった。いや、女性であるという点を考えに入れれば、わずかながらも勝っていたといえるだろう。当時はワンダーフォーゲルという野外活動が盛んなころであり、ギターを手にした逞《たくま》しい青年たちと森に出かけ、伴奏に合わせて歌を歌ったりもした。自由だった。自由。なんと素晴らしい言葉であろうか。広い野原や朝の森に行き、朗々たる声をした元気な若者たちを相手にのびのびと振舞い、そして何よりも闊達にものを言う。肝心なのは会話だった。言葉の激しい応酬に比べれば、恋など蛇足にすぎない。

ヒルダもコニーも十八歳のときには試験的に性体験をすませていた。青年たちと夢中で語り、元気に歌い、森で気ままにキャンプをすれば、当然のことながら性のつながりを求められる。迷いはしたものの、その話がすぐに持ち出されるので、とても重要なことに思えた。しかも、しおらしく頼んでくる。みずからが女王となり、その身を与えてやって何が悪いというのか。

最終的には、どこまでも率直で精緻な議論のできる青年に身を捧げた。大事なのは言葉である。肉体の交わりなどは原始人の世界へと逆戻りすることでしかなく、いささか拍子抜けでもあった。性の経験をすませてしまうと、相手への愛情は薄まり、若干の憎しみさえ覚えた。孤独の時間と心の自由を奪われたかに思えたからだ。それも仕方あるまい。若い女にとって、自身の尊厳と人生の意義は、絶対的な自由、完全な

1 漸進的な社会主義を主張する社会主義者の団体。一八八四年にロンドンで結成。
2 十九世紀なかばにイギリスで起きた絵画の革新的な写実主義運動。

自由、純粋で毅然とした自由を獲得することにあるのだから。そうすること以外に、つまり、しきたりに縛られた屈辱的な生き方と縁を切る以外に人生の意味などない。

　性の行為もまた、そういう古めかしい隷属的な生き方と関係している。いくら賛美しようと変わりはない。そもそも性を称揚する詩人はたいがい男である。昔から女は性よりも気高くて優れたものがあるのを知っていた。その認識もいまは確信にまで深まっている。女の自由というものは純粋で美しく、どのような性愛にも勝る。だが残念なことに、男はこれをまったく理解していない。しつこく交接を望むばかりだ。まるで犬みたいに。

　これでは女も降参するしかあるまい。何か欲しいものがあると、男は幼児になってしまう。だから望みのものを与えるしかない。さもないと子供みたいにふてくされ、駄々をこね、しごく快適な関係をご破算にしてしまうだろう。だが女は内なる自由な自己を与えることなく、男に身を委ねることができる。性のことを歌ったり書いたりする男たちは、この点について十分な考察を巡らしてこなかったとおぼしい。女は自分を捨て去ることなく男を受け入れることができる。支配されることなく男を受け入れることもできる。それどころか、性の行為を利用すれば、男を自分の支配下に置くことすらできる。それには行為の最中に我慢しさえすればよい。自分は絶頂に達することなく男に果てさせる。しかるのち、結合した状態のまま、相手をたんなる道具にしてオルガスムスに達すればよいのだ。

一九一四年に大戦が始まり、大急ぎでイギリスに引き揚げたヒルダとコニーは、そのときすでに愛の経験をすませていた。二人が男と恋に落ちるには、まず言葉で親密な関係を築く必要があった。言い換えれば、会話を交わして相手に深い関心を抱かなければならない。頭脳明晰な青年と何時間も夢中で話をしているうちに甘美な興奮が生まれ、それが何カ月ものあいだ来る日も来る日も続く。このような感動を姉妹は実際に経験するまで知らずにいた。汝と語り合う男を与えん——その言葉を神が発するには及ばなかった。そこに秘められた意味を二人とも知らず知らずのうちに理解していたからである。

魂を啓発する活発な議論で親しくなり、最後の一線を越える直前まで来ると、あとは自然な成り行きにまかせた。この出来事により、いわば人生の一章に区切りがついた。性の行為にも独自の興奮はある。体の奥で名状しがたい震えるような興奮を味わい、最後の最後で体を痙攣させながら自己を解放するのだ。それは言うなればぴりっとした決め台詞《ぜりふ》のようなものだった。あるいは段落のあとに並べられる星印《アステリスク》といえようか。そこでいったん主題は中断したのだった。

大戦が始まる前年、すなわち一九一三年の夏季休暇で帰郷したとき、ヒルダは二十歳、コニーは十八歳だった。父親はすぐさま二人に性体験があることを見て取った。誰かの言葉を借りれば、「愛がよぎった」わけである。世慣れた父親が娘たちを非難することはなかった。一方、亡くなる前の数カ月間は神経質な病人だった母親は、自分の理想とする自由を娘たちが獲得し、自己実現することだけを願っていた。自身はついに完全な自己実現を果たすことができなかった。それが阻まれていたのだ。収入はあり、自分の思いどおりに生きることができたはずなのに、なぜなのだろう。本人は夫のせいだと考えていたが、その考えは正しくない。じつは、ある種の古い権威が彼女の頭脳もしくは心に刻印されていて、それを消すことができなかったのだ。しかし、そんなことは夫のあずかり知らぬことであり、家庭のことは苛立たしげに敵意を示す癇性《かんしょう》な妻にまかせ、自分は好きなように暮らしていたのだった。

そういうわけで、二人の自由な娘はドレスデンと音楽と大学と青年たちのもとに戻っていった。そしてそれぞれの恋人を愛し、恋人たちも彼女たちの愛に応えようと知的な魅力を存分に振りまいた。彼らが素晴らしいことを考えたり、話したり、書いたりしたのだとしたら、それはなべて彼女たちのために考えられ、話され、書かれたのである。コニーの恋人は音楽を、ヒルダの恋人は機械を専門に学んでいたが、どちらの青年もひたすら彼女たちのために生きた。正確に言えば、ただ頭のなかで彼女たちを愛し、ただ頭のなかで興奮を味わっていたにすぎない。本人たちは気づいていなかったが、現実的な肉体の接触という面ではいくらか嫌がられていたのだ。

愛がよぎったことは彼らの外見からも明らかだった。肉体的な経験を果たしたのである。興味深いことに、この種の経験は微妙ながらも見誤りようのない変化を肉体にもたらす。男女の別はない。女は美しさに磨きがかかり、そこはかとなく体の丸みが増す。世慣れぬ娘の角《かど》が取れ、表情に不安や自信が映し出されるようになる。男のほうは、いっそう物静かで内向的になり、肩や尻の形まで主張を控えてためらいがちになる。

実際に体のなかで性的な興奮を感じたとき、姉妹は男の持つ不思議な力に屈しかかったが、ただちに自分を取り戻し、快感もたんなる感覚のひとつと見なして自分を見失うことはなかった。対する青年たちは、性体験への感謝から彼女たちに魂まで捧げた。だがしばらくすると、失くした金の半分しか見つからなかったというような顔をした。コニーの恋人はふてくされ、ヒルダの恋人は人を小馬鹿にするような態度を見せた。まったく男というものは恩知らずであり、満足を知らない。性の行為をさせてもらえないと憎み、させてもらえばもらったで、やはりなぜか憎む。そもそもわけなどないのだろう。不満たらたらの子供というだけの話だ。どれだけ女に尽くされても、得たものでは満足できない。

一九一四年の七月に戦争が始まると、母親の葬儀で五月に帰郷したばかりだったヒルダとコニーは、ふたたびドイツから急いで帰国した。クリスマスを目前に控え、ドイツの恋人がそれぞれ戦死したと聞いたときには二人とも涙を流し、思慕の念を燃え上がらせたが、本当は彼らのことなど忘れていた。もう心のなかには存在していなかったのだ。

姉妹はロンドンの高級住宅地ケンジントンにある父親の家、正確には母親の家で暮らし、ケンブリッジ大学の若者たちと交際を始めた。相手はやはり自由を旗印にするグループで、フランネルのズボンをはき、柔らかいシャツの胸元を開け、感情を静かに爆発させ、ぼそぼそとしゃべり、神経質なほどの気配りを見せる青年たちだ。ところが、せっかく交際を始めたのもつかの間、ヒルダが十歳年上の男性とあっさり結婚してしまった。グループの年長者である。相当な財産があり、家業に等しい気楽な官吏をしながら哲学に関する文章も書いていた。官庁街のウェストミンスターにあるこぢんまりとした家で夫婦生活を始めたヒルダは、政府関係の上品な社交界に出入りするようになった。そこに集うのは極めつきの上流人士ではなく、自分たちの頭脳こそが国を動かしていると思い込んでいる連中、自分が話している内容を理解しているかのごとく話すインテリ連中だった。

戦争のあいだ、コニーは軽い労働に従事し、ケンブリッジのフランネルたちとの交際を続けた。その時点ではまだ何事も嘲笑していられた臍曲《へそ》がりたちだ。彼女の男友達はクリフォード・チャタレーといった。ドイツのボンで採炭の技術を学んでいたところをあわただしく帰国した二十二歳[3]の青年である。ケンブリッジには二年いたという。現在は富裕な紳士が多く所属する連隊の中尉で、軍服姿であるだけに、何を嘲笑の的にしてもいちだんとさまになっていた。

クリフォードはコニーよりも上層の階級に属していた。コニーが富裕な知識人階級であるのに対し、クリフォードは貴族の階級である。大貴族ではないが、貴族は貴族。父親は準男爵、母親は子爵の娘だった。

コニーよりも育ちがよく、よほど上流であるのに、クリフォードには偏狭で臆病な

3 クリフォードは一九一八年初頭の時点で二十九歳である（第1章の冒頭と末尾を参照）。したがって、戦争が始まった一九一四年夏の時点で二十四歳以上でなければおかしい。ロレンスの計算間違いだと思われるが、原文のままにしておく。

一面があった。いわゆる偉大な世界、すなわち土地を所有する貴族たちの社会では安閑としていられたが、それよりも外側の茫洋とした世界に出ていくと小心翼々とした人間になってしまう。というのも、外側の世界には中産階級や労働者階級のみならず外国人までもがひしめきあっており、正直な気持ち、下層階級の人間や自分と同じ階級ではない外国人たちの群れがほんの少し怖かったからである。あらゆる特権で身を守ってはいても、彼らの前では自分が丸裸であるように思われて、体が言うことを聞かなくなってしまう。おかしな話ではあるが、これもまたきわめて現代的な現象だった。

クリフォードがコンスタンス・リードのような泰然自若《たいぜんじじゃく》とした娘に惹かれたのはそのためである。混沌とした外側の世界にあっても、彼女は強い自制心を備えていた。自分などは彼女の足元にも及ばない。

だがクリフォードは反逆者でもあった。自分の階級にさえ反逆していた。いや、反逆という言葉は的外れかもしれない。意味が強すぎる。それはいかにも若者らしい慣習への反抗でしかなかったからだ。現実の権威であれば区別なしに逆らう。たとえば、父親という存在は等しく馬鹿、なかでも自分の頑迷な父親は大馬鹿も大馬鹿、というように。政府という存在も愚劣だから、この国の無定見な政府も愚の骨頂となる。軍隊も非常識なら、老いぼれ将軍も低能ぞろい。赤ら顔の陸軍大臣キッチナーなど最たるものだろう。無数の死者を出しているこの戦争も、やはり愚挙でしかない。

実際、万事がやや滑稽、いや大いに滑稽だった。政府、軍隊、大学。権威、権力と関わりあるものすべてが滑稽である。支配階級も支配しているつもりならやはり無能に違いない。クリフォードの父親も救いがたいお人好しだった。塹壕《ざんごう》の支柱用に領地の木を大量に伐採し、自分の炭鉱で働く坑夫を戦地へと送り込み、自分は安全圏で愛国者を気取っていたのだから。収入以上の金銭を国に差し出してはいたのだが。

傷病兵を看護する仕事に就くため中部地方からロンドンに出てきた姉のエマが、父親とその揺るぎない愛国心について静かな口調でじつに気のきいたジョークを言ったとき、兄で跡取りのハーバートは、いつの日か自分のものとなるはずの樹木が塹壕の支柱用に切り倒されているというのに、大きな笑い声を上げた。クリフォードは不安げな笑みを浮かべただけである。何もかもが滑稽なのはたしかだが、不条理な事態がごく身近にまで迫ってきた場合はどうすればいい。自分もまた滑稽な存在になったとしたら。少なくとも自分とは別の階級の人間、たとえばコニーのような人間には真剣になれるものがある。信じられるものがあった。

そういう人間は、イギリスの兵隊についても、徴兵制の恐ろしさについても、子供用の砂糖や菓子の不足についても真剣な思いを抱いていた。これもひとえに政府の怠慢が原因であるのは言うまでもない。それでもクリフォードは腹を立てなかった。御《お》上《かみ》が愚鈍なのは菓子や兵隊のことがあるからではない。最初からそうなのだ。

実際、政府当局は愚鈍を自覚しながらもお粗末な対応を続け、しばらくのあいだではあるが、大混乱を招いた。やがて海の向こうの大陸で戦況が悪化すると、自由党のロイド・ジョージが首相となり、事態の収拾に乗り出した。こうなると嘲笑ばかりもしていられなくなる。何事も茶化していた若者たちさえ笑わなくなった。

一九一六年に兄のハーバートが戦死し、クリフォードが世継ぎとなった。クリフォードはこの事態にも怯えた。サー・ジェフリーの息子、ラグビー館《ホール》という一族の屋敷の跡取り。この重要性は強く自覚しており、その重責を逃れることはできなかった。もっとも、激しく揺れる外の世界からすれば、このような相続話が馬鹿げて見えることもわかっていた。世継ぎとなったいま、由緒あるラグビーに対して責任を負わなければならない。それは畏怖すべきことであり、また素晴らしいことでもある。だが同時に、もしかしたら純然たる無意味なのではないかとも思った。

クリフォードの父親は自分の立場を無意味であるとは夢にも思わなかった。青ざめた顔を緊張させ、真剣に考え、自分の国と地位を悲壮な覚悟で守ろうとしていたのだ。そこまで思いつめると、首相がロイド・ジョージであろうと誰であろうとかまわなくなる。実社会と隔絶し、真のイングランドたるイングランドを失い、あまりの無力感から、山師あがりの扇動政治家ホレイショ・ボトムリーにさえ好意を抱いた。先祖がイングランドと聖ジョージ[4]のために戦ったのと同じように、イングランドとロイド・ジョージのために戦う。どんな違いがあるというのか。だからこそ塹壕のために領地の木を切り倒し、ロイド・ジョージとイングランド、イングランドとロイド・ジョージのために戦ったのである。

息子には結婚と跡継ぎの誕生を期待した。クリフォードにしてみれば、そんな父親がはなはだしく時代錯誤な存在に思えた。それならば、かくいうクリフォード自身はどのような点で父親よりも進んでいたのか。あらゆることを軽蔑して、自分の立場を最高に滑稽だと思う以外にはなんらの違いもないではないか。否応なしであったとはいえ、自分も結局は厳粛に準男爵の称号と領地を受け入れたのだから。

戦争から昂揚感が完全に失われた。おびただしい死者の数と耐えがたい恐怖。男たちには支えと慰めが必要だった。どこか平穏な場所に錨《いかり》を下ろさねばならない。男たちには妻が必要だった。

---

4 イングランドの守護聖人。生地をカッパドキア（トルコ東部地方の古称）とする説がある。

それまでチャタレー家の三人の子供たちは、いくらでも交際ができるのに不思議と世間から隔絶し、領地にこもるようにして暮らしていた。孤立感は家族の絆を強める。自分たちの地位に対する危機感、自分たちが無防備だという感覚は、称号や領地があっても、いや称号や領地があるからこそ、強まるのかもしれなかった。そういうものがあるせいで、生活の基盤を置く中部地方の工業地帯と切り離されてしまうからである。おまけに父親が強情で思いつめる性格だったから、自分たちの階級からも切り離されていた。そういう父親のことを子供たちは疎んじていたが、同時に顔色をうかがって暮らしていたのだ。

この先もずっと一緒にいよう。子供たちはそう誓いあった。だがハーバートは死んだ。そして父親はクリフォードの結婚を望んだ。口数が極端に少ない人間なので、その話はめったに出なかったが、難しい顔で暗に迫られると、クリフォードとしても拒みがたかった。

エマは結婚に反対した。自分のほうが十歳も上であることに加えて、もし弟が結婚してしまったら自分は捨てられることになり、また若い者同士で支えあっていこうという約束が反故《ほご》にされると思ったからである。

それでもやはりクリフォードはコニーと結婚し、一カ月の新婚生活を楽しんだ。大戦中の一九一七年はとくに悲惨な年であり、沈みゆく船で身を寄せあう恋人同士のように、チャタレー夫妻は二人だけの世界に閉じこもった。結婚した時点で童貞だったクリフォードは性生活をあまり重視しなかった。それ以外ではよく通じあった夫婦である。性を超え、男の性的な満足感も超えた自分たちの間柄に、コニーは多少の誇らしい喜びを覚えた。そう、大部分の男たちとは違い、クリフォードは性的満足にさしたる関心を抱かなかった。両者の紐帯はそれよりもはるかに固く、お互いの内面にまで及んでいたのだ。性交などはたんなる逸脱、添え物でしかない。人間の器官と器官による時代遅れの奇妙な行為であり、無様なのはあいかわらず、とくに必要というわけでもなかった。ただコニーはどうしても子供が欲しいと思った。子供がいれば義姉エマへの防壁になると考えたからである。

ところが、一九一八年初頭、クリフォードがずたずたの状態で送り返されてきた。二人に子供はなかった。父親のジェフリー・チャタレーは失意のうちに世を去った。

第2章

一九二〇年の秋、コニーとクリフォードはラグビー館《ホール》に戻った。結婚という弟の背信を許せずにいた独身の姉は実家を出て、ロンドンの小さなフラットで暮らしていた。

ラグビー館は両翼が低く伸びた古い屋敷で、褐色の石材が用いられている。およそ十八世紀の中期に建築が始まり、増築を重ねた結果、さしたる特徴もない迷路のような建物になった。高台に立ち、周囲にはオークの木で覆われた歴史ある見事な庭園が広がっている。だが、なんたることだろう。近くには蒸気と煙を吐き出すテヴァシャル炭鉱の煙突、靄《もや》がかかった遠くの丘には、家々がだらしなく立ち並ぶテヴァシャルの村が見えるではないか。その村は庭園の門を出たあたりから始まり、醜悪極まりない家々がだらだらと一キロ半ほど続く。煤にまみれたみすぼらしい煉瓦造りの建物は、黒いスレートの屋根がふたのようにかぶせられ、ごつごつとしていて、ことさらうらぶれて見えた。

それまでコニーが慣れ親しんでいたのは、ロンドンのケンジントンやスコットランドの丘陵やサセックスの高原である。それらが自分にとってのイギリスだった。だから、石炭と鉄ばかりでまったく温かみのない不潔な中部地方を一瞥《いちべつ》すると落胆の気持ちに襲われたが、そこは若者らしくぐっとこらえ、事実を事実として受け入れた。まったく信じがたい風景だった。ここで何を考えろというのだろうか。屋敷の薄気味悪い部屋にいると、炭鉱の篩《ふるい》のガランガランという音、巻き上げ機が蒸気を吐く音、貨車が軌道を変えるときのガシャンガシャンという音、炭鉱機関車のかすれた小さな汽笛が聞こえてくる。テヴァシャル炭鉱のぼた山[1]も燃えていた。長年にわたり燃えているのは、消すのに何千ポンドもかかるからだろう。燃やしておくしか方法はない。そちらからよく風が吹き、そのたびにこの大地の排泄物が燃えるときの硫黄臭《いおう》が屋内に充満した。風が吹かなくても、硫黄、石炭、鉄あるいは酸など、地中にある物質の臭いがする。クリスマスローズという白い花にまで煤がしつこく積もるのだから目を

1　選炭したあとに残る石や質の悪い石炭を「ぼた」と呼ぶ。それが集積されてできた山が「ぼた山」である。

疑う。呪われた空から神の恵みが黒い煤となって降ってくるのだろうか。

これが現実だった。何事もそうであるが、運命づけられていたのである。いくら呪わしくても避けることはできない。この現実がいつまでも続いていく。そして人間の生活も同様に続いていく。夜になると、垂れ込めた黒い雲に赤いまだら模様が点々と映った。その点が赤々と燃え、震え、ひりひりとする火傷《やけど》の痕のようにふくらみ、縮む。溶鉱炉の炎だった。その赤い斑点を見たとき、コニーはかすかな恐怖を覚えながらも魅了された。自分が地底で暮らしているように思えたからだ。やがてそれも当たり前の風景になった。そして朝は雨が降った。

クリフォードはロンドンよりもラグビーのほうが好きだと告白した。この土地には独特の力強さがあり、坑夫たちには勇気があるからだという。コニーは小首を傾《かし》げた。彼らがほかに何を持っているのだろうか。ものを見る目も考える頭も明らかに持っていない。この地方の風景と同じように、見苦しいくらいやつれてみすぼらしく、また無愛想である。ただ、野太い声でもごもごと口にされる土地の言葉と、ぞろぞろと家に向かう彼らの鋲を打った作業靴がアスファルトをガシッガシッと踏む音には、禍々《まがまが》しくも謎めいた響きがあった。

青年地主の帰郷を歓迎するものは何もなかった。祝典も、代表団の出迎えも、一輪の花さえない。肌にまとわりつく大気のなかを車で走っただけである。道は暗く湿っていた。鬱蒼《うっそう》とした木立を抜け、庭園の斜面に出る。そこでは灰色の毛を濡らした羊たちが草を食《は》んでいた。そのまま高台を上りつめると、茶色い屋敷の正面が広がり、家政婦とその夫がうろうろしながら待っていた。まるで不安げな小作人のようだ。もごもごと出迎えの言葉を並べるつもりなのだろう。

ラグビー館とテヴァシャル村には交流がなかった。皆無である。帽子に手をかけることも、膝を軽く曲げてお辞儀をするということもない。坑夫たちは、にらむような視線を向けるばかり。商人たちは、コニーには知り合いがするように帽子を軽く持ち上げ、クリフォードにはぎこちなく会釈をする。この程度の付きあいしかなかった。越えられない溝が横たわり、双方が遺恨のようなものをため込んでいたのだ。当初はコニーも村民の執拗な怨嗟《えんさ》の声に悩まされたが、次第に慣れてしまい、それがむしろ一種の元気づけとなり、耐えることが生きがいのようになった。コニーとクリフォードが嫌われ者だったわけではない。坑夫たちとは別次元の存在だったというだけの話だ。両者のあいだには越えられない溝、筆舌に尽くしがたい断絶があった。しかし中部イングランドの中部を流れるトレント川よりも南側には存在しないものであろう。イングランドや北部の工業地帯にはそういう越えられない溝がある。溝をはさんだ両者が交わることなどありえなかった。そっちはそっち、こっちはこっち。血の通った人間同士であるのを否定するのだから、おかしなものではないか。

そうではあるが、村民たちもクリフォードとコニーには同情していた。つまり頭ではわかっていた。ただ肉体が納得しない。そのため、どちらの側でも「そっとしておいてくれ」となるのだった。

イギリス国教会の牧師は六十がらみの親切な男だった。牧師としては熱心だが、一人の生身の人間としては存在しないに等しい。村民が「そっとしておいてくれ」と無言の声を上げるからである。坑夫の女房たちの大半はメソジスト——つまりイギリス国教会から分立したプロテスタントの一派——の信徒、坑夫たちは無信心であり、イギリス国教会の牧師とは接点がない。ところが聖職者の衣装を身にまとっているというだけで、中身は同じ一人の人間であるのが忘れられてしまうのだ。何かといえば説教と祈禱《きとう》ばかりの機械みたいな男。それがアシュビー氏ということになった。

このような根強い本能的な反感に、はじめのうちはコニーも大いに戸惑った。「たしかにチャタレーの奥様かもしれないが、こっちだって負けちゃいない」というのである。こちらから歩み寄れば、坑夫の女房たちも愛想よくしてみせたが、それも好奇心と猜疑心がないまぜになって嘘臭く、おもねり半分の声にはなぜか攻撃的な響きが交じり、すべてが我慢ならなかった。あらまあ、あたしも有名人だこと。奥様がお声をかけてくださる。だからって偉ぶられてもね。こういう反発を逃れる手立てはなかった。いかにも非国教徒らしく、体制というものを徹底して無視する。そこがやりきれなくて不愉快だった。

クリフォードにとって村民は眼中になかった。そこでコニーもまねをして、彼らのそばを通るときには目もくれなかった。そのため彼らには蠟人形が歩いているかのように見られたものだ。村民を相手にしなければならないとき、クリフォードはかなり横柄な態度を取る。いまのような時代では甘い顔もしていられない。そもそも階級が下の人間に対してはおしなべて傲岸不遜《ごうがんふそん》だった。断固として懐柔を図ろうとはしない。それでいて好かれもしなければ嫌われもしなかった。そこに存在しているからという意味では、ぼた山やラグビー館と同じなのだ。

しかし、半身不随となってからのクリフォードはずいぶんと気が弱り、自意識も過剰になっていた。身辺の世話をする使用人のほかは誰にも会おうとしない。車椅子での応対が避けられないからだ。それでも服装への気遣いは昔と変わらず、ロンドンの一流の仕立屋に服を作らせ、ボンド・ストリートの粋なネクタイを締め、上体だけ見れば依然として身ぎれいで風格がある。昔から当世風の女々しい青年紳士とは違っていた。血色のよい顔と広い肩幅をしているので、むしろ田舎紳士というほうが近い。そういう外見でありながら、ためらいがちな小声や、大胆と臆病、自信と不安が同居する瞳からは内面がにじみ出て、ふだんは人を愚弄するような態度を見せているが、ときには信じがたいほど慎ましくなり、びくびくと体を震わさんばかりになるのだった。

コニーとクリフォードは多少の距離を置いた現代風の流儀で愛しあっていた。下半身が不随になるという衝撃的な出来事のせいで心に大きな傷を負ったクリフォードは、安易に浮かれる気持ちになれなかった。心身ともに傷ついていたためである。そういう夫にコニーは心からの忠誠を誓った。

その一方で、土地の人間に交わるまいとする夫の態度が気になった。坑夫はいわば部下であろう。にもかかわらず、人というよりは物、生活の一部というよりは炭鉱の一部、同じ人間というよりは原始的な生き物と見なしていたのだ。そういう彼らをなんとはなしに恐れ、足が萎《な》えている自分を見られまいとしていた。そしてまた、ハリネズミを不自然な生き物だと思うように、坑夫たちの異様に生々しい男らしさを不自然なものだと思った。

クリフォードは何事に対しても遠くからなら関心を抱いた。顕微鏡や双眼鏡でのぞくのと同じで、じかに対象に触れるということはない。外界のあらゆる事柄と現実的な接点を持たなかった。例外的に、伝統を通じてラグビーと、そして家族の固い絆を介して姉エマとつながっている。これ以外に彼の心を動かすものはなく、コニー自身も夫の心には触れていないと思っていた。あと少しのところで手が届かない。いくら手を伸ばしても、その先には触れるものがないのかもしれない。つまりは人間同士の対話が拒絶されているのだ。

それでもクリフォードは妻に頼りきっていた。いつも妻を必要としていた。大きくて逞《たくま》しい体ではあるが、自分一人では何もできない。車椅子を自力で動かし、モーター付きの車椅子のエンジンを吹かしながら庭内をゆっくりと巡ることはできたが、一人きりになると迷子になったような気分になってしまう。妻がそばにいて、自分の存在そのものを確認してもらわなければだめなのだった。

そのようなクリフォードにも野心はあった。小説家になったのだ。知人を題材にしたごく個人的で難解な彼の小説は、知的であるうえ、けっこうな毒も含んでいる。それでいながら不思議と空疎だった。観察が明敏犀利《めいびんさいり》で独特でありながら、現実の対象にまったく切り込んでいない。まるですべてが虚構の世界で起きていることのようだ。だが奇妙なことに、その小説は現代の生き方、つまり現代人の心理を忠実に反映したものになっていた。なにせ現代では生活の場が照明を浴びた舞台のようになっているのだから。

クリフォードは自作の評判を病的なくらい気にした。上出来であるとか、最高であるとか、傑作であるとか、とにかく褒めてもらいたがった。作品は最先端を行く雑誌に掲載され、毎回、賛否両論が飛びかう。作品には自分の全存在を注ぎ込んでいたから、批判をされると体にナイフを突き立てられるような痛みを覚えた。

コニーは援助を惜しまなかった。初めは興奮を覚えた。クリフォードはいかなることにも飽きることなく、しつこく急《せ》きたてるように話してくる。だから全力で応じなくてはならない。いうなれば自分の心身と性的な本能を目覚めさせ、目覚めた部分をそっくり作品に注入しなければならない。それが彼女を興奮させ、夢中にさせたのである。

ふだんの生活で二人が体を動かすことはめったにない。家の管理はコニーの担当であるが、長らく先代に仕えた家政婦と、これ以上ないというくらい堅物でしなびた——女中はおろか女とも呼びがたい——勤続四十年の老給仕がいる。ほかの女中たちも若くはない。嘆かわしいことではないか。こんな場所はそのまま放っておくしかあるまい。えんえんと続く無人の部屋。中部地方独特の決まりごと。習慣的に行われる掃除と整理整頓。クリフォードが有無を言わせず雇い入れた料理人は、自分がロンドンで使っていた経験豊富な女性である。それ以外のことも表面上は秩序立っているように見えるが、実際は混沌とした状態にあるといってよい。たしかに諸事万端が秩序正しく、絶対的な清潔さと時間厳守の原則に基づき、まずは正直に行われている。しかしコニーの目には、それが混沌に秩序を当てはめたようにしか映らなかった。そこには人情というものがない。この屋敷は人通りの絶えた街路のように貧寒として見えた。

放置しておく以外にどうすればよいのだろう。だからコニーはいっさい手を出さなかった。たまに小姑のエマが来て、何も変わっていないことを確認すると、澄ました細面《ほそおもて》に勝ち誇った笑みを浮かべた。エマには義妹を許す気などさらさらない。弟との精神的な一体感にひびを入れたのだから。本来なら弟と一緒にチャタレー家の物語を生み出すのは自分のはずだった。ほかならぬチャタレー姉弟が歴史上類を見ない小説を世に送り出す。そこが肝心な点である。旧来の思想や表現との実質的な接点はない。歴史上類を見ない小説。チャタレー家を描いた作品。他人の入る余地などないのだ。

あるとき、短いあいだ屋敷に滞在した父親から、こっそり告げられた。クリフォードの作品は才気にあふれているが空っぽだ。長くはもつまい。そのときコニーは、目の前の逞しいスコットランド人——生涯を好きに暮らしてきた「ナイト」の称号の保持者——をじっと見つめた。すると、彼女の好奇心を失わずにいる大きな青い目が宙をさまよった。空っぽ。空っぽだなんて、どういう意味かしら。批評家には褒められ、クリフォードの名前も少しは知られ、お金だって入ってくる。それを空っぽだなんて、どういうつもりだろう。名声やお金のほかに何を望めというのだろう。

コニーがこう思ったのは、物事を若者の物差しで測っていたからである。その瞬間に存在するもの、それがすべてだった。瞬間と瞬間のあいだに調和がなくてもかまわない。

ラグビーで二度目の冬を迎えたときだった。今度は父親にこう言われた。

「このまま半分処女《ドウミ・ヴィエルジュ》みたいな状態でいいのかい」

「半分処女！」コニーにはわけがわからなかった。「それがいけないことなの？」

「いや、おまえがいいならいいさ」父親は急いで言い添えた。

クリフォードと二人きりになったときも、父親は同じようなことを口にした。

「コニーが半分処女のような状態はどうかと思うがね」

「半分処女《ハーフ・ヴァージン》ですか」正確を期すため、クリフォードは英語に直した。そして少し考えたのち、顔を赤く染めた。腹が立ち、傷ついたのだ。

「どういう点がよろしくないのでしょう」口調が硬い。

「痩せてきている。骨張っている。あの子らしくない。鰯《いわし》みたいな小娘とは違うのでね。スコットランド産の美しい鱒《ます》だよ」

「もちろん、斑点《スポット》なしの」クリフォードは汚点《スポット》がないという意味をかけて言った。

半分処女ではないかという一件に関して、クリフォードはあとでコニーに話をするつもりでいたが、結局のところは言い出せなかった。コニーとは打ち解けすぎている半面、十分には打ち解けていなかったからだ。言い換えれば、精神的にはひとつになっていても、肉体的にはお互いが存在しておらず、自分たちのあいだに罪深い肉体という要素を引きずり込むことができなかったのである。二人はとても密接な関係にありながら、肉体面のつながりは皆無だった。

とはいえ、コニーにも父親がクリフォードに何かを伝え、その何かがクリフォードの心に引っかかっているくらいのことはわかった。妻が半分処女であろうと、あるいは半分娼婦であろうと、夫は気にするまい。目に見えないもの、知らないものは存在しないというわけだ。現実を知らなければよいのだろう。現実を見なければよいのだろう。

ラグビーでとりとめのない生活をするようになって、もうじき二年になろうとしていた。すべてはクリフォードのため、クリフォードの要求を満たすため、クリフォードの作品のためだった。何よりも作品のためだった。二人の関心が作品からそれたことは一度たりともない。二人は徹底的に話しあい、創作の苦しみと格闘した。そして、創作という空虚な世界のなかで決定的な事態が起きているのだと錯覚していた。

空虚な世界ではあっても、それがいままでの人生だった。それ以外のことは存在しないに等しい。もちろん屋敷があり、使用人たちがいた。しかし、それらは亡霊のようなものであり、実在しているわけではなかったのだ。コニーはよく庭園と庭園に隣接する森のなかを歩いた。その孤独と神秘を楽しみ、秋の枯葉を蹴散らし、春のサクラソウを摘んだ。だが、すべては夢のようだった。あるいは偽物の現実と呼ぶべきか。オークの葉は鏡の向こうでざわめいているように見え、自分自身は本のなかの登場人物であるような気がした。サクラソウを摘んでも、それはたんなる影、記憶、名称でしかない。自分も含め、何物も実体を伴っていなかった。感触も、手ごたえもなかった。あるのはクリフォードとの生活ばかり。言い換えれば、糸で複雑な模様を紡ぐように意識の襞《ひだ》を紡ぎ、父親から「空っぽだ。長くはもつまい」と批判された物語を生み出すだけの生活である。空っぽではいけないのか。長くもつ必要があるのか。「一日の苦労は一日にて足れり」という聖書の言葉にならえば、瞬間、瞬間は偽物の現実で足れり、というわけだ。

クリフォードは多数の友人を屋敷に呼んだ。正確には、ただの知り合いでしかない。その種類はさまざまだった。批評家や作家、つまり自作を褒めてくれそうな連中だ。客のほうも、招待を受けるのは光栄だとばかりに彼の作品を褒めた。そんなことは百も承知のコニーである。なぜいけない。一瞬だけ鏡に映る現実。何が悪いというのか。

コニーは接待役を務めた。客の大半は男性である。まれにクリフォードの貴族の親戚も来た。田舎育ちを思わせ、血色がよくて穏やかなコニーは、そばかすになりやすい肌を持ち、大きな青い目、波打つ茶色の髪、穏やかな声、肉付きのよい女性的な腰つきをしており、やや時代遅れな女らしい女だと思われていた。ちっぽけな鰯などではむろんない。少年と見紛《みまが》うような薄っぺらな胸でも、小さな尻を持つ女でもない。むしろ女性的すぎて洗練さに欠けるうらみがあった。

そのため男性客たち、とくにさほど若くはない客たちからはとても親切にされた。しかし、彼らに少しでも媚態を見せたらクリフォードが深く傷つくと思い、隙は見せなかった。静かに存在を消していた。誰かと交渉を持つことはない。持とうとも思わなかった。クリフォードは異常なほど自信にあふれていた。

クリフォードの親戚からはずいぶんと優しくされた。きっと恐れるに足りない相手だと思い、それでいたわるのだろう。このような手合いは、怖いと思う相手にしか敬意を見せないものだからだ。ここでもコニーは親しい付きあいを避けた。彼らの好きにさせ、軽蔑まじりの優しさを示されても気にしなかった。歯向かう気持ちを少しでも見せてはならない。コニーは彼らの誰とも親交を結ばなかった。

こうして時は過ぎていった。何が起ころうとも結果として何も起きたことにならないのは、見事なくらい現実との葛藤を避けていたからである。クリフォードと二人、自分たちの思想と彼の著作のなかに生きていた。いつも客がいたから饗応したにすぎない。時間は機械的に過ぎていった。七時半から八時半になるように。

第3章

しかしながら、コニーは自分のなかで焦燥が高まるのを感じていた。他者と触れあうことがないため、焦燥が狂気のように取りついていたのである。そのせいで予想もしないときに四肢がひくつき、くつろぎたいと思っているときに背筋がびくんと震えた。体の奥から来る震えである。子宮からだろうか。とにかくうずいた。この状態から逃げ出すには、水にでも飛び込んで思いきり泳ぐしかないらしい。頭がおかしくなりそうなほどの苛立ちだった。理由もないのに心臓が激しく鼓動する。体が痩せ細っていった。

とにかくじっとしていられない。コニーはよく庭園を駆け抜け、クリフォードのことなど忘れ、シダの茂みで腹這いになった。屋敷から離れたい。屋敷から、人間という人間から逃れたくてたまらなかった。森だけが逃避の場所、神聖な場所だった。

だが本当の逃避所、聖域というわけではなかった。なぜなら森そのものにはまったく親しみを感じていなかったからである。そこは日常から逃れられる場所でしかない。森の精霊との交感があるわけでもなかった。そんな馬鹿げたものが森に存在するとしての話だが。

自分がばらばらになっていく。そのことにコニーはうすうす気づいていた。自分が現実から遊離していることをぼんやりと意識していた。コニーは実体と生命の世界から断絶させられていたのである。クリフォードと彼の著作があるとはいえ、それも本当に存在しているわけではない。そこには中味がないのだから。無から無へ。このようなことを漠然と意識していたコニーではあるが、いかなる努力をしたところで無駄に終わることもわかっていた。

コニーは父親からふたたび助言された。恋人を見つけたらどうだ。これ以上の妙薬はあるまい。

冬にミケイリスが来て、数日を過ごしていった。若いアイルランド人で、書いた芝居がアメリカで当たり、すでに莫大な財をなしている。作品の舞台がハイカラな社交界だったこともあり、一時はロンドンの紳士淑女にもてはやされたものだが、いくばくもなく彼らの態度が変わった。アイルランドのダブリンから来た薄汚いドブネズミに、じつは自分たちが嘲弄されていたのだということに気づいたからだ。最低最悪のごろつきではないか。そのうえ、いかにもアイルランド人らしいイギリスへの嫌悪すらある。彼らにすれば、それはいかなる犯罪よりも許しがたい。結局、ミケイリスは黙殺され、その死体はごみ箱に投げ捨てられたのだった。

そんな騒動もあるにはあったが、ミケイリスは高級住宅地のメイフェアに部屋を持ち、ボンド・ストリートを紳士然と歩いていた。一流の仕立屋も金の力は無視できない。下賤な相手でも、代金を支払えば客は客である。

クリフォードがミケイリスを招待しようと思い立ったのは、この三十歳の青年が作家として不遇の地位にあった時期である。そういう相手でもクリフォードはためらうことなく屋敷に呼んだ。おそらくミケイリスには数百万の信者がいるだろう。哀れなアイルランドの余所者《よそもの》なので、社交界から見捨てられている時期に屋敷へ招待されて感謝しないはずはない。感謝の気持ちから、きっとアメリカの演劇界で自分のためにうまくやってくれるはずだ。あわよくば、こちらに名声が転がり込む。その正体はどうあれ、名声というものは運次第で一気に手に入る。とりわけ海の向こうでは。そのころのクリフォードは、あと少しで名声をつかめるところにいた。自己宣伝の勘が見事に働いたわけである。最終的にはミケイリスの芝居のなかで有徳の士として描かれ、いわば庶民の英雄となった。自分が嗤《わら》われていたことに気づくまでの話だが。

う。コニーは漠とした違和感を覚えていた。クリフォードはなぜ名声を渇望するのだろう。鵺《ぬえ》のような大衆が相手ではないか。得体の知れない人間たちであり、本人も薄気味悪く思っている。それなのに作家として、それも当代一流の作家として名を上げようとしているのだ。コニー自身、芸術家というものが自己宣伝をして自作の販売に力を注ぐことは、大風呂敷を広げて成功した老練な父親を見て知っている。ただし、父親は王立美術院の会員らしく、既存のつてを頼って絵を売った。一方、クリフォードには多様な販売ルートがあった。頼まなくても集まってくる多種多様の客たちを利用したのだ。けれども、クリフォードは一刻も早く金字塔を打ち立てたいと思っていた。だからミケイリスのようながらくたを利用したのである。

ミケイリスは予定通りに到着した。運転手付きの都会的な車に乗り、従僕を連れている。全身をボンド・ストリートの衣装で固めていたが、その姿を目にして、素封家としてのクリフォードはたじろぎを覚えた。なんと表現すればよいのだろう。中身と外見がまったく食い違っている。クリフォードにしてみれば、これだけで決定的、もう十分である。それでもクリフォードはミケイリスを丁重に扱った。つまりは彼の目覚ましい成功だけを丁重に扱った。卑屈と傲慢が共存したミケイリスの足元には、成功の女神という雌犬が、近づく者あらば威嚇《いかく》しようとまとわりついている。クリフォードは威圧された。できることなら自分も成功の女神に身を捧げたいと思っていたからだ。

アイルランド人のミケイリスは、どこをどうやってもイギリス人に見えなかった。仕立屋、帽子屋、靴屋、理髪店と、ロンドンではよろず一流の店を利用しながら、とうていイギリス人に見えない。のっぺりした青白い顔、立居振舞いもどこか違う。抱えている不満の種類も違う。不満と恨みを抱えていることは、そういうものを露骨には見せたがらない生粋《きっすい》の英国紳士ならすぐに気がつくはずだ。これまで誇りをさんざん傷つけられてきた気の毒なミケイリスは、いまも悄然たる姿をしている。芝居という武器を手に、強烈な本能とそれを上回る強烈な無神経さで表舞台までのし上がってきた。大衆の心もつかんだ。当然のことながら、いじめられる日々は終わるものだと思っていた。だが案に相違して終わらなかった。終結することはないのだろう。そもそも本人が足蹴《あしげ》にされることを望んでいる。雲の上の世界に憧れ、イギリスの上流階級に加わりたいと思っていたのだから。それでは上流階級も喜んで踏みつけにする。それがミケイリスにはたまらなくいやだった。

にもかかわらず、このダブリンの雑種犬は従僕を連れ、洗練された車に乗ってやってきたのである。

　コニーはわけもなく好意を覚えた。偉ぶるところがなく、自分に幻想を抱いていない。クリフォードに何を問われても、現実的な答えを簡明に与える。くどくど、だらだらと話さない。利用されるのは承知で招待を受けたのであり、恬淡《てんたん》ともいえる老練な大実業家さながら自由に質問をさせ、なるべく余計な感情は交えずに答えている。

「金銭というのはいわば本能です」ミケイリスは言った。「人間には生まれつき金を稼ごうという本能が備わっています。稼ごうとして稼げるものでも、策を弄せば稼げるというものでもありません。そう生まれつくだけのこと。きっかけさえあれば金は入ります。入って、入って、やがて――」

「問題は、そのきっかけです」クリフォードは言った。

「それでしたら、とにかく何かをやってみるしかありません。待っていてはだめです。そのなかへ強引に入り込む。いったん入ったら、あとは自然にまかせるのです」

「芝居以外でも稼げたと？」

「いえ、たぶん無理でしょう。上手下手はともかく、私は作家、劇作家ですから。そういう運命なのです。間違いありません」

「人気が出るのも運命かしら」コニーが質問を投げかけた。

「そうだと思います」ミケイリスはコニーに素早く視線を向けた。「そこに意味はありません。人気にも、それを言うなら大衆にも意味はありません。私の芝居には人気になる要素など何もないのです。天気みたいに、ただそうなる定めであって、しばらくすれば——」

ミケイリスは覇気のない大きな目でコニーをじっと見つめた。底なしの幻滅感に浸りきった目で見つめられ、コニーはぶるりと身を震わせた。ミケイリスはとても年老いて見える。際限もなく年を重ね、まるで地層のごとく数世代分の幻滅が体内に沈着しているかのようだ。それでいて子供のようなはかなさがある。野良犬というわけか。もっとも、ひたぶるな態度で現実に立ち向かうところはネズミの生き方を思わせた。

「そうかもしれません。でも、あなたはここまで立派にやってこられた。その若さで」クリフォードは考え込むように言った。

「三十歳です。そう、三十歳」ミケイリスは急に尖った声を出したかと思うと、誇らしげでありながら自嘲めいた奇妙な笑い声を上げた。

「お一人ですか?」コニーが言った。

「とおっしゃいますと? 一人暮らしかということでしたら、例の従僕がいます。妻の代わりが必要ですから。自称ギリシア人の役立たずですが、置いてやっています。もちろん結婚はします。それは、結婚しないといけません」

「髪でも切るみたいなおっしゃり方」コニーは笑った。「結婚は難しいと思われまして？」

ミケイリスは感心するような顔を向けた。

「ええ、奥様、苦労しそうです。失礼な話かもしれませんが、イギリスの女性は無理でしょう。アイルランドの女性も」

「アメリカ人はいかがです」クリフォードが尋ねた。

「アメリカ人ですか」乾いた笑い声が上がる。「いけません。従僕に頼んであるのは、トルコ人とか、もっと東洋に近い女性です」

コニーには、大成功を収めながらも悲しげなミケイリスが不思議に思えてならなかった。アメリカだけで年収五万ドルというではないか。そのうえ角度によっては美男にも見える。横顔や斜め下を向いた顔に光が当たると、黒人を模した象牙の仮面と同じで、消えることのない静謐《せいひつ》な美が浮かぶ。大きめな目、奇妙な弧を描く力強い眉、きつく結ばれた唇。そこから一瞬だけ浮かび上がる悟りの境地。それは仏陀が目指し、黒人が無意識に見せる永遠の境地にほかならない。太古の昔から人類に潜む諦念。個人による運命への抵抗とは違って、人類全体が共有する永遠の諦念。それが、暗い川をぞろぞろ泳ぐネズミの群れのように、歴史を通じて今日《こんにち》まで流れてきたのだ。ふとコニーのなかで、男へのいわく言いがたい惻隠の情が湧いた。そこには哀れみが交じり、多少の嫌悪感も加わっている。だから愛の気持ちに近い。一匹狼。そう、一匹狼。それがろくでなし扱いされている。むしろクリフォードのほうが下劣で浅ましく、よほど軽薄であるのに。

コニーの心に自分の何かが刻印されたのだということはミケイリスにもすぐにわかった。ミケイリスは超然とした表情を浮かべながら、少し飛び出した薄茶色の大きな目をコニーに向けた。コニー本人を、そして自分がコニーに与えた印象を推し量っていたのである。イギリス人を相手にすると、自分はどうしても永遠の異端者になってしまう。愛があっても変わらない。それでもときには好いてくれる女が現れ、そのなかにはイギリス人の女もいた。

ミケイリスはクリフォードとの関係性なら十分に理解していた。種類の違う犬同士が、本来なら唸りあうところを無理に微笑みあっている。しかしコニーが相手となると、自分の立場がよくわからなかった。

朝食は各人の寝室に運ばれる。クリフォードが姿を見せるのは昼食のときだからだ。それまでは食堂もわびしく感じられる。じっとしていられないたちのミケイリスは、コーヒーを飲み終えたところで、これからどうしようかと考えた。十一月の晴れた日である。ラグビーにしては天気もいい。ミケイリスは暗い庭園を見渡した。まったくなんという場所だろう。

夫人の役に立てることはないかと思い、屋敷の使用人を夫人の部屋に行かせた。車でシェフィールドへ行くつもりである。すると、私の部屋までご足労を願えませんか、という返事が来た。

コニーの居室は四階だった。屋敷の中央部分で、最上階に当たる。クリフォードの部屋が一階にあることは言うまでもない。夫人の自室に呼ばれたミケイリスは舞い上がった。無我夢中で使用人のあとをついていく。ふだんから何かを気にしたり、周囲に気を配ったりすることはない。部屋に通され、ぼんやり室内を見回すと、ドイツ製の見事な複製画が目に入った。ルノワールとセザンヌである。

「じつに素晴らしいお部屋ですね」ミケイリスはそう言うと、例の不可思議な笑みを浮かべた。笑うのが苦痛だと言わんばかりに歯をあらわにする。「最上階は正解です」

「ええ、本当に」

屋敷で当世風の華やかな部屋はここにしかない。彼女の個性がわずかでもうかがえる唯一の場所である。クリフォードはこの部屋を見たことがない。コニーはめったに人を呼ばなかった。

二人は暖炉をはさんで座り、会話を楽しんだ。コニーはミケイリスに、彼自身のことや父母兄弟のことを尋ねた。いつもなぜか他人のことが気になり、いったん親しみを覚えると、完全に階級意識が消えてしまうのだ。ミケイリスは率直に自分のことを語った。てらいはない。内面に皮肉と無関心を共存させた野良犬としての気持ちを包み隠さず明かし、成功して見返してやったという気持ちをわずかにのぞかせた。

「それなのにどうして寂しげなのかしら」そう問われたミケイリスは、またしても探るような薄茶色の大きな目をコニーに向けた。

「そういう人間がいるものです」と答えてから、おなじみの皮肉を交えて、「そういうご自分はいかがです。寂しくはありませんか」

コニーは一瞬、虚をつかれた。しばらく考えてから口を開く。

「それは寂しくなることもあります。でも、いつもというわけではありません。そこがあなたと違うところ」

「僕はいつも寂しそうですか？」質問と同時に、歯が痛むというように顔をしかめて奇妙な笑顔を見せる。ただし目の表情に変化は見られない。その目に映るのは、憂鬱、冷静、幻滅、それとも恐怖だろうか。

「そんなことおっしゃって」コニーは喘《あえ》ぐように言いながら、じっと相手を見つめた。

「そうね、寂しそう」

耐えがたい魅力に引き寄せられる気がして、コニーは危うく自分を失いそうになった。

「たしかに、おっしゃるとおりです」ミケイリスが視線をそらし、斜め下を向いた。

その瞬間、あの不思議な悟りの表情が浮かんだ。現代のイギリスではまれにしか目にしない太古の表情を見せられると、コニーはミケイリスのことを突き離して眺めることができなくなってしまう。

ミケイリスが顔を上げ、コニーをじっと見つめた。いっさいを記録しようとするかのように、その目がかっと見開かれる。それと同時に、夜泣き癖のある子供が胸も張り裂けんばかりに泣き叫んでいるような表情が浮かび、その印象がコニーの子宮にまで届いた。

「どうか僕のことなどお考えなさらずに」ミケイリスはぶっきら棒に言った。

「考えてはいけません？」語気は鋭いが、いまにも息が絶えそうだ。

ミケイリスが顔を歪め、かすれ声で短く笑った。

「ああ、そんな。お手をよろしいでしょうか」やぶから棒だった。ミケイリスは催眠術師のようにコニーをじっと見つめ、子宮までじかに響くような声を出した。

見つめ返すコニーは陶然となったまま身じろぎもしない。そのコニーに近づいたミケイリスは膝をつき、両手で脚をぎゅっと抱きしめ、膝に顔をうずめた。そのままじっとしている。意識が遠のくような気持ちになったコニーは、茫然としたまま視線を落とした。そこには思いのほか繊細な首筋があった。太腿《ふともも》に顔が押しつけられている感触がある。度を失いながらも我慢しきれなくなり、いたわりの気持ちで無防備な首筋に触れると、ミケイリスの体がぶるっと震えた。

ミケイリスは顔を上げた。燃えるような目が見開かれ、強烈に訴えている。コニーはもう抵抗することができなかった。応えてやりたいという情念が胸からあふれ出す。すべてを捧げずにはいられない。すべてを。

ミケイリスはとても優しくて不思議な恋人だった。体を震わせ、コニーのことをいとおしそうに扱いながらも冷めており、意識を研ぎ澄まして外の音を漏らさず聞き取っていたのだ。

コニーにとっては、自分を与えたという以外の意味はない。しばらくするとミケイリスの小刻みな痙攣がやみ、その体がぴくりともしなくなった。まったく動かない。コニーは力の抜けてしまった指に思いやりを込め、胸に乗った男の頭を撫でた。

ミケイリスは起き上がってコニーの両手に唇を押し当てた。それからスエードのスリッパを履いた両足にも唇を押し当て、何も言わずに部屋の端まで行き、背を向けたまま立ち止まった。数分の沈黙が続く。

それから踵《きびす》を返し、コニーのそばに戻った。コニーは先ほどと同じように暖炉のそばに座っている。

「こんなことになって、あなたはきっと僕を嫌いになる」ミケイリスは諦めきった口調で静かに言った。

コニーがさっと顔を上げる。

「なぜそんなことをおっしゃるの」

「とにかく嫌いになるからです」ミケイリスはそう答えてから、自分に鞭打つようにして続けた。「女性とはそういうものでしょう」

「いまさら憎むなんて」コニーは憤然として言った。

「僕にはわかる。きっとそうなることが。怖くなるほど優しくしてくれて――」ミケイリスは惨めそうに大声を上げた。

コニーは思った。この人はなぜ惨めな気持ちでいるのだろう。

「お座りになって」

ミケイリスがちらっと入り口に目を向けた。

「ご主人がここに？　ま、まさか――」

コニーはしばし考えてから答えた。

「もしかしたら」顔を上げ、ミケイリスを見つめる。「夫には知られたくありません。怪しまれるのも困ります。きっと深く傷つけてしまうから。でも、私、これがいけないことだとは思いませんの。そうですわよね」

「いけないだなんて、そんな。あなたは優しすぎる。それが僕には耐えられない」

ミケイリスが顔を背けた。いまにも泣きだしそうだ。

「クリフォードには知られないようにしましょう。きっと傷つけてしまう。知られなければ、怪しまれなければ、大丈夫。そうすれば誰も傷つくことはありません」

「とんでもない」嚙みつくような勢いだ。「この僕が言うものですか。自分からばらすなんて。はっ、はっ、はっ」やけになって、乾いた笑い声を上げた。

コニーは驚きの目を向けた。

「お手をよろしいでしょうか。キスをさせてください。それで失礼いたしますので。これから車でシェフィールドに向かい、よろしければ昼は向こうで食べて、お茶はこちらでいただきます。何かご用はございませんか。嫌われていないと思ってよろしいでしょうか。そして、これからも——」最後の部分に自嘲気味の皮肉がうっすらと漂っている。

「まさか嫌うなんて。あなたはすてきな方よ」

「ああ、なんとうれしいことを」ミケイリスは勢いを込めて言った。「愛していると言われるよりもはるかに意味があります。それでは、また午後に。いろいろ考えてみます」

コニーの両手にうやうやしく唇を当て、ミケイリスは部屋を出ていった。

昼食のとき、クリフォードは言った。「あの青年だが、どうも我慢ならんね」

「どうして？」コニーは言った。

「一皮むけば、ただのちんぴらだからさ。一杯食わされるだけだ」

「ずっと人に冷たくされてきたからよ」

「そうきたか。機嫌がよければ親切心を見せるやつだとでも？」

「寛大なところもあるわ」

「誰に？」

「よくわかりませんけど」

「君にわかるわけがない。無遠慮と寛大の区別がつかないのだから」

コニーは口をつぐんだ。区別がつかないのだろうか。そうかもしれない。だが自分には、その遠慮のなさが魅力に思える。クリフォードがおずおずと数歩しか進まないところを最後までずかずかと突き進んでしまう。そうやって世界を征服したのだ。クリフォードもきっと見習いたいはずだ。手段を考えてみても、ミケイリスのほうが汚いとはいえない。あの惨めな一匹狼は、たった一人で裏口から押し入り、檜舞台に躍り出た。自己宣伝で名声を得たクリフォードよりも悪いことなのか。成功の女神である雌犬が、舌をだらりと垂らしてはあはあ喘ぐ無数の犬たちに追われた。その雌犬を最初に捕まえたのが、じつは本物の犬っころだったというだけの話である。成功を物差しにすればよい。それならミケイリスも尻尾《しっぽ》を振り立てられる。

振り立てていないのが不思議である。お茶の時間が迫るころにスミレとユリを抱えて戻ってきたミケイリスは、例のおどおどした負け犬の表情をしていた。たいていはこの表情で押し通すので、相手の戦意喪失を狙った彼一流の仮面なのではないかとコニーは思ったりもする。本当に悲しい負け犬なのだろうか。

負け犬を思わせる自己否定の表情は、日が暮れたあとも消えることはなかった。クリフォードはその表情の奥に傲慢さを感じ取ったが、コニーはそう思わなかった。おそらく彼の不遜な気持ちが女にではなく、世の男たちと彼らの思い上がった心に向けられているからだろう。この貧相な男のなかには驕《おご》り高ぶった不屈の精神が隠れており、それが男たちに敵愾心《てきがいしん》を生み出す。どれだけ表面を上品にしても、上流階級の男たちにしてみれば存在自体が生意気だったのだ。

ミケイリスに魅了されていたコニーではあったが、男二人が話をする横で刺繍に集中していたので、その気持ちを悟られることはなかった。ミケイリスの態度も完璧である。暗い顔つきでじっと冷静に耳を傾ける姿は先夜と変わらず、夫妻とは適度な距離を保ち、必要なときだけ言葉少なに機嫌を取るが、一度たりとも出しゃばることはない。朝のことは忘れたのだろうとコニーは思った。もちろんミケイリスは忘れてなどいなかった。自分の居場所を心得ていただけである。生まれながらの余所者《よそもの》が留まるべき場所は柵の向こう側だと。あの愛の営みを特別視したりはしない。誰もがうらやむ金の首輪を付けられたくらいで、野良犬が高級犬に変わるなどとは思っていなかったのだ。

突き詰めれば、心の奥底ではやはり人間嫌いの一匹狼なのであり、そういう自分を密かに受け入れていたのだ。外見をいかにボンド・ストリートで繕ってみても関係はない。ミケイリスは孤独を必要としていた。だが同時に洒落者《しゃれもの》たちとの仲良しごっこも必要としていたのである。

とはいえ、たまさかの色恋も悪くはない。心が慰められて落ち着く。コニーに感謝しないわけではなかった。それどころか、ごくわずかな慈愛の発露に対してすら、感謝の気持ちが燃え上がり胸に響いた。涙が出そうになった。幻滅感を漂わせる青白い能面のような顔の奥では、コニーへの感謝の念から子供の心がむせび泣き、コニーのところへ戻りたいと焦《じ》れている。しかし野良犬の心は、自分が本当はコニーから離れたがっていることを知っていた。

コニーと話をする機会が訪れたのは、二人で大広間の蠟燭に火を点《つ》けているときだった。

「お部屋にうかがってもよろしいでしょうか」

「私がうかがいます」コニーは言った。

「わかりました」

長いこと待たされたが、たしかにコニーはやってきた。愛を交わしているときのミケイリスは興奮に体を震わせていたかと思うと、すぐに絶頂を迎えて果ててしまう。一糸まとわぬ姿は、驚くほど幼くて無防備に見える。まるで裸の子供だった。いかなる場合でも機知と狡猾、なかでも狡猾な本能が防壁となっている男である。だから、そういうものが働きを止めてしまうと、いわば防御装置を二重に失ってしまう。そのため、まだ発育の途中で柔らかな肉をした子供が必死にもがいているように見えるのだ。

コニーのなかで激しい同情と思慕が生まれた。そして貪婪《どんらん》な欲情が呼び起こされた。それなのに、ミケイリスにはこの肉欲を満たしてやることができない。いつもまたたく間に達して果ててしまうからだ。そのあとは相手の胸の上で存在が萎《しぼ》んでいき、自分はわずかに不遜な気持ちを取り戻す。置き去りにされたコニーは茫然自失のままだった。

だがコニーはすぐに学んだ。ミケイリスが絶頂に達したあとも体を離さず、自分のなかに留めておけばよい。そうされても彼は嫌がることなく、むしろ妙にみなぎり、横たわったまま硬度を保っているので、上にまたがって狂ったように激しく動けば、絶頂に達することができるのだ。硬く屹立させておいてもらえれば忘我の悦楽を得られる。そういう彼女の恍惚が伝わってくると、ミケイリスは不思議な自信と満足感を覚えた。

「ああ、すごくよかったわ」コニーは震える声でささやくと、相手に抱きついたままぴくりとも動かなくなった。ミケイリスはみずからの孤独に閉じこもりながらも、なぜか自信にあふれていた。

ミケイリスの滞在は三日で終わった。クリフォードへの態度は初日の晩から変わらなかった。コニーに対しても同じである。その外殻が破られることはなかった。

ミケイリスから手紙が届いた。文面にも暗く物悲しい感じが漂っているが、ときおり機知を見せ、性を感じさせない不思議な愛情がにじんでいる。叶わぬ愛のようなものを感じているらしく、それでいて根本は依然として冷めていた。心の奥底で絶望し、また絶望することを望んでもいたのだ。希望を憎んでさえいた。どこかで読んだらしい「大いなる希望が地上を通った」という言葉に、こんな注釈を付している――「そして、価値あるもののすべてをのみ込んでしまいやがった」

コニーにはどうしてもミケイリスのことが理解できなかった。それでも自分なりに愛し、彼の絶望をつねに感じ取っていた。コニーにとって、希望のない状態では完全に愛するということができない。一方、絶望のふちに沈むミケイリスは、そもそも愛することができなかった。

幾度となく手紙を交わし、ときにはロンドンで逢瀬を楽しみ、二人はしばらく関係を続けた。コニーはいまなお、ミケイリスがささやかな絶頂を迎えたあと、一人で体を動かして得られる快感が欲しいと思っている。彼のほうでも与えてやりたいと思っていた。それだけあれば二人が関係を続けるには十分だった。

そしてコニーのなかではほのかな自信が芽生えた。それは傲慢ともいえる無意識の思いであり、自分の力への妄信に近いものだったが、コニーはたいそう機嫌がよくなった。

ラグビーにいるときのコニーはずいぶんと快活で、肉体の内部に呼び覚まされた感覚の冴えと気持ちの張りで夫に刺激を与えた。クリフォードはこの時期に最高傑作を物し、ほとんど幸福な気分になった。実情は、屹立させたまま寝転ぶミケイリスからコニーが官能的な悦びを得て、その果実をクリフォードが刈り取ったにすぎない。もちろんクリフォードは何も知らなかった。知っていたら、よもや感謝の言葉を述べたりはするまい。

それでも、上機嫌このうえない妻に刺激される日々もいつしか完全に終わり、妻が落ち込んだり苛立ったりするのを見るにつけ、クリフォードにはそういう日々が懐かしく思われた。事情を知っていたら、妻とミケイリスを再会させようとさえしたのではないだろうか。

第4章

ミケイリス（通称ミック）との情事には未来がない。コニーは以前からそう思っていた。さりとて、ほかの男のことなどは考えられない。クリフォードに縛りつけられた生活なのだから。あれやこれやと求められ、実際、要求の多くに応えている。自分も男の人から人生の多くを捧げてもらいたい。そういう願いはあるが、クリフォードはそれを捧げてくれなかった。いや、捧げられなかったというべきか。だからこそ、何かの拍子にミケイリスが欲しくなるのだ。しかし、その関係もいずれは終わるという予感があった。ミケイリスはいかなることも継続することができない。そういう部分が本質的にあり、鎖という鎖を断ち切って首輪のない野良犬に戻りたくなる。彼にとっては、それがいちばん大事なことだったのだ。人にはいつも、「彼女に捨てられた」と言っていたのだが。

世界は可能性に満ちていると思われている。だが大多数の人間にとって、そんな可能性は皆無に等しい。「いい男なら山ほどいる」という慰めの言葉がある。たしかにそうかもしれないが、残念ながら大半の男は雑魚《ざこ》に思える。となれば、もし自分が雑魚ではない場合、よい男などまず見つからないということになってしまう。

クリフォードの知名度が上がり、それにつれて収入も上がっていった。屋敷への来客が増え、コニーは応対に追われた。男の数は増えたが、いずれも雑魚に変わりはなかった。

客には数名の常連がいた。顔ぶれは変わらない。ケンブリッジでクリフォードと一緒だった男たちである。トミー・デュークスは戦後も軍に残り、准将になった。「軍にいれば思索はできるし、人生の争いに直面しないですむ」などと言う。仲間からは「チャーリー」と呼ばれているアイルランド人のチャールズ・メイは、星に関する科学的な著述がある。ハモンドも作家だ。三人ともクリフォードとほぼ同い年で、当代きっての青年知識人である。全員が知性の営みを重視し、知性を純粋に保つことが第一義と心得ている。それ以外のことは個々人の領分であり、さして重要ではないと考えていた。人がいつトイレに立とうと関係はなかろう。当事者の問題である。

日常生活に関する問題、たとえば収入を得る方法、細君への愛、不倫の有無などは、大半が個人の領域である。どれも関わりがあるのは当人のみ。トイレの件と同じで、他人にしたらどうでもよかった。

「性の問題で重要な点は」長身痩軀のハモンドには妻と二人の子供がいる。ただし、タイプライターと向きあう時間のほうが長い。「それが重要ではないということだ。そもそも問題にならないというべきか。誰だって他人のトイレの様子など知りたくはない。それと同じこと。女との営みの内実を知ってどうなる。問題はそこだ。どちらのことも無視してしまえば問題になりようがない。すべてが無意味、的外れ。好奇心の方向性がずれているのさ」

「いや、そのとおり。だが、ハモンド、誰かさんがジュリアにちょっかいを出したら、君だっていらいらするはずだ。それで、そいつがやめなかったら爆発する」ジュリアはハモンドの奥方である。

「当たり前だ。客間の隅で小便をされてみろ。腹も立つ。しかるべき場所というものがある」

「なら、その御仁がまともな場所でやるならかまわんのか」

チャールズ・メイの言葉にうっすら皮肉が漂うのは、以前ハモンドの妻であるジュリアに軽くちょっかいを出し、夫ハモンドの怒りを買った経緯があるからだ。

「それはいかん。性生活は夫婦の問題だ。他人に割り込んでもらっては困る」

「言わせてもらうがね、ハモンド」体が引き締まり、顔にそばかすの浮いているデュークスが言った。ぽっちゃりと生白いチャールズ・メイよりも、よほどアイルランド人らしく見える。「君は所有欲も自己顕示欲も強い。出世も望んでいる。たしかに僕はこれまで軍にいて世事には疎いが、男の欲望が尋常一様でないことくらいはわかる。欲の皮が突っ張りすぎだ。誰も彼もがそんなふうになった。そして、君みたいな連中の考えによれば、女に支えてもらったほうがうまくいく。だから君はやたらと焼きもちを焼くのだ。さしずめ君にとって性の行為とは夫婦間の大事な発電装置で、成功の元なのだろう。ということは、人生で失敗しそうになったら、きっとほかの女にちょっかいを出す。そう、チャーリーのように。やつの女好きは成功を手に入れていないからだ。君やジュリアのような既婚者には、トランクみたいに荷札が貼られている。ジュリアには、〈アーノルド・B・ハモンド夫人〉という札。列車内のトランクと同じく、これで所有者が明らかになる。君の場合は、〈アーノルド・B・ハモンド夫人方アーノルド・B・ハモンド〉。なるほど、君の言うとおり、知的生活には居心地のよい家とうまい料理がなくてはならない。それから子孫も。しかし、すべての要《かなめ》は出世欲。すべてはそれを中心に動く」

ハモンドはかなり気分を害しているようだった。自分の知性が純粋であるのをどこかで誇りに思っていたからだ。時流におもねるような人間でもない。ではあるが、やはり成功はしたかった。

「そのとおり。金がなくては生きられない」チャールズ・メイは言った。「ある程度の金があれば生きていける。そのうえ自由に思索もできる。とにかく、まとまった金が必要だ。でなければ腹が減ってどうにもならない。だが、セックスからは荷札をはがしてもかまわないと思うね。誰とでも自由に話はできる。となれば、その気にさせてくれる女と愛を交わして悪いはずはない」

「出たぞ、好色のケルト人」クリフォードは茶々を入れた。

「好色！　いけないかね。寝たからといって相手に害を与えるでもなし。ダンスも同じだろう。それを言うなら、天気の話もそうさ。意見の代わりに愛を交わすにすぎん。何がいけないというんだ」

「手当たり次第か。ウサギだ、ウサギ」ハモンドはからかった。

「ウサギでけっこう。ウサギの何が悪い。人間なんて神経症にかかった革命好きな動物で、不安から他人を憎んでばかりだろう」

「だとしても、だ。僕らはウサギと違う」

「おっしゃるとおり。僕にはこの頭脳がある。天文学上の計算をする必要もある。僕にとっては生死より重要なことかもしれない。ただ、ときどき胃がもたれてはかどらなくなる。空腹のときなどひどいものだ。あちらのほうだって同じこと。体がうずいたら仕事が手につかない。そういう場合はどうする」

「やりすぎでもたれたら、事態はいっそう深刻だな」嫌味たらたらのハモンドである。

「そんなことにはならんよ。食いすぎたりはしない。それと同じで、やりすぎることもない。食いすぎは自分の問題だろう。それなのに、君は僕をいわば飢えで死なせようとしている」

「とんでもない。結婚すればいいだろう」

「なぜ結婚がいいといえるんだ。僕の知的生活になじまないかもしれない。頭脳の働きがだめになる可能性だってある。きっとだめになる。そういう意味で、僕は所有という考えに頼っていない。だからといって、おんぼろ小屋にこもる修道士みたいな生活はごめんだ。どうせ人は死んで腐り、臭気を放つ。ならば生きているかぎりは天文学をやる。たまに女が欲しくなっても、一日中したいわけではなし、他人にとやかく言われる筋合いでもない。僕の名前を貼りつけた女がほっつき歩いているなんて思うと恥ずかしいね。住所に駅名まで貼った衣装用のトランクみたいに」

チャールズ・メイもハモンドも、ジュリアの一件で互いを許してはいなかった。

「面白い考えだな、チャーリー」デュークスは言った。「性の行為もまたおしゃべりのごとしか。思いを口に出す代わりに体で表す。そのとおりだろう。女を相手に官能と情緒のやりとりをして悪いことはない。天気のことで意見の交換をするようなものだ。性行為とはいわば男女間の肉体的な日常会話。似たような考えを持っていなければ女と話はしない。つまり関心を持って話をしない。同じことだ。気持ちの通じ合いもなかったら、その女とベッドをともにしようなどとは思わないだろう。でも——」

「きちんと気持ちが通じるならベッドはともにすべきだね」チャールズ・メイは言った。「そうしなければ失礼にあたる。話をするのが楽しいなら、話をするのが正しい。それと同じことさ。口ごもっているうちに舌を嚙むなんて馬鹿なことはしない。言いたいことを言う。あちらのほうも同じだよ」

「いや、それは違う」ハモンドは言った。「たとえば君がそうだ。能力の半分を女で無駄にしている。立派な頭脳を持ちながら、すべき仕事も果たせまい。あちらのほうに向かいすぎなのさ」

「そうかもしれない。だがね、そういう君は、あちらに関心がなさすぎる。このさい未婚、既婚はどうでもいい。知性を純粋に保つのはけっこうだが、頭脳が干上がってきているじゃないか。純粋な知性とやらがぱさぱさときた。後生大事にしまっておくからだ」

デュークスが哄笑した。

「いいぞ、お二人さん」とはやしたてる。「僕を見たまえ。立派で純粋な知的生活とは無縁、思いつきを書き留める程度だ。そのうえ、結婚もしなければ、女を追いまわしたりもしない。チャーリーは立派さ。女を追いかけたくなっても、そこは臨機応変、焦ることもなければ、しつこくもしない。まあ、僕なら、そんなことやめろとは言わん。一方、さっきも言ったように、ハモンドには所有欲がある。したがって、まっすぐな道と狭き門こそがふさわしい。見ているがいいよ。間違いなく、くたばる前に立派な文学者になっているだろう。で、僕となるわけだが、こいつはだめだ。不発弾だよ。君はどうだ、クリフォード。男にとって、性は出世の原動力だと思うかい」

こんなときクリフォードはあまり多くを語らない。決して長広舌をふるったりはしなかった。自身の考えを立派だとは思っておらず、頭も心もすっかり混乱してしまうのだ。いまは顔を赤くして、居心地悪そうにしている。

「まあ」クリフォードが口を開いた。「僕はいわば戦闘不能だから、この件については何も言えない」

「何を馬鹿な」デュークスは言った。「上半身で戦える。健全で無傷な頭脳が働く。

だから君の考えを聞かせてくれたまえ」

「あ、ああ」クリフォードは口ごもった。「そう言われても、たいした考えがない。結婚してあちらとは縁が切れた。そういうところかな。もちろん、好きあう男女には素晴らしいものなのだろう」

「どういう点が」とデュークスが促す。

「つまり、二人の仲が完璧になる」そう答えたクリフォードは、色事の話をするときの婦人みたいにもじもじしている。

「いいかい。僕とチャーリーの考えによれば、性交渉もまた一種の交流である。会話と同じように自由でなくてはならない。たとえば僕がどこかの女とその手の話をするとしよう。自然、会話の延長で、いずれはベッドをともにする。ただし、だ。残念なことに、僕の場合、そもそも相手にしてくれる女がいない。というわけで、独り寝となる。それでも平気。そう思うのだが、正直よくわからん。とにかく僕という男は、厄介な天文学の計算もなければ、書くべき不朽の名作もなく、軍でぐずぐずしている」

間が空いた。四人は煙草を吸い、コニーは縫物にもう一針入れた。そう、コニーがいたのである。口をつぐんでいるのが暗黙の了解になっていた。ネズミのごとく息を潜め、頭脳優秀な紳士たちが高尚な話に励むあいだは邪魔をしてはならなかった。それなのに同席は求められる。コニーがいないと男たちの波長がうまく合わず、思考が滞りがちになるのだ。クリフォードの不安と緊張が増す。怖気《おじけ》づくのが早くなり、結果として会話が進まなくなる。いちばん得をするのはデュークスだった。コニーがいると頭の巡りが少しよくなる。コニーはハモンドがあまり好きではなかった。頭脳への過信が見えるからだ。チャールズ・メイには好感が持てた。ただ、天文学が専門などと言いながら、少し下品でだらしない感じがする。

これまで幾晩、四人の意見に耳を傾けてきただろう。ほかに、もう一人、二人と加わる場合もある。結論が出なくても、たいして気にはならなかった。本音を聞けるのが楽しかったのだ。とくにデュークスのいるときがいい。男たちの話は面白かった。くちづけを交わし、体を触れあわせるのとは違い、知性そのものを見せてくる。そこがいちばん面白い。それにしても、なんと冷たい知性であろうか。

また、いささか歯がゆくもあった。コニーにはミケイリスのほうが立派に思える。ミケイリスの名前が出ると、男たちは侮蔑の言葉を浴びせかけた。どこの馬の骨とも知れない野蛮人ではないか。そのなかでも最低の部類だ。しかし、馬の骨だろうと野蛮人だろうと、ミケイリスはとにかく自分なりに結論は出す。言葉を並べたて、知性をひけらかして終わりとはならない。

コニーは知性の営みが大好きで、そこから刺激も受けている。だがそれにしても、男たちは知性を働かせすぎているように思えた。自分が心密かに「悪友たち」と名づけた男たちが紫煙をくゆらす名物の宵に同席できるのはうれしい。自分の静かな存在がなければ話もできないというのだから愉快でたまらず、すこぶる鼻も高かった。コニーは思想というものに多大な敬意を抱いている。実際、男たちは真摯に考える努力をしていた。ただどういうわけか、全員が結論を前に尻込みしている。その結論がどういうものなのかコニーには見当もつかない。ミケイリスでさえ明らかにはしていなかった。

ミケイリスの場合、何かを成し遂げるよりも、人生をなんとかやり過ごし、他人と騙し合いをするのに懸命なのだから仕方がない。正真正銘の人間嫌いなのだ。そこがクリフォードを含む悪友たちの気に入らない点だった。彼らは人間を嫌ってはいない。いちおうは人類の救済、それが大げさなら、人類の教化に力を注いでいた。

日曜の晩、話の展開が派手になった。やはり話題は愛である。

「近しきなんとかで我らの心を
　結ぶ絆に幸いあれ」

デュークスが讃美歌をもじった。「この絆とはいったい何か。僕たちを結びつける絆というなら、知性の激突となる。それ以外はほとんど何もない。喧嘩別れすれば陰口を叩く。どこの世界でも知識人なんてそんなものだ。人間なんてそんなものだというべきか。誰でも悪口は言うし、喧嘩別れしても、表面的には甘言を弄して悪意を隠したりするのだから。不思議なことに、悪意があると頭脳が活発になるらしい。それも強烈な悪意があるときは。その点は昔から変わらない。プラトンが描くソクラテスと彼の仲間たちを見てみたまえ。あの純粋な悪意。相手をずたずたにして大喜びしている。古代ギリシアの哲学者プロタゴラスでも同じことだ。それから、古代ギリシアの将軍アルキビアデスと口論に加わった有象無象《うぞうむぞう》の弟子たちもそう。こうなると、正直、菩提樹の下で静座する仏陀のほうがいい。あるいは、弟子たちに日曜日の話を語るイエス。知の火花を散らすことなく静かに語っている。だいたい知性というのはどこかおかしい。悪意と嫉妬、嫉妬と悪意に根差しているのだから。その果実によって木を知る、だよ」

「悪意ばかりではないだろう」クリフォードが抗議の声を上げた。

「おいおい、クリフォード。僕らの議論を考えてみればいい。なかでも最悪はこの僕さ。なにせ嘘の追従《ついしょう》より、とっさに出てくる悪意に目がない。そもそも追従は毒になる。クリフォードというやつは本当に素晴らしく、とかなんとか言いだしたらクリフォードを憐れむことになる。というわけで、諸君、僕に対してはためらうことなく悪口を言ってもらいたい。お返しに、こちらも本心を告げてやる。お世辞なんか口にしてみろ。僕は終わりだ」

「待ってくれ。心から気の合う仲間同士だろう」ハモンドが抗議した。

「まあ、そうだといいのだが。実際はひどい悪口を陰で言いあっている。最悪がこの僕さ」

「思うに、君は知性の営みと批評という行為を混同している。なるほど、批評活動を大々的に始めたのはソクラテスだ。しかし、それでは終わらなかった」チャールズ・メイが有無を言わせぬ口調で言った。悪友全員、謙虚に見えながらも妙に尊大なのである。本当は何事にも権威主義的なのに、表面は謙虚だった。

デュークスはソクラテスの話に釣り込まれまいとした。

「そのとおり。批評と知識は違う」ハモンドは言った。

「もちろん違います」ここで調子を合わせたのはベリーである。小麦色の肌をしたこの内気な青年は、デュークスに会うためにやってきて、今夜は屋敷に滞在することになっていた。

一同、ロバがしゃべったとでもいうような目を向けた。

「知識ではない。知性だ」デュークスは笑った。「知識が本物の知性になるのは、それが意識全体から生まれるときだ。つまり、それが頭脳というか精神から生まれ、さらには腹と男根からも生まれるときである。頭脳は分析と合理化しかできない。精神と理性だけを際立たせたらどうなるか。ただただ批判を繰り返し、ものごとに死をもたらす。これはこれで肝要なことではある。いまの世の中は批判されねばならないことが多いのだから。それも徹底的な批判を。だから知性を働かせ、悪意を誇りとし、偽物の化けの皮を剝《は》がすのはかまわない。だが気をつけたまえ。本当に生きている人間というのは、ある意味であらゆる生命体と有機的な一体をなしているわけだが、頭ばかりを使うようになると、いわば木からリンゴがもぎ取られたような状態になる。つまり、リンゴと木にあったつながり、有機的なつながりが絶たれてしまう。もし人生が頭脳だけの生活になったら、人はもぎ取られたリンゴとなり、木から落ちたも同然になる。もがれたリンゴが自然に腐っていくのと同じで、人間も必然的に悪意を持つようになるわけだ」

クリフォードは目を剝《む》いた。まったくのたわごとに思えたのだ。コニーは密かに笑った。

「ということは、一同、もぎ取られたリンゴなわけだな」ハモンドはずいぶんと不機嫌でとげとげしい。

「ならば、我らの体でリンゴ酒を造ろう」チャールズ・メイが冗談を言った。

「ところで、ボリシェビキの思想[1]についてはどう思われますか」あげてそこに帰着すると言わんばかりに、小麦色のベリーが口をはさんだ。

「偉い」チャールズ・メイが大声を上げた。「ボリシェビキの思想についてはどう思われますか」

「そんな思想はやっつけてしまおう」デュークスが言った。

「いや、真面目に考えるべき問題だと思うね」ハモンドが重々しく首を振る。

「ボリシェビキの思想は何かと問われれば」チャールズ・メイは言った。「それは連中がブルジョワと呼んでいるものへの最大級の憎しみだと思う。では、連中がブルジョワという言葉で何を指しているのかとなると正確なところはわからない。ひとつは資本主義だろう。あとは感情とか情緒というものも間違いなくブルジョワ的だ。し

1 「ボリシェビキ」はロシア語で「多数派」を意味する。社会民主労働党の分派。一九〇三年にメンシェビキ（少数派）と対立して形成され、レーニンを指導者として暴力による革命を主張した。

たがって、そういう要素がない人間を作らねばならない。それを言うなら、個人、とくに個性を備えた人間もブルジョワ的だから、そういう人間も抑圧される。つまり、個人を超えた大きな存在、言い換えればソビエトという社会的な存在に個人を埋没させるわけだ。さらに有機体というものもブルジョワ的と見なされる。そうなると理想は機械だろう。多種多様な部品が等しく重要性を帯び、しかも有機的ではないものといったら機械しかないのだから。その機械の部品となるのは人間各人、機械の原動力は憎しみ、すなわちブルジョワへの憎しみだ。これがボリシェビキの思想である」

「そのとおり」デュークスが応じる。「だが同時に、それは産業界の理想も表現しているように思えるね。人間が部品というのは企業家の理想なのだから。まあ、憎しみが原動力という点は否定するだろう。いや、憎しみはあるか。生命自体への憎しみが。よくわからなければ、この中部地方を見てみるがいい。これもすべては知性の産物で、生命を否定した論理的な帰結だ」

「ボリシェビキの考えは筋違いだと思うね。いま挙げた前提のうち、肝心な人間という部分を否定しているのだから」ハモンドは言った。

「いや君、少なくとも物質的な前提は認めている。その点は純粋な知性も同じさ。身体という物質は前提として認めないわけにはいかない」

「とにかく、ボリシェビキの思想は行き着くところまで行き着いてしまった」チャールズ・メイは言った。

「まだ行き着いているとはいえない。近い将来、ボリシェビキたちは世界一優秀な軍隊を持つところまで進む。人間という最高の機械がそろった軍隊を」

「しかし憎しみなど続くまい。きっと反動がくる」ハモンドは言った。

「まあ、長いこと様子を見てきたわけだから、もう少し待ってみてもいいさ。憎しみもやはり生まれ育つものであるのは変わらない。観念的な生き方をすれば、つまり存在の奥底にある本能にタガをはめればかならず生まれてくるのだ。僕たちは根底にある本能や感情になんらかの思想を当てはめている。機械みたいに、決まった手順に従って自分を動かしている。そうやって賢い頭脳はすべてを司《つかさど》っているつもりでいるが、やがてどこからか純粋な憎しみが生まれてくるわけさ。人は誰しもボリシェビキである。ただ、それを認めようとはしない。その点、ロシア人は正直だ」

「だがね、ソビエト式以外にも方法はある」ハモンドは言った。「ボリシェビキが利口とはかぎらないわけだし」

「たしかに。しかし、うすのろが役に立つこともある。自滅を望む場合だ。個人的な意見を言わせてもらえば、ボリシェビキの思想はうすのろだと思う。それを言うなら、西側の社会生活だってそうだろう。我らの名声とどろく知性だってそう。貧血質で情熱がない。要するに、人間性を否定する点では全員がボリシェビキなのさ。別の名前でごまかしているにすぎない。我らは神である、神のごとき人間である、とね。これではボリシェビキの考えと変わらない。人間にならなくては。それには心臓と男根が必要だ。この二つがあれば、神でもボリシェビキでもなくなる。だいたい、どちらの存在もできすぎなのさ」デュークスは言った。

一同の不満げな沈黙を破って、ベリーが不安そうに質問した。

「あなたは愛を信じていないのですか」

「これはまた初々しいことを」デュークスは言った。「ああ、信じてはいない。現代では愛もまた愚行だからね。腰を振って踊る若造が、少年みたいな硬くて小さい尻をしたジャズ好きの娘と肉体関係を持つ。君が考えているのはそういう愛のことかい。それとも、私の夫とか、僕の妻とか言いながら、財産を共有して成功していく愛かい。まさか、僕はそんなもの信じていない」

「でも、何か信じるものはあるでしょう」

「僕がかい？　まあ、頭でなら、強い心臓、元気なあそこ、鋭敏な知性、ご婦人の前で、くそ、と口走る勇気を信じている」

「それなら、全部お持ちですね」

デュークスは哄笑した。

「君はいい子だ。本当、すべてあればいいのだが。心臓はじゃがいもみたいにごつごつ、あそこはうなだれ、頭を持ち上げることはない。母や伯母みたいな淑女の前で、くそ、と毒づくくらいなら、あそこをすっぱり切り落としたほうがましさ。僕はたいして頭もよくない。ただの理屈屋。本当の意味で頭がよかったら、きっと素晴らしいだろう。口に出せる部分も、口には出せない部分も、こぞって生き生きとなるはずだから。真の知識人に出会ったあそこが頭をもたげ、ごきげんよう、と挨拶をする。ルノワールは言ったそうだ。自分は一物で絵を描く、とね。そして実際に素晴らしい絵を残した。僕も自分の一物で何かできるといいのだが。まったく、話すことしかできないとは。地獄の責苦《せめく》だよ。批評なんてものを始めたソクラテスのせいだ」

「世の中にはすてきな女性もいますわ」コニーがとうとう顔を上げて言った。

男たちは憤然とした。聞こえていないふりをする約束ではなかったか。じっと耳を傾けていたと白状するのだから我慢がならない。

「まさか！

優しくしてくれないのなら
いかに優しくしても関係はない

そう、無理なのだ。どうしても女性とは響きあうものがない。目の前に相手がいても、心から欲しいと思わない。無理にそうするつもりもない。ああ、参った。いまのままでけっこう。知的生活を送る。僕が誠実にできるのはそれだけ。女と話をするのも悪くはない。女も好きだ。ただ好きではあっても、純潔を通す。純潔も純潔だ。先生はどう思われますかな」

「純潔を通すなら、ぐんと楽になります」ベリーは言った。

「そのとおり。人生とはかくも単純なり！」

第5章

霜の降りた朝だった。二月の日差しが弱々しい。クリフォードとコニーは庭園を抜けて森への散歩に出ようとしていた。エンジン付きの車椅子に乗ったクリフォードにコニーが付き添う。

冷気は依然として硫黄《いおう》の臭いを帯びているが、これには二人とも慣れている。近いところに見える地平線のあたりには、霜と煙のせいで乳白色になった靄《もや》が立ち込め、その靄の上方に少しだけ青空がのぞいていた。空がわずかにしか見えないため、まるで狭い場所に閉じ込められているような感じがする。いつもこんなふうにどこかの内部に閉じ込められているのだ。狭い場所に閉じ込められていると、人生というものが夢のように、あるいは狂乱のように思われてくる。

庭園の枯れ草が広がる場所で、羊たちが咳をするような鳴き声を出していた。その草の根元には青みがかった霜が降りている。庭園を突っ切るようにして、一本の小道が美しい桃色の帯となって森の木戸まで続いていた。最近、ぼた山からふるいわけた砂礫《されき》をクリフォードが敷かせたのである。地中の岩石や粗悪な石炭というのは、燃えて硫黄を放出したあとで明るい桃色に変わり、晴れた日にはエビの色、雨の日には暗さが増してカニの色になる。今日は薄いエビの色で、青みがかった白い霜が降りていた。ぼた山からふるいわけた桃色の砂礫を見ると、コニーの心はいつも浮き立つ。いかなるものも役には立つというわけだ。

高台の屋敷を出ると、車椅子に乗ったクリフォードは用心しながら斜面を下りていった。コニーが車椅子に手を添える。正面には森が広がっていた。いちばん手前にハシバミの茂みがあり、その奥に紫がかったオークが密生している。森のはずれから数匹のウサギがひょこひょこと姿を現し、もぐもぐと何かをかじった。ミヤマガラスが不意に黒い列をなして飛び立ち、少しだけ見えている青空を渡っていった。

コニーが木戸を開けると、クリフォードはそろそろと通り抜け、昔は馬が通っていた広い坂道に入った。両側にはきれいに刈られたハシバミの茂みが続いている。この森はかつてロビン・フッドが狩りをしていた壮大な森林の一部で、この道も大昔は一帯を貫く街道だったが、もちろんいまは私有林にある道でしかない。マンスフィールドからの道路はここで北へ折れている。

森のなかに動くものはなかった。地面に落ちて朽ちた葉の下には霜柱が残っている。カケスの耳障りな鳴き声が聞こえると、たくさんの小鳥が羽ばたいた。鳥の数は多くても、猟鳥となるキジはいない。戦中に狩りつくされたからである。そのまま森は放置されていたが、最近、クリフォードがふたたび森番を雇った。

クリフォードはこの森を愛していた。オークの老樹を愛していた。これまで代々受け継がれてきたものであり、いまは自分のものだという思いがある。守ってやりたい。この場所を世俗から切り離して神聖不可侵にしたかった。

車椅子はエンジン音を響かせながらのそのそと坂道を上っていった。凍った土くれに乗り上げては左右に揺れ、上下に跳ねる。いきなり左手に空き地が現れた。しなびたワラビが絡みあい、ひょろ長い若木があちこちで倒れそうになっている。切断面をさらした切り株は、根を地面に食い込ませたまま絶命していた。地面のところどころが黒くなっているのは、きこりが枝やごみを燃やした跡だ。

ここはクリフォードの父親が戦時中に塹壕《ざんごう》設営用の材木を切り出した場所である。道の右手はなだらかな丘であり、全体が丸坊主にされていて妙に寂しい。かつてオークの木が生えていた頂上のあたりも荒涼としていた。ここから木立の向こうに目をやれば、炭鉱専用の鉄道とスタックス・ゲイトの新しい工場が見える。コニーが以前この場所に立って眺めたときは、周囲から隔絶された森に、そこだけ穴が開いているように見えた。そこに外界が入り込んでいたのである。だがクリフォードには黙っておいた。

土がむき出しになったこの場所を見るたび、クリフォードはなぜか腹が立った。戦争を経験し、戦争の実態も目にしたが、心底から怒りを感じたのは、この裸にされた丘を見たときが初めてである。いま新たに植樹させてはいるが、これを見ると父親への憎しみがつのった。

顔をこわばらせたまま坂道を上っていたクリフォードは、頂上に着いたところで車椅子を停めた。でこぼこした長い下り坂を進む勇気はなかったからだ。視線の先には、ゆるい弧を描く緑がかった坂道があった。ワラビとオークのあいだを走り、丘のふもとでそれたあとは見えなくなっている。その坂道はなんとも優美な曲線を形作っており、馬上の騎士や貴婦人にこそふさわしかった。

「これぞイングランドの心臓だ」二月の弱い日差しを受けながらクリフォードは言った。

「そうかしら」編み込みの青いドレスを着たコニーは道端の切り株に腰かけている。

「そうさ。これぞ古きイングランド。その心臓部。これを壊すわけにはいかない」

「ええ、もちろんよ」コニーがそう答えた瞬間、スタックス・ゲイト炭鉱から十一時のサイレンが聞こえた。慣れているクリフォードは気づきもしない。

「この森を無傷のままで残しておきたい。手つかずのまま。誰にも侵されたくはない」

わずかに悲哀がこもっていた。森には未開の古きイングランドの神秘が幾分か残っているが、戦時中に父親が伐採をしたせいで傷がついたからだ。なんと静かな樹林であろうか。空を背にして無数の枝がくねり、茶色いワラビの茂みから灰色の荘厳な幹がすっくと伸びている。鳥たちはのびのびと飛びまわっている。昔は鹿がいて、弓を射る人間がいた。修道士たちがロバで旅をしていた。過去が残る場所。ことごとく消えたわけではない。

クリフォードの金色に近い滑らかな髪が薄日を受けて輝いている。ふっくらとして赤みのある顔からは心中を察することができない。

「自分には息子がいない。ここに来ると、それが何よりもこたえる」クリフォードは言った。

「でも、ご一族よりこの森のほうが古いわ」コニーが穏やかに応じる。

そのとおりだった。チャタレー家がラグビーに来てからまだ二百年しか経っていない。

「たしかにそうだが」クリフォードは言った。「僕の一族が保存してきた。一族がいなければ、この森は消えていただろう。ほかの森と同じように。古きイングランドで残せるものは残す。僕たちの義務だよ」

「義務なのかしら。新しいイングランドに逆らってまで残す必要があって？　寂しいことね」

「古い部分を残さなければイングランド自体がなくなってしまう。こういう土地の所有者が思い入れを持って守らなければ」

切ない沈黙があった。

「ええ、しばらくのあいだは」コニーは言った。

「しばらくのあいだは。それが精一杯さ。おのれの義務を果たすしかない。この土地を所有してから、一族の各人が自分の義務を果たしてきたのだろう。因襲に逆らうのはいい。それでも伝統の維持は必要だ」

ふたたび悲しい沈黙が降りた。

「伝統？」

「イングランドの伝統さ。ここにある伝統だよ」

「そういう意味なのね」コニーは思案げに言った。

「だから息子が必要なのだ。自分など鎖の輪のひとつにすぎない」

鎖の輪に関心はないが、コニーは何も言わずにおいた。息子を欲しがる理由が計算ずくのようで気にかかる。

「子供が持てないのは残念だわ」コニーは言った。

クリフォードがおもむろに大きな水色の目をコニーに向ける。

「ほかの男の子供を産んだらどうだ。それをラグビーで育てれば二人のものになり、この場所のものとなる。父親にはこだわらない。二人で育てれば二人のものになる。それでやっていけるだろう。考えてみてくれないか」

コニーもさすがに顔を上げ、クリフォードを見つめた。子供が「それ」、自分の子供が「それ」だなんて。それ。

「相手の男性は？」コニーは疑問をぶつけた。

「それが重要かい。そんなことで僕たちの関係が大きく変わるとでも？　君には昔、ドイツに恋人がいた。それでどうなった。別に変わりはない。生きていれば面倒で些細な関係も生じる。それがなんだというのだ。いずれは過去になる。いまを見てみればいい。去年の雪よいずこ、さ。大切なのは生涯を通じて残るもの。僕にとっては、この人生の発展的な継続にこそ意義がある。人間同士がときたま出会うことにどんな意味があるのか。ましてや性的な関係なら、馬鹿みたいに騒ぎたてなければ鳥の交合みたいにすぐ終わる。かならずそうなる。くだらんよ。大事なのは添い遂げること、日々をともに暮らすことであって、一、二度ベッドをともにすることではない。何があろうと僕たちは夫婦だ。お互いの存在が一種の習慣になっている。僕の考えでは、たまさか得られる快感などより、習慣のほうがよほど深い。着実に続くもの、それを頼りに人は生きる。一過性の衝動ではない。夫婦がともに歩みながら少しずつ調和していき、複雑な響きを奏であう。ここに結婚の神髄がある。房事にあるのではない。少なくとも形ばかりの性行為とは違う。僕たちは結婚という形で関わりあっている。この状態を続けていくのなら、性の問題も歯医者に行く手はずを整えるように要領よく処理できたほうがいい。僕たちの場合、肉体的な面ではどうしたって先がないのだから」

黙って聞いていたコニーは、なかば唖然とし、なかば怯えていた。夫の言うとおりなのだろうか。自分にはミケイリスがいる。そして彼を愛しているはずだ。コニーはそう自分に言い聞かせた。しかし、その愛はいわば結婚生活からの逃避でしかなかった。じっくりと培った親密な夫婦関係の裏には忍従の五年があったのだ。おそらく人間の魂にも息抜きが必要なのだろう。それを奪うべきではない。ただ、その気晴らしも、戻る家があるからこそである。

「誰の子供かは気になりません？」コニーは疑問を投げかけた。

「まあ、君には良識が備わっているから、相手のことはまかせても大丈夫だろう。よからぬ男を近づけはしまい」

コニーはミケイリスのことを考えた。クリフォードの考えるよからぬ男にほかならない。

「男の人と女の人では男性に対する基準が違うように思えるわ」

「そんなことはない。僕のことを好きになった君だ。正反対の相手を好きになるわけがない。好みというものがある」

コニーは黙った。反論のしようがない。相手の論理が完全に間違っているからだ。

「相手が誰かは知りたい？」コニーは盗み見るように夫の顔色をうかがった。

「いや、全然。知らなくていいこともある。君も認めてくれると思うが、二人の長い人生に比べたら行きずりの関係に意味などない。長い人生には性の問題よりも優先させるべき目標がある。したいときはすればいい。人間はそういうふうにできているのだから。しかし、だよ。そもそもそういう一時的な快楽に意味があるのだろうか。人生で何よりも大切なのは、ゆっくりと長い時間をかけて人格の完成を目指し、完成された人生を過ごすことだろう。完成されていない人生に意味はない。肉体的な関係を持たない自分が完全だと思えないなら、いっそのこと恋人を作ればいい。子供のいない自分を完全だと思えないなら、子供を産めばいい。産める体ならばね。ただし、そうすることで君自身が完成された人生を送ることができ、そこから長期的な調和が生まれるというのでなければだめだ。君と僕ならそれができる。そう思わないかい。必要なことが生じたら臨機応変に対応し、そういう臨機応変なやり方を二人の堅実な人生に織り込んでいく。違うかな」

コニーはクリフォードの言葉にいささか圧倒された。理屈として正しいのはわかる。わかるけれども、クリフォードとの堅実な人生に思いが及ぶと、それでよいのかという気になった。この先もずっと相手の人生に自分を織り込んでいく運命にあるのだろうか。それ以外の生き方はないのだろうか。

本当にそれだけなのだろうか。ともに堅実な人生を歩み、一枚の織物を仕上げてよしとする。ときには冒険をして、色鮮やかな花で彩るのもよいだろう。そうはいっても、来年の自分が何を考えているかなどわかるわけもない。どうしてわかろうか。この先も「はい」と答えるとはかぎらない。「はい」という言葉など、ふっと息を吹きかけたら消えてしまう。そんな移ろいやすい言葉で、人は身動きできなくなるものなのか。それはいつか羽ばたいて姿を消す言葉であり、またしばらくすれば別の「はい」や「いいえ」がやってくるのだ。蝶がひらひら舞うかのように。

「たしかに個人的には賛成よ。ただ、人生には何があるかわからないわ」

「では、何も起きなければ、いいわけだね」

「ええ、もちろんよ」

コニーは茶色のスパニエル犬をじっと見ていた。脇道から走り出てきたのだ。こちらに鼻をもたげ、くぐもった声で小さく吠えている。そこへ猟銃を抱えた男が足早に姿を現した。静かな足取りで犬に近づいてくる。襲いかかるつもりなのか。だが男はぴたりと立ち止まり、会釈をしてから坂道を下っていった。新しく雇った森番である。コニーはふと不安を覚えた。森番の姿が何かの警告のように思えたのだ。どこからともなく忽然と現れた凶兆。そんなふうに思えたのである。

暗緑色の別珍のズボンにゲートルという昔ながらのいでたちだった。赤みのさした顔に赤毛の口ひげをたくわえ、遠くを見るような目をしていた。すたすたと坂を下りていく。

「メラーズ!」クリフォードが呼びかけた。

男は素早く振り向き、さっと小さく敬礼した。軍人の動きである。

「車椅子の向きを変えて、押してくれないか。そのほうが早い」クリフォードはそう頼んだ。

男はすぐさま猟銃を肩に掛け、戻ってきた。やはり妙に素早くて静かな歩き方である。まるで透明人間のようだ。中背の痩せ型であり、寡黙だった。コニーには目もくれず車椅子だけを見ている。

「コニー、新しく来た森番のメラーズだ。メラーズ、妻に会ったことはないだろう」

「ございません《ノー・サー》」言い慣れた無感情の言葉だ。

立ったままの男が帽子を持ち上げる。すると金色に近い豊かな髪が現れた。帽子をかぶらないほうが美男に見える。コニーを見つめるその目は冷たく、怖気《おじけ》づく様子がまったく見えない。相手の正体を見定めようとしているかのようだ。コニーは見つめられて恥ずかしくなった。コニーがおずおずと頭を下げると、男は帽子を左手に持ち替え、紳士のように軽く会釈した。しかし言葉を発することはなく、帽子を手にしたまましばらくじっと立っていた。

「うちにいらしてだいぶ経ちますの?」コニーは男に向かって尋ねた。

「八カ月になります、奥さん――奥様」あわてることもなく言い直す。

「居心地はよろしくて?」

コニーは相手の目をじっと見つめた。男の目がわずかにすぼまる。皮肉な光が宿った。いや、傲慢などといえるかもしれない。

「はい、奥様。こちらで育ちましたもんで――」

男はふたたび軽く会釈した。そして体の向きを変えてから帽子をかぶると、車椅子のほうへ大股で歩いていき、手を添えた。言葉の最後は重くひきずるような強い訛りになっていた。コニーを嘲笑していたのかもしれない。それまではいっさい訛りがなかったのだ。紳士と呼ばれるまであと一歩というところか。とにかく興味深い男である。きびきびとして、他人を寄せつけず、孤独である。それでいながら自分に自信を持っていた。

クリフォードが車椅子のエンジンを始動させると、男は慎重な手つきで上ってきた坂道のほうに車椅子を向けた。ゆるやかに弧を描く下り坂がハシバミの暗い茂みへと続いている。

「これでよろしいでしょうか」

「いや、ついてきたまえ。途中で動かなくなったら困る。馬力不足で高台の斜面を上がれないかもしれん」

男は素早くあたりに目をやり、犬の姿を探した。思いやりのこもった目つきだ。犬は主人を見てかすかに尻尾《しっぽ》を振った。犬をからかうようにもなぶるようにも見えながら、それでいて穏やかな微笑みが一瞬だけ彼の顔に浮かんで消え、顔から表情自体が失せた。一行はかなりの速さで坂道を下りていった。男が車椅子をしっかりつかんでいる。使用人というよりも傭兵のようだ。コニーはなんとなくトミー・デュークスを思い出した。

ハシバミの茂みに着いたとたん、コニーが走りだした。庭園に続く木戸を開けるためだ。木戸を押さえているコニーに通り抜ける二人が視線を投げる。クリフォードの視線は非難がましい。男のほうは驚きながらも妙に冷めた目をしている。彼女の正体を客観的に見極めたかったのかもしれない。コニーはその氷のような青い目のなかに苦悩と孤独を見て取ったが、そこには温かみもあった。それなのに、なぜこんなに超然としていて、遠くにいるような感じがするのだろう。

木戸を抜けたクリフォードが車椅子を停めると、男がすぐさま動いて丁寧に木戸を閉めた。

「なぜ開けに行った」いつもの落ち着いた声に不愉快さをにじませながらクリフォードは言った。「メラーズがやる」

「あなたが通り抜けられるように」コニーは言った。

「君をあとから追いかけさせるようなまねはしない」

「あら、たまには走るのもいいものよ」

男はふたたび車椅子に手を置いた。素知らぬ顔を見せているが、コニーはすべてを見抜かれているような気がしていた。車椅子を押しながら庭園の急な坂道を上っていく男は、口を半開きにして忙しく呼吸している。本当は体が弱いのだろう。不思議と生気はみなぎってはいるが、体自体は弱いのか、生命の火が消えている。女の本能がそれを感じ取った。

コニーは車椅子を先に行かせた。雲が垂れ込め、最前まで靄の上に少しだけ見えていた青空も姿を消し、あたりは自然の冷気に包まれていた。雪が降るのだろう。すべてが灰色になり、世界が疲弊しているように見えた。

桃色の小道を上がった先で車椅子は待っていた。クリフォードがコニーのほうを振り返って言う。

「疲れてはいないかい」

「ええ、大丈夫」

本当は疲れていた。澱《おり》のようにたまった奇妙な欲望、何か飽き足りない気持ちが体のなかに湧き起こっていたのだ。クリフォードは気づいていない。そういうことには疎いのである。だが他人であるはずの男のほうは気づいていた。コニーには、自分の世界と自分の人生に関わるものがことごとく疲弊しているように思えた。その不満は周囲の丘陵よりもはるか以前から存在していたのだ。

屋敷に着き、階段がない裏口へまわった。クリフォードは腕を支えにして振り子のように体を振り、屋内用の低い車椅子へと移った。腕を使うと力強くて敏捷だった。それからコニーが動かない足を重そうに持ち上げる。

解放されるのを直立不動で待つ男は、つぶさに観察していた。何ひとつとして見逃すことはない。コニーが動かない足を両腕で抱えて車椅子に移し、クリフォードが身をよじって座り直すのを見ると、何か不安でも覚えたのか、その顔が真っ青になった。彼は怯えていた。

「助かったよ、メラーズ」クリフォードはそれだけ言うと、使用人たちの部屋へと続く廊下に車椅子を向けた。

「ほかにご用はございませんか」夢のなかで耳にするような抑揚のない声だ。

「いや、けっこう。失礼する」

「失礼いたします」

「それでは、また。坂を押してくれてありがとう。重かったでしょう」コニーは戸口に立つ男のほうを振り向いた。

その瞬間、夢から覚めたとでもいうように男の目がコニーの目をとらえた。相手の存在に気づいたのだ。

「いえ、重いことなどありません」素早く答えると、またしてもきつい訛りになった。「奥様、そんじゃあ失礼します」

昼食のとき、コニーはクリフォードに尋ねた。「森番はどういう人」

「メラーズだ。さっき会っただろう」

「出身は?」

「出身も何もない。テヴァシャルで生まれた。たしか坑夫の息子だ」

「同じように坑夫なの?」

「炭鉱に馬小屋がある。そこの鍛冶屋だったと思う。ただ戦前の二年間、ここで猟場を管理していた。入隊前の話だ。父がいつも褒めていたから、戻ってきて鍛冶屋の仕事を再開したとき、辞めさせて森番に雇った。大いに助かっている。このあたりでは猟場の管理ができるやつはそういない。地元の人間を知らなくてはならないし」

「結婚は?」

「以前はしていたよ。だが女房は家を出てしまった。男をとっかえひっかえして、最終的にはスタックス・ゲイトの坑夫のところに落ち着いた。まだそいつと一緒に住んでいるだろう」

「ということは、いまは一人暮らしなわけね」

「みたいなものだ。母親が村にいる。あと、たしか子供もいたな」

　クリフォードは少し飛び出た水色の目をコニーに向けた。その目のなかに何かがぼんやりと浮かび上がってきた。クリフォードは表面だけ見ると鋭そうな印象を受けるが、その奥には、中部地方の大気にも似た靄、煙った霧がある。その靄が前面に出てくるかのようだった。だから、ずいぶんと細かい話をする夫から謎めいた目で見つめられると、その知性の背後に虚無の霧が渦巻くかに思え、コニーは怖くなった。夫が人格を失い、呆《ほう》けてしまったように見えたのだ。

　人間の内面に関わる大原則のなかには、コニーにもおぼろげながら理解できるものがあった。心が衝撃を受けたとする。その衝撃が肉体を滅すほど大きなものではなかった場合、肉体の回復に合わせて心も回復するらしいということだ。しかし、それは表面上のことでしかなく、実際は本来の働きが機械的に再開しているにすぎない。打撲の痛みが増していくのに似て、心はじわじわと傷を感知していき、やがて心全体に傷が広がる。そして、自分は治ったと思って忘れたころ、最悪の後遺症が現れるのだ。

クリフォードの場合がこれだった。ひとたび完治して屋敷に戻り、小説を書き、何はともあれ自信を回復したかと思うと、すべてを忘れ、完全に平静を取り戻したかに見えた。だが時間の経過に伴い、コニーの見るところ、彼のなかで不安と恐怖の傷が浮かび上がり、それが徐々に広がっていった。しばらくは体の奥深くに眠っていて存在しないに等しかった傷が、いまごろになってやおら自己主張を始め、恐怖として広がり、麻痺として現れたのだ。明敏な頭脳に衰えはない。ただ、途方もない衝撃を受けて生じた傷としての麻痺状態が、感情面を密かに支配していったのである。

クリフォードの傷が広がるにつれ、コニーにはそれが自分のなかでもふくれ上がっていくような気がした。不安、空虚、いっさいへの無関心が少しずつ心のなかに広がる。その気になったときのクリフォードは以前と変わらず見事な話しぶりを見せ、いうなれば未来を支配することができる。森にいたときがそうだった。コニーが子供を産めばラグビーに跡継ぎができると言っていたではないか。ところが翌日になると、その素晴らしい言葉の数々がいわば枯れ葉と化し、くしゃくしゃにつぶれ、意味を失い、突風に吹き飛ばされてしまったように思えた。しっかりと木にくっつき、生命力にあふれた青葉のような言葉ではない。命が絶える直前の落ち葉の一群だった。

このようなことをコニーはいたるところで感じた。テヴァシャルの坑夫たちは飽きもせずにストライキの話をしている。活気がないとコニーは思った。隠れていた戦争の傷が原因である。その傷が知らず知らず浮かび上がり、不安という激痛、不満という昏睡を引き起こしているのだ。傷は深いところにまで及んでいた。とにかく深い。いんちきで非人間的な戦争の傷跡である。心身の奥深くにある傷が生じさせた大きな黒い血塊。それを溶かすには何年もかかるだろう。数世代分の新鮮な生きた血が必要だ。そして、新しい希望もなくてはならない。

気の毒なコニー。時が経つにつれ、自分の人生が空っぽなのではないかという恐怖に襲われ、クリフォードの知的な営み、そして自分の知的な営みがだんだんと無価値に思われてきた。クリフォードが語っていた二人の結婚生活、親密な習慣に基づく破綻のない人生さえもが完全な空虚に思える瞬間があったのだ。そんな人生はたんなる言葉、言葉の羅列でしかない。唯一の現実は無意味であり、かかる現実を偽善の言葉が覆っているのだった。

クリフォードは成功を収めた。成功の女神である雌犬が訪れたわけだ。たしかにいまや有名人であり、最新作では約千ポンドの収入を得ている。複数のメディアに写真が掲載され、ある美術館には胸像が置かれ、肖像画を飾るところも二館あった。最前線に立つ時代の代弁者と見なされ、体が不自由な人間に特有の人気に対する不思議な直感があったから、四、五年で代表的な青年知識人となった。しかし、その知性の所在がコニーにはよくわからない。クリフォードが得意とするのは、人物や動機を冗談まじりで論評して、結局のところ対象をずたずたにしてしまうことなのだから。子犬がソファのクッションで遊ぶのに似ているが、そういう若さも茶目っけもない。妙に時代遅れで、総じて鼻持ちならない気取りがある。不気味だった。無意味だった。このような気分がコニーの心の奥底でずっと反響していた。いっさいが無意味。無の華麗なる表現である。それでも表現は表現。表現であることに変わりはない。

ミケイリスはクリフォードを素材にして芝居の主人公を生み出した。粗筋はすでにできており、第一幕を書き上げてある。虚無の表現にかけてはミケイリスのほうが一枚も二枚も上手《うわて》なのだ。この二人の男に残されたわずかな情熱は何かを表現することにしかない。性に対する情熱はなく、死んでいるとさえいえた。もはやミケイリスは金銭など求めてはいない。クリフォードに関しては、そもそも金銭を大きな目的にしたことがなかった。それでも稼げるだけ稼いだのは、金銭こそが成功の証しだからである。どちらも成功を望んでいた。両者が望むのは、真剣に表現するということ、自分なりに表現するということ、自分で自分を表現するということだった。それでしばらくは大衆の心をつかんでおけるだろう。

成功の女神という雌犬に身を売る。不思議な行為ではないか。コニーにしてみれば、自分はまったく埒外にあり、そういう感覚はもはや麻痺していたから、無意味にすら思えた。雌犬に身を売ることがいくら無意味だとしても、男二人は繰り返し身を売っている。そこまでしても無意味であることに変わりはなかった。

ミケイリスはクリフォードに手紙を書き、芝居のことを知らせた。もちろんコニーは前々から知っている。今回もクリフォードは興奮した。自分の存在が舞台に乗せられる。他人が宣伝してくれるのだ。芝居の第一幕を持って屋敷に来るようにとミケイリスに伝えた。

ミケイリスが来たのは夏の時期である。淡い色のスーツに白いスエードの手袋というでたちで、コニーへのプレゼントとして、きれいな藤色の蘭を持参していた。第一幕も忘れてはいない。朗読は大成功に終わった。このときはコニーでさえ感激した。感動できる神経が少しは残っていたわけだ。ミケイリス自身、自分が人に感動を与えられるということに興奮している。このときの彼はじつに素晴らしく、コニーの目にはなかなか凜々しく見えた。その顔には、あの太古の悟りの表情が浮かんでいる。もはや幻滅することなどできない人間の表情だ。不純が極端まで進んで純粋になったということか。これ以上ないという形で成功の女神に身を売りながら、その一方で表情は純粋に見える。アフリカの象牙の仮面のように純粋だった。その仮面の曲線と平面は、まるで夢のように不純を純粋へと変える。

ミケイリスにとって、これもまた人生で最高の瞬間だった。無我夢中のチャタレー夫妻と一緒になって強烈な興奮を味わえたのだから。成功だった。二人を夢中にさせた。誰あろうクリフォードが、こう言ってよければ、一瞬だけミケイリスに恋をした。

翌朝のミケイリスがいつになく不安でいたのも無理はない。ズボンのポケットに落ち着きなく両手を突っ込み、気もそぞろの様子である。昨夜、コニーが来てくれなかったのだ。どこに行けばコニーがいるのかもわからなかった。勝利の瞬間に焦《じ》らされるとは。

昼前、コニーの部屋に上がっていった。コニーには来るのがわかっていた。明らかに焦れている。ミケイリスは芝居の感想を尋ねた。「よかったですか?」賞賛の言葉が欲しくてたまらなかった。それを聞けば、わずかに残された情熱に火が点《つ》き、性の絶頂も及ばぬ興奮が得られる。コニーは褒めちぎったが、心の底ではやはりがらくただと思っていた——成功の女神という雌犬。

「はっきりさせませんか」しばらくしてミケイリスが思いもよらないことを口走った。

「僕と結婚してください」

「夫がおります」コニーはそう答えた。仰天はしたが、なんの感情も湧いてこなかった。

「離婚してもらえばいいではないですか。結婚しましょう。結婚したいのです。それが僕のためにもなりますから。結婚して、きちんとした生活を送る。いまは身も心もぼろぼろで、生活らしい生活をしていません。それに僕たちは相性もぴったりです。結婚しましょう。できない理由があるのですか」

コニーは驚いた顔でミケイリスを見つめている。感動していたわけではない。こういう男たちは誰しもが同じなのだ。何も考えていない。打ち上げ花火みたいに頭の先から飛び出していく。そして自分と一緒に天まで昇ってくれると思っている。

「結婚している身ですから」コニーは言った。「クリフォードとは別れられません」

「なぜ？ どうしてです？」ミケイリスは叫ぶように言った。「あなたが半年いなくても、彼が気づくことはないでしょう。自分以外はどうでもいい人なのだから。あなたのことなど眼中にはない。頭にあるのは自分のことだけです」

その意見にはコニーも賛成である。さりとて当のミケイリスが自分自身を捨てているようには見えない。

「殿方はみな自分のことばかりですのね」

「まあ、たしかにそういう面もあります。そうでなくては成功できません。しかし、その話はよしましょう。女性にどんな時間を与えられるか。問題はこれです。楽しい時間を与えられるか。だめなら失格です」いったん言葉を切り、じっとコニーを見つめる。大きな薄茶色の目で催眠術をかけようとしているのか。「僕と一緒なら最高に楽しい時間が過ごせますよ、絶対に」

「どのようにです?」コニーは唖然としたままミケイリスに視線を向けた。興奮しているように見えるが、心は動かされていなかった。

「あなたにどんなものでも与えられます。洋服に高価な宝石。好きなナイトクラブにも行け、誰とでも知り合いになれ、贅沢に暮らせる。旅行するのもいいでしょう。どこへ行っても有名人になれる。最高の贅沢ができますよ」

そう話すミケイリスは燦然たる勝利に包まれているかに見えた。コニーはまぶしそうな目をしているが、心は波ひとつ立っていなかった。いかに輝かしい将来を約束されても、心の表面にさえ届かない。いちばん外側の自我でさえ反応しなかった。いまでなければ興奮もしたであろう。だが気分はまるで盛り上がらず、一緒に天まで昇ることなどできない。コニーは身じろぎもせず眺めていた。陶然とした表情をしているが、心は何も感じてはいなかった。どこからか漂う例の雌犬の凄まじい悪臭が鼻を突く。

椅子に腰かけたミケイリスはやきもきし、体は前のめりになり、半狂乱の目でコニーをにらみつけている。「はい」という返事を求める虚栄心のせいなのか、「はい」という返事への恐れなのか、それはわからない。

「考えさせてください」コニーは言った。「この場ではお返事できません。お忘れかもしれませんけれど、クリフォードのことがあります。体が不自由で――」

「まさか、障害を口実にする男がいるとは。そういうことでしたら、僕は声を大にして孤独だと訴えましょう。ずっと孤独でした。くだらない理由ならほかにもあります。障害を売り文句にするなんて」

言うだけ言うと、ミケイリスはズボンのポケットをいらいらとまさぐりながらそっぽを向いた。

夕方、ミケイリスはコニーにささやいた。

「今晩、僕の部屋に来てください。あなたの寝室がわかりません」

「わかりました」

その夜のミケイリスはいつもより激しかった。少年を思わせる奇妙な興奮ぶりと華奢な裸体は変わらない。コニーは、先に絶頂へと達してもらわなければ自分が快感を得るのは無理だと思った。それでも少年じみた柔らかな裸体に欲情を覚え、果てた相手が変わらず屹立させているのを感じると、自分の激しい腰の動きが止められず、やがて奇矯な叫び声を途切れ途切れに発しながら狂おしい絶頂に達したのだった。

しばらくしてコニーから身を離したミケイリスは、嘲《あざけ》るつもりなのか、棘のある声で静かに言った。

「男性と同時に達することはできないのですか。自分一人で果てなければ気がすまないとは。主役でなければいやということですね」

至福の瞬間に言いがかりをつけられ、コニーは衝撃を受けた。自分は黙って体を差し出すことしかできないくせに、なんという言い草だろう。

「どういう意味かしら」

「おわかりになるはずです。僕が果てたあと、あなたは一人でえんえんと動きつづける。だから、あなたが達するまで、僕は歯を食いしばって待たなければならない」

予期せぬ残酷な一撃にコニーは絶句した。言葉にならない快感で体が熱くなり、愛情のようなものさえ感じているところなのに。だいたいミケイリスは、始めたと思ったらすぐに終わってしまう。現代の男は大半がそうだ。それならあとから女が自分で動くしかあるまい。

「それでも、私に満足してもらいたくはありませんか？」

ミケイリスはわざとらしく笑った。

「満足してもらいたいか？　面白いことをおっしゃる。僕はあなたが達するまで必死に耐えているのですよ」

「私に満足してもらいたくありません？」コニーは食い下がった。

返事はない。

「まったく女ときたら。下のほうが死んでいるというのか、まったく達することがありませんね。でなければ男が果てるのを待ってから達する。男は我慢するのみ。一緒に達してくれた女などいたためしがない」

男に関する新しい情報も、コニーの耳には半分しか届かない。急に敵意をむき出しにされ、茫然自失となっていた。なぜ残酷な仕打ちをされるのかが理解できない。自分があまりにも無邪気に思えた。

「私にも満足してもらいたくありません？」コニーは繰り返した。

「それは大いに満足してもらいたいですよ。男にはたいして面白くもないことですが。女が達するのをひたすら待つなんて――」

この言葉はコニーの人生に致命的な傷を負わせた。彼女のなかで何かが終わった。もともとはミケイリスにそれほど関心を持っていなかった。相手に仕掛けられて初めて欲しくなったのである。そう言ってしまうと、自分のほうから積極的に欲しがらなかったみたいだが、いったん始まってしまうと、彼を相手に自分も絶頂へと達することがごく自然に思えた。それが理由で彼を愛しかけていた。その夜は、彼を愛し、結婚してもよいという気持ちにさえなりかけていたのだ。

もしかすると、ミケイリスはこの気持ちを本能的に察知し、二人の関係を一気に壊したくなったのかもしれない。トランプの家を壊すように。今宵、ミケイリスを含め、男たちに対するコニーの欲望は消え失せた。ミケイリスとは心のつながりが完全に切れた。もはや彼は存在しないに等しい。

それからは鬱然とした日々が続いた。いま自分に残されているのはクリフォードが完璧な人生と呼ぶ空しい毎日だけである。同じ屋根の下で暮らすのが当たり前になった二人が、このままずっと暮らしていくのだ。

空しい。張り合いのない人生を受け入れることが生きる目的にほかならないとは。雑事に追われているうち、巨大な虚無にのみ込まれてしまうのだろう。

第6章

「どうして現代の男女は心から愛しあえないのかしら」トミー・デュークスに意見を仰いだのは、コニーにとってデュークスは神託を告げる巫女のような存在だったからである。

「いや、愛しあえないことはありません。人類が誕生して以来、いま以上に男女が本気で惹かれあった時代があるでしょうか。実際に僕も女性のほうが好きです。女性のほうが気丈ですし、こちらもいっそう正直になれますから」

コニーはこの点についてよく考えてみた。

「たしかにそうね。でも、ご自身は女性と関わりを持ったことがありまして？」

「僕ですか？　現にいま、ご婦人を相手に真心を込めて話しているところですが」

「まあ、お話くらいは——」

「かりに奥様が男性だとしたらどうでしょう。僕にはただ誠実に話をする以外のことはできません」

「たしかにそうですけど、女性というものは――」

「女性というものは、相手が自分に好意を抱いて話しかけてくれたらと思う一方で、自分を愛して求めてくれたらと願うものです。僕の考えでは、このふたつのことは相容れません」

「そういうものかしら」

「水は濡れすぎだというようなことを考えても仕方がないでしょう。水とはそういうものなのですから。僕は女性が好きで会話も楽しみます。だから愛することも、求めることもしません。僕のなかで両者は共存しないのです」

「私は共存してもおかしくないと思うわ」

「なるほど、わかりました。わかりましたが、現実をねじ曲げることに僕は関心がありません」

コニーはこの点について考えてみた。

「やっぱりおかしい。男性は女性を愛し、それでも会話を楽しめるはずよ。話もせず、親しく打ち解けることもせず、それでいて愛することができるとは思えない。どうしてそんなことができて？」

「そう言われましても、僕にはわかりません。一般論を話しても仕方がないでしょう。自分のことしかわからないのですから。僕の場合、たしかに女性は好きですが、女性を欲しいとは思いません。女性と話をするのは好きですが、話をすることで親しくなる部分はあっても、キスという点になると、女性とのあいだに果てしない距離ができてしまう。まあ、そういうことです。これはあくまでも僕個人の問題なので、誰にでも当てはまるとは思わないでください。僕は特殊なのでしょう。女性に好意は抱くが愛情は感じない。それどころか、愛しているふりや、深い仲にあるふりをするはめになったら、相手を憎みさえする。そういう類《たぐい》の男なのです」

「そんなの悲しくありません？」

「なぜです。そんなことはありません。チャールズ・メイをご覧なさい。ほかの浮気をしている男でもいいでしょう。僕はああいう連中をうらやましいとは思わない。自分の求める女性が目の前に現れるという運命なら、それはそれでかまいません。身近に欲しくなるような女性はいませんし、そういう女性に出会うこともありませんから。まあ、僕は冷淡な人間なのでしょう。それでも大好きな女性なら何人かはいます」

「私のことはお好き？」

「大好きですよ。好きですが、僕たちのあいだでキスが考えられますか」

「とんでもない。でも、あってはいけないことなのかしら」

「それはまた、なぜ？　僕はクリフォードが好きです。しかし、僕が彼にキスをしたらどうします」

「それはまた話が別ではなくて？」

「僕たちの場合は違いなどありませんよ。僕たちは全員が理解のある人間ですし、いまはとりあえず男女の区別が問題にされない時代ですからね。もし僕がヨーロッパの男をまねて性的な事柄を大っぴらにするようになったらどうしますか」

「それはいやよ」

「そうでしょう。いいですか、僕が実際にそういう男だとしても、そんな僕に見合う女性は存在しないのです。僕はそれを悲しいとは思わない。女性が好きだというだけですから。いったいどこの誰が、僕に本物の愛や偽物の愛を無理強いし、性的遊戯をさせようとするのでしょう」

「私ではないわ。それにしても、どこか間違ってはいません？」

「奥様はそう思われるかもしれませんが、僕はそう思いません」

「私には男女の関係がおかしくなっているように思えるの。男性が女性に魅力を感じていないようだから」

「女性は男性に魅力を感じていますか」

コニーはこの質問について考えてみた。

「あまり」と正直に答える。

「では、この話はここまでにしましょう。お互いに一人の人間としてふつうのお付きあいをしませんか。ありもしない欲望など僕はごめんです」

彼の意見が正しいことはコニーもよく承知している。しかし自分が遠くへ突き放されたような気持ちになった。遠く突き放され、あてどなく漂う。まるで暗い池に浮かぶ木切れのように。自分にとって、みんなにとって、いったい何が重要なのだろう。

こんな気持ちになるのは彼女の若さが反発するからだった。彼ら男たちがあまりにも年寄りじみて薄情に思えた。何もかもが若さを失って冷たく感じられた。ミケイリスにも幻滅した。まったくの役立たずではないか。男たちは女を求めていない。そもそも女を本気で望んでなどいない。ミケイリスとて例外ではなかった。女を欲しがるふりをして、性の遊戯を始めるごろつきたち。最悪である。

惨めでたまらない状況だとしても、それに耐えねばならなかった。たしかに女の目から見ると本物の魅力を備えた男などいない。ミケイリスのときがそうであったように、せいぜい魅力があると思い込むことしかできない。そういうふうに人はただ生きていくのだろう。それだけのことである。カクテルパーティを開き、倒れるまでジャズやチャールストンを踊る理由がコニーにはよく理解できた。若さは発散しなくてはならない。さもないと若さに食い殺されてしまうからだ。若さとはまったく恐ろしいものではないか。何百年も生きているような気がするのに、なぜか若さが体の底からふつふつと湧いてきて、落ち着かなくなる。なんともいやな人生だ。未来も見えない。コニーはほとんど後悔していた。ミケイリスと駆け落ちして、人生をカクテルパーティとジャズの一夜へ変えることができたのに。そのほうが少なくとも死ぬまで単調な人生を過ごすよりはましだった。

こうした憂鬱な気分でいたある日のこと、コニーは一人で森に出かけた。足取りは重い。物思いに沈み、どこを歩いているのかもわからない状態だった。そう遠くないところから急に銃声が響いてきたときは、驚愕のあまり怒りを覚えた。

そのまま歩いていくと声が聞こえてきたので、コニーはぎくりとして立ち止まった。人がいる。誰にも会いたくはなかったが、すぐに別の声がしてはっとなった。子供の泣き声のようだ。よく耳を澄ましてみる。子供が誰かにいじめられて泣いていた。

コニーは濡れた道を足早に進んでいった。鬱積した怒りが爆発しそうになっている。何かあれば喧嘩してもかまわないと思った。

角を曲がると、前方にふたつの人影が見えた。一人は森番だ。そばに少女がいる。紫色のコートを着て、モールスキンの帽子をかぶっていた。泣いている。

「こら、泣くんじゃない。この悪がきめ」叱られた少女の泣き声が大きくなる。

コニーが爛々と目を輝かせながら近づいていく。振り向いたメラーズは冷静に挨拶をしたが、その顔面は怒りで蒼白になっていた。

「どうしたの。子供が泣いているわよ」コニーはやや息を切らしながらも、有無を言わさぬ口調で尋ねた。

メラーズの顔にちらっと微笑がかすめる。冷笑しているのだろうか。

「さあね。自分できいてみりゃいい」土地の人間が使う言葉である。礼儀も何もない。顔を叩かれたような思いがして、コニーは顔色を変えた。だがすぐに気を取り直し、暗く青い目に淡い炎を浮かべながら相手を見据えた。

「あなたにお尋ねしているの」喘《あえ》ぐような声である。

メラーズは帽子を持ち上げ、不思議な仕草で小さく頭を下げた。

「さようでした、奥様――」そう応じつつ、すぐさま土地の言葉に戻って、「でも、俺にはよくわからんな」

そう言うと、メラーズは兵士の顔になった。表情はないが苛立ちで蒼白になっている。

コニーは少女のほうを向いた。赤ら顔で髪は黒い。九歳か十歳だろう。

「お嬢ちゃん、どうしたの。なんで泣いているの」こういう場合にふさわしい型通りの優しい言葉をかける。

恥ずかしくなったのか、少女のすすり泣きが激しくなった。

コニーはもっと心を込めた。

「さあ、泣かないで。何をされたの」ことさらに優しい声を出しながら、ニットの上着のポケットを探っていく。運よく硬貨が一枚あった。

「ね、泣かないの」コニーは身を屈《かが》めて言った。「ほら、何かな」

しゃくり上げていた少女は、泣き腫らした顔から手をどけた。その瞬間、ずるそうな黒い目が銀貨に向く。すすり泣きが再開されたが、勢いは弱まっている。

「さあ、どうしたのか言ってごらんなさい。どうしたの」硬貨を少女の丸っこい手に握らせる。その手が閉じられた。

「ね、ね、猫！」

弱々しくしゃくり上げる。

「猫？」

わずかに沈黙があって、硬貨を握った拳がおずおずとキイチゴの茂みに向けられた。

「そこ」

そちらに目をやると、たしかに大きな黒猫の姿があった。四肢を投げ出すようにだらんと倒れ、陰惨な形相をしている。少量の血が見られた。

「まあ」コニーは怖気《おじけ》をふるった。

「奥様、猫は敷地を荒らすのです」メラーズは皮肉な口調で言った。

コニーが怒りのこもった目を向ける。

「これでは子供も泣きます。目の前で撃ったりして。当たり前でしょう」

メラーズはコニーをまともに見つめた。無駄口を叩かず、人を小馬鹿にした様子で感情を隠そうともしない。コニーはまた顔を赤らめた。自分が醜態をさらしている気がしたのだ。相手に敬意を持たれていない。

「お名前は？」コニーは明るい声で少女に尋ねた。「教えてくれない？」

鼻をぐずぐずさせながら、少女はいやに気取りながら甲高い声で答えた。

「コニー・メラーズよ」

「コニー・メラーズ。いいお名前ね。お父さんと来たの？　お父さんが撃ったの？　仕方ないわね、悪い猫ちゃんだから」

少女は大胆な黒い目でコニーを凝視した。相手を値踏みし、この慰めが本心なのか推し量っているのだ。

「おばあちゃんのとこにいたかったのに」

「そうなの。おばあちゃんはどこ」

少女は腕を上げて道の向こうを指差した。

「おうち」

「おうちなのね。おばあちゃんのところに戻る？」

少女は思い出したようにすすり泣きを始め、体を小刻みに震わせた。

「うん」

「じゃあ、いらっしゃい。おばあちゃんのところに連れていってあげる。あとはお父さんにおまかせして」コニーは男のほうを向いた。「あなたのお子さんですわよね」

メラーズは敬礼をしてから軽くうなずいた。

「お連れしてもよろしい？」

「ご随意に」

ふたたびコニーの目を見つめたメラーズの視線は落ち着きがあり、探るようでいながら超然としている。すこぶる孤独でありながら、なおかつ自立している男なのだろう。

「おうちまで一緒に行こうか。おばあちゃんのところ」

少女はまたコニーをこっそりと見上げた。

「ええ」と答え、作り笑いをする。

コニーは少女が好きになれなかった。甘やかされたしらじらしい小娘である。それでも顔を拭《ふ》いてやり、その手を取った。メラーズは黙礼した。

「ごきげんよう」コニーは言った。

一キロ半ほど歩くと、森番の風情ある小さな家が見えた。年上のコニーは年下のコニーにすっかりうんざりしていた。この年でもう子猿のような企みに満ち、そのうえ自信にあふれている。

家の扉は開いていた。なかからがちゃがちゃと音がする。コニーがためらっていると、少女はすっと手を離し、家のなかへ走っていった。

「おばあちゃん！　おばあちゃん！」

「おや、もう帰ったのかい」

土曜の朝ということで、暖炉を黒鉛で磨いているところだった。戸口に姿を現した老女は粗麻のエプロン姿で、手にはブラシを持ち、鼻が黒く汚れていた。小柄で干からびた女である。

「まあ、これは！」戸口に立つコニーを見るやいなや、あわてて顔を腕で拭《ぬぐ》った。

「おはようございます」コニーは声をかけた。「お子さんが泣いていらしたので、お連れしました」

老女はさっと少女に目を向けた。

「あら、父さんは？」

少女は祖母のスカートにしがみつき、媚びるように微笑んだ。

「向こうに」コニーが答える。「野良猫を撃ったらしく、それでお子さんがびっくりして」

「あら、ご面倒かけまして、奥様。まあ、ほんと、ご親切に。わざわざねえ。わかってんのかい！」と少女のほうを向いて言う。「奥様を困らせたりして。ご面倒をおかけして！」

「いえ、面倒なことなど。散歩のついでですから」コニーは微笑んだ。

「ほんと、ご親切に。この子、泣いてましたか。そのうちきっとなんかあるとは思ってましたけど。父親のことを怖がってましてね。この子にしたら、よその人間みたいなもんですから。あかの他人みたいなもんです。そう仲良くなれるもんじゃありません。またうちの息子が変わってましてー―」

コニーは返事に困った。

「ほら、おばあちゃん」少女が作り笑いを浮かべる。

老女は少女が手にしている硬貨に目をやった。

「六ペンスじゃないの！　まあ、奥様、こんなことしていただいて。おまえったら、チャタレーの奥様によくしてもらって。朝からうれしいねえ」

土地の人間は誰でもそうだが、老女もチャタレーを「チャトレー」と発音した――したがって、「チャトレーの奥様によくしてもらって」となる。コニーがつい老女の鼻に付いた黒い汚れに目をやったので、老女は最前のように手の甲で顔をさっと拭った。汚れは落ちない。

コニーが立ち去ろうとしたときだった。

「なんとお礼を申しあげたらいいか、チャトレーの奥様。ありがとうって奥様に言いなさい」最後は少女に対してである。

「ありがとう！」少女は甲高い声で言った。

「いい子ねえ」コニーは笑みを浮かべると、別れの挨拶をして立ち去った。二人から離れられて心底ほっとした。妙な取り合わせね、とコニーは思った。気位の高い痩せた息子に食えない小柄の母親がいるのだから。

コニーが姿を消すと、老女は流し場にある鏡の前に飛んでいき、自分の顔を映してみた。汚れた顔を見ながら地団太《じだんだ》を踏む。

「こんなことだと思ったよ。粗末な前掛け姿と汚れた顔をわざわざ見にくるとは。あたしもいい笑いもんさ」

コニーはゆっくりとラグビーに戻っていった。そこには家庭がある。「家庭」——この温もりある言葉が、あの索然とした屋敷を指すとは。もっとも、この言葉はとうに廃れている。どうしたわけか意味を失ってしまったのだ。現代では、かくのごとき偉大な言葉がひとしなみに意味を失っているように思える。愛、喜び、幸せ、家庭、母、父、夫。力あふれる偉大な言葉が瀕死の状態となり、刻一刻と臨終のときを待っている。家庭とは、人々が住む場所でしかない。愛とは、血道を上げてはならないものである。喜びとは、見事なチャールストンを指す。幸せとは、人を騙す偽善の言葉にほかならない。父とは、勝手に自分の人生を楽しむ人間のことであり、夫とは、ともに暮らして元気にさせておく相手のこと。それでは、最後の偉大な言葉、性はどうだろう。それとて安っぽい言葉になってしまった。なぜならば、それは人をしばし最高の気分にさせたあと、すぐさま惨めな気持ちにさせるような刺激を表すだけだからだ。言葉という言葉が擦り切れて死にかけている。これでは自分を作る素材が安物の生地で、それが擦り切れてなくなるというのに等しい。かくして最後の最後まで残るのは厄介な禁欲主義であるが、そこにも快感はある。無意味な人生を局面ごとに、段階ごとに経験していく。そのこと自体にぞっとするような喜びがあるのだ。以上で終わり。この言葉がいつも最後に来る。家庭、愛、結婚、ミケイリス、以上で終わり。きっと辞世の句もこうなるのだろう――以上で終わり。

それなら金銭はどうだろうか。この場合は事情が異なるかもしれない。いずれにおいても金は必要である。金、成功――トミー・デュークスが作家ヘンリー・ジェイムズをまねしてしきりに使う言葉によれば、成功の女神という雌犬――が無用になることはない。最後の小銭を使いきって、「以上で終わり」とは言えない。少し時間が経てば、また何かで入り用になる。単純に物事を進めるだけでも金はかかる。金は持っていなければならない。そう、絶対に。あとのものは二の次だ。以上、終わり。

もちろん人は好きで生まれてくるわけではない。それでも生まれてしまえば金は必需品となる。唯一絶対の必需品となる。ほかのものはなくてもしのげるが、金となるとそうはいかない。しつこいが、以上で終わりだ。

コニーはミケイリスのことを考えた。そして、一緒にいれば自分の懐に入るかもしれない大金のことも考えたが、それすらも欲しいとは思わなかった。額としては劣っていても、クリフォードの執筆を助けて得られる報酬のほうがよい。実際にそうやって利益を上げている。「クリフォードと二人、執筆で年に千二百ポンドを稼いでいる」と思った。金を稼ぐ。ゼロから稼ぐ。何もないところからひねり出す。まさに人間が自慢できる究極の技。それに比肩するものはない。

だからこそ、コニーは重い足取りでクリフォードのもとへと帰っていったのである。ふたたび一緒にゼロから物語を生み出す。物語とは金の謂《いい》にほかならない。クリフォードは自分の作品を非凡だと思われたがっているようだったが、コニーの正直な気持ちとしては、どうでもよかった。「空っぽだ」と批判する父親には、「去年だけで千二百ポンドよ」とやり返せばすむ。

若ければ歯を食いしばって頑張ればよい。そうすればどこからともなく金が湧き出してくる。熱意の問題、意志の問題なのだ。じわじわと力強く意志を放出させれば、つまり紙片に言葉を記せば、金という得体の知れないがらくたが手に入る。一種の魔法と呼べよう。勝利であるのは間違いない。成功の女神という雌犬のお出ましである。どうせ身を売るならそいつにしたほうがよかろう。雌犬に身を捧げながら、雌犬を軽蔑することはできる。素晴らしいではないか。

当然のことながら、クリフォードはいまなお子供じみた禁忌や迷信にとらわれている。一流だと思われたがるのも一例で、くだらない自惚《うぬぼ》れだった。いま流行《はや》っているもの、それが一流だという。一流でありながら時代に取り残されていては意味がない。けれども、いま一流とされる人間の大半はバスに乗り遅れているように見えた。人生は一度しかない。乗り遅れたら道端にぽつんと取り残されてしまう。それでは負け犬の仲間入りだった。

コニーはロンドンで冬を過ごしたいと思った。今度の冬をクリフォードと一緒に。二人ともバスには乗れたのだから、しばらく二階席に座り、一流の自分たちを見せつけてもよいではないか。

ところが折悪しく、クリフォードがともすれば虚脱状態に陥り、意味もなく憂鬱に襲われるようになった。精神に受けた傷が表に出てくるのだ。そうだとわかっていても、コニーは叫び出したくなった。なんということだろう。意識の働き自体がおかしくなるのだとしたら、もはや手の施しようがない。こんなに尽くしているのに、とことん痛めつけられねばならないとは。

コニーはときに悲嘆の涙にくれたが、泣きながらこう思った。馬鹿みたい。泣いても仕方がないのに。

ミケイリスとの一件があってからは、何も望むまいと心に決めていた。そう決めてしまえば、何事にも諦めがつくように思えたのだ。いまあるもので十分。それだけでやっていく。クリフォード、小説、ラグビー、チャタレー夫人としての務め、金、名声など、そういうものだけで生きていくつもりだった。愛とか性とか、そんなものはアイスクリームと変わらない。味わって終わり。しつこく考えなければどうということもない。とくに性の行為はそう。心を決めてしまえば問題は解決する。性の行為もカクテルも持続時間はほぼ同じ、効果も同じ。似たようなものだった。

しかし、子供、赤ん坊の問題がある。それがまだ心に引っかかっていた。取りかかるなら慎重にしなくてはならない。相手は誰にするか。不思議なことに、父親の候補となりそうな男がいなかった。ミケイリスの子供など考えただけでもぞっとする。ウサギの子を産んだほうがましだ。トミー・デュークスはどうだろう。立派な人ではあるが、どうしても赤ん坊や自分たちの次の世代と結びつけては考えられない。なにせ自己完結している人だから。ほかにもクリフォードの意外に広い交友関係から父親となりそうな相手を考えてみた。どの男にも軽蔑の念しか湧いてこない。愛人にできそうな男なら何人かいる。ミケイリスがそうだ。でも子供を産むなんて。うえっ。屈辱と嫌悪しか感じられない。

以上、終わり。

そうは思ったが、子供のことが頭の隅から離れなかった。いや、待って。あわててはいけない。まずは数世代分の男を篩《ふるい》にかけてみよう。ふさわしい相手がいるかもしれない。「エルサレムの巷《ちまた》を巡り、男を探してみよ」――預言者エレミヤのエルサレムにはぴったりの男が見つからなかった。男は無数にいるが、本物の男となると話は別なのだ。

きっと相手は外国人に違いない。コニーはそう思った。イングランド人、ましてやスコットランド人やアイルランド人のはずがない。れっきとした外国人のはずだ。

だめよ、落ち着いて。今度の冬、クリフォードをロンドンに連れていき、その次の冬、外国に連れていこう。南仏、イタリア――。いや、あわてないで。コニーは子供のことを急いではいなかった。自分に深く関わる問題であり、ここがいかにも女らしくて不思議なところなのだが、心の底では真剣だったのだ。たまたま出会った男に賭けてみるつもりなどなかった。とんでもない。愛人ならいつでも作れる。しかし子供の親となると――いや、待つのだ。話がだいぶそれている。「エルサレムの巷を巡り――」ではなかったか。これは愛の問題ではなく、男の問題だった。本物の男なのに嫌悪を催すこともありうる。しかし、運命の男であるなら、個人的な感情は抜きにしなくては。気持ちとは切り離さなくてはならない。

いつものように雨が降り、道はどこもぬかるんでいた。そのため車椅子を外に出すことはできなかったが、コニー自身は外出することにした。このところ毎日、一人で散歩に出ているのだ。おおかた行く先は森である。森でなら一人きりになれた。誰に会うこともない。

あいにく、この日は森番に言付けをしなければならなくなった。ラグビーではいつも誰かが流感にかかっているらしく、今回は使いの少年が伏せっていた。そこで、自分が森番の家まで行くと申し出たのである。

空気は湿り、澱んでいた。世界がゆっくりと死に向かっているのだろうか。あたりは灰色に見え、湿り気を帯び、炭鉱の音も聞こえない。いま坑内は短縮操業中であり、今日は全面的に休んでいるのだ。万物の終わりという感じがした。

森全体が沈滞していた。ただ、落葉した樹木の枝から大きな水滴がぽたりと落ちるたび、虚《うつ》ろな音が響く。老樹と老樹のあいだに、絶望的なほど黒く重い停滞、沈黙、虚無が幾層にも重なっている。

コニーはぼんやりと歩いていった。古い森からは遠い昔の憂愁が迫りくるようで、なんとも言えず心が静まる。過酷な外界よりも心地がよい。まだ生き残っている森の内省的な趣《おもむき》、老樹の寡黙さが好きだった。老樹は沈黙の力そのものであり、そのうえ命あふれる存在に見えた。この古い木々も自分と同じように何かを待っているのだ。沈黙の力をみなぎらせ、執拗に耐えながら待っている。最期を待っているだけなのだろうか。切り倒され、片付けられるのを。それは森が死ぬことを意味する。樹木にとっては森羅万象の終わりにほかならない。それとも貴族を思わせる力強い沈黙、樹木の力強い沈黙には別の意味が込められているのだろうか。

森の北側を抜けると森番の家が見えた。黒みがかった褐色の石造りで、破風《はふ》のほかに立派な煙突がある。住む人がないかのようにひっそりと寂しい。けれども煙突からは一筋の煙が立ち上っている。柵で囲われた小さな前庭の土は掘り返してきれいに均《なら》してある。扉はぴたりと閉ざされていた。

いざ着いてみると、あの異様な眼力を思い出して気後れがした。指示を伝える気にもならず、いっそのこと引き返してしまおうかとも思ったが、気を取り直して静かに扉を叩いた。誰も出てこない。もう一度そっと叩いてみる。返事はない。窓の外から、薄暗くて狭い部屋をのぞいてみる。他人を寄せつけまいとする孤独さが不気味にすら思えた。

コニーは耳を澄ました。裏手から音が聞こえてくるようだ。自分が来たことはまだ知られていない。そう思うと勇気が湧いた。ここで挫《くじ》けてはいけない。

　家の横をまわってみる。裏は庭になっていて、低い石壁を巡らせてあった。その奥は急な斜面である。角を曲がったとたん、コニーの足が止まった。小さな裏庭に入ってすぐのところでメラーズが体を洗っていたのだ。コニーの存在に気づきもしない。腰まで裸になり、別珍のズボンが華奢な体からずり落ちそうになっていた。肌が白くてほっそりした背中を丸め、石鹸水が入った大きなたらいの上に屈み込んだかと思うと、頭をざぶんと水に潜らせてから妙な動作で素早く頭を振り、細くて白い腕を両耳に撫でつけて水を拭った。水遊びをするイタチのように素早く器用で、自分一人の世界に入り込んでいた。

　コニーはあとずさりして、一目散に森へ逃げた。我にもなく動揺したのだ。男が体を洗っていただけではないか。珍しくもない。

　だが不思議なことに、それは幻想的な体験でもあった。体の中心にがつんという衝撃を受けたのだ。不格好なズボンが真っ白くて華奢な腰からずり下がり、腰骨が少しのぞいていた。それを見た瞬間、孤独な雰囲気、孤塁を守ろうとする気概に打ちのめされたのである。独立不羈《どくりつふき》の魂を持ち、誰の助けも借りずに生きている人間の純粋で白い孤独な裸。その向こうには清らかな人間に備わる一種の美があった。物としての美ではない。肉体の美でもない。それはある種の柔らかな光であり、一個の生命の白くて温かい炎が触れられそうな形になって表れたものだった。それはまぎれもないひとつの肉体だった。

幻影を見て子宮が衝撃を受けたのであり、それはコニー自身もわかっていた。その衝撃が体内でまだ余韻を引いている。それを脳は一蹴《いっしゅう》しようとしていた。裏庭で体を洗う男。いやな臭いのする黄ばんだ石鹸を使っているに違いない。なんだか業腹《ごうはら》だった。どうしてあんな下品な生活を見せられなければならないのだろうか。

こんな自分から逃げるように歩き去ったコニーであるが、しばらくして切り株に腰を下ろした。頭が混乱して考えることができない。ただ、混乱しながらも、用事をすまさなければとは思った。怯《ひる》んでいる場合ではない。あの男が身支度するまで待とう。しかし出かけられてはまずい。あの行水はどこかに出かける準備のはずだ。

コニーは耳をそばだてながらゆっくりと戻っていった。家のそばまで来てみたが、先刻と変わった様子は見えない。犬の吠える声が聞こえた。コニーは扉を叩いた。どうしても鼓動が速くなる。

メラーズが足音を忍ばせながら下りてくる気配があった。急に扉が開き、コニーは驚いた。メラーズのほうも不安そうな顔を見せたが、すぐに笑みを浮かべた。

「奥様でしたか。どうぞなかへ」

メラーズの物腰がじつに柔らかく申し分がなかったので、コニーは敷居をまたぎ、寂しげな狭い部屋に足を踏み入れた。

「夫の言付けで来ました」コニーはかすれ気味の静かな声で言った。

すべてを見通すような青い目で見つめられ、思わずコニーは少し顔を背けた。恥じ入るのを見たメラーズは思った。愛らしい人だ、いや、美しい人だ。そう思ったときにはもう自分から動いていた。

「おかけください」座るまいとは思いながら椅子を勧める。戸口は開けたままだ。

「おかまいなく。主人の話ですけれど――」と伝言を口にしながら、コニーはやはり無意識に男の目を見ていた。

メラーズは柔和な目をしていた。とりわけ女の目にはそう映る。不思議なほどに温かくて優しい。そのうえ屈託がなかった。

「かしこまりました、奥様。すぐそのようにいたします」

指示を受けたメラーズの様子が一変し、堅苦しくてよそよそしい態度になった。

コニーは迷った。もう行かなくてはならない。それはわかっていたが、なんとなく気まずい思いがして、きれいに整った質素な部屋を見まわした。

「一人で暮らしていらっしゃるの?」

「さようです」

「たしかお母さまが――」

「母でしたら村に自分の家があります」

「お子さんもそこに?」

「娘も一緒におります」

メラーズの疲れたような顔に、いわく言いがたい嘲《あざけ》りの表情が浮かんだ。よく表情が変わるので当惑させられる。

「もっとも」コニーが戸惑っているのを見て、メラーズは言葉を継いだ。「土曜に母が来て片付けをしてくれます。あとは自分でいたします」

コニーはふたたびメラーズに視線を向けた。その彼の目にまたしても笑みが浮かんでいる。からかっているのだろうか。だがその目は温かく、青く、なぜか優しい。コニーにはこの男が不思議でならなかった。いまはふつうのズボンをはき、フランネルのシャツとグレーのタイを身につけている。髪はしっとりと柔らかい。顔は青白く、少しやつれて見えた。目から笑みが失せたとたん、多くの苦しみを見てきたと言わんばかりの表情になったが、温かみだけは消えずに残り、そしてまた青白い顔に孤独な影が差すと、目の前の女はいないも同然になるのだ。コニーはメラーズに言い知れぬ違和感を覚えた。生命感がありながら近くに死を感じさせる。

いろいろと話をしたかったが、コニーは何も言わずにおいた。ふたたび見上げるような視線を向けて、こう告げただけである。

「お邪魔にならなければよかったのですけど」

からかうように微笑んで、メラーズは目を細めた。

「いえ、髪をとかしていただけですので。むしろ失礼いたしました。上着も着ずに申し訳ございません。どなたが来たのかわからなかったものですから。ふだんは戸を叩く者などおりません。予期せぬ音というものは不吉な感じがいたします」

メラーズは先に立って庭の小道を歩いていき、木戸を開けた。不格好な別珍の上着はおらずにシャツ一枚の姿なので、コニーの目には、やはり細さが際立って見えた。痩せていて、やや猫背である。ただし、そばを通り過ぎるとき、柔らかい金髪と俊敏な目の動きに若々しくて快活なものが感じられた。年は三十七、八だろう。

コニーは背中に視線を感じながら重い足取りで森のなかへ戻っていった。メラーズのせいで不覚にも激しく動揺していた。

メラーズのほうは家に入りながらこう思っていた。「素晴らしい。本物の女だ。ただ、その素晴らしさに自分で気づいていない」

コニーはメラーズのことをつらつら考えた。まったく森番らしくない。労働者にさえ見えない。地元の人間と共通点はあるのだが、どこかが大きく違う。

「森番のメラーズ。なんだか変わった人ね」コニーはクリフォードに言った。「紳士と呼んでも通りそう」

「そうかい。気づかなかったな」

「どこか特別な雰囲気がありません？」コニーは続けて言った。

「たしかにいいやつではあるが、僕はほとんど何も知らないのだ。除隊したのは去年で、一年も経っていない。インドにいたと思う。向こうで出世のコツでもつかんだのか、最初は将校の当番兵か何かをしていたが、じきに昇進した。そういう兵隊もなかにはいるが、それでどうなるわけでもない。国へ帰れば元通りの存在になる」

コニーはクリフォードを見つめながら思った。この人には下層階級から這い上がろうとする人間を拒絶する傾向がある。それが彼のような人種の特徴なのだ。

「それでも、特別な面があるとは思わなくて？」

「はっきり言うが、そんなものはない。僕にはまるでわからん」

クリフォードはコニーにいぶかしげな視線を向けた。疑いの混じった不安げな目である。コニーには夫が本音を語っていないように思えた。そう、自分自身に嘘をついている。例外的な人間がいると思うだけでもいやなのだ。他人はほぼ同格か格下でなければならなかった。

ここでもコニーは現代の男たちのけち臭さ、卑しさを感じた。誰も彼もがいじましく、びくびくしながら生きている。

第7章

寝室に戻ったコニーは、あることを久しぶりに試みた。服をすべて脱ぎ、大きな鏡に自分の裸身を映してみたのだ。何を探そうというのか。何を見るつもりなのか。自分でもわかってはいなかったが、灯《あか》りの位置を動かし、全身を照らしてみた。

思うことはいつもほぼ同じである。裸で見ると、人の体というものはいかにもはかなく、そして哀れみを誘う。あと一歩で完成となるのに、何かが足りない。

コニーはスタイルがよいと思われていたが、いまの流行の体型ではなかった。いささか女らしさが上回り、思春期の少年という色合いが不足しているのだ。背はあまり高くない。スコットランド人の性質がやや勝っているせいで小柄だった。それでも体の滑らかな曲線には気品らしきものが備わっている。優美だともいえようか。肌はかすかな黄褐色で、手足は得も言われぬ静謐《せいひつ》さをたたえ、豊潤さがあってしかるべき肉体である。にもかかわらず、何かが欠けていた。

見事な曲線美を完成させるどころか、その肉体は扁平になりつつあり、ざらつきが出ていた。陽光と熱を十分に享受しなかったというのか、灰色がかっていて、潤いが乏しい。真の女らしい豊かさに欠け、そうかといって少年を思わせる透明感もない。むしろ濁っていた。

胸は小さめで、ナシのように垂れている。だがナシとはいっても熟することなく苦味を帯び、無意味にぶら下がっていた。腹部も、若いころのふくらみと清新な輝きを失くしている。ドイツの青年と肉体的に愛しあっていたころは、潑剌とした期待に満ちて独特の表情を持っていたのに、いまはたるんで平べったい。前よりも肉が落ちたとはいえ、ゆるんだ痩せ方である。なんとも女らしくふくよかで、躍動感にあふれていた太腿《ふともも》までもが、なぜかだらしなく萎《しぼ》み、価値を失いつつあった。

彼女の肉体は意義を失おうとしていた。どんよりと濁ってきている。これでは存在する意味がない。あまりにもやりきれなくて、コニーは絶望的な気持ちになった。どこに希望があるというのだろう。まだ二十七歳なのに、すっかり年老いてしまった。肉体には色つやもきらめきもない。なおざりにして必要なものを与えずにいたせいで錆びてしまった。そう、与えるべきものを与えなかったせいだ。上流社会の淑女たちはいつまでも肉体を輝かせている。繊細な磁器のように外側を磨く。磁器に中身はない。たしかにそうだが、自分にはうわべの輝きさえないではないか。知的な生活とやらのせいである。そんな紛《まが》い物《もの》の生活が、コニーは急に憎らしくてたまらなくなった。

もう一枚の鏡に目を移す。背中から尻までが見えた。痩せてきているが、それが自分に似合っているとは思えない。体をよじって腰の後ろを見てみると、小じわが寄り、少しくたびれていた。昔は溌剌として見えたものを。なだらかに続く腰から太腿あたりには光沢のある豊潤さがない。ドイツの青年だけが愛してくれたあの若い肉体はどこへ行ってしまったのか。あの青年が亡くなって十年近くになる。時の経つのは早いものだ。早いとはいっても、自分はまだ二十七歳である。あの健康的な青年はうぶで不器用な愛を見せてくれた。当時は小馬鹿にしていたが、いまはそのような愛すらもない。それは男たちから消えてしまったのだ。惨めな二秒の痙攣で終わり。ミケイリスがそうだ。肉体の瑞々しい交わりによって血がたぎり、存在自体が生き返るようなことはない。

それでも自分の体のなかでは、流れるような曲線を描く腰から太腿あたりと、静かにまどろむ尻が最高に美しいと思った。それはアラブ人が砂丘と呼ぶものであり、どこまでも柔らかくてなだらかな曲線を描いている。ここにはまだ生命の希望が残っていた。それでも痩せてきているのはたしかであり、熟することなく萎もうとしていた。

体の前面を見ると惨めな気持ちになった。すでに締まりなく痩せ、たるんできている。いまにも枯れてしまいそうだ。生命を謳歌する前に若さを失おうとしていた。いつか産むことになるかもしれない子供のことを考える。そもそも産める体なのだろうか。

コニーはネグリジェに着替えてベッドに入り、さめざめと涙を流した。胸がふさがる思いのまま、クリフォードに対して、彼の小説や言葉に対して、冷ややかな憤りを覚えた。その怒りは、女から肉体を奪いさえする彼のような男たちへ向けられたものだ。なんという不条理。肉体がないがしろにされているという思いが燃え上がり、魂までも焦がした。

しかし、朝になれば七時に起きて夫のところへ降りていく。身辺のことはひととおり面倒を見てやらねばならない。クリフォードは男の召使を置かず、女の使用人は嫌がった。重いものを持ち上げたりしてくれるのは、彼のことを幼少のころから知る家政婦の夫である。身のまわりのことはコニーがやった。進んでやった。負担に思っても、できるだけのことはしてやりたかったのだ。

そういうわけで屋敷を留守にすることはめったになく、離れてもせいぜい一日、二日のことだった。自分が留守のあいだは家政婦のベッツ夫人が世話をしてくれる。案の定、クリフォードは奉仕されるのを当然だと思うようになっていった。そこがいかにも彼らしい。

ところがコニーの心の奥深くで、不当だという思い、騙されているという思いが強まってきた。肉体が不当だと感じるようになったら危険である。はけ口を見つけてやらないと本人をむしばんでいく。

気の毒なクリフォード。彼のせいではない。彼のほうがよほど不幸だ。すべての元凶は戦争にある。

そうだとしてもクリフォードに落ち度がないといえるだろうか。彼には温かさがない。体の触れあいという素朴な温かさすらない。それでも彼が悪くないというのか。心からの温かさを一度も見せたことがない男である。親切であり、気配りもできるが、そこには育ちのよさからくる冷たさが感じられた。まして男が女に示す温かみなどあるはずもない。コニーの父親でさえ娘に示せるものなのに。好きに暮らすのをやめられない男ではあっても、男性のわずかなぬくもりで女に慰めを与えることはできるのだ。

だがクリフォードは違った。彼のような種族全体が違っていた。誰もが心のなかでは狷介《けんかい》孤高《ここう》を旨としている。温情を悪趣味としか思っていない。そんなものなしで生き抜くべきだと考えていた。階級や種族が同じ者同士ならそれもよいだろう。我関せずと身を持し、自分の立場を守り、その喜びに浸っていられる。しかし相手の階級や種族が違う場合、そうはならない。そういう環境で自分の立場を守り、支配階級に属する気分を味わったところで、なんら面白みはない。そんなことをしてどうなるというのか。いかに聡明な貴族であっても、いまでは自分が保持するものに積極的な意義を見出せず、支配など幻影でしかなく、支配となりえていないことを知っているのだから。すべてが血の通わない茶番だった。

コニーのなかで反抗心がくすぶっていた。こんなことをして意味があるのだろうか。自分を犠牲にし、クリフォードに一生を捧げてどうなるというのか。自分が仕えている相手は虚栄に満ちた冷たい人間でしかない。人間同士の温かな触れあいはなく、成功の女神という雌犬に身売りすることだけを考えているのだから、最底辺に生まれた卑しい人間と比べても堕落していた。支配階級の一員だという自負で超然としていても、舌をだらりと垂らして雌犬を追いかけている。その点では、どう考えてみてもミケイリスのほうが立派だった。立派なうえ、はるかに功なり名を遂げている。つまるところ、飢えたように雌犬を追いかけるクリフォードは、よく見れば道化なのであった。ごろつきよりも道化のほうが恥ずかしい。

二人を比べた場合、クリフォードよりもミケイリスのほうがコニーを存分に生かすことができた。そのうえ、よほど彼女を必要としていた。不自由な足なら優れた看護師にまかせておける。高潔さの点では、ミケイリスが勇敢なドブネズミなら、クリフォードは目立ちたがりのプードルによく似ていた。

屋敷の滞在客にクリフォードの叔母イーヴァがいた。ベナリー令夫人である。年齢は六十歳で、赤鼻の痩せた未亡人だが、いまなお貴婦人の面影を残している。名門中の名門に属し、それにふさわしい品格を備えていた。コニーは夫人のことが好きだった。まるで気取りがなく、率直にものを言い、表向きは親切だった。むろん夫人の内部には、自分の立場を守り、人を少しだけ見下すことに長けた女が潜んでいる。俗物なところはみじんもない。それだけ自分に自信があるということだ。冷静に自分の立場は守りながら相手を従わせるという社交の遊戯では非の打ちどころがなかった。

コニーには優しく接し、良家の子女らしい観察眼を錐《きり》のように利用して彼女の心のなかに食い込もうとした。

「お見事ね」ベナリー夫人はコニーに言った。「クリフォードが大変身。まさか天才が眠っているとは思いもしなかったわ。それがすっかり人気者になって」夫人は甥の成功が得意でならなかった。一族の自慢がまたひとつ増えたのだ。著作のことは眼中にない。気にする必要がどこにあろう。

「いえ、私など」

「そんなこと言って。あなたのおかげよ。それにしては、ご褒美が少ないようですけど」

「とおっしゃいますと」

「こんなところに閉じ込められているでしょ。クリフォードに言っておいたわよ。奥さんが反旗を翻《ひるがえ》したら、それはあなたのせいだと」

「好きなようにさせてもらっています」

「ねえ、いいこと」ベナリー夫人が骨張った手をコニーの腕にかけた。「女だって自分の人生を生きなければだめ。きっと後悔する。本当よ」そう言ってブランデーをひと口する。ブランデーを飲むのが夫人なりの後悔の仕方なのかもしれない。

「私は自分の人生を生きていると思っています」

「そんなことありません。ロンドンに連れていってもらいなさい。そしてあちこち出歩く。あの子の仲間はあの子にはいいでしょう。でも、あなたには関係がない。私だったらきっと不満に思うわ。あなたもだんだん若さを失って、やがて年寄りになる。その前に中年ね。そのとき悔やむのよ」

ベナリー夫人はブランデーに慰められ、何か考えるように黙り込んだ。

コニーにはロンドンへ行く気も、夫人の導きで社交界に入る気もなかった。そこまで自分が洗練された人間だとは思っていない。関心もなかった。第一、社交界には独特な冷たさが感じられる。いうなれば、そこはカナダにあるラブラドル半島の大地であった。地面には可憐な花が咲き、その下は凍っている。

屋敷にはトミー・デュークスも滞在していた。ほかにハリー・ウィンタースロウ、ジャック・ストレンジウェイズと彼の妻オリーヴもいた。「悪友たち」だけが集まったときとは違い、会話は散漫になり、全員がいささか退屈していた。あいにくなことに天気が悪く、ビリヤードをする以外は自動ピアノに合わせて踊ることしかできない。

オリーヴは未来について書かれた本を読んでいた。いつか赤ん坊は瓶のなかで育てられ、女性は「解放される」のだそうだ。

「まあ、すてき」オリーヴは言った。「これで女も自分の人生が持てるようになるわけね」

夫のジャックは子供を欲しがり、妻のオリーヴは嫌がっていたのだ。

「解放されるのをどう思います」ウィンタースロウは醜い笑みを浮かべて尋ねた。

「もちろんうれしいわ」オリーヴが答える。「とにかく未来がもっとまともになって、女性の役割に引きずられることもなくなり——」

「宙に浮き上がる」デュークスは茶化した。

「文明が十分に発達すれば肉体に縛られる不自由もぐんと減るはずだ」クリフォードは言った。「愛の行為なんてものも消えてなくなればいい。赤ん坊が瓶で育てられるようになれば、たぶんそうなるだろう」

「ちがうわ」オリーヴが大きな声を出した。「そうなれば、もっとお楽しみが増えるかもしれない」

「きっと愛の行為がなくなっても」ベナリー夫人が思案顔をする。「別のものが現れると思うわ。たとえばモルヒネね。大気中に少量のモルヒネ。それで誰もが元気になるのよ」

「土曜日に政府が麻酔剤を大気に放出する。愉快な週末になるぞ」ジャックは言った。

「たまらないね。水曜にはどこをうろついているやら」

「肉体を忘れられるなら、こんな幸せなことはないわね」ベナリー夫人は言った。「肉体を意識したとたん、惨めな気持ちになるから。文明が少しでも役立つものなら、肉体を忘れさせてもらいたい。そうすれば幸せな時間が知らずに過ぎていく」

「なんとかして肉体を捨てられないものか」ウィンタースロウは言った。「いい加減に人間の機能が改善してもいいころだろう。とくに身体の」

「煙草の煙みたいに体がふわふわと浮くかしら」コニーは言った。

「そんなことは起きませんよ」デュークスは言った。「この古い世界はばたんと倒れることでしょう。文明が崩壊するのです。崩壊して、そのままどこまでも底なしの穴を落ちていく。その深淵のなかを落ちていく。そして、いいですか、その深淵にかける唯一の橋は男根になるのです」

「そんな、まさか」オリーヴが声を張り上げる。

「私もこの文明は没落すると思うわ」ベナリー夫人が言った。

「その後はどうなります」クリフォードが質問をぶつける。

「見当もつかない。でも、たぶん何かは起きるでしょう」

「コニーいわく、煙草の煙。オリーヴいわく、解放された女と瓶の赤ん坊。デュークスいわく、男根こそが次世代への橋渡し。実際はどうなるのやら」クリフォードは嘆いた。

「そんなことは気にせず、いまを生きましょう」オリーヴが話題を変えた。「ただ、赤ん坊の瓶のほうは急いで作ってもらわないと。哀れな女を解放するために」

「次の世代には本物の男が出てくるかもしれない」デュークスは言った。「聡明で健全な本物の男。そして健全で魅力のある女。僕たちとは違う。大違い。なんといっても、いまの僕たちは男でも女でもないのだからね。試験中の頭でっかちの機械さ。そのうちに本物の男女が現れる世代が到来するかもしれない。知能年齢が七歳の小利口な僕らとは違う。驚きだよ。煙草の煙、瓶の赤ん坊など話にもならない」

「本物の女の話を出されたら、私は降参」オリーヴは言った。

「残る自慢は、心、か」ウィンタースロウは言った。

「酒の心！」と言って、ジャックがウイスキーソーダを飲む。

「そうだろうか。僕は肉体の復活を願う」デュークスは言った。「やがてその時代が来る。頭脳をちょっと脇に置くのさ。あとは金とかもね。そうすれば金銭の民主主義に代わり、触れあいの民主主義が出現する」

コニーのなかで何かが響いた。「肉体の復活を願う！　触れあいの民主主義！」後半の意味はさっぱりわからなかったが、少なくとも心は慰められた。ときとして意味不明な言葉がそういう効果をもたらす。

それにしても、最初から最後まで恐ろしく馬鹿げた話であり、腹が立つくらい退屈だった。クリフォードも、ベナリー夫人も、オリーヴとジャックとウィンタースロウも。ついでにデュークスも。ぺらぺらとおしゃべりばかり。いったいどういうつもりなのだろう。

客が去ったあとも状況は変わらなかった。ずっと単調な生活が続いている。それでも体の下半分には怒りと苛立ちがわだかまっており、そこから逃れることができなかった。一日一日が得体の知れない苦痛に満ち、まるで軋《きし》むように過ぎていく。何が起きるわけでもない。体は痩せていくばかりで、家政婦には心配され、デュークスには病気を疑われた。なんでもないと答えた。そうは言ってみたが、ぞっとするほど真っ白な墓石の列が急に怖くなった。大理石の妙な白さが気味悪く、入れ歯みたいで忌まわしい。テヴァシャル教会に続く丘の中腹に立ち並び、庭園にいると容赦なく目に飛び込んでくる。醜い入れ歯のようにぞろりと並ぶ墓石にコニーはぞっとするような恐怖を感じた。自分が埋葬される日も遠くはあるまい。墓石や墓標の下に眠る死者の群れに加わるのだ。この汚らしい中部の地で。

救いが必要だった。それは自分でも承知している。そこで姉のヒルダに懊悩《おうのう》をつづった手紙を送った。「最近、具合がよくないの。どうしてかしら」

スコットランドで暮らすヒルダがすぐに駆けつけた。三月のことである。二人乗りの軽快な車を一人で飛ばしてきた。私道に入り、クラクションを鳴らしながら高台へ続く坂を上ると、二本の大きなブナが立つ楕円形の草地をまわり、屋敷の前に停車した。

姉を迎えようと急いで玄関に出てきたコニーが石段で待っていた。車から降りてきたヒルダが妹にキスをする。

「コニー、いったいどうしたのよ」

「なんでもないわ」

恥ずかしそうに答えたコニーではあるが、健康そうな姉を見ると自分の苦しみが実感できた。二人はもともと、黄金色《こがねいろ》に近い輝く肌、柔らかな茶色い髪、生まれつき丈夫で温かな体をしている。それなのにいまのコニーときたら、体は痩せ、肌は土気色、細く黄ばんだ首がセーターから突き出しているのだ。

「そんなこと言って。あなた、病気よ」ヒルダはかすれ気味の静かな声で言った。姉妹どちらも同じような声をしている。年齢は二歳ほど離れていた。

「違うの。たぶん退屈なだけよ」コニーの声が哀れみを誘う。

ヒルダの顔が戦いの炎に燃えた。見た目は穏やかだが、よくいる女傑の類《たぐい》なのだ。男に合わせるということができない。

「ひどいところね」無様に老いた屋敷を憎々しげに見つめながら、ヒルダは低い声で言った。熟したナシのように落ち着いていて温かそうに見えるが、生粋《きっすい》の女傑なのである。

ヒルダは静かにクリフォードと対峙した。クリフォードはヒルダの美しさに感銘を受けながらも畏縮する自分を感じた。妻の家族には自分と同じような礼儀作法が欠けている。余所者《よそもの》だといえるだろう。そう思ってはいたが、いきなり懐に入り込まれると言いなりにされてしまうのだった。

クリフォードはきちんとした身なりで端然と椅子に座っていた。艶《つや》やかな金髪、生き生きとした顔、少し飛び出た水色の目、謎めいてはいるが育ちのよさそうな表情。その表情がヒルダには陰気で間の抜けたものに見える。クリフォードは待っていた。冷静沈着な様子であるが、いかなる様子であろうとヒルダは気にしなかった。猛烈に腹が立っていたからだ。相手が教皇だろうと皇帝だろうとかまうものか。

「コニーの加減がだいぶ悪いようですけど」ヒルダは抑えた声で言いながら、きれいな灰色の目でクリフォードを見据えた。コニー同様、とても淑《しと》やかに見えるが、その奥にスコットランド人特有の強情な気質が潜んでいるのをクリフォードは知っている。

「少し痩せたようです」

「妹のために何もなさりませんの？」

「その必要があると思われますか？」イングランド人らしい堅苦しさを最高の柔らか

さで包み込む。こんな言い方ができたのは、この堅さと柔らかさがよく共存するからだ。

ヒルダはにらみつけるだけで返事はしなかった。コニーと同じで当意即妙が持ち味ではない。だからにらみつけた。そのほうが相手も気詰まりになる。

「医者に見せようと思います」しばらく経ってからヒルダは口を開いた。「このあたりで、いい医者はご存じありません？」

「あいにくですが」

「それではロンドンに連れていきます。信頼できる医者がおりますので」

クリフォードは腸《はらわた》が煮えくりかえる思いで聞いていたが、何も言わずにおいた。

「今夜はこちらに泊めていただいて」ヒルダが手袋をはずす。「明日、車で連れていきます」

クリフォードの顔は怒りで黄色くなり、夜になると白目までもが黄ばんだ。怒りが肝臓にまで来ていたのだ。それでもヒルダは淑女めいた慎ましさを崩さない。

「身のまわりの世話に看護師か誰か雇われたらいかが。せめて召使の男性はおりませんと」ヒルダは言った。傍目《はため》には、二人とも穏やかに夕食後のコーヒーを楽しんでいるように見える。ヒルダの声はいつものように穏やかで、優しげでさえあるが、クリフォードとしては頭を棍棒で殴られている気がした。

「そう思われますか?」クリフォードの声は冷たい。

「ええ、もちろん。そうなさらないのでしたら、父と私とで妹を何カ月かどこかへやることになります。こんなことが続くようでは困りますから」

「こんなこと?」

「あの子をご覧になりまして?」ヒルダはクリフォードをまじろぎひとつせず見つめた。

一瞬、クリフォードの姿が茹でて真っ赤になった巨大なザリガニになった。そのようにヒルダの目には映った、という意味である。

「コニーと話してみます」クリフォードは言った。

「もう私が話しました」

その昔、クリフォードはうんざりするほど看護師の世話になった。憎むべき存在である。隠しごとが許されないからだ。そこへきて、さらに召使とは。男に周囲をうろちょろされるのはたまらない。女のほうがまだましだ。それならばコニーでよいではないか。

翌朝、姉妹は車で出発した。ハンドルを握るヒルダの横でコニーはちんまりと座っている。父親は不在だったが、ロンドンのケンジントンの家に泊まることはできた。

医者がコニーを丹念に診察し、生活のことを子細に尋ねた。「奥様とクリフォード様のお写真はたまに新聞で拝見しております。なかなかの有名人ですな。おとなしいお嬢さんが立派に成長されて。いや、新聞はともかく、いまもおとなしいお嬢さんですかな。いえ、いえ、体のほうは大丈夫です。ただ、このままではいけません。クリフォード様に話をされて、ロンドンか外国へ息抜きに行かれるといいでしょう。楽しまなくては。生気があまりにも乏しい。もう残っていない状態です。心臓の神経が変調を来《きた》しかけている。そう、問題は神経です。カンヌかビアリッツに行けば、ひと月で健康体に戻して差し上げられるのですが。とにかくこのままではいけません、絶対に。責任が持てません。生命力を使うばかりで回復させていない。息抜きが必要です、健康的な息抜きが。生気を使うばかりでは鬱になります。鬱はいけません」

ヒルダがぐっと歯を食いしばった。何かを決意したのだ。

二人がロンドンにいるという情報を耳にして、ミケイリスがバラの花束を持ってやってきた。

「どうしました」ミケイリスは叫ぶように言った。「見る影もない。こんなに変わることがあるなんて。知らせてくだされればいいものを。行きましょう、ニースでも、シシリーでも。僕と一緒に。時季もちょうどいい。日光を浴び、元気を回復しなければ。そのままでは衰弱する一方ですよ。一緒にいらっしゃい。アフリカに行きましょう。ああ、クリフォードですか。彼なんか捨てておしまいなさい。離婚が成立次第、僕と結婚するのです。人生のやり直し。まったく、あんなところにいたら誰だって死んでしまう。むさ苦しくて気が滅入る。日光を浴びましょう。太陽もそうですが、まともな生活も少し――」

クリフォードを見捨てると考えた瞬間、コニーの心臓はぴたりと止まった。そんなことは無理、絶対にできない。戻らなければ。

ミケイリスは呆れてしまった。ヒルダはミケイリスのことが好きではない。それでもクリフォードよりはましに思えた。姉妹は中部地方に戻った。

ヒルダはクリフォードに話した。クリフォードの目は依然として黄ばんでおり、彼なりに神経をすり減らしていたのだが、医者の話も含めおとなしく聞いていた。もちろんミケイリスの話は出ない。最後通牒を黙って聞いた。

「これがその方の住所です。先生の患者を最後までかいがいしく世話して、本当にいい男《ひと》のようですから。きっと来てくれますわ」

「お言葉ですが、僕は病人ではない。男の召使も必要ない」クリフォードも気の毒である。

「こちらは看護師の住所。二人分あります。一人には会いました。仕事はできそうです。五十歳くらいかしら。物静かで丈夫で優しくて、それなりに教養もあるようです」

クリフォードはむすっとしたまま返事をしようともしない。

「そうですか。明日までに話がまとまらないようでしたら、父に電報を打って、コニーを連れて帰ります」

「コニーがうんと言いますかね」

「行きたくはないようですけど、このままではどうにもならないということも承知しています。母親が癌で亡くなったのも、神経をすり減らしたせいですから。危ない目に遭わせるわけにはいきません」

翌日、クリフォードはボルトン夫人の名前を出した。テヴァシャル教区の看護師である。ベッツ夫人の薦めらしい。ボルトン夫人は教区の仕事を近いうちに辞め、個人で看護師の仕事をしようと考えていたのだ。クリフォードは他人に身を委ねるのを妙に恐れていたが、かつて猩紅熱《しょうこうねつ》にかかったとき、このボルトン夫人に看病してもらった経験がある。だから夫人のことは知っていた。

姉妹はすぐさまボルトン夫人のもとを訪ねた。テヴァシャルの一等地に立つ新しい家である。出てきたのは予想外に顔立ちの整った四十歳前後の女性で、看護師の制服に白のカラーとエプロンを着けていた。物があふれた小さな居間でお茶の支度をしていたらしい。

ボルトン夫人はよく気のつく折り目正しい女性だった。人当たりもよさそうで、少し訛りはあるが、標準的な英語をきちんと使う。長きにわたり病気の坑夫たちを相手にしてきただけあって、仕事の面では有能であると自負し、相当な自信も備わっている。要するに、村でそれなりの実力者なのであり、大きな尊敬も集めていた。

「たしかに、奥様の具合は全然よろしくありません。以前は溌剌とされた方でしたのに。それがこの冬はどんどん体調を崩されて。まったくひどい話です。お気の毒なのはクリフォード様も変わりません。言うまでもなく、すべてはあの戦争のせいです」

シャードロウ医師から放免され次第、ボルトン夫人はラグビーへ来ることになった。本来ならまだ二週間は教区の仕事が残っている。「代わりの看護師が見つかれば、すぐにでも行けるのですが」

ヒルダは大急ぎでシャードロウ医師のもとに向かった。かくして、次の日曜日にはトランクをふたつ持ったボルトン夫人が、リーヴァーという男の馬車で屋敷にやってきた。ヒルダは夫人と話をした。夫人は話し好きだった。やや青白い頰にさっと赤みが差すところなどはいかにも若々しい。四十七歳ということだった。

夫のテッド・ボルトンは二十二年前に坑内で死んだ。ちょうどクリスマスのときである。夫人には二人の子供が残された。当時はまだ赤ん坊だったイーディスがいまでは結婚している。夫はシェフィールドのブーツ薬局で働く青年だった。もう一人の娘はチェスターフィールドで教師をしており、週末、誘い出してくれる相手がいないと実家にやってくる。夫人の若いころとは違い、現代の若者は遊ぶことを知っているのだ。

テッド・ボルトンが坑内の爆発事故で死んだのは二十八歳のときである。前方にいた親方が「伏せろ！」と叫んだ。四人の坑夫が居合わせ、ぎりぎりで伏せたが、テッドだけは間に合わずに死んだ。その後の審理では、会社側の主張により、テッドは怖がって逃げ出そうとしていたのであり、命令にも従っていなかったということになった。ほぼ本人の過失というわけだ。慰謝料はわずか三百ポンド。しかも、法に基づく慰謝料というよりも弔慰金のような扱いで支払われた。実際は本人の過失だからというわけである。それだけではない。会社は全額を即金で払おうとしなかった。ボルトン夫人は小さな店を構えるつもりでいたが、酒でも飲んで使い果たすに違いないと考えたからだ。結果、週に三十シリングずつ支払われることになり、夫人は毎週月曜日の朝に事務所まで出向き、二時間ほど並んで順番を待った。それが四年ほど続いた。

小さな子供を二人も抱えて、いったいどうすればよいのか。このときテッドの母親が親身になり、赤ん坊がなんとか歩けるようになると、日中は二人を預かってくれた。そのおかげで、シェフィールドまで行って救急処置の授業に出ることができた。四年目には看護学の科目まで取り、資格を得た。自分の手で子供たちを養おうと決めていたので、ささやかな勤め口ではあったが、アスウェイトの病院で助手を始めた。ところがしばらくして、一人でもやっていけると判断した会社――つまりテヴァシャル炭鉱、実質的にはジェフリー・チャタレー――が親切心を見せるようになった。教区の看護師をまかせたうえ、もろもろの支援をしたのだ。この点は夫人もつねに感謝している。以来ずっと教区の仕事を続けてきたが、それも最近は負担になり、もう少し楽な仕事をしたいと思っていた。なにせ教区の看護師はあちこち歩かされる。

「いつも申し上げていることですが、会社には親切にしていただきました。それでもテッドへの仕打ちは忘れられません。坑内では誰よりも冷静で勇敢でしたのに、それを臆病者呼ばわりして。それこそ死人に口なしでしょう」

そう話す夫人の感情は不思議なくらい複雑なものだった。長年にわたり世話をしてきた坑夫たちに愛情を覚えながらも大きな優越感を抱いている。上流階級の一員くらいの気持ちでいた。一方、支配階級への怒りも根深い。会社と坑夫が争うときはかならず坑夫の側につく。しかし、争いのないときは上に立ちたいと思い、上流階級に憧れた。上流階級には魅力があり、彼女のイギリス人としての優越感に訴えるものがあるのだ。ラグビーに来てチャタレーの奥様と話ができると思えば胸も躍る。坑夫の細君たちとは雲泥の差。ボルトン夫人はあからさまにそんなことを語った。

その一方で、チャタレー家への不満、つまり支配者たちへの不満が顔をのぞかせたりもする。

「奥様がおやつれになるのも無理はありません。お姉様が助けにきてくださるからいいですが。男性にはわからないのでしょう。上の階級でも、下の階級でも、女性がしてくれることを当たり前だと思っているのですから。坑夫たちに何度言ってやったことか。クリフォード様も、ああいうお体になられてさぞかしおつらいでしょう。昔から気位の高いご一族です。人を寄せつけない感じで。それがあのような姿でお戻りになられたのですから、奥様もおつらいでしょう。旦那様以上におつらいでしょう。どれだけのものを失われたことか。私の場合、夫婦生活はわずか三年でしたが、素晴らしい夫でした。あんな人はめったにおりません。とても幸せでした。それがまさか事故で死ぬとは。いまでもまさかと思います。それどころか、夫の死を一度たりとも信じたことがないのです。亡くなった夫の体をこの手で洗いましたのに。それでも私にとって彼は死んでいませんでした。死を受け入れたことなど──」

ラグビーにとって新しい声である。コニーも初めて耳にする声、聞くに値する声だった。

そういうボルトン夫人も、ラグビーに来てから一週間ほどは猫をかぶったようにおとなしくしていた。堂々たる押しの強さは影を潜め、そのうえ緊張していた。クリフォードの前では臆病になり、怯えている様子だった。ほとんどしゃべらない。そこが気に入ったクリフォードはたちまち落ち着きを取り戻し、用事を言いつけ、相手の存在さえ忘れてしまった。

「幽霊にしては役に立つ」クリフォードは言った。

その言葉にコニーは自分の耳を疑ったが、反論は控えた。お互いの印象がここまで異なるものだとは。

やがてクリフォードの態度に威厳が戻り、ボルトン夫人に尊大な調子で接するようになった。夫人が漠然と予測していたとおりである。クリフォードは無意識にそう振舞っていた。人は図らずも期待に応えるものなのだ。坑夫たちは、包帯を巻かれたり、世話をされたりするとき、子供のような口調で話し、痛む場所を訴える。そんなとき夫人はいつも自分が偉大な存在に思え、神のような気分にさえなった。だがクリフォードを相手にすると、自分が卑小な召使に感じられる。夫人はそれを甘んじて受け入れ、上流階級に適応していった。

ボルトン夫人は細面《ほそおもて》の美貌をうつむけたまま黙々と世話をした。口を開けばじつにうやうやしい。「こちらをいたしましょうか。あちらにいたしますか」

「いや、そのままでよろしい。あとでやってもらう」

「かしこまりました」

「また三十分後に頼む」

「かしこまりました」

「それから、その古い新聞も持っていってくれたまえ」

「かしこまりました」

静かに退出し、三十分後ふたたび静かにノックする。いいように使われていてもボルトン夫人は気にしなかった。これが上流階級だという思いがある。クリフォードに反感も嫌悪も抱かなかったのは、彼という存在の向こうに、未知の現実、つまり上流社会の現実が広がっていたからにほかならない。その現実をこれから知っていくのだ。夫人は奥方といるほうが落ち着けた。それに、やはりなんといっても要《かなめ》は家庭の主婦である。

夜になるとクリフォードの寝支度を手伝い、それから廊下をはさんだ向かいの部屋で眠る。夜中に呼び鈴が鳴れば駆けつけ、朝も手伝いをするので、いつしか身のまわりの世話はなんでもするようになった。女らしい繊細な手つきで優しくひげも剃ってやる。夫人は働き者なうえに有能であり、しまいにはクリフォードを掌中に収めてしまった。あごに石鹸を塗り、そっとひげを撫でてやれば、坑夫たちとそう違いはない。冷たくされても、心を開いてもらえなくてもかまわなかった。自分はいま新しい経験をしているのだ。

クリフォードは内心でコニーを許していなかった。よく知らない女を雇って、自分の世話をまかせきりにしたのだ。夫婦の情愛という素晴らしい花を枯らしてしまったと思っている。コニーのほうは気にしていなかった。その素晴らしい花とやらが、彼女にはむしろ蘭のように思える。その球根はこちらの生命の木に寄生したものであり、咲いた花もずいぶん貧弱に見えたものだ。

自由な時間が増えたコニーは、上の自室で静かにピアノを弾いたり、「イラクサに触れるなかれ。愛の絆はほどけにくいのだから」と歌ったりした。いかにも愛の絆はほどけにくい。そのことをコニーはつい最近まで知らずにいた。だが、ありがたいことに、その絆がほどけてくれた。これで一人の時間が自由に過ごせ、夫と話してばかりいなくてもすむ。クリフォードは一人になるとタイプライターをいつまでもかちゃかちゃ叩いているが、仕事なるものをしていないときにコニーがそばにいようものなら、ずっとしゃべっているのだ。自作の人物とか動機とか結末、性格とか個性とかを際限なく分析する。コニーもさすがに飽き飽きした。それまでは楽しみにしていたことが、もう十分だと思ったとたんに耐えがたくなった。一人きりになれるのはありがたかった。

まるで二人の意識が無数の細い根や糸となり、それらが絡みあって巨大な塊にまで成長し、とうとう枯れるところまで来たという印象だった。いまコニーは黙ってもつれた糸を丁寧にほぐそうとしていた。ときには苛立ちを覚えながらも、糸を一本ずつ黙々と選り分けていく。ほかにも絆というものは多くあるが、ひとたび愛の絆となると、はるかにほどくのが難しい。ボルトン夫人の登場は大きな助けとなってくれた。

クリフォード自身は、妻と水入らずで語らう夕べを懐かしく思っていた。会話でなければ朗読でもよい。だがコニーは夫と過ごす時間を避けた。十時になったらボルトン夫人に来てもらう。そうすれば自室で一人になれた。クリフォードのことは夫人にまかせておけばよい。

互いに馬が合ったのか、ボルトン夫人はベッツ夫人の部屋で食事をした。すると奇妙なことに、使用人の部屋が屋敷のなかで存在感を増したようになった。以前は遠くにあると感じられたのが、いまやクリフォードの書斎に迫る勢いである。ベッツ夫人がボルトン夫人の部屋を訪ねることがよくあり、そんなときにクリフォードと二人で居間にいて、夫人たちのひそひそと話す声が聞こえたりすると、コニーには労働者階級特有のリズムまでもが強く伝わってくるように思えた。ボルトン夫人が来ただけで屋敷はここまで変わってしまったのである。

コニーも解放感を味わっていた。自分が解放され、別世界の空気を吸っているような気がする。それでもなお怖かった。ほどけていない夫婦の根が残っており、ほどいてしまえば死に至るかもしれないからだ。それでも呼吸はずいぶんと楽になった。彼女の人生は、いま新しい局面を迎えようとしていたのである。

第8章

　ボルトン夫人はコニーにも慈しみの目を向けていた。女性として、看護師として、庇護してやるべきだと思っていたのだ。散歩はどうか、車でアスウェイトに行くのはどうか、外の空気を吸いに行ったらどうか。そうしきりに勧めている。なにしろ暖炉の前につくねんと座り、どこか上の空で読書をしたり、所在なげに縫物をするばかりで、めったに外出をしない。

　ヒルダが帰ってしばらく経った風の強い日のことだった。ボルトン夫人は言った。

「森を歩いて、野生のラッパをご覧になったらいかがですか。森番の家の裏手に咲いていますので。いまがいちばんの見頃でしょう。お部屋に何本か飾られるのもよろしいかと。いつ見ても野生のラッパは華やかな気分になりますし」

　コニーは鷹揚《おうよう》に聞いていた。それにしてもラッパズイセンをラッパとは。野生のラッパズイセンか。たしかに家のなかでくよくよしていても仕方がない。もう春である。詩人ミルトンではないが、「季節は巡れど、我に春は来《きた》らず——」

森に行けば、あの男がいる。細くて白い体。花は見えないのに雌蕊《めしべ》だけがぽつんと立っているようだった。鬱々とする日々が続くなか、男のことなどすっかり忘れていたが、いま何かが目覚めた。「門戸の彼方《かなた》は仄《ほの》白く」と詩人スウィンバーンは書いている——そう、何事も扉や門を出なければ始まらない。

前よりも体力が戻っていた。これならしっかり歩けるだろう。庭園を吹きわたる風と比べれば、森のなかなら風の勢いがそがれて疲れまい。とにかく忘れたかった。世界のことを、肉体が朽ち果てたおぞましい人間たちのことを忘れてしまいたかった。

「汝ら新たに生まれるべし。我は肉体の復活を信ず。一粒の麦、地に落ちて死なずば、実を結ぶこと能《あた》わじ。クロッカスの出ずるとき、我も出でて、太陽を仰がん」三月の風を浴びているうちに詩や聖書の文句がつぎつぎと思い浮かんだ。

思いがけなくまぶしい陽光が不意に流れ込み、森のはずれに咲くキンポウゲを照らし出した。ハシバミの茂みの根元に咲く黄色い花がきらきらと輝く。森は静かだった。奥はさらに静かだった。唐突に風が吹いて光がよぎる。すでにアネモネが咲いており、森全体が青みがかっていた。青い色の小花が一面に広がり風に揺れているからだ。

「世は汝の息で蒼ざめた」とスウィンバーンは詠《うた》ったが、いま吹いている風はペルセポネーの吐息だった。ある寒い朝、この春の女神が幽閉されている冥府から戻ってきたのだろう。冷たい風が吹き、頭上では風が小枝に捕らわれて怒り狂っていた。ダビデの子であるアブサロムが木の枝に引っかかったように、風もまた自由になろうともがいているのだ。アネモネも寒いのだろうか、緑のスカートを大きくふくらませ、むき出しの白い肩を震わせている。それでも風に耐えていた。道端に早咲きの可憐なキバナノクリンザクラが数本あった。陽光を浴びて黄色い花をほころばせている。

頭上では風が吹きすさび、冷気だけが下に流れてくる。コニーは森に入ってから妙に興奮していた。頬には赤みが差し、目が青く燃えている。キバナノクリンザクラを二、三本、甘く冷たい匂いを放つ初咲きのスミレをのんびりと摘んでいく。さまようように歩いていた。

森のなかを気ままに彷徨するうち、反対側にある空き地に出た。森番の暮らす苔むした石造りの家が、キノコの裏側のような薄い薔薇色に見える。石材が陽光をまともに浴びているせいだ。戸口のそばの黄色いジャスミンがきらめいている。扉は閉まっていた。なかから物音は聞こえず、煙突の煙も、犬の吠える声もない。

そっと裏庭にまわってみた。理由ならある。スイセンを見るのだ。

たしかに咲いていた。茎の短い花がひらひら、かさかさと揺れ、陽光を浴びて生き生きと震えている。しかし、風から身をかわそうとしても顔を隠す場所がないという風情だった。

光を浴びて輝く小さな体を苦しそうに揺さぶっているが、本当はそれが好きなのだろう。そうやって揺さぶられるのが本当は好きなのだ。

コニーは腰を下ろし、マツの若木に寄りかかった。不思議な生命力を宿しながら左右に揺れているのが背に感じられる。天に向かってそそり立つ姿がしなやかで逞《たくま》しい。先端に陽光を受け、力いっぱいに屹立している。照りつける太陽にスイセンがみるみる光り輝いていく。コニーは手と膝に温かさを感じた。タールに似た花の香りも漂ってくる。静かにぽつんと座っていると、自分本来の運命の流れのなかに戻っていくような気がした。これまでは綱でもやわれた小舟のようにぐいと引っ張られては唸り声を上げていたのが、いまや自由に漂っているのだった。

日差しがかげり冷えてきた。スイセンは日陰になってぐったりとしている。うなだれたまま、昼も、長く寒い夜も切り抜けていくのだろう。か弱くも強い存在なのだ。

コニーは立ち上がった。体が少し痛い。数本のスイセンを摘みながら道を下っていく。花を手折《たお》るのはいやだったが、一本でも、二本でも家に持ち帰りたかった。壁に囲まれた屋敷に戻らなくてはならない。いまは屋敷が、とくに厚い壁がいやだった。

いつでも壁がある。とはいえ、この風では壁も必要だろう。

家に帰ると、クリフォードが言った。

「どこに行っていたんだい」

「森によ。このスイセン、かわいらしいでしょ。大地に育まれて」

「空気と太陽にもだ」

「育てているのは大地だわ」コニーは反射的に言い返した自分に少し驚いた。

翌日の午後、コニーは森に戻った。昔は馬が通っていた広い道を行く。坂道を弓なりに曲がり、カラマツの木立を抜けると、「ジョンの泉」と呼ばれる場所に着いた。この丘の中腹は肌寒く、カラマツの陰には花も見えないが、ささやかな泉には冷たい水が静かに湧き出ていた。小さな水底には小石が見える。赤みを帯びた白色だ。透明な冷水。なんて素晴らしいのだろう。あの森番が新しい小石を置いたに違いない。澄んだ水音がかすかに聞こえる。泉から水が少しずつあふれ、下に向かって流れ出しているのだ。落葉して枝ばかりのカラマツがぎざぎざの影を斜面一帯に投げかけながら低く唸ろうとも、鈴のような幽《かそけ》き水音が絶えることはない。

ここは少し陰気で冷たい湿地だった。そうではあるが、この泉もかつては数百年にわたり水飲み場の役割を果たしていたに相違ない。いまはもう使われていなかった。

この小さく開けた場所は、雑草が生い茂り、じっとりと冷えて寒々しかった。

コニーは立ち上がり、ゆっくりと家路をたどった。するとかを打つような音がかすかに聞こえてきた。足を止めて耳を澄ましてみる。槌《つち》を振るう音だろうか。それともキツツキだろうか。間違いない、槌の音だった。

槌の音に耳をそばだてながら歩いていると、モミの若木にはさまれた細い野道が目に入った。奥は行き止まりのように見えたが、使われている道だと思い、足を踏み入れてみた。モミの木立を抜けてまもなく、古いオークの木立が現れた。そのまま道をたどっていくと、先刻よりもはっきりと槌の音が聞こえてきた。それ以外は風吹く木立の静寂があるばかりである。木立は風が鳴っていても静寂を生むものなのだ。

狭い空き地がひっそりとあり、小さな丸太小屋が人目を忍ぶように立っていた。こんなところがあったとは。この静かな場所でキジを育てていたのだ。シャツ姿のメラーズが膝をついて槌を振るっていた。犬が小走りで近づいてきて、鋭く吠える。はっと顔を上げたメラーズはコニーの姿を認めた。目に驚きの表情が浮かぶ。

コニーは手足から力が抜けていくのを感じながら近づいていった。メラーズは背筋を伸ばすように立ち、コニーに視線を向けたまま黙って挨拶をした。邪魔されたのを怒っていた。人生で唯一の自由として許された清閑を楽しんでいるところだったのだ。

「何かを叩くような音がしたものですから」コニーは弱気になり、息が詰まるような気がした。メラーズにまっすぐ見つめられると少し怖い。

「キジの小屋を作ってんだ」土地の人間らしい物言いである。

コニーは返答に窮した。体に力が入らない。

「少し休ませてもらってもよろしい？」

「なら、なかに」メラーズはコニーの前を通り過ぎて小屋に入り、材木などを脇によけ、ハシバミの枝で作った素朴な椅子を持ってきた。

「火、おこそうか？」土地の言葉が妙に無邪気である。

「おかまいなく」

メラーズはコニーの手に目をやった。ずいぶんと青くなっているので、すぐさまカラマツの枝を手に取り、隅にある小さな煉瓦の暖炉へ運んだ。またたく間に黄色い炎が上がった。炉辺に座る場所を作ってやる。

「ここに座ってあったまんなよ」

コニーはその言葉に従った。なぜかはわからないが、相手を気遣いながらも有無を言わさぬ響きがある。椅子に腰かけ、火に手をかざしながら薪をくべていると、外からまた槌の音が聞こえてきた。部屋の片隅で身を縮めて火に当たっていてもあまり楽しくはない。戸口から作業を見ていたかった。しかしこうして世話になっている以上、ここに座っているほかないだろう。

小屋のなかは意外に居心地がよかった。壁には白木の松材を巡らし、椅子のそばには小さい素朴な机と丸椅子がある。作業台のほか、大きな箱、大工道具、新しい板材、釘もあり、壁には、斧、鉈《なた》、罠、革製品、中身が詰まった袋、上着など、いろいろなものが掛かっていた。窓はないが、開いた戸口から日光が差し込んでいる。雑然としていながら、ささやかな聖域といった趣があった。

コニーは槌の音に耳を澄ました。悲しげな音である。メラーズは重苦しい気持ちになっていた。一人の時間を邪魔されたのだ。それも女の出現という危険な形で。孤独だけを望む心境に達していたのに、自分の大切な時間も守れないとは。雇われの身であり、こういう相手が雇い人なのだから仕方がなかった。

もう女とは関わりを持ちたくなかった。怖いのだ。大きな古傷がある。一人になれないのなら、一人でいるのが許されないのなら、いつか死んでしまうだろう。俗人を避けて暮らしてきた。この森こそは自分の身を隠せる最後の砦なのだ。

体全体が温まってきたとコニーは思った。暖炉の火を強くしたせいだ。しまいには熱くなったので、戸口まで行って、丸椅子に座り、作業するメラーズを観察した。メラーズには気づいている様子が見えない。だが本当は気づいていた。わかったうえで作業に夢中なふりをしていたのだ。茶色い毛をした犬がそばにちょこんと座り、この嘘だらけの現実を見ている。

華奢な体で黙々と作業をしていたメラーズは、完成させた鳥小屋を逆さまにして引き戸を試し、脇に置いた。それから立ち上がり、古い鳥小屋のほうに行き、その鳥小屋を持って作業台にしている丸太のところに戻ってきた。しゃがみ込んで格子を点検する。柱がいくつか折れていた。それを交換するため、釘を引き抜いていく。それから鳥小屋をひっくり返して考え込んだ。コニーの存在を意識している素振りはまったくない。

コニーはじっくりと観察した。以前、上半身が裸でいるのを見たときは、孤独に浸る様子がうかがえた。それはシャツ姿のいまも変わらない。群れを離れた動物のように一人で一心に作業をしている。その一方で他人を寄せつけまいとする重苦しい空気も漂わせており、いまこのときも、ひたすらじっとコニーを拒んでいた。性急で激《げき》しやすい男がいつまでも粛然と耐えている。そのことにコニーの子宮が反応した。うつむけた顔、音を立てない器用な手、しゃがんだ姿勢の細くて繊細な腰。それらを見れば一目瞭然だった。内にこもって耐え忍んでいるとでもいおうか。人生経験が深くて広いのだろう。コニーはそんなふうに思った。自分の経験など深さも広さもはるかに及ぶまい。死に関わるものだったのではあるまいか。そう思うとコニーは救われたような気分になった。自分には関係ないのだと無責任な気分にさえなる。

戸口に座るコニーは夢心地にあった。いまという時間も、この状況も、まったく意識にはない。遠くをさまよっていた。メラーズがその顔をちらっと見る。すると、そこには何かをじっと待つような表情が浮かんでいた。待っている目だと思った刹那、メラーズの腰の奥で淡い炎が小さく揺らめいた。心が呻き声を上げる。死を恐れるのと同じように、他人との深い関わりを恐れていたからだ。早く帰ってくれないものか。自分一人の世界に戻らせてもらいたかった。彼女の意志、女としての意志、現代の女の貪婪《どんらん》さが恐ろしい。何よりも上流の階級らしく平然と我を通そうとするところが恐ろしかった。自分は雇われの身というわけだ。目の前にいられることがいやだった。

にわかに胸騒ぎを覚えたコニーは、はっと我に返って椅子から立ち上がった。夕闇が迫っている。だがどうにも立ち去りがたい。コニーはメラーズのほうへ歩いていった。メラーズは立ち上がると、疲れた顔を虚《うつ》ろにこわばらせ、相手をじっと見つめながら気をつりの姿勢を取った。

「とてもすてきなところね。それに、とても心が落ち着く。ここに来たのは初めてなのよ」

「さようですか」

「またいつか寄らせてもらうわ」

「ぜひ」

「お留守のとき、小屋に鍵はかけていらっしゃる？」

「さようで、奥様」

「私のぶんも鍵をいただけます？　ときどき来てみたいの。ほかにも鍵はあるのかしら」

「いや、ねえな」

急に土地の言葉になった。コニーは言葉に詰まった。抵抗されている。自分の小屋のつもりなのか。

「もうひとつ手に入りません？」声はいつものように穏やかだが、思いどおりにすると決めた女の断固たる響きが感じられる。

「もうひとつ？」メラーズはコニーをちらっと見た。一瞬、その目に嘲《あざけ》りを含んだ怒りがこもる。

「そう、合鍵」コニーの顔が紅潮した。

「ご主人にきいてみたらどうだい」メラーズは突き放した。

「そうね、主人が持っているかもしれない。なければ、お宅の鍵で作らせてもらいます。一日、二日かかるのかしら。それくらいなら不便もないでしょうし」

「さあ、このあたりで鍵を作ってるやつねえ」

コニーの顔がたちまち怒りで真っ赤になった。

「もう、けっこう。自分でどうにかします」

「承知いたしました、奥様」

二人の目が合った。メラーズの目には冷たい険があり、反感と軽蔑が見える。どう思われてもかまわないということなのだろう。コニーの目は拒絶に遭って燃え上がった。けれども心は沈んでいた。歯向かった自分が完全に嫌われたと思ったからだ。それに相手の必死な気持ちも伝わってきた。

「では、ごきげんよう」

「失礼いたします、奥様」メラーズは敬礼をすると、すぐにその場を立ち去った。コニーのせいで、ずっと眠っていた激しい怒り、身勝手な女への怒りが目覚めてしまったのである。メラーズは無力だった。まったくの無力であり、自分の無力を知っていた。

コニーのほうも頑ななメラーズに怒りを感じていた。しかも相手は使用人である。

コニーは機嫌を損ねたまま帰っていった。

屋敷のある高台に着くと、ブナの大木の下でボルトン夫人が待っていた。

「お帰りのころかと思いまして」ボルトン夫人は明るい声で言った。

「遅くなったかしら」

「いいえ。ただ、旦那様がお茶を待っておられます」

「淹れてくだされればよろしいのに」

「いえ、出すぎたまねかと思いまして。旦那様もお気に召さないかと」

「そんなことはないでしょう」

夫の書斎に入ると、古い真鍮製のヤカンが盆の上でしゅんしゅんいっていた。

「遅くなりました」コニーは摘んできた花を置き、帽子もスカーフも取らずに茶葉の入った缶を手にした。「ごめんなさい。ボルトン夫人に淹れていただけばよろしいのに」

「その手があったか」クリフォードは皮肉に応じた。「茶卓を仕切る夫人の姿がどうも想像できない」

「銀のティーポットが神聖不可侵なわけでもないでしょう」

そのコニーの言葉を聞いて、一瞬、クリフォードはいぶかしげな目を向けた。

「ずっと何をしていたのかね」

「散歩をしてから、屋根のある場所で休憩を。あの大きなヒイラギの木、まだ実がなっているのね」

帽子は脱がず、スカーフだけをはずして座り、コニーはお茶を淹れた。トーストが固くなってしまう。コニーはティーポットに保温カバーをかぶせてから、スミレ用に小さなグラスを取りに行った。かわいそうに、花がしおれている。

「これでまた元気になるわ」香りを楽しめるようにと、花の入ったグラスをクリフォードの前に置く。

「ジュノーの瞼よりも麗しく」クリフォードはシェイクスピアを引用した。

「実際のスミレとは関係ありませんのに。エリザベス朝の人はどこか大げさね」

コニーは夫にお茶を注いだ。

「ジョンの泉の近くにある小屋ですけど、合鍵はどこかしら。キジを育てているところ」

「あるかもしれないが、なぜ」

「今日たまたま見つけたのよ。あんな場所があるとは知らなかったわ。すてきなところね。ときどき寄ってみようかしら」

「メラーズはいたかい」

「ええ。槌の音がして、それで気づいたの。邪魔されて気を悪くしたみたい。鍵のことを尋ねたら失礼な感じだったわ」

「なんと言われた」

「いえ、別に。ただ態度が。鍵のことは知らないそうよ」

「たしか父の書斎に一本あったはずだ。ベッツが知っている。そう、書斎にある。調べに行かせよう」

「お願いします」

「メラーズが失礼な感じだったか」

「本当になんでもないのよ。ただ、私に我が物顔はされたくないようね」

「そうだろう」

「どうして嫌がるのかしら。自分の家でもなければ、住んでいるわけでもないのに。好きなときに行ってはいけない理由がわからないわ」

「たしかに。あの男は自分を過信している」

「そう思って?」

「もちろん。自分が特別だと思っているのさ。知ってのとおり、あいつは結婚していたが、妻とは折り合いが悪かったので一九一五年に入隊した。インドに送られたのではなかったかな。とにかく、しばらくはエジプトの騎兵隊で蹄鉄工をしていた。いつも馬と関係している。その方面では腕がいい。その後、インド人の大佐に気に入られ、中尉に任ぜられた。そう、連中はあいつを将校にしたのさ。それから大佐とインドに戻り、北西部の国境地帯に行った。そこで病気になって国に戻り、いまは恩給をもらっている。除隊は去年だったか。そういう男だから元の生活に戻るのは難しいだろう。きっと苦労する。ただ僕の知るかぎり、仕事は丁寧だ。メラーズ中尉としてのお手並みは見せてもらっていないがね」

「なぜ将校になれたのかしら。ダービーシャーの言葉を使って、紳士でもないのに」

「ふだんは土地の言葉が出ない。出るのはふとしたときだけだ。話しぶりはまったく申し分がない。あの男にしてはだがね。兵卒に戻ったら兵卒のしゃべりにしなければまずいだろう。本人もそれは承知だと思う」

「どうして前に話してくださらなかったの」

「こういう出世物語が嫌いでね。秩序も何もあったものではない。絶対に起きてはならないことだ」

コニーもそのとおりだという気がした。不運をかこつ余所者《よそもの》に用はない。

好天が続き、クリフォードも森へ出かけることになった。冷たい風も耐えかねるほどではない。太陽は赤々と輝いて暖かく、生命そのものであるかに思われた。

「いい天気ね。晴れて爽やかだと気分も変わってくるわ。いつもは空気が死んでいるみたいだから。殺そうとしているのは人間ですけど」

「そうかい？」

「もちろんよ。あまりにも人間の不満と無気力と焦燥がひどくて、きっと大気の力が殺《そ》がれるのね」

「空気が悪くて人間の活力が低下するのかもしれない」

「違うわ。人間が万物を毒しているのよ」コニーは力説した。

「みずからの巣を汚《けが》しているわけか」

車椅子がエンジンの音を立てて進んでいく。ハシバミの茂みでは薄い金色の花が穂のように垂れ、日の当たる場所ではアネモネが大きな花を咲かせていた。命の喜びに声を上げているかのようだ。昔は人々も一緒になって歓喜したものだった。この花はかすかにリンゴの花の香りがした。コニーはクリフォードのためにいくつか摘んだ。

クリフォードは花を受け取り、不思議そうに見つめた。

「汝、いまだ汚されざる静謐《せいひつ》の花嫁」キーツの詩を引用する。「ギリシアの壺より花々にこそふさわしい言葉だ」

「汚されざる。いやな言葉ね。汚すのは人間だけだわ」

「さあ、どうだろう。たとえばカタツムリもいる」

「カタツムリは食べるだけよ。蜂も汚したりはしない」

コニーは夫に腹を立てていた。何から何まで言葉に変えてしまうからだ。スミレはジュノーの瞼、アネモネは汚されざる花嫁。言葉というのは憎らしい。いつでも自分と命の隙間に入り込む。汚すものがあるとするなら、それは言葉にほかならない。出来合いの言葉が生きるものから生の樹液をあまさず吸い取ってしまう。

クリフォードとの散歩はあまり楽しいものにはならなかった。二人のあいだに張りつめた空気が流れていたからだ。どちらもその緊張感に気づいていないふりをしていたが、それはたしかに存在していたのである。ふと気づけば、コニーは女性としての力を振りしぼるようにしてクリフォードのことを突き放していた。クリフォードから自由になりたかったのだ。何よりも彼の意識、言葉、自己執着から解き放たれたかった。彼自身が自分と自分の言葉に対して抱いている果てしなき執着から。

またしても雨降りが多くなった。コニーはそれでも一日、二日すると雨のなかを外に出ていった。森に行き、例の丸太小屋に向かう。雨が降ってはいても、それほど寒くはない。森は静まり返ってよそよそしく、暗い雨のなかでは近づきがたかった。

空き地に着いた。誰もいない。小屋には鍵がかかっている。コニーはかまうことなく、戸口へ続く丸太の階段に腰を下ろした。簡素な屋根で雨をしのぎ、体を丸めて暖を取る。そのままの姿勢で雨を見つめ、しめやかな雨音や、風はないはずなのになぜかざわつく梢の音に聞き入った。まわりにはオークの老木が立ち並び、枝を放埓《ほうらつ》に伸ばし、生命力にあふれた太くて丸い灰色の幹が雨で黒ずんでいる。下草はほとんどない。アネモネが散らされたように咲き、ニワトコなのか、それともテマリカンボクなのか、灌木がひとつ、ふたつ、紫がかったクロイチゴの茂みもある。アネモネの緑の葉叢《はむら》が襞《ひだ》のように広がり、その下に朽ちた茶褐色のワラビがかろうじて見えた。もしかしたら、ここは汚れなき地なのかもしれない。汚れなき地。この世のいたるところが汚されているというのに。

たしかに汚せないものはある。たとえば缶詰の中身。大勢の女性もそう。男性にもいるだろう。だが地球は――。

雨脚が弱まってきた。オークの樹間の闇が薄れようとしている。帰ろうとは思いながらも、コニーはそのまま座りつづけた。体が冷えてきたが、内面に怒りが深くわだかまっているせいで、麻痺したように動けずにいた。死んだ言葉が腐り、死んだ思想が妄想となり、それで汚されるのだ。

汚される。触れられることもなく汚されてしまうとは。


雨に濡れた茶色の犬が走ってきた。濡れた羽根のような尻尾をぴんと立てているが、吠えることはない。続いてメラーズが現れた。濡れた黒い防水布の上着を着ている姿は、どこかの運転手を思わせる。顔がやや上気していた。こちらを見て、急ぐ足がぱたっと止まったような気がする。コニーは立ち上がった。丸太の屋根のおかげで、そこだけわずかに乾いている。メラーズは黙って敬礼してから悠々と近づいてきた。コニーがあとずさりをする。

「もう失礼しますから」コニーは言った。

「入りたかったのかい」コニーではなく、小屋のほうに視線を向ける。

「いいえ。雨宿りを」無言の威厳を示して答える。

メラーズはコニーに目をやった。寒そうだ。

「うちに鍵がなかったのか」

「ええ。でも、それは関係ありません。ここなら濡れないからです。では、ごきげんよう」

土地の言葉を露骨に使うのがいまいましい。

メラーズは帰ろうとするコニーをまじまじと見つめた。それから上着の裾を持ち上げ、ズボンのポケットに手を突っ込んで鍵を取り出した。

「この鍵でよかったら持ってきなよ。鳥の世話ならよそでするから」

コニーは相手の顔を見つめた。

「それはどういう意味」

「キジならほかで世話できるってことさ。ここがいいなら、俺はじゃまだろ」

コニーは相手を見つめたまま、曖昧模糊とした表現から意味を探り当てようとした。

「ふつうにしゃべれません?」コニーの口調は冷たい。

「これかい? これがふつうでね」

怒りのあまり、数秒間、コニーは口が利けなかった。

「鍵がいるなら持ってくといい。いまいらなけりゃ、明日にでも渡すよ。それまでには片付けとくから。それでどうだい」

コニーの怒りが増した。

「もう鍵はいりません。荷物もそのままでけっこうです。追い出すつもりはありません。今日のように、ときどき来て休めればと思っただけですから。休むだけなら玄関で十分ですわ。もう何もおっしゃらないで」

メラーズは不敵な青い目でふたたびコニーを見つめた。

「いやあ、なあに」メラーズは露骨な土地の言葉をのんびりとした口調でしゃべりだした。「いつでも好きなように使うといい。鍵でもなんでも奥様のご自由に。でもあれだなあ、一年もいまくらいになると、鳥の世話があるから、こっちもうろちょろすることになる。冬はめったに来ねえけど。ただ春になると、ご主人がキジ撃ちをなさるんだ。奥様にしてみりゃ、俺がいるのはごめんだろうが」

コニーは唖然としながら聞いていた。

「あなたがいたらなぜ嫌がると思うのかしら」

メラーズが不思議そうな目を向けた。

「こっちが困る」簡潔な言葉だが効果は絶大だった。コニーの顔が真っ赤に染まった。

「もう、けっこう」コニーはたまりかねて言った。「二度とお邪魔はしません。あなたが鳥の世話をして、私が座って眺める。それはそれで楽しかったと思いますけど、仕事に差し支えるということでしたらお邪魔はしません。どうかご心配なく。あなたは夫の使用人ですものね。私のではなく」

最後の言葉が奇異に響いたが、どこが変なのかは自分にもわからず、そのままにしておいた。

「いや、ここは奥様のとこだ。いつでもどうぞ。一週間前に言ってくれりゃいい。ただ――」

「ただ？」コニーは戸惑った。

メラーズはおどけたふうに帽子をぐいと後ろにやった。

「ただ、一人がいいのかと思ってね。俺なんかいないで」

「なぜ？」言葉がふたたび怒気をはらむ。「あなた、紳士でしょ？　私が怖がるとでもお思い？　あなたがいようがいまいが、そんなことかまいません。そんなに大事なことかしら」

コニーを見つめるメラーズの顔全体に不敵な笑みが浮かんでいる。

「いえ、奥様。そのようなことは」

「なら、どうして？」

「それでは、奥様のために鍵をもうひとつ手配いたしましょうか？」

「いえ、けっこうよ」

「いや、とにかく手に入れるよ。ここの鍵はふたつあったほうがいい」

「しつこい方ね」顔が上気し、息が少し上がっている。

「まあ、そんなことおっしゃらずに」メラーズは急いで言葉を継いだ。「こっちも悪気があったわけじゃないんだ。奥様がここへ来て、俺が出てくのかと思ってね。よそでやるとなると、いろいろ手間がかかる。まあ、奥様が俺のことなんか気にしないっておっしゃるなら、それはまあ、ここはご主人のとこだし、奥様の好きにすればいい。どうぞお好きなように。こっちのことは気になさらず。勝手にやらせてもらいますから」

その場を立ち去ったコニーはすっかり混乱していた。侮辱され、徹底的に痛めつけられたのか、そうではないのか、よくわからなかった。本当に悪気はなく、そばにいるのをこちらが嫌うと思っただけなのかもしれない。まさか。そんなことは考えもしなかった。それほどの人物だとでもいうのか。あの男、あの馬鹿げた存在が。

帰宅後も混乱は続き、考えはまとまらず、心の整理もつかなかった。

第9章

コニーは自分がクリフォードを嫌悪していることに気づいて愕然とした。ずっと嫌っていたような気さえする。憎しみではない。そんな情熱はなかった。生理的な嫌悪感である。心のどこかで理屈抜きに嫌うところがあったから結婚したというのだろうか。いや、そんなことはない。もちろん、その頭脳に惹かれて心ときめいたからこそ結婚した。彼は自分など足元にも及ばない師のような存在だったのだ。けれども知的な興奮が薄れて消えてしまったいま、生理的な嫌悪感だけが残った。それは体の奥底から湧き起こり、自分の命をむしばもうとしていた。

無力感と強烈な寂寥感がある。誰かに助けてもらいたい。しかし、この世のどこにも救世主はいなかった。社会自体が正気を失い、無残なありさまなのだから。

この文明社会が錯乱していた。金儲けと名ばかりの愛に取りつかれている。むろん大事なのは金のほうだ。いま人間は、金と愛の力を借りて支離滅裂な自己主張をしている。ミケイリスを見るがいい。人生も仕事も常軌を逸しているではないか。その愛も狂気といえば狂気、その劇作も狂気といえば狂気だった。

クリフォードもそうだ。あのおしゃべり。あの作品。誰よりも脚光を浴びずにはいられないとは。ただの異常である。あまつさえ偏執狂に近い。

コニーは恐怖に青ざめていた。クリフォードの魔手が自分を離れ、ボルトン夫人に移ろうとしているのがせめてもの救いである。この変化に彼自身は気づいていない。狂っている大方の人間に当てはまることだが、狂気の程度を測りたければ本人の気づいていない部分に注目すればよい。意識のなかにある大砂漠を測量するわけだ。

ボルトン夫人には数多くの美点がある半面、無意識のうちに優位を占めようとする悪癖があり、何かにつけて我を押し通そうとした。この一事を見ても現代女性の錯乱ぶりがわかるだろう。当人は自分がどこまでも従順な存在であり、人のために生きていると思っていた。クリフォードに魅了されたのも、毎回というくらい簡単に意志を挫《くじ》かれるからだ。本能の鋭さが違うとでもいうのだろうか。自己主張の技がはるかに玄妙であり、これが彼の魅力となっていたのである。

「いいお天気ですこと」ボルトン夫人はなだめすかすような声をよく出した。「今日は少し車椅子でお出かけされたらいかがでしょう。日差しも気持ちがよろしいですし」

「そうかい。その本を取ってくれたまえ。黄色いやつだ。そのヒヤシンスも外に出してもらおう」

「まあ、美しうございますのに」ボルトン夫人は「うつくしゅう」と発音した。「いい香りですわ」

「その香りに閉口する。葬式でもあるまいし」

「そんなことおっしゃって」ボルトン夫人は驚いて大きな声で言った。いささか傷ついたが、同時に感銘も受け、自分を上回る繊細な気質に感心しながらヒヤシンスを外に出した。

「今朝はお顔を剃って差し上げましょうか。それともご自分でなさりますか」あたりが柔らかくて従順に響きつつも言いなりにしてしまう声なのはいつもと変わらない。

「わからん。少し考えて、決まったら呼ぶ」

「かしこまりました」おとなしそうな声で答えて静かに部屋を出ていくが、めげることはなかった。

しばらくして呼び鈴が鳴った。すぐさま部屋に向かうと、クリフォードは言った。

「今日は剃ってもらおうと思う」

胸が少し高鳴り、ボルトン夫人の声がいっそう和らぐ。

「かしこまりました」

ボルトン夫人はじつに器用だった。指先がそっと柔らかく肌に触れ、ゆっくりと移動していく。初めはもどかしかった微妙な感触が、しだいに快感へと変わっていき、いまはクリフォードもその感触を好ましく思っていた。ほぼ毎日やらせた。夫人は顔を間近に寄せ、じっと目を凝らして剃り残しがないか確認をする。やがてその指は、頬、唇、唇の周囲、顎、喉と完璧に形を覚えた。栄養豊かな食事を取って健康体のクリフォードは、顔から喉にかけてが麗しく、まさに紳士だった。

ボルトン夫人も美しかった。肌は白く、うりざね顔で、じつに穏やかな表情をしている。瞳ばかりがきらきらと輝くも、内面をうかがわせることはない。その夫人がゆっくりと、世にも妙なる指使いでクリフォードの喉に触れていく。まるで恋人を相手にするように。クリフォードも夫人に身を委ねていった。

いまでは、たいがいのことはボルトン夫人に頼んでいる。妻にやってもらうよりも落ち着くからだ。体の世話をしてもらうさいも、それほど恥ずかしくはない。夫人はクリフォードの世話をするのが好きだった。その体を手中に収められるのがうれしく、下の世話も引き受けた。あるときコニーに言ったことがある。「男性は正体がわかってみれば例外なく赤ん坊です。テヴァシャル炭鉱の穴に潜るような屈強の坑夫を相手にしたときも、怪我や病気だというので世話をすると、それこそ赤ん坊になったものです。大きな赤ん坊。ええ、男性にたいした違いはございません」

当初はボルトン夫人も紳士なら違うはずだと思っていた。クリフォードのような正真正銘の紳士であればなおさらだろう。だからこそ、しばらくはクリフォードが優位に立っていたのである。だが時間の経過に伴い、夫人の言葉を借りれば、相手の底が知れてしまった。そうなれば彼もほかの男と大差はなく、大人の体をした赤ん坊にすぎない。ただ同じ赤ん坊ではあっても、不思議な気質に気品、財産と権力があるうえ、想像だにしなかった雑多な知識を豊富に持ちあわせているので、夫人としてはやはり気後れせずにはいられなかった。

コニーとしては夫に言いたくもなる。「お願いですから、あの人の言いなりにはならないでください」と。しかし、よくよく考えてみれば、忠告するほど夫が好きなわけではなかった。

夜を十時までともに過ごす習慣は変わっていない。会話をしたり、本を読んだり、夫の原稿に目を通したりしている。ただ、かつての興奮はもはや感じられなかった。原稿は見るのもいやだ。それでも義務的にタイプライターで清書はする。これもいつかはボルトン夫人がやってくれるだろう。

そう考えるのは、自分からボルトン夫人にタイプライターの習得を勧めたからである。その気でいた夫人は即座に取りかかり、熱心に練習した。いまではクリフォードも手紙くらいならば口述する。打つスピードはまだまだ遅いが、間違うことはない。難しい単語、たまに出てくるフランス語は丁寧に綴りを教えてやる。うれしがるので教えるのが一種の楽しみになった。

このごろはコニーもよく頭痛を口実にして、夕食がすむと自室へ上がってしまう。

「夫人がカードの相手をしてくれるわよ」コニーはクリフォードに言った。

「一人で大丈夫だ。部屋で休むといい」

そう受けながらも、コニーの姿が見えなくなったとたん、クリフォードは呼び鈴を鳴らし、ボルトン夫人にカードの相手をさせた。チェスのこともある。この手のゲームはすべて教えてあった。少女のように顔を赤らめ、興奮で震えている夫人がおぼつかなげにクイーンやナイトに触れ、離す。夫人が駒に触れるのを見ると、コニーはなんとなく不快な気持ちになった。クリフォードはからかうような微笑を浮かべ、夫人に向かって言う。

「そういう場合は、フランス語でジャドゥブと言わなければいけない。駒の位置を直すという意味だ」

驚いて盤上から目を上げたボルトン夫人は、瞳を輝かせ、恥ずかしそうに告げる。

「ジャドゥブ！」

そう、クリフォードは教育していたのである。それが楽しく、なおかつ自分の力も実感できた。ボルトン夫人はボルトン夫人で興奮していた。紳士淑女の教養、彼らを上流に仕立てるものが、財産は別にして、ひとつ、またひとつと手に入る。そこに興奮した。するとクリフォードの心に、夫人がそばにいてくれたらという思いがふつふつと湧き起こった。夫人の嘘偽りない感動が、彼の自尊心を巧みにくすぐるのだ。

コニーには、クリフォードの本性が見えてくるように思われた。いささか卑俗で平凡、新鮮味はない。しかも肥満気味だ。ボルトン夫人はと見れば、従順を装いながら夫を操る手管があまりにも見え透いている。ただ驚くことに、クリフォードへの感動は本物だった。おそらく愛ではないだろう。相手は称号を有する上流階級の紳士。著書もあり、詩も書き、新聞に写真が載る作家。かくのごとき紳士と近づきになれることを喜び、その喜びが異様な情熱に変じたのである。しかもクリフォードに教育されることが格別な興奮となり、感受性まで鋭くなった。いかな情事でもこうはなるまい。むしろ情事が存在しえないゆえに、クリフォードの特異な情熱、すなわち飽くことなき求知心に感応でき、自分も同じように知りたいと思えたのだ。

愛という言葉にいかなる意味を与えるにせよ、ボルトン夫人がどこかで愛を感じていたのは間違いない。じつに美しく、じつに若々しく、ときに灰色の瞳が印象深くなる。満足げな雰囲気、勝ち誇ったような雰囲気も漂う。それがコニーには憎らしかった。密かに勝利を味わい、一人で悦に入っているのだ。その不愉快な自己満足がコニーには憎らしくてたまらなかった。

とはいえクリフォードが虜《とりこ》になるのも無理はない。ボルトン夫人はボルトン夫人でクリフォードのことを崇拝しており、いつでも求めに応じられる態勢でいたからだ。クリフォードが気をよくするのも当然だろう。

コニーは二人が交わす長い会話を幾度か耳にしたことがある。正確に言えば、その大半は会話というよりもボルトン夫人の一方的なおしゃべりであり、テヴァシャル村の噂話を滔々《とうとう》と語って聞かせるものだった。それもたんなる噂話などではない。田園の生活を描いたことでも知られる作家たち――ギャスケル夫人、ジョージ・エリオット、そしてミットフォード女史――を掛けあわせたような描写力があるうえ、三者が省いた要素まで盛り込むのである。村の生活について話が始まると、いかなる小説よりも面白かった。ボルトン夫人は村民の一人一人と昵懇《じっこん》の間柄であり、異様な熱意で彼らの情報を余さず仕入れていたからだ。そのような話を聞くと、ほんの少し後味が悪かったが、やはり楽しかった。初めのうちはテヴァシャルの裏話をなかなか語ろうとしなかった夫人だが、いったん始めてしまえばとめどない。クリフォードは作品のネタを集めるつもりで聞いていた。いくらでも見つかった。結局のところクリフォードの才能というのは、個人の赤裸々な噂話を一見冷徹な調子で巧みに語るだけのものだったのだ。もちろん夫人自身はテヴァシャルの裏話を興奮しながら語った。我を忘れて語ったといってもよい。話の内容自体も驚嘆すべきものでもあった。夫人なら何十巻という小説を書けたのではなかろうか。

コニーはボルトン夫人の話に魅了されたが、思い返すたびに忸怩《じくじ》たる思いがした。目を爛々と輝かせて聞き入るなどもってのほかだろう。やはり他人の秘密を聞くなら聞くで、戦って傷ついた人の魂に敬意を払い、きわめて適切に共感を示さなくてはならない。皮肉を言うなかにも共感の要素があるではないか。どこに共感の意識を注ぐのかということ、それが読み手の人生を左右する。そして、まさしくその点にこそ、小説、つまり真摯に取り組まれた小説の大きな意義があるのだ。小説は人間の共感能力を高め、人に未知の世界を理解させたり、命果てたものを無用だと認識させたりする力を持つ。したがって、真摯に取り組まれた小説であるならば、人生でひた隠しにされている領域を明るみに出すことができるわけだ。この点がなぜ肝要なのかといえば、繊細な意識がいわば潮の流れとなり、干満をくり返しながら清浄にするべき場所は、人生で情欲が関わる秘密の場所にほかならないからである。

だが噂話と同じで、小説も間違った共感や反発を呼び起こし、無自覚に人の心を殺してしまう場合がある。世間一般の人たちが純粋だと思っているからというだけで、腐敗しきった感情を美化しかねない。結果として小説は不道徳なものになり、しかも表面的にはいつも正義の側についているから、なおさらたちが悪いものになる。この点は噂話も変わらない。ボルトン夫人の噂話はいつも正義の側につき、「あの男は本当に悪人で、あの女は本当に善人で――」となるが、コニーから見れば、女は口先がうまく、男は正直に怒ったというだけのことでしかない。正直に怒ると悪人になり、口先がうまいと善人になるのは、ボルトン夫人が世間の人たちと同じように共感を間違った方面へ向けるからである。

噂話が卑しい理由はここにある。大半の小説、とくに大衆小説も同じ理由で卑しい。いまや人間の悪癖を強調しなければ大衆は反応を示さないのである。

それでも、ボルトン夫人の話でテヴァシャル村の新たな一面が見えるようになった。醜悪な現実が大きく渦巻いているらしい。平板で退屈そうなのは表面だけのことなのだ。話に登場する人物のうち、コニーは一人、二人しか知らなかったが、もちろんクリフォードは過半を見知っている。知ってはいても、話を聞いていると、イギリスの村ではなくてアフリカ奥地の密林で起きたことのように思われた。

「お聞きでしょうか。驚きましたことに、先週、タティ・オールソップが結婚いたしました。父親というのはオールソップ靴店のジェイムズさんで、たしか一家でパイ・クロフトに家を建てたはずです。ジェイムズさんが転んで亡くなったのは去年でしたか。八十三歳という高齢のわりには矍鑠《かくしゃく》としていましたのに、ベストウッド・ヒルで足を滑らせて。去年の冬に若者たちが作ったスケート場です。大腿骨を折ったのが運の尽きとは。全財産が娘のタティに残されました。息子さんたちには何もありません。タティはたしか去年の秋で五十三歳です。

あの家族ですが、国教徒ではありません。タティは父親が亡くなるまでの三十年間、労働者の子供のために開かれている日曜学校で教師をしていました。そのあとですか、キンブルックの男性との付きあいを始めたのは。ご存じではないかもしれませんが、少し年のいった男でして、赤鼻のうえに派手なめかし屋です。名前はウィルコック。ハンソンの木工所で働いています。六十もなかばを過ぎているはずですが、二人の姿ときましたら、若い恋人同士にしか見えません。腕を組んだり、門のところでキスをしたりしまして。窓辺で彼の膝に座っているのがパイ・クロフト通りから丸見えです。

しかも、相手には四十代の息子さんがいて、奥さんが亡くなってまだ二年しか経っておりません。ジェイムズさんが化けて出ないのは諦めてのことでしょう。それはもうタティに厳しくしていましたから。二人は結婚して、いまキンブルックに住んでいます。噂によりますと、タティは朝から晩までガウン一枚でうろうろしているとか。なんということでしょう。当節の大人ときましたら。これでは若者よりもずっとふしだらというものです。まったく目も当てられません。映画の影響でしょうか。しかし、いまさら映画をなくすわけにもいきませんし、だから口を酸っぱくして、ためになる映画はいいけど、通俗的なものや恋愛ものはやめなさいと言ったものです。せめて子供たちくらいは守ってやりませんと。こうなると、むしろ始末に負えないのは大人たちのほうです。年寄りはさらにいけません。道徳はどうしたのでしょう。誰も気にしなくなりました。いちように好きなことをして、そのほうがずっと幸せだからでしょうか。もっとも、最近は炭鉱が不景気で余裕がないらしく、控えざるをえないようですが。それをまたぶつくさ言って。とくに女たちが。気の毒に、男たちはじっと耐えています。言っても仕方がないからでしょう。それにひきかえ、女たちはみっともないまねばかり。見栄を張って、メアリー王女に結婚祝いの贈り物をするからといって献金するかと思えば、豪奢な祝い品を見て大騒ぎする始末です。

あたしたちと何が違うっていうの。スワン・アンド・エドガー百貨店も彼女に六着やるくらいなら、あたしに一着でもよこせばいいじゃない。ああ、十シリング取っておけばよかった。彼女があたしに何かくれて？　春のコートが欲しいのに、父さんの仕事はだめ。彼女はどっさりもらってさ。そういうの、もうやめてもらいたいわ。うんざりよ。金持ちはいい思いしてきたんだから、貧乏人に買い物できるお金が少しくらいあってもいいじゃない。春のコートが欲しいな。どこに行ったら買えるのかしら。

こういう子たちに私は言ってやります。食べ物も着る服もちゃんとあるんですから感謝なさい。きれいな新しい服がなくてもいいじゃないの。すると、こうですからね。じゃあ、メアリー王女も汚い服を着て感謝すればいいじゃない。ああいう連中は服がどっさりあって、あたしは春のコートもない。いやんなっちゃう。王女、王女って。やっぱりお金よ。いっぱいあればさらにもらえる。あたしになんか誰もくれない。もらってもおかしくないのにさ。教育とかの話はなしよ。やっぱりお金。新しい春のコートが欲しいのに、お金がないなんて。

服のことしか頭にありません。坑夫の娘が冬のコートに平気で大枚をはたきます。子供用の夏の帽子にしても同じで、値の張る帽子をかぶって原始メソジスト[1]の礼拝所に通っています。私が子供の時分は、その半分の値段でも自慢なものでしたが。今年の原始メソジストの記念日には、日曜学校の子供たちのために天井に届かんばかりの立派な演壇を作るそうで、日曜学校で一年の女子児童を受け持つトンプソン先生によりますと、舞台上には千ポンド以上の真新しい晴れ着がそろいそうだとのこと。時代は止められません。猫も杓子も服に夢中とは。

男たちも同じで、娯楽に有り金をはたいています。服に煙草、鉱員会館で飲酒、週に何回かのシェフィールドへの遠出。昔とは大違いです。いまの若者は怖いものがないのでしょう。敬意も持ちあわせていません。その点、父親の世代は我慢を知っていますし、振舞いも立派なもので、給料もそっくり奥さんに渡しています。その結果、彼女たちが悪魔と化してしまいましたが。息子たちの世代は違います。何も犠牲にはしません。すべては自分のため。家庭を持つことも考えて少しは貯えたら、などと言おうものなら、こう言い返してくる始末です。そんなのあと、あと。楽しめるうちに楽しまなくちゃ。ほかのことならどうにでもなるから。まったく、自分勝手で思いやりがありません。上の世代にしわ寄せがきて、どこを見ても、いやなことばかりです」

クリフォードのなかで村の見方が変わりだした。自分にとっては恐怖の場所だという気がしていても、いちおうは安定していると思っていたのだ。それが――。

「連中のあいだで社会主義やボリシェビキの思想はどれくらい広まっているのかね」

「それでしたら、たまに騒々しいのもおりますが、たいがいは借金を抱えた女たちです。男たちは相手にしていません。テヴァシャルの坑夫をアカにするのは無理でしょう。穏健すぎてそこまでは。ただ、若い連中がわあわあ言うことはあります。関心があってのこととは思えません。少しばかり使えるお金があって、鉱員会館で飲んだり、シェフィールドに繰り出せれば満足なのですから。資金が底を突くとアカの熱弁に耳を傾けたりしますが、それも本気というわけでは」

「それならば危険はない？」

「もちろんです。景気がよければ大丈夫かと。しかし、不況が長引いたら若者たちも変な気を起こすかもしれません。甘やかされてわがままですから。だからといって、実際に何かをしでかすことはないでしょう。バイクに乗ったり、シェフィールドのダンスホールで踊ったりする以外、真剣になるということを知りません。真剣にさせること自体が無理なのです。なにせ真面目な子たちが着飾ってダンスホールに通っているくらいですから。女の子たちの前で格好をつけてチャールストンなどを踊っていま

1　一八一二年にメソジストから分派。初期の素朴な信仰形式に戻ることを主張。下層階級、労働者階級の信徒が多い。

す。そのうちホールに向かうバスが着飾った若い坑夫で大混雑になるかもしれません。もちろんバイクや車で若い娘《こ》と出かけている青年たちは論外です。真剣になることがあっても、ドンカスターでやっている競馬くらいですので。競馬でしたら、あとはダービーも。開催のたびに賭けています。あとはサッカーもありますが、昔とは違ってしんどいとこぼすばかりで、日曜の午後にサッカーをするくらいならバイクでシェフィールドやノッティンガムに行くのでしょう」

「向こうに着いて何をする」

「ぶらぶらして、ミカドみたいなしゃれた喫茶店でお茶を飲んで、ダンスホールや映画館や娯楽場へと遊びに行きます。負けず劣らず暇を持て余している娘さんと。とにかく好きなことをしています」

「金に余裕がない場合は？」

「どうにか工面しているようです。それから下品な話が始まります。こういう子たちがボリシェビキの思想にかぶれるとは思えません。遊ぶ金にしか興味がないのですから。女の子たちも同じで、きれいな服にしか関心がありません。社会主義者になる頭もありません。真面目なことを受け入れるだけの素地がないのです。この先も同じでしょう」

下層階級もほかの階級と変わらないとコニーは思った。テヴァシャルのような炭鉱地区も、メイフェアやケンジントンのようなロンドンの高級地区も、すべて同じ。いまはひとつの階級しか存在しないのだ。すなわち、金の亡者たち。金が好きな男と金が好きな女。違いは資産の額と欲望の度合いのみというわけか。

ボルトン夫人に感化され、クリフォードはあらためて炭鉱に関心を持つようになった。炭鉱の所有者としての自覚が芽生え、そこに新たな自己顕示欲が生まれたのだ。考えてみれば、自分こそがテヴァシャルの真の主ではないか。テヴァシャル炭鉱とは自分のことにほかならない。いまのいままで、このような権力意識を感じたことはなかった。むしろこれまでは、そういう権力意識を毛嫌いしていたのである。

テヴァシャル炭鉱は衰退の一途をたどっていた。昔ながらの炭鉱はふたつしかない。テヴァシャルとニュー・ロンドンである。かつてはテヴァシャルの炭鉱といえば知らぬ者はなく、目立った収益を上げていたものだが、もはや全盛期は過ぎた。元来、ニュー・ロンドンは産出量があまり多くない。つねであればやっていけた。だが不景気のいま、ニュー・ロンドンのような炭鉱は放棄するほかない。

「テヴァシャルの坑夫も、多くがスタックス・ゲイトとホワイトオーヴァーに移ってしまいました」ボルトン夫人は言った。「戦後に開業したスタックス・ゲイトの炭鉱はご覧になりましたか？　行ってみるとわかりますが、従来の炭鉱とは大違いです。坑道の入り口に巨大な化学工場があり、まるで炭鉱という感じがしません。なんでも、名前は忘れましたが、その工場で化学的にできる副産物のほうが石炭自体よりも儲かるのだとか。また、坑夫には新築の立派な住宅が用意されています。大邸宅といえましょう。全国から坑夫がぞろぞろ集まりました。そこへテヴァシャルの坑夫も大挙して押し寄せ、昔よりもいい暮らしをしています。テヴァシャルはもう終わったとか、二、三年したら閉山だとか、いやニュー・ロンドンのほうが先だとか、いろいろ噂しているようです。テヴァシャルも廃鉱となるのでしょうか。そう思うと不思議な気がします。ストライキも困りものですが、永久に閉鎖となったら目も当てられません。私が子供のころはまだ全国一の炭鉱で、そこで働けたら幸運だと思われていたのですから。それなりに儲けてきたテヴァシャルが、いまでは沈没寸前だから逃げろなどと言われて、ひどい言い草ではありませんか。

なかにはぎりぎりまで踏みとどまる男たちもいます。新しく開発された炭鉱は相当な深さがあるので、それを嫌うのでしょう。それから、あの機械。ああいう採炭機を鉄の塊と呼んで怖がる坑夫もいます。昔は人が手で掘っていましたから。高額らしいのですが、賃金を払うのと比べればはるかに安上がりなのだとか。そのうちすべて機械となって、人間は不要となりましょう。ですが、足踏みの古い編み機がお払い箱になるというときも、同じような話が出たそうです。私もその機械でしたら一、二台見た覚えがあります。でも、どうでしょう。機械が増えれば人も増える。そういう気もしますが。

聞くところによると、テヴァシャルの石炭からはスタックス・ゲイトで採れるのと同じ副産物は採れないそうで、まったくおかしなものです。五キロと離れていませんのに。そういう実情はありますが、何か新しく始めなくては、という話は出ています。そうすれば男たちはもう少しましになり、若い娘たち、つまり暇さえあればシェフィールドまで遊びに出かけている娘たちが一挙に雇えます。テヴァシャルの炭鉱が巻き返したら、ちょっとした話題になるでしょう。いまでは誰もが、もう終わりだと か、沈没寸前だから逃げたほうがいいと言っていますので。沈みゆく船から逃げ出すネズミというわけでしょうか。言いたい人には言わせておきましょう。思えば、戦中は好景気でした。そのころですか、先代が信託財産を作られ、なんとか資産を万全なものにされたのは。あくまでも噂ですが。いまは会社もさほど儲からないと聞いています。本当でしょうか。炭鉱はいくら掘っても尽きることがないと思っていました。子供のころからは想像もできません。ニュー・イングランドが閉山、コルウィック・

ウッドも閉山。ええ、あの雑木林を抜けるとコルウィック・ウッドが見えます。鬱蒼《うっそう》とした森のなかにぽつんとあって、坑道の入り口は雑草が伸び放題、軌道は錆だらけで、それはもう薄気味が悪く、幽霊が出てもおかしくはありません。廃鉱はまるで死そのものです。テヴァシャルが閉山になったらどうすればいいのでしょう。考えたくもありません。いつも大勢の人が働いていましたのに。ストライキのときは別ですが、そのときも坑内に作業用の小馬が残されているあいだは、送風機が止まることはありませんでした。本当におかしな世の中です。年を追うごとに自分たちの足元が怪しくなって」

ボルトン夫人の話を聞き、クリフォードのなかで新たな闘志が湧いた。夫人も言っていたように、父親が作った信託財産のおかげで、多額ではないが収入は確保されていた。炭鉱にもさして関心がなかった。手中に収めたいと思っていたのはもうひとつの世界、つまり文学と名声の世界である。それは人気商売の世界であり、いわゆる労働者たちの世界ではなかった。

それがいま、人気面での成功と実業界での成功には違いがあることを知った。世の中には娯楽を求める人間と汗水垂らして働く人間がいるのだ。これまでは一個人として娯楽好きに小説を提供し、そして人気を得ていた。しかし、その下には労働者たちの世界がある。陰気で汚らしい恐ろしげな連中が住んでいる。そんな彼らにも何かを与えてやる人間が必要だろう。とはいうものの、労働者たちの世界を相手にするのは格段に難しい。小説を書いて世間で成功を収めているあいだに破滅へと向かっていたテヴァシャルである。

　クリフォードも遅まきながら気がついた。成功の女神である雌犬は大きく分けてふたつのものを欲しがっている。まずは世辞や賞賛で、頭を撫でて褒めてもらいたい。これは作家や画家がやっている。一方、肉と骨も食べたい。この骨と肉を与えるのが実業界で金を稼ぐ男たちだった。

　そう、犬の大群がふたつ、雌犬を狙って争っていた。おべっか使いの群れは、小説、映画、演劇を捧げて喜ばせる。他方、たいそう地味な見かけによらず獰猛《どうもう》な群れのほうは、肉、つまり金という実を与える。雌犬の寵愛を求め、娯楽を提供する毛並みのいい派手な犬たちが唸り声を上げて喧嘩しているが、そんな小競り合いは、肝心の肉を差し出す犬たちが繰り広げる静かな死闘に比ぶべくもない。

　ボルトン夫人の話に影響を受けたクリフォードは、死闘のほうに加わりたいと思った。知性とは無縁の石炭事業という場で雌犬を捕まえてやりたい。クリフォードはなぜか元気になった。ボルトン夫人が一人前にしたといえなくもない。ここがコニーとは違う。コニーといたときのクリフォードは世間から切り離され、神経質になり、自分と自分の階級のことばかり考えていた。ボルトン夫人は外界にしか目を向けさせない。そのためクリフォードの内面は柔《やわ》になりつつあったが、外面的には有能になってきた。

クリフォードはふたたび炭鉱へ行くようになった。鉱車で坑内へ降り、それからまた鉱車に乗って現場へ向かう。戦前に覚えながら忘れてしまっていた情報が脳裏によみがえってきた。車椅子のまま鉱車に乗っていると、現場監督が強力な懐中電灯で炭層を照らす。クリフォードはほとんど黙っていたが、頭は動きだしていた。石炭産業の専門書を読み直し、政府の報告書に目を通し、採炭および石炭と泥板岩の化学的性質に関しては、ドイツ語で書かれた最新の文献を子細に検討した。きわめて貴重な発見はもちろん極秘扱いになっているが、石炭産業の分野を少し調査して、方法と手段、石炭の副産物、石炭の化学的可能性を研究してみると、現代の技術者の独創性と不気味なほどの賢さに度肝を抜かれた。悪魔みずからが知恵を貸したのかと思わせるほどだ。このような産業科学技術の面白さと比べたら、芸術はその足元にも及ばない。文学など感傷的で間抜けに見える。いうなれば研究者たちは神、いや、悪魔だった。霊感を受けたかのような発見をし、その発見の実現化に向けて奮闘している。こういった側面にかぎって言えば、彼らの知能は途方もなく高い。だがクリフォードも知るように、ひとたび人間らしい情緒の面になると成熟は遅く、おおむね十三歳児と同じ知能になる。そのただならぬ乖離《かいり》には驚くほかない。かまうものか。人間らしい感情のいっさいが失われようとクリフォードの知ったことではなかった。そんな事態は放っておけばよい。重要なのは現代の採炭技術であり、テヴァシャルを穴から引っ張り出してやることなのだから。

来る日も来る日も坑内に潜り、研究を重ねた。責任者、坑道内外の作業監督たち、炭鉱技師たちに突飛な質問を浴びせた。これぞ力の感覚である。経験したことのない力が全身にみなぎった。これらすべての男たち、何百、何千の坑夫たちを牛耳るのだ。クリフォードはわかりかけていた。そして、万事を掌中に収めつつあった。

本当に生まれ変わったような気がした。とうとう内面に命が吹き込まれたのだ。コニーと二人きりのときは芸術と自意識ばかりの孤立した生活を送り、少しずつ死にかけていた。そんな生活はすべて捨ててしまおう。放っておけばいい。石炭から、坑道から、命が奔流となって体内に流れ込んでくるではないか。炭鉱全体の澱みきった空気が酸素よりも健康的に思えた。力を感じさせてくれた。いま自分は確かなことをしている。何かを成し遂げようとしている。自分はきっと勝つ。嫉妬と悪意の声が吠えたてる世界で小説を書き、まがりなりにも有名になったが、そんな勝利とは違う。相手は石炭、テヴァシャル炭鉱の塵芥《じんかい》。男としての勝利を獲得するのだ。

最初、成功の鍵は電気にあると思った。地上に出した石炭を電力に変え、その電力を売るのはどうか。そこへ別の考えが閃いた。ドイツで新しい機関車が発明されたという。缶焚《かまた》きの手は借りず、燃料を自動供給できるらしい。使用される燃料は、特定の条件が整うと少量で高温になる新型だった。

猛烈な熱をじわじわと放出する新しい濃縮燃料。その考えにまず心を動かされた。その燃料が燃えるには、空気の供給以外に外的要因があるはずだ。そこまで研究したところで、化学畑の優秀な青年を雇い入れ、実験を開始した。

クリフォードは誇らしげな気分になった。ようやく自分から自由になれた。長年の密かな願いを実現できたのだ。自分から自由になること。小説を書いても自己の解放は得られず、むしろ内面はいっそうの危機に瀕した。ここへ来て、念願の夢が叶ったのである。

どれだけボルトン夫人に支えられ、依存しているのか、クリフォード自身は理解していない。そうではあっても、夫人を相手にするときの声音が気安くなり、いささか粗野にすらなるのはごまかしようもなかった。

コニーが相手になると、クリフォードはわずかに緊張した。あらゆることに借りがあるという気がしたのだ。そのため少しでも敬意を表されると、それに対して最大限の敬意と思慮を示した。だが内心で妻を恐れているのは明らかだった。だから英雄に生まれ変わったような気分なのだとしても、アキレスに踵《かかと》という弱点があるように、コニーのような女に致命傷を与えられかねない。コニーを前にすると卑屈になってしまうような恐怖を覚え、ことのほか優しく接したが、話すと声が緊張するので黙りがちになった。

ボルトン夫人と二人のときだけは殿様気分でいられ、夫人に負けず劣らず打ち解けた饒舌家《じょうぜつか》となった。そして、ひげを剃らせ、体をくまなく洗わせる。その姿はまるで子供だった。まったくの子供にしか見えない。

第10章

　コニーは一人でいることが多くなった。屋敷への来客が減ったのだ。クリフォードはもう客を望んでいない。悪友たちにも背を向けている。いまの友はラジオだった。それなりの費用をかけて設置したもので、電波の不安定な中部でもマドリッドやフランクフルトの放送が聞けた。

　かまびすしいスピーカーに一人で何時間も対峙している。あまりの没頭ぶりにコニーは驚き、そして戸惑った。正気を失った人間のようにうつけた顔をして、耐えがたい音にじっと耳を傾けているのだ。とにかく傾けているように見えた。

　本当に聞いているのだろうか。それとも、それは催眠剤のようなものであり、心の奥底では別の何かが活動しているのだろうか。コニーにはわからなかった。自分自身は部屋にこもるか、森へ逃げてしまうからである。なんだか怖くなることもあった。クリフォードのみならず、すべての文明人が発狂しかかっているように思えたのだ。

炭鉱経営という慣れない活動に深入りしていくクリフォードは、別の生物へと変異していくかに見えた。その生物とは、カニやエビといった甲殻類のことである。それは外殻が非常に硬く、中身は異様に軟らかい。驚くのは、これと同様の生物が経済産業界にも生息している点であろう。まるで機械みたいな鋼《はがね》の甲羅が、どろどろになった内面をしっかり守っている。こんなふうにクリフォードが豹変したことで、コニーは完全に取り残されてしまった。

だからといって自由なわけでもない。クリフォードは自分がいないとだめなのだ。棄《す》てられると思って不安らしい。どろりとした中身の部分、つまり人間らしい内面の部分が恐怖を覚えるのか、すがりついてくる。その姿は子供を思わせ、正気を失っているようにすら見えた。自分はクリフォードの妻、チャタレー夫人としてラグビーに残らなくてはならない。姿を消してしまったら、夫は荒野に迷い込んだ狂人のようになってしまう。

そこまで頼られているのかと思えば空恐ろしくもなる。意外なことに、炭鉱の責任者や監督たち、経営理事会の委員たち、若い研究者たちを前にしたときのクリフォードは冴えわたっていて勢いがあった。財力にものをいわせて実務家たちを抑え込んでしまう。自分までもが実務家に、それも驚くほどしたたかで明敏な実務家に激変していたのだ。支配者の誕生である。ちょうど人生の危機にあり、ボルトン夫人の働きかけが効いたのだろう。

しかし、この手ごわい実務家がいざ内面に向き合うと呆《ほう》けてしまう。クリフォードはコニーを崇拝しはじめていた。妻を高次元の存在と見なし、変に怯えながらも崇拝している。その姿は未開の人間を思わせた。その根本には、偶像という厳《おごそ》かな存在に潜む威力への畏怖があり、さらには憎悪があった。コニーに望むことはただひとつ。自分のもとを離れない、自分を棄てないと誓ってもらうことだった。

「ねえ、あなた」コニーがそう呼びかけたのは丸太小屋の鍵を手に入れたあとのことである。「いつか子供を産んでもらいたいというのは本気なの？」

クリフォードはコニーに視線を向けた。少し飛び出た水色の目に怯えたような不安がよぎる。

「二人のあいだが何も変わらないならね」

「何か変わるものがあって？」

「君と僕。お互いへの愛。そこに影響が出るようなら、だめだ。それに、いつか僕も子供が作れるようになるかもしれない」

コニーが驚きの目を向ける。

「僕の能力が回復することもありうる。いつかそのうちに」

まさかという目を向けられたままなので、クリフォードは落ち着かなくなった。

「それなら、私が子供を作るのはいやでしょうね」

「いいかい」クリフォードが急《せ》くように言う。まるで追いつめられた犬である。「もちろん産んでもらいたい。それで僕への愛が変わらなければ。変わるかもしれないというのなら、断固反対する」

コニーには黙ることしかできなかった。冷たい恐怖と軽蔑を覚えたからだ。これでは狂人のおしゃべりである。自分の言葉を理解しているのだろうか。

「あなたへの気持ちが変わるなんて、そんな」返答に皮肉な調子がこもる。

「よかった。肝心な点だからね。それなら僕はかまわない。家のなかを子供が走りまわる。そいつのために将来を築いてやる。すてきなことではないか。そうなれば、こちらにも目標ができる。君の子供だと思えば、わが子も同然となるだろう。なんといっても、この件の主役は君なのだから。そうだろう? 僕は勘定に入らない。つまりはゼロというわけだ。命ということなら、君はいわば全能の神。もちろん、僕にとっては、という意味でだが。なにせ君がいなければ僕は存在しえない。僕の命は君のためであり、君の未来のため。僕の存在など何物でもない」

話を聞けば聞くほどコニーのなかで幻滅と嫌悪が深まっていった。こういう真実含みの言葉こそが人間という存在を毒するのだ。いったいまともな男がこんな言葉を女に向かって吐くものだろうか。いや、いまどきの男はそもそも正気ではない。少しでも道義心のある男なら、命の責任という大きな重荷を女に押しつけ、その女を見捨てたりするはずはなかった。

問題はこれだけに収まらない。三十分後、クリフォードの高ぶった声が聞こえてきたのである。ボルトン夫人を相手に自分の気持ちを吐き出しているが、興奮は形ばかりという感じで、夫人を半分は愛人、半分は乳母《うば》とでも思っているようだった。その間も夫人は慎重な手つきで夜会服を着せていた。仕事上の大切な来客があるのだ。

こうしたとき、コニーは自分が死んでしまうのではないかと本気で思った。信じがたい嘘や唖然とするほど残酷で狂人めいた言動に押し潰されて死んでいくような気がしたのだ。クリフォードの不思議な実務能力に畏怖の念を抱いていたので、その夫から君を密かに崇《あが》めているなどと言われると恐慌を来《きた》してしまった。もはや二人のあいだには何もない。最近ではコニーがクリフォードに触れることもなければ、クリフォードがコニーに触れることもなかった。クリフォードがコニーの手を取って優しく握るということもない。そういう肌と肌の触れあいがなくなったからこそ、クリフォードは崇拝の言葉を口にするのであり、その結果としてコニーは苦しむことになったのだ。あまりにもむごい仕打ちである。コニーは自分が正気を失うのではないか、さもなければ死んでしまうのではないかと思った。

コニーは可能なかぎり森に逃げた。ある日の午後、ジョンの泉から湧き出す清冽な水を眺めながら考えごとをしていると、メラーズがやってきた。

「奥様、鍵を作らせました」挨拶しながら鍵を差し出す。

「まあ、すみません」コニーは驚いた。

「小屋のほうですが、あまり整頓されているとは申せません。できるだけ片付けてはみたのですが」

「ご面倒をかけるつもりはなかったのですけど」

「いえ、たいしたことでは。一週間ほどしましたら、キジに卵を抱かせる予定です。奥様を怖がりはしないでしょう。朝晩と様子を見にまいりますが、ご迷惑はなるべくかけないようにいたしますので」

「そんな、迷惑だなんて」コニーは訴えるように言った。「こちらこそ、お邪魔になるようでしたら小屋にはうかがわないようにします」

いつもの射抜くような青い目がコニーに向けられた。穏やかな様相であるが、距離を感じさせる。だが少なくとも正気であり、健全だった。しかし痩せて具合が悪そうだ。咳に悩まされていた。

「咳が出ますのね」コニーは言った。

「いえ、ただの風邪です。前回の肺炎で咳が残りましたが大丈夫です」

距離を空けたままで、それ以上の接近は試みられなかった。

午前あるいは午後と、ことあるごとに小屋へ行ってみたが、メラーズがいることはなかった。わざと避けているに違いない。自分だけの時間が欲しいのだ。

小屋は片付いていた。小さな机と椅子は炉辺に寄せ、木切れや薪は小さくまとめ、工具や罠はできるだけしまって整頓してある。自分の痕跡を消そうとしたのだろう。外を見れば、空き地のそばに、枝と藁でこしらえた小さな低い屋根がある。キジの避難場として作られたもので、その下に鳥小屋が五つあった。ある日のこと、小屋に行ってみると、鳥小屋のなかに茶色い雌のキジが二羽いた。警戒心と敵意が見える。卵の上に座り、羽を誇らしげにふくらませながら重たい雌の血をたぎらせている。コニーは胸が張り裂けそうになった。自分は誰にも求められずに捨て置かれ、とても女とは呼べず、恐怖に縮こまった無意味な存在でしかない。

その後、五つの鳥小屋すべてに雌鳥が入れられた。三羽は茶色、あとは灰色と黒である。それぞれが羽をふくらませ、体を柔らかく丸めてどっしりと卵を温めている。それは雛を孵《かえ》そうという雌の本能であり、雌本来の姿だった。しゃがみ込んだコニーをきらきらした目で見つめ、こっこっと鋭い鳴き声を上げて威嚇する。怒りと警戒をあらわにしていたが、何よりも巣に近づかれたことが雌として腹立たしかったのだ。

小屋の餌箱に小麦が入っていた。その中身を手ですくって与えてみたが、どうしても食べようとはしない。一羽が鋭い嘴《くちばし》で手をつついてきたので怖くなった。それでも、食べも飲みもせずに卵を抱く雌鳥たちに何かしてやりたかった。小さな缶に水を入れて持っていく。うれしいことに一羽が飲んでくれた。

それからというものは毎日、雌鳥の様子を見に行った。この世で心を温めてくれる唯一の存在だったのだ。クリフォードの言葉には嫌悪で全身が震え、ボルトン夫人の声には寒気がする。仕事の客たちの声も同じ。たまに届くミケイリスの手紙にもぞっとした。こんなことが続いたら絶対に死んでしまうとコニーは思った。

しかし季節は春である。森ではブルーベルがほころび、開きかけのハシバミの葉芽が緑色の雨に見えた。春が来たというのに、すべての心が冷えきっているというのはなんと残酷なことだろう。羽を華麗にふくらませながら卵を温めている雌鳥だけが温かい。温かく、熱く、重たい雌鳥の体。コニーは自分がいつも気を失いかけた状態で生きているように思えた。

そんなある日のことである。陽光あふれる気持ちのよい午後、ハシバミの根元にはサクラソウが見事に咲き誇り、道のそこかしこにたくさんのスミレが咲いていた。鳥小屋のところに行ってみると、小さくて元気な雛鳥が新しい鳥小屋の前でよちよちと歩きまわっていた。母親の雌鳥がおののくように鳴いている。小さくて痩せた雛鳥は灰色がかった茶色の毛をしており、ところどころに黒い斑点があった。まさにいま、これほど命の輝きにあふれた生き物がこの国に存在するであろうか。コニーはしゃがんで、雛鳥にうっとりとした目を向けた。命、命。何を恐れるでもない潑剌とした純真無垢な新しい命。そう、新しい生命。なんと小さく、なぜこんなにも恐れを知らないのだろう。うろたえた母親が警告するように何度も鳴くと、雛鳥はあたふたしながら鳥小屋に駆け戻り、母親の羽のなかへと潜り込んだが、本当に怖がっていたわけではない。これも一種の遊戯、生きるうえでの遊びだと思っていた。だからこそ、すぐさま母親の茶色い羽のあいだから小さく尖った頭を突き出し、外の世界を眺めたりするのだ。

コニーはすっかり心を奪われていた。だが、女としてのわびしさをこれほど痛切に感じたこともない。その痛みが限界に達しようとしていた。

いまや森の空き地に行くことだけが生きる支えだった。それ以外の時間は悪夢にしか思えない。しかし客の接待で屋敷から出られない日もある。そんなときは自分が空っぽの存在になっていく気がした。中身も正気もすっかり失われてしまうのだ。ある日の夕方、お茶が終わると客を無視して屋敷を飛び出した。すでに遅い時間だったので、呼び戻されるのを恐れるかのように庭園を駆け抜けた。森にたどり着いたのは深紅の夕陽が沈もうとするころだったが、咲き誇る花のなかをかまわず突き進んだ。夕映えはしばらく続くだろう。

顔を上気させ、なかば朦朧《もうろう》となりながら空き地に着くと、シャツ姿のメラーズがいた。夜に備えて鳥小屋の扉を閉めているところだった。これで鳥たちも安心だろう。まだ三羽の小さな雛鳥が藁の屋根の下で元気に走りまわっている。この茶色の機敏な子供たちは、心配する母親の呼び声にも応じようとはしない。

「どうしても雛鳥を見たくて」息を切らせたコニーはちらっと恥ずかしげにメラーズのほうを見たが、じつは彼の存在になど注意を払っていなかった。「あれから数は増えました?」

「三十六羽になりました。なかなかのものです」

メラーズもまた、外で遊ぶ雛鳥を見ながら得も言われぬ喜びを感じていた。

コニーはいちばん端にある鳥小屋の前にしゃがみ込んだ。遊んでいた三羽の雛鳥が鳥小屋に駆け込んだところだったのだ。まっすぐ母親の茶色い羽のなかに潜り込み、すぐに羽のあいだから生意気な顔をさっと突き出した。その顔が引っ込んだかと思うと、今度は丸くて小さい顔がひとつ、母親の大きく盛り上がった体を隠れ蓑にして姿を見せた。

「さわってみたいわ」鳥小屋の格子の隙間にそっと手を差し込む。だが母親に勢いよくつつかれて怖くなり、思わず手を引っ込めた。

「どうしてつつくのかしら。嫌われているのね」といぶかしむ。「いじめたわけでもないのに」

見下ろすようにして立っていたメラーズが笑い声を上げた。それからコニーの横で蹲踞《そんきょ》の姿勢を取り、臆することなく鳥小屋のなかにそっと手を差し入れた。その手を母親が軽くつつく。メラーズは確かな指使いで母親の羽を優しく撫で、おずおずと顔をのぞかせる雛鳥を包み込むようにして引っ張り出した。

「どうぞ」とコニーに差し出す。

コニーは両手で茶色の小さな雛鳥を受け取った。すっくと立っている棒のような脚が驚くほど細い。そのいたいけな脚からゆらゆらとした小さな命が感じられる。雛鳥は形のきれいな頭を誇らしげにもたげ、きょろきょろとあたりを見まわしたかと思うと、小さく「ぴぃ」と鳴いた。

「まあ、かわいい。それに生意気」コニーは声を潜めて言った。

　並んで座っていたメラーズも楽しそうな表情を浮かべ、コニーの手に乗っている誇らしげな雛鳥を眺めている。とつぜん、涙がぽつりと彼女の手首に落ちるのが見えた。メラーズは立ち上がり、別の鳥小屋のほうへ移動した。永久に消え去ることを願っていた例の炎が下腹部の奥で刺すように燃えさかっていたのだ。コニーに背を向けながら必死で鎮めてみるが、炎は勢いを増しながら下のほうへと移動し、膝のあたりでくるくると輪を描いた。

　コニーのほうを振り向いてみると、膝をつき、両手をこわごわと差し出している。そうすれば雛鳥が母親のほうへ走っていくと思っているのだろう。彼女のあまりにも寂しくて寄る辺《べ》のない姿を目にして、メラーズの体の奥で憐憫の情が燃え上がった。

　思わずそばに寄ってしゃがみ込み、雌鳥を怖がっている彼女の手から雛鳥を受け取って鳥小屋のなかへ戻した。その瞬間、下半身の奥がさらに熱くなった。

　メラーズは不安そうにコニーを見た。彼女は顔を背け、あられもなく泣いている。この暗い時代のことを思い、つらくてたまらなかったのだ。不意にメラーズの心は溶けて小さな炎になった。手を差し伸べて彼女の膝の上に置き、静かに声をかける。

「泣かないでください」

コニーはかまわず両手で顔を覆った。胸が張り裂けてしまいそうだ。すべてを投げ出してしまいたい。

メラーズはコニーの肩に手を置いた。その手がそっと優しく背中の曲線をたどっていき、あてもなく撫でながら屈《かが》めた腰の丸みに行き着く。そのままそっとなだらかな横腹を撫でる。まったく本能的な愛撫だった。

コニーはくしゃくしゃのハンカチを取り出し、顔の涙をしきりに拭《ぬぐ》っている。

「小屋に行きましょう」メラーズは淡々とした口調で言った。

それから二の腕を軽くつかんで立たせ、急くこともなく小屋へといざない、なかに入ったところで腕を離した。椅子と机を片付け、工具箱から茶色い軍用の毛布を取り出し、ゆっくりと床に広げた。コニーはその場に立ちつくしたままメラーズの顔をちらっと見た。

青白くて表情のない顔が運命を甘受した男を思わせる。

「さあ、横に」メラーズは静かに言って扉を閉めた。部屋が暗くなった。真っ暗になった。

なぜだかわからないが、コニーは言われるまま毛布に横たわった。すると欲望を抑え切れないでいるもどかしげなメラーズの手がそっと体に触れ、確かめるように顔に近づいてきた。そっと顔を撫でられると、どこまでも心が静まり落ち着いていく。それからほどなくして頰に優しいくちづけがあった。

眠っているような、夢を見ているような気分のまま、身じろぎもせず横たわっていたコニーがいきなりびくんと体を震わせる。メラーズの手が服の下をまさぐってきたのだ。思いどおりにならずぎくしゃくしているが、脱がせるべき場所はきちんと心得ている。薄い絹の下着をそろそろと足先へ下ろしていった。彼は喜びに体を震わせながら、温かくて滑らかな裸身に触れ、しばし臍に唇を押し当てた。体のなかに入りたくてたまらなかった。平穏な大地のように静かで柔らかい体のなかに入らずにいられなかった。彼にとって、彼女の体に入ることは平穏を意味していたからだ。

コニーはまどろんでいるような気分で静かに横たわっていた。動くのも、絶頂に達するのも彼。すべてが彼のためだった。自分のために動くことはできなかった。強く抱きしめられても、激しく動かれても、射精をされても、夢うつつのままで、意識が目覚めてきたのは、果てた相手が胸に頭をもたせかけて静かに喘《あえ》いでいるときだった。

コニーはぼんやりと思った。なぜ、どうしてこうなる必要があったのか。目の前に大きな雲間が現れ、平穏な気持ちになったのはなぜなのだろう。これは現実なのだろうか。本当にあったことなのか。

苦悩する現代女性の頭脳は休まることがない。これは現実なのだろうか。コニーにはわかっていた。この男に身を委ねれば現実となり、身を惜しめば現実ではなくなるということを。自分は年を取ってしまった。何万年という年を取ってしまった。そんな気がする。もう自分自身の重さには耐えられない。誰かに自分を受け止めてもらいたい。受け止めてほしかった。

メラーズは不思議な静けさのなかに沈んでいた。いったいどのような気持ちでいるのだろう。何を考えているのだろう。コニーにはわからなかった。ある意味で見知らぬ男であり、自分には理解できない人間だったのだ。コニーには男の不可解な静寂を破る勇気がない。相手の出方を待つしかなかった。メラーズは腕枕をして、汗ばんだ体をぴたりと密着させている。体はこれほど近くにあるのに、彼の気持ちはまるで理解できなかった。だが不安はない。その静けさ自体が安らぎなのだ。

コニーがそのことに気づいたのは、しばらくしてメラーズが静寂を破り、身を引き離したときのことである。見捨てられるような気がしたのだ。メラーズは暗闇のなかでコニーのドレスを膝のあたりまで引き下げて服を直し、しばらくじっと立っていた。

どうやら自分の服を直しているらしい。それが終わると静かに扉を開け、外へ出ていった。

オークの木立が残照に映え、空には玲瓏《れいろう》たる月が小さく浮かんでいる。コニーは素早く身を起こして服装を整えた。乱れがないことを確認してから戸口に向かう。

森の下の部分はすでに暗くなっていた。頭上の空は冴えわたっている。だが光はほとんど地上に届いていない。闇のなかからメラーズが現れた。その顔が青白い染みのように見える。

「では行きましょうか」

「どこへ?」

「庭園の木戸のところまでお送りします」

メラーズは自分からことを進めた。戸締りをしてコニーのあとを追う。

「後悔していませんか?」メラーズは追いついたところで言った。

「私が? いいえ。あなたは?」

「いいえ」メラーズはそう答えてから少し間を置き、「ただ、気になることがあります」

「何かしら」

「ご主人、それから村の人間たちです。きっといろいろ面倒なことが起きるでしょう」

「面倒なこと？」コニーの心は沈んだ。

「いつものことです。私にとっても、あなたにとっても、きっと厄介なことになります」そう言いながら暗闇のなかをまっすぐ歩いていく。

「だから自分は後悔しているというわけなの？」コニーは言った。

「しているといえばしています」メラーズは空を見上げ、「もうこういうこととは縁が切れたと思っていましたから。それなのに、また始まってしまいました」

「何が？」

「人生が」

「人生」と繰り返し、コニーは不思議な興奮を覚えた。

「人生から逃れることはできません」メラーズの話は続く。「もし逃れられても、人は死んだようになってしまう。だから、この人生がふたたび始まるしかないのなら――」

私はこのことをそんなふうには見ていないけど、とコニーは思った。でも――。

「これはただの恋よ」コニーは明るく言った。

「どうおっしゃろうとかまいません」

闇が深まっていく森のなかを二人は黙って歩いていった。もうすぐ木戸に着く。

「私のことが嫌いなの？」声が切なそうだ。

「まさか、そんな。とんでもない」そう言うと、メラーズはいきなりコニーを強く抱きしめた。結びつきを求める気持ちがよみがえったのだ。「さきほどはよかった。あなたは？」

「ええ、よかったわ」若干の嘘が交じっていた。そのことはあまり考えていなかったのだ。

メラーズはそっとくちづけした。温かなくちづけを繰り返す。

「世界にこれほどたくさん人がいなければいいのに」メラーズは大げさに嘆いてみせた。

コニーは笑った。庭園に着くと、メラーズは木戸を開けた。

「ここで失礼します」

「そうね」コニーは握手でもするように片手を差し出したが、メラーズはその手を両手で包み込んだ。

「また訪ねてもいいかしら」コニーは悩ましげに言った。

「ええ、もちろんです」

その場を離れ、コニーは庭園を歩いていった。

メラーズは数歩下がり、暗闇のなかへと消えていく彼女の後ろ姿をじっと見つめていた。闇の果てにある地平線が青白い。遠ざかる姿を追っていると、恨みにも似た感情が湧いてきた。孤独の人生を望むようになっていたのに、また新しいつながりができてしまったのだ。一人になりたいと望む男から峻厳な孤独が奪われたのである。

メラーズはくるりと向きを変え、森のなかへと戻っていった。月はすでに沈み、あたりはしんと静まり返っている。それでも夜には夜の音があるものだ。スタックス・ゲイトからは機械の音、大通りからは車の音が聞こえてきた。丸裸になった丘をゆっくりと上っていき、上から一帯を眺める。スタックス・ゲイトの鮮明な光の列。テヴァシャル炭鉱の小さな光。テヴァシャル村の飴色の光。闇のあちこちに光があった。夜の空気が澄んでいるので、遠くにある溶鉱炉の炎が淡い桃色に燃えて見える。それは白熱した金属からほとばしる桃色の光だった。スタックス・ゲイトの電光はぎらぎらと輝いて禍々《まがまが》しい。正体不明の邪悪な生き物が生息しているとでもいうのか。中部工業地帯の夜はとかく不穏であり、恐怖が刻々と変化していく。スタックス・ゲイトから巻き上げ機の音が聞こえてきた。夜七時から働く坑夫たちを地中深くに降ろしているのだ。坑夫は三交替制で働いていた。

丘を下り、闇に閉ざされた森に戻った。もちろん閉ざされた森などというものが幻想であることはよくわかっている。機械の音が幽寂を破り、いまは見えないが、外からのまぶしい光が孤独を嘲笑《あざわら》っているのだから。人はもう孤絶して生きることができなくなっている。世間が隠者を許さない。そしていま自分は女に身を屈してしまった。苦悩と破滅を繰り返すことになるだろう。そうなることは経験で知っていた。

　女のせいではない。愛のせいでも、性の営みのせいでもない。原因はすぐ目の前にある。あの禍々しい電気と騒々しくて凶暴な機械だ。強欲な装置が配備され、強欲そのものが機械化されているあの世界では、光と白熱した金属がぎらぎらと輝き、車両が轟音を響かせて通過する。巨大な魔物が住みつき、従わぬものはなんであれ破壊しようと待ち構えているのだ。やがて森を破壊してしまうだろう。春にブルーベルが咲くことは二度とあるまい。自然という無力な存在は機械に潰される運命にある。

　メラーズはかぎりない愛情を込めてコニーのことを思った。あの孤独な女は自分の優しさがよくわかっていない。周囲にいる冷酷な連中にはもったいないほどの優しさなのだ。そのうえ野生のヒヤシンスに似た脆《もろ》さがある。現代の新しい女とは違って、全身が丈夫なゴムとプラチナでできてはいない。だからいずれは潰されてしまうだろう。確実に潰される。自然のあえかな生き物はすべてそうなる運命にあるのだ。そう、はかなさ。彼女にはどこかはかなさがある。野に咲くヒヤシンスのようなはかなさ。現代のセルロイド製の女から消え失せてしまった何か。短い時間ではあっても、彼女のことは全身全霊を捧げて守ってみせる。たとえそれがほんのわずかな時間であっても、無情な鉄の世界と機械化された物欲の怪物に二人が押し潰されてしまうまでは。

銃を持ち、犬を連れ、暗い住居へ戻った。ランプを灯してから火をおこし、パンとチーズ、柔らかい玉ねぎとビールで食事をする。一人だった。こういう静けさがたまらなく好きだった。部屋はきれいに片付けてあるが、いささか寒々しい。いまは火が赤々と燃え、炉床は白く、白いテーブルクロスを広げた食卓の上には明るい石油ランプがぶら下がっていた。インドに関連した本を読もうとしたが、今夜は頭に入らない。上着を脱いで火のそばに座り、煙草は吸わず、ビールの入ったジョッキをすぐ手の届くところに置く。そしてコニーのことを考えた。

正直なところ最前の出来事を後悔していた。それも大半は彼女を思ってのことだった。不吉な予感がある。罪悪感がないのは、この一件で良心のとがめを感じていなかったからだ。一般に良心が恐れるのは世間もしくは自己である。メラーズは自分のことを恐れてなどはいなかったが、世間のことは怖くて仕方がなかった。世間が半分狂った悪鬼であることを本能的に知っていたからである。

コニーがいまここにいて、世界にほかの誰もいなかったら。そう思うとまた彼女が欲しくなり、あの部分が元気な鳥のようにもぞもぞと動いた。その一方で両肩にずしりと重くのしかかるものがあった。どぎつい電光を輝かせる怪物に自分たちの無防備な姿をさらしてしまう恐怖である。自分から見れば、あのか弱い女は若い雌でしかない。それにもかかわらず、その体のなかに入っていったのであり、いままた欲しいと思っているのだ。

あくびをしながら伸びをする。この四年は一人で暮らし、男とも女とも距離を置いてきた。それなのになぜ欲望を覚えるのだろう。メラーズは立ち上がり、ふたたび上着を着ると銃を手にした。ランプの火を落とし、犬を連れて外に出る。星の輝く夜だった。欲望に駆られながら、そしてまた向こうの世界にいる邪悪な電光の怪物への恐怖に突き動かされながら、森を巡回していく。ゆっくりと時間をかけて。彼はこの愛おしい闇にみずからの身を溶け込ませた。欲望が生み出す下半身のふくらみによくなじむのだ。厄介なふくらみではあるが、やはり宝は宝である。そこは落ち着きなくうごめき、下半身の奥では炎がめらめらと燃えていた。ああ、ここに仲間がいれば、火花を散らす外界の怪物と戦い、はかない命、はかない女たち、自然な欲望という宝を守れるのに。力を合わせて戦えるのに。だが男たちはみな、向こうの世界で怪物の虜《とりこ》になっている。そして、機械化された欲望にのみ込まれたり、強欲な機械に振りまわされたりしながら、喜びの声を上げるか、踏みつけにされているのだ。

コニーのほうは屋敷に向かって庭園を急ぐばかりで、ほとんど何も考えていなかった。まだ自分の行動を反省してはいなかった。夕食には間に合うだろうか。困ったことに扉がすべて閉まっていた。やむなく呼び鈴を鳴らす。開けたのはボルトン夫人である。

「まあ、奥様。迷子になられたかと心配しておりました」夫人は冗談まじりに言った。「旦那様はまだ何も申しておりません。リンリー氏と仕事の話をされています。お客様は夕食もご一緒されるのでしょうか」

「そのようね」

「時間を十五分ほど遅らせましょうか。ゆっくりお着替えができるかと」

「お願いするわ」

このリンリー氏が炭鉱の統括責任者だった。北部出身の年配の男性で、クリフォードに釣りあうほどの気概があるわけでもなければ、戦後の状況にも、ストライキを標榜する戦後の坑夫たちにも対応できずにいた。コニーはリンリー氏のことが好きだったが、彼の奥方のおべっかだけは勘弁してもらいたいと思っている。

リンリー氏はそのまま夕食の席に着いた。コニーの接待は男性客たちに大評判である。非常に控えめでありながら細かいところまで気がつくうえ、大きな青い目と悠然たる態度で本心を見せないようにしていたからだ。幾度となく接待してきたコニーにすれば、これは第二の天性と呼んでもよい。あくまでも第二位である。そうではあっても、夢中でもてなしていると、ほかのことが意識から消えてしまう。不思議なものではないか。

とにかくコニーは待った。考えをまとめるのは自室に戻ってからでいい。待つのは得意であり、それが自分の強みという気さえしていた。

部屋に戻ってからも頭は散漫なままでうまく働かなかった。何をどう考えたらよいのかわからない。あの男はどういう人間なのか。私のことが本当に好きなのか。いや、そんなことはないだろう。でも優しくしてくれた。そこには素朴で温かい不思議な思いやりがあり、そのせいで彼に向かって子宮が開きかけたくらいなのだ。しかし、どの女にもそういう態度で接している可能性がある。かりにそうだとしても、心が慰められ安らかな気持ちにさせられたのは間違いない。しかも彼は情熱家だった。それは自分の心身を目覚めさせてくれるような情熱だった。でも、私にだけではなく誰に対してもそうなのではないか。特別なことではないのだ。彼にとって自分は一人の女でしかない。

それで満足すべきなのかもしれない。少なくとも私のなかにある女の部分に対しては優しさを見せてくれたのだから。そんなふうに男から優しくされた覚えはない。私という人間にはたっぷり愛情を示しても、私のなかの女の部分には残酷で、蔑んだり、完全に無視したりするのだ。コンスタンス・リードやチャタレー夫人には優しくても、子宮に注ぐ優しさはない。その点、彼はコンスタンスもチャタレー夫人も気にせず、慈しむようにして私の腰や胸をさわってくれた。

コニーは翌日も森に行った。どんよりとした静かな午後である。ハシバミの茂みの下には濃緑のヤマアイが広がっていた。すべての樹木が蕾を開こうと密かに準備している。今日はそれが自分の体で感じられるように思えた。オークの巨木に蓄積された大量の樹液が上方へと勢いよく流れていき、蕾の先端から炎のように飛び散ると、血の色に似た赤銅色の葉となる。それはあたかも潮のように膨張しながら上昇していき、空に向かって吹き上げている。

空き地に着いたが、メラーズはいなかった。いるものだと半分は期待していたのだ。キジの雛鳥たちが鳥小屋の外を昆虫のような軽やかな足取りで走りまわっている。鳥小屋の茶色い雌鳥たちが不安そうな声で鳴く。コニーは腰を下ろし、観察しながら待った。とにかく待った。雛鳥のことさえ目に入っていない。ただひたすら待った。

時間が遅々として進まない。まるで夢のなかにいるかのようだ。それでも彼は来なかった。なんとなく期待はしていたのだ。結局、その日の午後は姿を現さなかった。お茶に戻らなくてはならない。そうは思うものの、なかなか腰を上げられなかった。

帰り道は霧雨になった。

「雨かい？」水気を切るために帽子を振る妻を見てクリフォードは言った。

「霧雨が」

コニーは黙ってお茶を注ぎながら、意地になって別のことを考えていた。どうしても今日中に会いたい。あの出来事が現実だったのか確かめたい。あれは現実だったのだろうか。

「あとで少し本を読んでやろうか」

コニーはクリフォードに目を向けた。何か感づいたのだろうか。

「春はどうも気分がすぐれないわ。少し休んだほうがよさそうね」

「まあ、好きにするさ。調子が悪いのかい」

「ええ。でも、疲れているだけかもしれない。春ですし。ボルトン夫人を呼んで何かされたらいかが」

「いや。ラジオを聞こう」

その答えがなぜか満足げに響く。コニーは寝室に下がった。すると階下から唸るようなラジオの音が聞こえてきた。馬鹿みたいに甘ったるい上品そうな声が物売りの声について語り、やけに澄まして気取った調子で昔の物売りをまねている。コニーは古い菫《すみれ》色のレインコートをはおり、通用口からそっと外に出た。

外の世界は紗《しゃ》のような霧雨に覆われ、怪しく思えるくらい森閑としていた。寒くはない。庭園を急いで歩くうちに暑くなり、たまらずレインコートの前を開けた。

霧雨の降る夕暮れどき、しんと静まり返った森には謎が隠されているのだろうか。鳥の卵、開きかけた蕾、咲きかけの花。すべてが神秘に満ちていた。森には霞がかかり、一糸まとわぬ姿とでもいうべきか、どの木もあらわな姿で暗く輝き、地面の草葉は青く燃えていた。

やはり空き地には誰もいなかった。大方の雛鳥は母親の雌鳥の下に潜り込んでいるが、一、二羽、藁屋根の下の乾いた場所を歩きまわっている。どうしたらいいのかわからないのだろう。

メラーズはまだ来ていないのだ。わざと避けているのだろうか。それとも何か問題が起きたのだろうか。家のほうに行くほうがいいのかもしれない。

しかし待つ性分ときている。だから鍵で小屋の扉を開けた。部屋はすみずみまで片付いていた。餌箱には小麦、棚には畳んだ毛布、隅のほうには新しい藁がきれいに束ねてある。ランプは釘に掛かっている。机と椅子は元の場所に戻してあった。自分が横たわった場所だ。

戸口の丸椅子に座る。なんて静かなのだろう。とても柔らかな霧雨が薄い幕のように降っている。だが風の音はまったくしない。何ひとつとして音を立てるものがなかった。薄明のなかでおぼろげな姿を見せる樹木は野性味を増し、静かに生気をみなぎらせている。すべてのものが生き生きとしていた。

今日もまた夜が近づいていた。戻らなくてはならない。自分は敬遠されているのだ。

そう思っていると、メラーズが大股で空き地にやってきた。運転手のような黒い防水布の上着が雨で光っている。小屋のほうに素早く視線を投げて軽い敬礼をしてから、つっと向きを変えて鳥小屋のほうへと歩いていく。何も言わずに鳥小屋の前へしゃがみ込み、端から端まで子細に点検すると、夜に備えて雌鳥と雛鳥を残らず鳥小屋に入れ、厳重に戸締りをした。

一連の作業を終えるとようやく、のんびりした足取りでコニーのほうへやってきた。コニーは腰かけたままである。メラーズは屋根の下まで来ると、コニーの目の前で立ち止まった。

「いたんだね」メラーズは土地の言葉の抑揚をつけて言った。

「ええ」コニーは見上げて答えた。「遅刻よ」

「ああ」そう言って森のほうに視線を向ける。

コニーは椅子を引き、ゆっくりと立ち上がった。

「お入りにならないの？」

メラーズが射るような視線を向ける。

「夜のたびに来たら怪しまれやしませんか」

「どうして？」コニーは困惑したような表情を浮かべた。「来ると約束したから来たのよ。誰にも知られていないわ」

「しかし、いずれ嗅ぎつけられます。で、そのときはどうします」

コニーは答えに詰まった。

「なぜ人に知られるのかしら」

「そういうもんですから」達観したような口調である。

コニーの唇が細かく震えた。

「仕方がなかったのよ」と口ごもる。

「いや、来なければいいんです」メラーズは声を落とした。「あなたの気持ち次第でしょう」

「そんなの無理だわ」ささやくような声だ。

メラーズはまた森に視線を向けて黙り込んだ。

「連中に知れたらどうします」ようやく口を開いた。「よく考えてみてください。きっと自分を卑しく思うはずです。相手は夫の使用人なんですよ」

コニーはついと顔を上げ、視線をそらしたままのメラーズにじっと目を向けた。

「つ、つまり」言葉がつかえる。「私に会いたくないというの？」

「よく考えてみてください。もし連中に知れたらどうなるのか。ご主人、それからやつらが噂して――」

「それなら、ここを出ていけばいいわ」

「それでどこへ」

「どこへでも。お金ならあるのよ。母が二万ポンドを残してくれたから。夫には手が出せないお金。どこにでも行けるわ」

「あなたの気持ちが変わるかもしれない」

「まさか、そんなこと。この身がどうなろうと私はかまわない」

「いまはそうでしょう。しかし、いつか心変わりするはずです。それが自然ですから。忘れないでください。貴族の奥様が森番と関係している。紳士ではない。ええ、きっと後悔します」

「そんなことないわ。身分がなんだというの。自分でもうんざりしているのに。奥様、奥様と言いながら、みんなで私を笑い者にして。そう、絶対にそうよ。あなただってそう」

「僕が？」

このとき初めてメラーズはコニーをまともに見つめた。その目を見据えながら言う。

「笑い者になどしていません」

じっと見つめられていたコニーは、メラーズの目が真っ暗になったことに気づいた。瞳孔が開いている。

「犠牲になってもかまわないんですか」メラーズの声がかすれる。「それはいけません。手遅れにならないうちに――」

どこか危険を訴える響きがある。

「私には失うものがないわ」コニーが苛立ったように言い返した。「あるなら喜んで手放します。それなのに、あなたのほうが怖がるなんて」

「そりゃ怖いです」メラーズは短く言った。「もちろん怖い。怖くてたまらない」

「何を恐れているの」

メラーズはぐいと頭を反らせた。この世間が怖いという意味だ。

「いろいろですよ。誰も彼もが怖い。とにかく何もかもが」

そう答えると身を屈め、いきなりコニーの悲しげな顔にくちづけした。

「わかりました。かまうもんですか。どうにでもなれだ。ただ、あなたが後悔するような――」

「はぐらかさないで」コニーは訴えるような声で言った。

メラーズは両手でコニーの頬に軽く触れ、すぐにまた唇を押し当てた。

「なかに行きますか」メラーズは静かな声で言った。「レインコートは脱いで」

銃を掛けると、濡れた上着をさっと脱ぎ、毛布のほうへ手を伸ばす。

「一枚、増やしておきました。これで上に掛けられます」

「長くはいられないの。七時半に夕食だから」

メラーズは素早く相手の顔を見てから腕時計に視線を走らせた。

「大丈夫です」

扉を閉めてから、吊るしてあるランプに小さく火を灯す。

「いつかゆっくり過ごしましょう」

メラーズは黙って毛布を敷いていき、一枚を畳んでコニーの枕にした。しばらく丸椅子に腰かけてから横になると、コニーを自分のほうに引き寄せ、片腕でしっかりと抱きしめながら空いているほうの手で服をさぐった。手が素肌へと触れた瞬間、メラーズははっと息をのんだ。その音がコニーの耳に届いた。薄いペチコートの下には何も着けていなかったのだ。

「ああ、君の肌はたまらないな」メラーズはそう言いながらコニーの腰のあたりに指を走らせた。肌理《きめ》が細かくて温もりのある神秘的な肌である。メラーズはコニーの肌に顔を寄せ、腹そして太腿《ふともも》に頰ずりを繰り返した。どうしてこんなに夢中になるのだろう。コニーはあらためて少し不思議に思った。この謎を秘めた生身の肉体に触れることで、どのような美を見出しているかがわからない。ほとんど美に陶酔しているようではないか。このような状態になるのは、情熱だけがその美に反応するからである。情熱が死んだり欠けていたりすると、素晴らしい美の鼓動を感じることはできない。それどころか、その美はやや卑しいものにさえなる。生き生きとした温かい接触から生まれる美というものは、視覚による美よりもはるかに深いものなのだ。コニーはメラーズの頰が、自分の太腿、腹、尻へと移動していくのを感じた。口ひげと柔らかく豊かな髪に撫でられ、膝が小刻みに震えだす。体のずっと奥のほうで何かが生まれようとしていた。裸の存在が出現しようとしていた。コニーはわずかに怖くなった。もう愛撫はやめてほしいと願う気持ちもある。彼に占領されてしまいそうな感じがするのだ。それでもコニーは待っていた。待っていた。

とうとうなかに入ってきた。メラーズは強烈な解放感と達成感を味わっていた。それは彼にとって純粋な平穏を意味していたのだ。しかしコニーのほうは待っていた。置き去りにされている気がしたが、自分にも非があるのだろう。この疎外感はみずから生み出したものなのだから。いまその報いを受けているのかもしれない。じっと横たわったまま、コニーは体の奥で彼の動きを感じていた。一心不乱に動いていたかと思うと、射精の瞬間にびくんと震え、突いてくる勢いが弱まっていった。この腰の動きはたしかにいささか滑稽である。終始冷静でいられる女なら、男の腰の動きはしごく滑稽にしか思えまい。この姿勢、この動き。男とは愚にもつかない存在なのだ。コニーは身じろぎもせずに横たわっていた。相手が果てたあとでも自分の満足を得ようとはしない。そこがミケイリスのときとは違う。じっと横臥《おうが》したままである。すると涙がゆっくりとたまっていき、目からあふれ出した。

やはりメラーズもじっと横になっていた。それからコニーを強く抱きしめ、むき出しになったままの彼女の足に自分の足を重ねた。冷えないようにするためだ。コニーがそばにいるという確かな温かさを感じながら、ぴたりと寄り添っている。

「寒くないかい」メラーズはそっと言った。コニーがすぐそばにいると思っているのだろうか。コニーは遠くに取り残されていた。

「ええ、大丈夫よ。それよりも、そろそろ行かないと」コニーは静かに答えた。

メラーズはため息をつき、コニーを強く引き寄せてから力をゆるめた。コニーが涙を流しているとは思いもしない。二人は一緒だと思っていたのだ。

「行かないとだめだわ」コニーが繰り返す。

体を起こしたメラーズは一瞬ひざまずき、コニーの太腿の内側にくちづけすると、まくれ上がった裾を直してやった。そしてランプのほのかな明かりを頼りにして、背を向ける素振りも見せずに漫然と服のボタンをはめていった。

「いつかうちに来るといい」コニーを見下ろしながら話すメラーズの顔は上気し、満ち足りてくつろいでいる。

そのように誘われたコニーは、ぐったりと横になったまま相手の顔を見つめて、「この人は誰。何者なの」と思っていた。メラーズのことが少し腹立たしくもあった。

上着を着たメラーズは、床に落ちているはずの帽子を探した。そして銃を肩に掛ける。

「さあ、行こうか」と声をかけ、親しみのこもった安らかな目をコニーに向けた。

コニーは大儀そうに立ち上がった。家には戻りたくない。そうかといって、ここにいるのもいやだった。メラーズはレインコートを着るのに手を貸し、身なりを確認してやった。

メラーズは扉を開けた。外はかなり暗い。屋根の下にいた忠犬が主人を見てうれしそうに起き上がった。流れるように降る霧雨が闇のなかで灰色に見える。周囲は思いのほか暗かった。

「これじゃランプがいるな。まあ、誰もいないから大丈夫か」

メラーズが先に立って歩き、すぐ後ろをコニーがついていく。道は細く、ランプが下のほうを照らすと、濡れた草、蛇のように黒々と光る木の根、青白い花が浮かび上がった。ほかのすべてのものは、霧雨の灰色に塗り込められているか、漆黒の闇である。

「いつかうちに来るといい」広い馬の道に出たところで二人は横並びになった。「いいね？　毒を食らわば皿までさ」

コニーは戸惑った。ずいぶんとしつこく求めてくる。まだ互いの心に通じるものはなく、胸に響くような言葉もかけられてはいない。それに頭ではわかっているつもりだが、言い方も腹立たしかった。「来るといい」では、自分に言われている気がしない。どこかの卑しい女ではないのだ。

コニーは道のジギタリスを見て、居場所の見当をつけた。

「七時十五分です」メラーズは言った。「これなら間に合います」

また口調が変わった。二人の距離感を察知したものらしい。

最後の曲がり目を過ぎてハシバミの壁と木戸が近づくと、メラーズはランプの火を吹き消した。

「この先は見えますから」そう言ってコニーの腕に手を添える。

そんなことはなかった。足元がよく見えない。メラーズは一歩一歩、確認しながら歩いていく。慣れているのだ。

木戸のところで懐中電灯を渡された。

「庭に入れば少しは見えるでしょう。ただ道を間違えるといけないので、これをどうぞ」

たしかに広々とした庭園はおぼろげながら明るい。

いきなりだった。メラーズはコニーを引き寄せると、スカートの下からぐいと手を差し入れ、濡れた冷たい手で温かい太腿に触れた。

「君みたいな女《ひと》にさわれるんなら死んでもいい」喉に何か詰まったような声を出す。

「一分だけ――」

またも強烈な欲情に襲われたものらしい。

「だめよ。急がないと」コニーはうろたえた。

「なるほど」メラーズは急に態度を変え、体を離した。

コニーは屋敷のほうを振り向きざまに見てから、すぐまたメラーズに視線を戻して言った。

「キスして」

判然としないコニーの顔の上に身を屈めたメラーズは、左目にくちづけして、差し出された唇にもそっとくちづけしたが、すぐに身を引いた。唇同士の接吻は嫌いなのだ。

「明日うかがうわ」コニーは歩きだした。「もしできたら」と言葉を継ぐ。

「ええ。あまり遅れないように」と闇のなかから声がした。もう姿は見えない。

「おやすみなさい」

「おやすみなさいませ、奥様」という声が返ってきた。

コニーは足を止め、濡れた闇にじっと目を凝らした。メラーズの体の輪郭がかろうじて見える。

「どうしてそんな言い方をするの」

「たしかに。では、おやすみ。さあ、急いで」

コニーは手で触れられそうな薄墨色の闇のなかを急いだ。

通用口は開いていた。こっそりとなかに入る。部屋に入って扉を閉めるのと同時に食事を知らせる鐘が鳴ったが、気にせず入浴するつもりだった。そうしないわけにいかない。

「遅くなるのはこれで最後にしなければ」と思った。「厄介なのはごめんだもの」

翌日は森に行かず、クリフォードとアスウェイトに行った。最近クリフォードは車で出かけることが多く、運転手に体力のある青年も雇った。下車の必要がある場合には手を貸してもらえる。

どうしても名付け親のレズリー・ウィンターに会いたいとクリフォードは言った。ウィンターの住むシプリー館《ホール》ならアスウェイト[1]から遠くはない。現在のウィンターは老紳士であり、資産家でもあった。エドワード王の治世に最盛期を迎えた裕福な炭鉱所有者の一人だ。狩猟に訪れたエドワード王が滞在したのも一度や二度ではない。

それは美しい化粧漆喰を施した古くて豪壮な屋敷で、内装もまた華麗だった。ウィンターは独身者であり、自身の美感に自信を持っていたのである。しかしながら、このあたりにも炭鉱が増えてきていた。

ウィンターはクリフォードのことを大切に思っていたが、その生き方にはあまり感心していなかった。新聞にいろいろと写真が載る。それに文学のこともあった。この老人はエドワード王と同じ価値観を持つ伊達《だて》男だったから、人生は人生として楽しむべきものであり、物書きなどは人種が違うと思っていたのだ。

ウィンターはコニーをいつも丁重に遇した。彼女のことを美しくて控えめな乙女だと思っていたのだ。クリフォードなどにはもったいない。しかも跡目が見込めないというのだから不憫な話である。彼もまた世継ぎがなかった。

コニーは思った。森番と肉体的な交渉を持ち、「いつかうちに来るといい」と言われたのを知ったら、この人はなんと言うだろうか。きっと不潔に思って軽蔑するに違いない。それでなくても労働者階級の急激な台頭に憎しみめいたものを覚えているの

1 エドワード七世（一八四一―一九一〇）のこと。在位は一九〇一―一九一〇。ヴィクトリア女王の長男である。

だ。私と同じ階級の男が相手だったら、おそらく気にはしないのだろう。

コニーは密かにそんなことを考えていたが、表面的には控えめで従順な乙女にしか見えなかった。そういう部分が本質的にあるのかもしれない。だからウィンターに「お嬢さん」と呼ばれたりするのだ。今回の訪問では、十八世紀の貴婦人が描かれた美しい細密画をくれた。いくら固辞してもかならず何かプレゼントされる。

コニーはずっとメラーズとの情事について考えていた。ウィンターは世慣れた紳士であり、自分のことを一人の人間、分別のある個人として扱ってくれる。メラーズのように「君」というような言葉を使ってほかの女たちと一緒くたにすることはない。

その日も、その翌日も、そのまた翌日もコニーは森に行かなかった。メラーズが自分を求めて待っていると感じるかぎり、そう感じる気がするかぎり、行くつもりはなかった。

だが四日目になると、コニーはすっかり平静さを失ってしまい、不安でたまらなくなった。それでも森に行くつもりはなかった。あの男に体を開くようなまねは二度とするまい。ならばほかに何をすればよいだろう。車でシェフィールドに行くか。あちこち人を訪ねてみるか。考えるだけでうんざりした。

だから散歩をすることにした。といっても森へではない。正反対の方角にあるメアヘイに行くつもりだった。その場合、木戸とは別の小さな鉄門を通ることになる。

雲の多い静かな春の日であり、ずいぶんと暖かい。コニーはそぞろに歩いていた。自分でも意識していないような思いにふけっていたのだ。周囲の状況もほとんど気にしておらず、犬の大きな吠え声が聞こえたときに初めてはっと我に返ったほどである。気づけばメアヘイ農場に着いていた。ここの牧草地を上がっていくとラグビーの庭園の柵にぶつかる。つまりは隣同士のわけだが、訪れるのは久しぶりだった。「ベル!」白くて大きなブルテリアに声をかける。「ベル! 忘れたの? わからない?」

コニーは犬が苦手だった。ベルがあとずさりして吠えたてる。コニーとしては農場のなかを抜けてウサギの飼育場に通じる小道に出たかった。

フリント夫人が姿を見せた。年齢はコニーと変わらない。その昔、教師をしていた。魅力的な雰囲気があるにはあるが、コニーは信用のおけない女性だと思っていた。「まあ、まあ、チャタレーの奥様」フリント夫人は例のごとく目を輝かせ、若い娘のように赤くなった。「ベル! ベル! 奥様に吠えたりして。ベル! 静かにしなさい!」ベルのそばに駆け寄り、手にしていた白い布巾でしたたかに叩く。それからコニーの前に進み出た。

「私のことは忘れたようね」コニーは握手をしながら言った。フリント家はチャタレー家の借地人である。

「奥様のことを忘れるわけがございません。虚勢を張っているだけでしょう」フリント夫人は目を輝かせ、赤らんだ顔に戸惑ったような表情を浮かべてコニーを見上げた。

「ご無沙汰しております。お体のほうはよろしいのですか？」

「ええ、おかげさまで」

「冬はほとんどお見かけしませんでした。どうぞなかに入って赤ん坊を見てやってください」

「そうね」コニーはためらった。「少しだけでしたら」

片付けをするため、フリント夫人は大急ぎで家のなかに引き返した。コニーはゆっくりとあとに続き、薄暗い台所で立ち止まった。火のそばに湯の沸いたやかんがある。フリント夫人が戻ってきた。

「お待たせしました。こちらへどうぞ」

居間に入る。暖炉の前に布切れで編んだ敷物が広げてあり、そこに赤ん坊が座っていた。テーブルには簡単なお茶の支度がしてあった。若い女中がおずおずと廊下へ下がる。

一歳くらいの元気な赤ん坊だった。父親と同じ赤毛であり、生意気そうな水色の目をしている。女の子なのに物怖《ものお》じしない。クッションに囲まれて座り、いまどきの育て方なのか、ぬいぐるみやおもちゃがたくさんある。

「まあ、かわいらしい」コニーは言った。「大きくなって。本当に大きくなったわねえ」

生まれたときにはショール、クリスマスにはセルロイドのアヒルを贈っている。

「ほら、ジョゼフィン。誰が来てくれたのかなあ。誰かな、ジョゼフィン。チャタレーの奥様よ。わかるでしょ、奥様のこと」なんとも元気な赤ちゃんは勝ち気そうな目でコニーを見つめている。いまのところ奥様はどこの奥様も同じなのだ。

「ほら、こっちにいらっしゃい」コニーは赤ん坊に向かって言った。

何を言っても聞いてくれる気配がない。仕方がないので、赤ん坊を抱き上げて自分の膝に乗せた。赤ん坊を抱くということが、こんなにも温かくて気持ちのよいものだとは。ふっくらとした肉付きのよい腕、そして勝手に動く生意気な足。

「一人で適当にお茶をしておりまして。ルークが市場に行っているものですから、おかげで好きなときにお茶がいただけます。奥様も一杯いかがですか。ふだんお召し上がりのものとは違うかと存じますが、もしよろしければ」

お茶は飲みたかったが、ふだんのことは言われたくなかった。テーブルが来客用に支度し直され、上等なカップと上等なティーポットが運び込まれた。

「お手間を取らせて」コニーは言った。

フリント夫人にすればこの手間が楽しみだったのだ。コニーは準備ができるまで赤ん坊の相手をした。ふてぶてしいのが面白く、温かい弾力がたまらなく心地よい。これこそが若い命。しかも、まるで恐れることを知らない。ここまで恐れることを知らないのは無防備だからだ。それにひきかえ年寄り連中ときたら。誰も彼もが恐怖で萎縮している。

ずいぶんと濃いお茶を飲み、バターを塗ったとてもおいしいパン、瓶詰めのスモモを食べた。フリント夫人は興奮で赤く輝いた顔を上向けている。コニーのことを勇敢な騎士とでも思っているのか。二人で女性同士の気兼ねないおしゃべりを楽しんだ。

「おかまいもできませんで」フリント夫人は言った。

「家のお茶よりもずっとおいしかったわ」コニーは正直な気持ちを口にした。

「まあ！」フリント夫人が驚きの声を出したのも無理はない。

しばらくしてコニーは腰を上げた。

「おいとましませんと。夫に行き先を告げていないものですから。心配させるのもいけませんし」

「こちらにいらっしゃるとは夢にも思われず、誰かを捜しに出してしまわれます」フリント夫人が楽しげに笑う。

「さよなら、ジョゼフィン」コニーは赤ん坊に接吻して、細い赤毛をくしゃくしゃっと撫でた。

フリント夫人は玄関のほうを開けて見送ると言ってきかなかった。外に出ると、そこは農場のささやかな前庭で、イボタノキの垣根が巡らせてあった。小道に沿ってアツバサクラソウが二列に並び、とても艶《つや》やかにたっぷりと咲いている。

「きれいなアツバサクラソウ」コニーは言った。

「ルークはふざけて、ヤケクソウと呼んでいます」フリント夫人は笑った。「少しお持ちになってください」

フリント夫人はビロードのような薄い黄色の花を夢中で摘んだ。

「そんなにたくさん」コニーは言った。

小さな庭門に着いた。

「どちらの道に行かれますか」フリント夫人は尋ねた。

「ウサギの飼育場のほうへ」

「いつもでしたら、あのウサギの囲い場には牛がいるのですが、いまはまだいないと思います。ただ門が閉まっていますから、柵を乗り越えなければいけません」

「それくらいなら大丈夫です」

「では、囲い場までご一緒いたしましょう」

ウサギに草を食い荒らされた牧草地を歩いていく。鳥たちが夕暮れの凱歌を上げるかのようにけたたましく鳴いている。牛追いに呼ばれた最後の牛たちが牧草地の踏みならされた道をのろのろと移動していく。

「今晩の乳搾りが遅れておりますの」フリント夫人の声が厳しい。「ルークが暗くなるまで帰らないのをいいことに」

柵に着いた。向こう側はモミの若木が密生している。小さな門には鍵が掛かっていた。こちら側の草のなかに空き瓶が置かれている。

「森番が持ってきた牛乳の空き瓶ですわ」フリント夫人が理由を説明する。「牛乳を入れてここに置いておけば、本人がまた取りに来ます」

「いつ来るのかしら」

「このあたりへ来たときです。だいたい朝でしょうか。それでは、奥様、失礼いたします。ぜひ、またいらしてください。楽しゅうございました」

コニーは柵を乗り越え、反対側にある小道に入っていった。小道の両側にはモミの若木が林立している。フリント夫人は牧草地を駆け上っていた。日よけ帽をかぶっている。教師というのは日よけ帽をかぶるものなのだ。

いつも行く森ではあっても鬱蒼《うっそう》としたこのあたりはなじみがなく、コニーは好きになれなかった。どうも薄気味が悪くて息が詰まる。下を向いたまま先を急いだ。フリント夫妻の赤ん坊のことを考える。かわいらしい子供だったが、少しガニ股になるだろう。父親がそうなのだ。すでにその兆候が見える。でも大きくなったら治るかもしれない。赤ん坊といるとなぜだか心が温まって満ち足りた気分になる。フリント夫人も自慢そうにしていた。彼女にはとにもかくにも大切なものがある。私にはない。どうやらこの先も持てそうになかった。そう、フリント夫人は自分が母親であることを見せたくて仕方がなかったのだ。コニーはほんのわずかだが嫉妬を覚えた。嫉妬せずにはいられなかった。

コニーは夢想からはっと覚めて、小さな叫び声を上げた。男がいる。

メラーズだった。聖書に出てくるバラムのロバのように道をふさいでいる。

「これは、また!」メラーズは驚いた。

「どうしてここに」コニーが喘ぐように言う。

「君こそ、どうして。小屋に行ったのかい」

「いいえ、メアヘイに」

いぶかしげな目を向けられたコニーは、この数日にわたる自分の行動にやましさを覚えてうなだれた。

「いまから行くつもりだった？」メラーズの口調がややきつくなった。

「そんな、まさか！　いままでメアヘイにいたのよ。それも家の人間には黙って。遅くなったから、急いで――」

「そうやって逃げようとする」メラーズはうっすらと皮肉な笑みを浮かべた。

「違うわ、誤解よ。ただ――」

「ただ、なんだい」メラーズはコニーに近づくと片手で抱いた。コニーはメラーズの体の前の部分を間近に感じた。肉体のうごめきまで感じられる。

「いまはだめなの。いまは」声を上ずらせ、押しのけようとする。

「なぜ？　まだ六時だ。あと三十分ある。いや、違う。欲しいんだ」

強く抱きしめられたコニーはメラーズの激しい欲望を感じた。以前の彼女ならとっさに自由を求めて戦ったであろう。だがしかし、いまは体のなかに得体の知れないものが宿り、それがどっしりとして動こうとしない。男を欲しがる自分の体にはもはや抗《あらが》う力が残っていなかった。

メラーズはあたりを見まわした。

「さあ、こっちへ。ここから」と言って、成長を始めた若いモミの茂みを透かし見る。それからコニーに視線を戻した。コニーには、メラーズの緊張した目がぎらぎらと熱を帯びているように見えた。愛が感じられない。そうとわかっていても体が言うことを聞かなかった。手足が妙に重く感じられる。倒れてしまいそうだ。衝動に負けてしまいそうだった。

壁のようになっている木立のほうへと誘われた。葉が針のようにちくちくとして通りにくい。抜け出た先の小さな空間に枯れた大枝が積まれていた。メラーズはそのうちの乾いた一、二本を地面に放り投げ、その上に上着とベストを広げて寝る場所を作った。コニーとしては木陰になったその場所に獣のごとく横たわるしかない。すでにズボンとシャツだけの姿になったメラーズは憑かれたような目つきで待っていた。それでも、きちんと乱れがないようにコニーを寝かせることは忘れていない。下着のひもを切ってしまったのは、ぐったりと横になったままのコニーが手伝おうとしなかったからである。

メラーズは体の前の部分をあらわにしていた。体のなかに入ってきたとき、コニーは裸出した肉体を感じた。しばらくメラーズは動かなかった。なかに入ったまま膨張して震えている。と思っていると、抑え切れない極度の興奮を覚えたかのように、いきなり動きだした。その瞬間、コニーのなかでいままでにない不思議な快感が目覚めた。それはさざ波となり、それがまたさざ波を生み、またさざ波を生む。まるで羽のように柔らかい。その柔らかな炎が揺らめき重なっていく。さざ波が一気にはじけると、光が華麗に入り乱れ、体全体をなかから溶かした。鐘のさざめきが高まっていき大音響になるのと似ている。コニー自身は最後に何度も小さな喘ぎ声を漏らしたことに気づいていない。それにしても、あまりにも短い、一瞬のことだった。

コニーはもう自分で動いて終わりに達することができなかった。これまでとは違っていたのだ。自分ではどうしようもなかった。相手の上にまたがり、強く締めつけて満足を得ることができない。いまはひたすら待って、とにかく待って、心のなかで呻き声を上げるしかなかった。それなのに、なかにいる彼はどんどんと遠のいていく。小さくなりながら遠のいていく。やがては、するりと抜けていなくなる惨めな瞬間が訪れるのだろう。子宮全体が海中のイソギンチャクみたいに柔らかな口を開け、静かに要求の声を上げていた。もう一度なかに入って、欲求を満たしてくれと叫んでいた。知らずに夢中でしがみついていたので、彼が完全に抜けてしまうことはなかった。

コニーのなかで彼の柔らかな蕾がもぞもぞと動きだして異様に脈打ちながら開くと、不思議な脈動でむくむくとふくらんでいき、彼女の分裂していく意識を完全に満たした。すると、またしても体のなかであの言葉では表せない運動が始まった。それはただの運動というわけではない。純粋な渦巻きが体の奥へと向かっていくような感覚だった。それは幾重にも渦を巻いて奥へ奥へと進んでいき、やがてすべての細胞と意識に入り込んだかと思うと、ついには彼女自身が体の中心から渦を巻く感覚の流体となった。コニーは横たわったまま無意識のうちに言葉にならない叫び声を上げていた。もっとも深い闇夜からの声、命の絶叫である。その声が下から聞こえてきたとき、メラーズは畏れにも似たものを感じた。と同時に、彼の命が彼女のなかに放たれた。彼女の声が静まるにつれて彼もまた静まっていき、やがて何も意識することなく完全に動かなくなった。その間、しがみついていた彼女の手の力が少しずつ弱まっていき、コニー自身も動かなくなった。

二人は何もわからない状態で横になっていた。もちろん相手のこともわからないまま茫然としている。

しばらくするとメラーズは状況を把握していき、自分が無防備な裸体のままであることに気がついた。コニーは彼が抱擁を解いて離れていくのを意識しながら、裸のままで置いていかれるのは耐えがたいと思った。ずっと包んでいてもらいたかった。

しかしメラーズは体を離し、コニーにくちづけしてから服を直してやり、自分も身を包みはじめた。まだ動けずにいるコニーは仰向けになったまま木の枝を見上げている。メラーズは立ち上がり、あたりを気にしながらズボンのボタンを留めていく。周囲の森は変わらず鬱蒼として静かだった。彼の犬だけがかしこまり、前足を鼻にくっつけて寝ていた。

メラーズは枯れた大枝の山に腰を下ろし、黙ってコニーの手を取った。コニーは振り向き、メラーズを見つめた。

「今日は一緒にうまくいけた」

コニーの返事はない。

「いいものだな、ああいうふうになるのは。大半の人間はこれを知らずに生きている」夢でも見ているような声だ。

コニーは彼の物思いにふけっているような顔を凝視している。

「そういうものなのね。うれしい？」

メラーズは彼女の目を見つめ返した。

「そりゃうれしいさ。まあ、この話はやめとこう」しゃべるのはやめてくれという意味だった。

身を屈めたメラーズがコニーにくちづけをする。このままずっとしてもらいたいとコニーは思った。

ようやくコニーも起き上がった。

「ふつうは一緒にうまくいけないものかしら」素朴な好奇心である。

「大方の連中はだめだろうな。あの硬い顔を見ればわかるよ」こんな話をするのではなかったと思いながら、メラーズは仕方なしに答えた。

「ほかの女性とうまくいけたことはあって？」

メラーズは面白がっているような目を向けた。

「さあ。わからないな」

教えたくないことは決して教えないのだろうとコニーは思った。メラーズの顔を見つめているうちに体の奥のほうで何かがうずいた。それでも限界まで我慢する。そうしなければ自分を見失ってしまうからだ。

メラーズはベストと上着を身につけると、木立の枝を払うようにして元の道へと戻っていった。夕日の最後の光が真横から森に差し込んでいる。

「ここで別れよう」メラーズは言った。「そのほうがいい」

コニーは名残り惜しそうな目を向けてから踵《きびす》を返した。犬は主人が歩きだすのをいまかいまかと待っている。そんな犬にかけるべき言葉がメラーズには思いつかないようだった。言葉が何も残っていなかったのだ。

新たな経験を体の奥深くに感じながら、コニーはゆっくりとした足取りで帰っていった。いままでとは違う自分が体内で息づき燃えていた。子宮と内臓が熱く敏感に反応する。生まれ変わった自分が彼に対して崇拝にも似た愛情を寄せていた。ここまで愛情が深まると、歩くそばから膝の力が抜けてしまう。いまコニーのなかでは子宮と内臓が生き生きと脈打っていた。彼を愛するごく素朴な女として、コニーは脆く無力になっていた。

「赤ちゃんがいるみたい」コニーは思った。「体のなかに赤ちゃんがいるみたい」そうなのだ。まるでずっと閉じられていた子宮が開き、新たな生命で満たされているかのようだった。ある意味では重荷だが、それでもなお愛おしい。

「もし赤ちゃんがいたら」コニーは思う。「このなかに彼がいたら。赤ちゃんとなって」そう思うと手足から力が抜けた。自分のために子供を産むのと内臓が焦がれている男のために子供を産むのとではまるで違うことに気づいたのだ。自分のために子供を産むのは珍しいことではない。それなら子宮と内臓が崇拝する男のために子供を産むのはどうだろう。そんなことを考える自分が以前の自分とかけ離れた存在に思え、自分が女という存在の中心に向かって、静かな創造の場に向かって深く沈み込んでいくような気がした。

これまでにも欲望なら覚えたことはある。焦がれるように愛するのが初めてだった。こうなるのをずっと恐れていたのは自分が無力になってしまうからだ。いまだって怖い。愛しすぎると自分を見失い、最後には自分の存在が消えてしまう。存在が消えるのはたまらない。未開地の女みたいに奴隷になるということではないか。奴隷などごめんである。

この崇拝するような愛情には恐怖を覚えた。だからといって、いますぐ抗おうという気持ちはない。自分が戦えることはわかっている。胸のなかに強烈な意志があるので、子宮と内臓から生じる愛がいかに強く、柔らかく、重くても、その気があれば戦って叩き潰してしまえるからだ。いますぐ戦いを挑んでもいい。コニーはそう思った。そうしておいてから、みずからの意志で欲望に応じればよい。

そう、酒神バッカスの巫女や信徒のごとく、恍惚となって森のなかで狂喜乱舞するのだ。バッカスに呼びかけるのだ。あの独立した人格を持たない輝かしい男根、女にとっては純然たる神であり僕《しもべ》に。男とか個人とか、そんなものに邪魔をさせてなるものか。男など、ただ神殿に仕える身、輝かしい男根を護持する存在でしかない。本来の所有者は女なのだ。

新しい目覚めの奔流にのみ込まれていたコニーのなかで、いにしえの激情がしばらくのあいだ燃え上がり、男は忌むべき存在に堕した。男など務めを果たせば八つ裂きにされてしまうたんなる男根の持ち主でしかない。コニーはバッカスの巫女たちの力が体のすみずみにまでみなぎるのを感じた。光り輝き、敏感になり、男を叩きのめす女たちの力を。

そう感じながらもコニーの心は重かった。そんな力など本当は望んでいなかったからである。それは陳腐で不毛であり、なんの実も結ばない。崇拝するような愛情のほうが大事だった。それは底の知れない愛情であり、柔らかく、深く、そして新しい。そうだ、硬くまぶしい女の力など捨ててしまおう。もう飽き飽きだ。おかげで体も硬直してしまった。新しい命の泉に身を沈めよう。子宮と内臓の深奥では愛の歌が静かに歌われていた。男を恐れるようになるのはまだまだ早い。

「メアへイまで歩いて、フリント夫人のところでお茶をごちそうになっていたのよ」コニーはクリフォードにそう報告した。「赤ん坊が見たくて。とてもかわいらしかったわ。髪なんか蜘蛛の巣みたい。かわいいものね。ご主人が市場に出かけて留守だったから、夫人と赤ちゃんとお茶を。私の居場所が気になって？」

「まあね。ただ、どこかでお茶でも飲んでいるのだろうとは思った」クリフォードはうらやましそうな声を出した。

クリフォードは千里眼で見通すかのように、妻のなかの新しい何か、自分には不可解な何かを感じ取ったが、それを赤ん坊のせいだと思うことにした。赤ん坊がいないこと、いわば自動的に子供を生み出せないことが妻を苦しめているに違いない。

「庭園を通って鉄門のほうに行かれるのをお見かけして」ボルトン夫人は言った。「牧師館かと思いました」

「そうしようと思って、結局はメアヘイに」

女同士、目が合った。ボルトン夫人のきらきらと探るような灰色の目。コニーの不思議な美しさをたたえた霞んだ青い目。奥様には恋人がいる。まず間違いない。ボルトン夫人はそう思った。そんな、まさか。相手は誰かしら。そもそもどこに男がいるというのだろう。

「それをうかがって安心いたしました。たまには外に出て世間と交わるのもよいことですもの」ボルトン夫人は言った。「旦那様にも申し上げました。奥様は外のお付きあいを増やされたほうが、体にもよろしいのではありませんかと」

「ええ、行ってよかったわ。ねえ、あなた、あの赤ちゃんたら面白いのよ。かわいいのにきかん坊」コニーは言った。「髪の毛なんか蜘蛛の巣にそっくり。しかも明るいオレンジ色。それに青磁みたいな水色の目がなんとも言えず変わっていて、とても生意気なの。もちろん女の子よ。だからかしら、おしゃまなのは。男の子がいくらフランシス・ドレーク提督を気取ってもかなわないわ」

「奥様のおっしゃるとおり、いかにもフリントの子です。あそこの家は昔から髪が砂の色で、負けん気が強いですから」

「ねえ、あなた。興味はなくて？　お茶に招待したのよ。ご覧になってもらいたいの」

「誰を招待だって」クリフォードが動揺した目を向ける。

「フリント夫人と赤ん坊よ。今度の月曜日」

「君の部屋に連れていけばいい」

「赤ちゃんを見たくはない？」コニーは語気を強めた。

「それは、いつかはね。だが一緒にお茶は勘弁だ」

「そんな」コニーはそう言うと、霞がかかったような目を大きく見開いてクリフォードを見つめた。目に映じているのは夫なのだろうか。まるで別人のようだ。

「上のお部屋でゆっくりお茶をいただいたらいかがですか、奥様。フリント夫人も奥様と二人きりのほうがくつろげるでしょうし」ボルトン夫人は言った。

奥様には間違いなく恋人がいる。そう思い、ボルトン夫人は心のどこかで喜んでいた。いったい相手は誰だろう。フリント夫人なら何か知っているかもしれない。

今宵の入浴はなしにしようとコニーは思った。彼の肌が触れている感じ、この感触が愛おしく、ある意味で神聖だったのだ。

クリフォードは激しい胸騒ぎを覚え、夕食後も妻を引き留めようとした。思い返してみれば、妻はことあるごとに一人になりたがっていた。いまもじっとこちらを見ている。だが今日のコニーは思いのほか従順だった。

「何をしよう。朗読かな。何がいい」クリフォードが気遣わしげに問う。

「何かお読みになって」コニーは答えた。

「何がいい。詩？　それとも小説？　戯曲？」

「ラシーヌをお願い」

クリフォードはラシーヌの朗読を得意としていた。昔は本格的なフランス風で堂々と読んだものだが、近頃は冴えを失いぎこちなさが目立った。本当はラジオが聞きたかったのである。

自分で頼んでおきながらコニーは縫物をしていた。自分のドレスから裁断した淡い黄色の絹を利用して小さなワンピースを作っている。フリント夫人の赤ん坊用だ。生地は帰宅してから夕食が始まるまでに用意しておいた。そしていま座って縫物をしながら静謐《せいひつ》な喜びに浸っているのだった。その間も朗読の声は続いていたが、体のなかでは低い鐘の音の余韻にも似た情熱のうずきが感じられた。

クリフォードがラシーヌについて何か言った。意味がわかったのは言葉が消えてからである。

「ええ」コニーは夫に目を向けて答えた。「素晴らしいわね」

クリフォードはふたたび妻への不安を感じた。その目の深くて青い輝き、そして静かなたたずまい。ここまで従容《しょうよう》とした態度を見るのは初めてである。彼女がつけている香水の香りに酔わされたとでもいうのか、クリフォードはすっかり魅了されてしまい、ただ朗読を続けるしかなかった。コニーには、その喉に引っかかったようなフランス語の音が煙突を抜ける風の音に聞こえる。ラシーヌは一語たりとも耳には入ってこない。

コニーは秘めやかな喜びに身を任せていた。春になって芽吹きだした森が静かな喜びにざわめく。いま彼女の世界にはあの男がいた。あの名もなき男が美しい足で、男根の神秘に宿る美しさを漂わせて歩いていた。そして体内の血管という血管に男とその子供が住みついていた。男とその子供。男の子供が血管のすみずみにまで黄昏《たそがれ》の光のように広がっていた。

「彼女は手もなく、目もなく、足もなく、黄金の色なす豊かな髪もなく――」[2]

コニーはいわば森だった。オークが鬱蒼と茂る森であり、無数の芽が開こうとして音にもならない唸りを発している。そして、樹木が複雑怪奇に絡みあう体内では、欲望の鳥たちが眠っているのだった。

それでもクリフォードの声がやむことはなく、聞き慣れない耳障りな音を発していた。尋常なことではない。異常な人間である。本の上に屈み込む姿。そこには奇異と強欲と洗練が入り混じっている。肩幅が広く、歩くことができない。なんと奇妙な生き物であろうか。冷酷で強靭な意志は猛禽を思わせ、人間としての情味が完全に欠けている。魂はないが、極端に強固な意志、冷酷な意志を持つ次世代の生き物。そんな

2 イギリスの詩人アルジャーノン・チャールズ・スウィンバーン（一八三七—一九〇九）の詩「巡礼者」の一節を踏まえたもの。

クリフォードのことが怖くてコニーは軽く身震いをした。しかしそんな彼よりも、柔らかくて温かい命の炎のほうが強い。真実は夫から隠されているのだった。

朗読が終わった。コニーは弾かれたように顔を上げた。クリフォードが敵意にも似たぞっとする青白い目でねめつけている。その姿にコニーはもう一度どきりとした。

「素晴らしい朗読だったわ。どうもありがとう」コニーは穏やかな声で言った。

「君の聞き方もなかなか素晴らしかった」クリフォードの声はそっけない。「何を作っているんだ」

「子供の服よ。フリント夫人の赤ちゃんに」

クリフォードは目を背けた。子供、子供。それしか頭にないのか。

「やはり」と雄弁な声になって、「ラシーヌは期待に背くことがない。無秩序な感情よりも整理されて形を与えられた感情のほうが大事なのだ」

夫を見つめるコニーの目は大きく見開かれ、ぼんやりと霞んでいる。

「ええ、たしかに」

「現代の社会は感情を野放しにして俗化させすぎた。古典の抑制がいる」

「そうね」コニーは言葉を嚙みしめるように答えながら、夫のある姿を思い浮かべていた。呆けた顔で、それこそ感情を垂れ流しにするラジオに聞き入っている。「気持ちがあるふりをしながら、じつは何も感じていない。そんなの嘘だと思うね」

「そのとおり」クリフォードは言った。

正直なところ、クリフォードは疲れていた。今夜は疲れた。専門書を読むか、炭鉱の責任者を相手にするか、ラジオを聞くべきだったのだ。

ボルトン夫人が麦芽入りの牛乳をふたつ持ってきた。就寝前にはかならず飲ませるようにしている。クリフォードをよく眠らせ、コニーを昔のように肉付きよくさせるためだ。

飲み終えたコニーは、これで退出できると思い安堵した。しかもありがたいことに、夫の就寝に手を貸す必要がない。コニーは夫のグラスを盆に載せ、部屋の外に出そうと思い、その盆を手に取った。

「そろそろ行きますわ。ゆっくりお休みになって。ラシーヌのおかげで夢みたいな気分よ。おやすみなさい」

コニーはもう扉の前にいた。おやすみのキスもなしに出ていこうというのだ。クリフォードが刺すような冷たい視線を向ける。なるほど、おやすみのキスはなしか。食後に朗読してやったのに。なんと薄情な。形だけのキスだとしても、人生ではそういう形式こそが肝要であろう。まさにボリシェビキと同じ破壊主義者だった。本能に破壊願望があるのだ。妻が出ていった扉に向かって、クリフォードが冷たい怒りの視線を投げる。怒りが燃えていた。

クリフォードはふたたび夜を怖いと思うようになった。神経が高ぶっている。仕事をしようと気が張っているときや、ラジオに聞き入って雑念がないときはいい。しかし、それ以外のときは不安に襲われ、危険な奈落を目の前に感じた。怖かったが、その恐怖をコニーなら追い払える。とはいえ、それもコニーの気持ち次第であり、どうやらいまのコニーにはその気持ちがないらしかった。冷酷な女。何をしてやろうと、ひとかけらの感謝もない。こちらは人生を投げ出してやっているのにすげなくする。自分の好きなことだけをやりたいのだ。童謡の文句ではないが、「淑女はわがまま」というわけか。いまは赤ん坊に夢中ときた。あそこまで行くと本人の赤ん坊であってもおかしくはない。それは彼女だけのものであり、自分は含まれていなかった。

考えてみれば、クリフォードの体は健康そのものである。病気はなく、顔色もいい。大きくてがっしりした肩、厚い胸板。肉付きもよくなった。それにもかかわらず死を恐れている。なぜかはわからないが、どこかで巨大な穴が待ち受けていて、その奈落へ気力が吸い込まれていくように思えたのだ。意気が喪失しているときのクリフォードは、どうかすると、自分は死んでいる、本当は死んでいるのだという気になるのだった。

　そんなわけで、少し飛び出した水色の目に奇妙な表情が浮かんでいたのである。人目をはばかるような、それでいてやや残酷な目つき。非常に冷たい。と同時に、どこか不遜でもある。この不遜な表情がまた面妖だった。人生を馬鹿にしていながら、その人生を相手に勝ち誇っているといえようか。「意志の神秘を誰が知ろう――意志は天使にも打ち勝つことができる」[3]というわけだ。

　それでも眠れぬ夜は恐怖だった。四方八方から破滅が迫ってくるのだから恐ろしくてたまらない。命を失った抜け殻として生きるのは身の毛もよだつ恐ろしさである。夜を抜け殻として生きるのだ。

　もっとも、いまは呼び鈴を鳴らせばかならずボルトン夫人が来てくれる。それが非常に心強い。ガウン姿の夫人は、髪をお下げにしているからだろうか、その茶色い髪に白いものが交じっていても、はかない少女のように見えた。部屋に入るとまずコーヒーかカモミールティーを淹れ、それからチェスかトランプが始まる。夫人には女性

3　アメリカの詩人・小説家エドガー・アラン・ポー（一八〇九―一八四九）の短篇「ライジーア」のエピグラフに基づく。

特有の能力があり、体の四分の三が眠っていてもまずまずチェスができた。真剣勝負のかいがある。そんなふうにして夜の親密な静けさのなかで二人は座り——正確には、一人が座り、一人がベッドに入ったまま——読書灯のぽつんとした光を受けつつ、ボルトン夫人はなかば眠った状態で、クリフォードは恐怖に震えそうになりながら戦う。それから一緒にコーヒーを飲み、ビスケットを食べた。夜の静寂《しじま》に二人が口を開くことはほとんどない。それでも互いに心安らぐものを感じていた。

今夜のボルトン夫人は奥様の恋人が誰なのかを考えていた。夫テッドのことも考えていた。死んだのは大昔だが、そんな気はしない。夫のことを考えると、世間に対する往時の恨みがよみがえってくる。それが主として会社の人間に向けられたのは、夫を殺した張本人だからだ。本当に殺したわけではなかったが、気持ちのうえではそうなる。だからこそ心の奥深くではニヒリストなのであり、どのような体制も認めようとはしなかったのだ。

半睡状態でいるうち、テッドの記憶とチャタレー夫人の知られざる恋人の疑問が混じりあった。そのときに気づいたのだ。自分は奥様と同じように、旦那様と旦那様が象徴するすべてのことを憎んでいる。それなのに、その憎むべき相手とトランプをしているとは。しかも小銭を賭けながら。準男爵とトランプができるのだから、負けて金を払うのだとしても得意な気分になれた。

二人でトランプをするときはいつも金を賭けていた。クリフォードにすれば、それで自分を忘れられる。いつも勝った。今夜も勝っていた。こうなると夜が白むまでは寝ようとしない。幸いにも四時半近くに夜が明けそめた。

この間、コニーはベッドでぐっすり眠っていた。一方、森番は眠れずにいた。鳥小屋をすべて閉め、森を巡回し、それから家に戻って夕飯を食べた。しかし床《とこ》には就かず、暖炉のそばに座って考えごとをしていたのである。

テヴァシャル村での少年時代。五、六年の結婚生活。妻のことを考えるたび、苦いものが込み上げてくる。ひどく野蛮な女だった。一九一五年以降は会っていない。その年の春に入隊したからだ。いまは五キロと離れていない場所に住んでおり、以前よりも粗暴になっている。死ぬまで会いたくなかった。

海外での兵隊時代も思い出す。インド、エジプトと渡り、またインドに戻った。馬を相手にしたがむしゃらな生活。大佐に愛され、自分も大佐を愛した。将校として過ごした数年のあいだには中尉となり、大尉に昇進する見込みも大きかったが、大佐が肺炎で亡くなり、それで自分も危うく命を落としかけた。健康を損ねて心細くなり、除隊後はイギリスに戻ってふたたび労働者になった。

いまは仮の生活である。この森にいれば少なくとも当座は安全だろうと思ったのだ。狩猟の時期を控え、キジを育てる仕事がある。武器を手にすることもあるまい。塵埃《じんあい》を避けて一人で暮らす。それだけが望みだった。そうなると隠れ家のような場所がなくてはならない。それならばここは生まれ故郷であり、母親もいる。これでなんとか生きていくことはできた。人とのつながりも希望もないまま、とりあえず日々を生きていく。自分を持て余していた。

自分をどうすればいいのかがわからない。将校として数年を過ごし、同じ将校仲間や役人と家族ぐるみで交際するうちに出世の欲は失せた。上流や中流の人士には、自分の知るかぎり非情な性質があったのだ。興味深そうに人生のうわべだけは観察しても、実際には人生を謳歌していない。こちらの心は冷めて、人種が違うという思いだけが残った。

だから自分の階級に戻ってきた。けれど、そこで目にしたのは留守のあいだに忘れていた現実である。けち臭さと下品な振舞い。いやでたまらなかった。遅ればせながらマナーの大切さに気がついたのだ。それからまた、生活上の些事に頓着しない見栄も大事であろう。だが庶民に見栄など存在しない。福音書の内容の変更といった宗教的なことよりも、ベーコンの値段のほうが問題なのだ。それが我慢ならなかった。

賃金を巡る争いもある。支配階級のなかで暮らした経験から、賃金交渉というものは解決を期待しても無駄なことを知った。死ぬよりほか解決の方法はない。つまりは気にせず、賃金のことは無視するにかぎるのだ。

さりとて極貧であればむろん気になる。だいたい気になるのが金だけになっていく。金の心配は大きな悪性腫瘍みたいなもので、階級の区別なく誰をもむしばむ。自分は金の心配などお断りだった。

そのあとはどうなるのか。金の心配をする以外、人生に何があろう。何もない。ならば孤独という心もとない満足に浸りながら一人で生きていけばいい。そしてキジを育てるのだ。それを太った男たちが朝食のあとで標的にする。空しい。空しいことこのうえない。

だが気にしてどうなる。悩んでどうなる。いまのいままで気にすることも悩むこともなかったではないか。しかし、そこへ女が入り込んできた。自分のほうが十歳ほど年上である。人生経験の面では、こちらはどん底から始めただけに、年の差は果てしなく大きい。二人の絆は強まる一方だった。いずれはその絆がしっかりと結びつくのだろう。人生をともにするしかなくなる日が想像できた。「愛の絆はほどけにくい」のである。

そのあとはどうなるのか。どうなるのだ。また一から始めるのか。あの女を引きずり込むことになるのか。足の不自由な旦那と激しくやりあうことになるだろう。あの性悪な妻とも罵りあうことになるだろう。なにせ目の敵《かたき》にされている。惨めだ。とにかく惨めだ。いい年をしてぶらぶらしているだけとは。楽観的なたちでもない。つらいことがあるたび、醜いことに直面するたび、心も傷つこう。しかも彼女がいる。

クリフォードと自分の妻をなんとか排除したとして、自由の身になったとして、コニーと二人で何をするというのだ。そもそも自分は何をしたいのか。この人生をどうしたいのか。何かはせねばなるまい。彼女の資産と自分のわずかな年金を食い潰すだけの人間になるわけにはいかなかった。

解決不能の問題である。考えられるのは、新天地を求めてアメリカに渡ることだろうか。ドルの価値などまったく信用していないが、ひょっとしたら新大陸には何かがあるかもしれない。

心は休まらず、眠ることさえできなかった。つらいことを考えているうちに頭が働かなくなり、とうとう真夜中になった。メラーズはさっと椅子から立ち上がり、上着と銃に手を伸ばした。

「おい、行くぞ」と犬に声をかける。「外だ」

星の降る夜だった。月は出ていない。足音を忍ばせながら慎重に見回りをしていく。唯一の心配はメアヘイ側にウサギの罠を仕掛ける坑夫たち、とくにスタックス・ゲイトの坑夫たちだが、いまは繁殖期ということもあり、その彼らでさえもささやかな心遣いは見せる。とにかく、密猟者を警戒しながら巡回を続けるうちに神経が休まり、頭は空っぽになった。

だが行程八キロほどの巡回区域を丁寧に見ていくと、終わるころには疲れが出た。そこで丘の上に行き、周囲を見渡してみた。静かなものだ。聞こえてくるのは、かすかに引きずるような音ばかり。スタックス・ゲイトの炭鉱は休むことなく操業している。光らしい光は、採掘場に並ぶ煌々たる照明のほかにはない。世界は煙に包まれながら暗い眠りに就いていた。二時半なのだ。眠ってはいても不吉で非情な世界である。列車や道行くトラックの音が聞こえ、溶鉱炉の赤い稲妻のような光がきらめいている。鉄と石炭の世界だった。鉄の酷薄さと石炭の煙。そして、これらすべての原動力となる果てなき強欲。あるのは強欲ばかり。眠る世界に強欲だけがうごめいていた。

外は寒く、咳が出た。刺すような冷たい風が丘を吹きわたっているからだ。コニーのことを考えた。両腕で彼女を温かく抱きしめ、二人で一枚の毛布にくるまり、そして眠る。それができるなら、いまも、これからも、すべてを投げ出したってかまわない。彼女を抱きしめ、一枚の毛布にくるまって眠る。とにかく眠る。それができるなら、永遠の希望であろうと、過去に得たものであろうと、すべて投げ出したっていい。彼女を抱いて眠れるなら何もいらなかった。

小屋に戻ると、ありったけの毛布にくるまり、床に寝そべって眠ろうとした。しかし体が凍えて眠ることができない。そればかりか、いまの八方ふさがりの状況がいやでも意識された。この孤独には何かが欠落している。それが残酷なまでに意識された。彼女が欲しい。彼女に触れたい。きつく抱きしめ、一瞬でもいいから熟睡したかった。

仕方がないので起き上がり、また外に出た。今度は庭園の木戸まで行こうと思い、屋敷に続く道をゆっくりとたどる。そろそろ四時になろうとしていた。あいかわらず空には星がまたたき、空気は冷え冷えとしていたが、夜はまだ明けそうにもない。闇には慣れているから周囲の状況の見分けはつく。

じわじわと屋敷へ引き寄せられた。まるで磁石に吸い寄せられる鉄のようである。彼女のそばにいたかった。情欲とは違う。そうではない。中途半端な孤独がつらく、なんとしてでもこの両腕に誰か物言わぬ女を抱きしめずにはいられなかったのだ。彼女はいるだろうか。呼び出せるかもしれない。それともこちらから近づくか。どうしても会いたかった。

屋敷への坂をゆっくりと上る。高台の上に着くと、大きな木立を迂回して車用の道に出た。その道は菱形の芝生に沿って大きな弧を描きながら屋敷の玄関へと通じている。二本の立派なブナの木が見えた。薄暗い空を背にして、屋敷の前の広くてなだらかな芝生に黒々と立っている。その木々だけが周囲から隔絶していた。

横に長い屋敷がぼんやりと浮かび上がっており、階下のひと部屋に明かりが点《つ》いていた。そこがクリフォードの部屋であることは知っている。しかし彼女の部屋がどこにあるのかはわからない。細い糸の向こうの端を持ち、自分をここまで容赦なく手繰《たぐ》り寄せたあの女はどこにいるのか。

銃を片手に、もう少し近づいてみた。道に突っ立ったまま屋敷をじっと見つめる。こんな時間でも彼女の姿が見えるかもしれない。そこまでなんとかたどり着けるのではないか。難攻不落のわけではない。身のこなしは夜盗なみなのだ。近づけないわけはない。

じっと待った。背後の空が少しずつ白んでいく。屋敷の明かりが消えた。それは見えたが、ボルトン夫人の姿までは気づかなかった。窓辺に近づいた夫人は、濃紺の古い絹のカーテンを開け、暗い部屋にたたずみ、夜明け間近の薄暗い景色を眺めていた。じれったい思いで払暁《ふつぎょう》を待っているのは、夜が明けたことをクリフォードに納得してもらうためである。そうなればすぐにでも眠りに就いてくれるはずだった。

眠気で朦朧としながら窓辺で夜明けを待つボルトン夫人が体をびくりと震わせた。もう少しで大声を上げるところだった。道に人が立っているではないか。薄暗がりに人影が見える。混濁した意識のまま目を凝らした。クリフォードを驚かせるといけないので、物音は立てない。

朝の光が差してくると、ぼんやりしていた黒い人影が明確になってきた。あの銃、ゲートル、ぶかぶかの上着。森番のオリヴァー・メラーズではないのか。間違いない。影のようにうるさくまとわりつく犬は飼い主を待っているのだろう。

何をするつもりなのか。屋敷の人間を起こすつもりなのか。その場で釘づけになったようにして屋敷を見上げている。何を待っているのか。恋の病を患う雄犬が家の外で雌犬を待っているようではないか。

そういうことか。ボルトン夫人は一瞬にして理解した。彼がチャタレー夫人の恋人なのだ。彼が、あの彼が。

思い起こせば、この私も彼に淡い恋心を抱いたことがあった。彼が十六歳、私は二十六歳だった。当時の私は勉学に打ち込んでおり、解剖学などの必修科目で大いに助けてもらったものだ。利発な青年で、奨学金を獲得して中産階級向けのシェフィールド・グラマースクールに進学し、フランス語を学んだりしていた。それが炭鉱の蹄鉄工になってしまうとは。馬が好きだからとは言っていたが、本当は世間と向き合うのが怖かったに違いない。本人は認めないだろうが。

とにかく立派な青年だった。いろいろと助けてくれ、人に物事を理解させるのがうまかった。頭のよさなら旦那様に一歩も引けを取るまい。それから、いつも女性に人気があった。男よりも女とのほうがはるかにうまくいく。そういう噂だった。

それがよりにもよってあのバーサ・クーツと結婚してしまった。自分をいじめるつもりだったのか。何かへの絶望感から腹立ちまぎれに結婚してしまう人間がいるものだ。結婚生活が破綻したのも無理はない。戦争中ずっと姿が見えないと思ったら中尉になっていた。ということは、すでにして立派な紳士である。まぎれもなく立派な紳士である。それなのにテヴァシャルに戻ってきて、森番をしているとは。機会に恵まれながらそれを生かせない人間が確実にいるのだ。しかも昔みたいにひどいダービーシャー訛りでしゃべっている。ふつうの紳士みたいに話せるはずなのに。それはこの私がよく知っている。

まさか奥様が彼に恋してしまったとは。まあ、奥様が最初というわけではない。彼には何か魅力があるのだ。それにしてもテヴァシャルで生まれ育った男とラグビー館の奥方。いやはや名門のチャタレー家には大いなる屈辱だろう。

夜が明けていくにつれ、メラーズは悟った。こんなのは無駄である。孤独を逃れようとしても無駄なのだ。生涯にわたり孤独を貫くしかあるまい。たまには孤独の隙間を埋める機会もあるだろう。だが、その機会は待つしかない。孤独を受け入れ、生涯、孤独を貫く。隙間を埋めるチャンスが訪れたら、その場合は受け入れたらよい。その瞬間を待つしかない。こちらから無理やり手に入れるわけにはいかないのだ。

この場所まで自分を呼び寄せた強烈な欲望がぷつりと消えた。いや、みずから消したというべきか。そうするしかなかったのだ。双方に求める気持ちがなければならない。向こうが来ようとしないなら、こちらも追うまい。追ってはならない。来るまではとにかく離れていよう。

物思いに沈みながらゆっくり踵《きびす》を返す。これでまた孤独を受け入れることになった。そのほうがいいのだ。向こうが来ないのではどうにもならない。こちらが追うのは無駄。無駄なのだ。

ボルトン夫人は遠ざかる男の姿を見守っていた。犬があとを追いかけていく。

「それにしても」と声に出す。「まさか彼だったとは。これには意表を突かれたわ。ぴんときてもおかしくなかったのに。テッドを失ったこの私に優しくしてくれたのだから。まったく、こんなことを知ったら、この方、なんて言うかしら」

もう眠っているクリフォードに得意気な視線をちらりと送り、ボルトン夫人はそっと部屋を出ていった。

第11章

コニーは物置部屋で片付けをしていた。このような部屋がラグビー館《ホール》にはいくつかある。屋敷自体が物置みたいなものなのだ。家族の誰一人として所持品を売ったことがない。ジェフリー・チャタレーの父親は絵画、母親は十六世紀イタリアの家具の愛好家であり、ジェフリー自身は彫刻を施した古いオーク材の保管箱、なかんずく教会の保管箱に目がなかった。代々そういう収集の趣味があったわけで、クリフォードは最先端の現代絵画を手頃な価格で集めている。

そのような理由から、いまコニーがいる物置部屋には多数の絵画がしまわれている。サー・エドウィン・ランドシーアの不出来な絵、そしてウィリアム・ヘンリー・ハントによる痛ましい鳥の巣の絵。ほかにも王立美術院会員の娘を愕然とさせる美術院風の絵があった。いつかひとわたり調べ、いっせいに処分してやらねばなるまい。そう決意したコニーだったが、奇々怪々な家具類には興味をそそられた。

損傷と乾燥による腐敗を防ぐ目的で丁寧に包んであるのは、チャタレー家に代々伝わる紫檀《したん》製の揺りかごである。コニーは矢も楯もたまらず覆いを解いた。たとえようもない魅力だ。しばらく眺めた。

「非常に残念です。もう出番がありませんもの」片付けを手伝っていたボルトン夫人がため息まじりに言った。「こういう揺りかごも近頃は流行《はや》りませんけど」

「いつか必要になるかもしれないわ。私が子供を産まないともかぎらないし」コニーは新しい帽子でも買うかのような軽い調子で言った。

「旦那様が予想外の回復をされたらという意味でしょうか」ボルトン夫人が口ごもりながら言った。

「いまのままで、という意味よ。筋肉が麻痺しているだけですから。それでだめになる夫ではありませんもの」いともたやすく嘘が飛び出した。

そのようなことをクリフォードが言っていたのだ。「僕に子供ができたとしてもおかしくはあるまい。致命傷を負ったわけではないのだから。足腰の筋肉は麻痺しているが、早晩、能力が戻るかもしれない。その場合、もしかしたら子種を移せる」

生気を取り戻して炭鉱の問題と格闘しているとき、クリフォードは本気で思った。性的な能力が回復しつつあるのではないか。そういう夫をコニーは怯えた目で見つめたものだが、このときばかりは瞬時に頭を働かせ、自己保全のために夫の言葉を利用した。できれば子供が欲しかったのだ。ただし、夫の子供ではない。

息が止まりそうなほど驚いたボルトン夫人ではあったが、すぐにコニーの言葉を嘘だと見抜いた。策略が講じられていると感じたのだ。しかし昨今の医者はそういうことができるとも聞く。移植みたいに子種だけを――。

「お子さまの誕生を心から願っております。奥様にとっても、みなにとっても、素晴らしいことですから。お屋敷にお子さんがいらしたらすべてが変わりましょう」

「本当にそうね」コニーは言った。

この話がすむと、ショートランズ公爵夫人に進呈するため、王立美術院の会員が制作した六十年前の絵画を三点ほど選んだ。公爵夫人が主催する次回の慈善バザー用である。「バザー公爵」などと呼ばれている夫人は、日頃から地域一帯に出品物をつのっていた。額縁に収まった王立美術院会員の絵が届けば夫人も喜ぶだろう。それを理由にわざわざ訪ねてくるかもしれない。来るたびにクリフォードは腹を立てるのだが。

なんてことかしら。ボルトン夫人は思っていた。待ち受けているのはオリヴァー・メラーズの子なのだろうか。だとすれば、由緒ある揺りかごに寝かされるのはテヴァシャルの赤ん坊ということになる。まあ、悪いことではないわね。

この物置部屋にはほかにも奇怪な品々が置かれており、そのなかには黒い漆が塗られた大ぶりの収納箱があった。六、七十年前の精巧な逸品である。収まりそうなものがすべて収まっていた。最上段は洗面道具一式。ブラシ類、瓶、鏡、櫛、小箱のほか、鞘に収まった美しい小型剃刀《かみそり》が三本とひげ剃り用の鉢《ボウル》などがあった。下段を見ていけば、まずは文房具が、吸い取り紙、ペン、インク瓶、紙、封筒、メモ帳とそろっている。次は裁縫道具で、三種類のハサミ、指ぬき、針、絹と綿、ほころびなどをかがるときに使う卵形の台と申し分がなく、すべて最上級の品だった。あとは少しばかり薬が入っており、アヘンチンキ、ミルラチンキ、丁子《ちょうじ》エキスなどと書かれた瓶もあったが、中身は空だった。何から何まで新しい。品物をしまったときの箱全体の大きさは、ぎっしり詰まった小型の旅行鞄ほどになる。それでいながらすべてがパズルのようにきっちりと収まっている。瓶の中身がこぼれることなどありえない。余計な隙間がないのだ。

この収納箱は作りも技巧も見事なものであり、ヴィクトリア朝きっての素晴らしい職人技が発揮されていた。それにもかかわらず、どこか奇怪なのである。チャタレー家の人間もそう思ったに違いない。だからこそこれまで使われずにきた。なぜか魂を込めていない感じがする。

ところがボルトン夫人は興奮していた。

「きれいなブラシですこと。すごくお高いのでしょうね。ひげ剃り用のブラシまであります。見てください、この美しい歯ブラシ。完璧なものが三つも。まあ、このハサミ。最高級品に違いありません。美しいですわ」

「そうお思い？」コニーは言った。「でしたら差し上げるわ」

「奥様、いけません」

「大丈夫よ。ここに置くしかないものですから。お持ちにならないなら、絵と合わせて公爵夫人に送ります。そこまでする必要はないのですけど。だから、お持ちになって」

「まあ、奥様。なんとお礼を申し上げたらよいのか」

「気になさらずに」コニーは笑った。

ボルトン夫人は大きな漆黒の箱を両手で抱え、しずしずと歩いていった。顔が興奮で赤く輝いている。

箱ともども、ベッツが二輪馬車で村の自宅まで送ってくれた。当然、数人の女友達を招いてのお披露目となる。教師、薬屋の女房、副出納係の妻であるウィードン夫人が集い、全員が感心した。その後はチャタレー夫人の子供に関する噂話となった。

「驚くわねえ」ウィードン夫人は言った。

ボルトン夫人は自分に言い聞かせた。もし子供が生まれたら、それは旦那様の子供である。絶対にそうだ。

後日、牧師が静かな声でクリフォードに言った。

「ラグビーの跡取りを心から期待してもよろしいのでしょうか。ああ、それが神の思し召しでありますことを!」

「まあ、期待はできるかもしれない」クリフォードはかすかな皮肉を込めて言ったが、同時に少し確信も込めていた。自分の子供ができる可能性も実際にあるのではないかと思いはじめていたのだ。

ある日の午後、クリフォードの名付け親であるレズリー・ウィンターがやってきた。世間では「地主様《スクワイア》」で通っている。痩せていて、どこにも非の打ちどころがない。七十歳である。ボルトン夫人がベッツ夫人に向かって使った言葉によれば、隅から隅まで紳士であり、一分の隙もない。昔風の気取りある話し方をするので、十八世紀に流行した後ろ髪を包む袋状のかつらよりも時代遅れに見えた。ときに時間というものは、かくのごとき乙な置き土産をしていく。

炭鉱の話になった。自社の質が低い石炭を高濃度の燃料に変えられるのではないか。

クリフォードはそう考えた。酸素が多く含まれた湿った空気を相当な圧力で送ってやれば高温度で燃える。長らく観察してきてわかったことだが、湿った強い風が吹くと、ぼた山はほぼ無煙で赤々と燃え、あとには重い桃色の砂礫ではなく、さらさらの灰が残るのだ。

「その燃料に合う機関はどこにあるのです」ウィンターは言った。

「自分で作ります。そして自分の燃料を使って電気を売る。できるはずです」

「それができたら素晴らしい。いや、素晴らしい。お役に立てることがあるなら、喜んでいたしましょう。ただ、私もいささか旧式な人間で、それは炭鉱のほうも同じ。だが、どうでしょう。私があの世に行ったあと、貴殿のような人間が出てくるかもしれない。素晴らしい。そうなれば、また坑夫たちを一度に雇え、石炭を無理に売る必要がなくなる。売れないということもなくなる。名案ですな。ぜひとも成功させていただきたい。もし自分に息子がいたら、きっとうちの炭鉱にも斬新なことを考えてくれたのでしょうが。そういえば、噂によるとラグビーに跡取りの可能性があるとか。まことですかな」

「そんな噂が？」

「いや、そのことでフィリングウッドのマーシャルという知人に質問をされたのが噂といえば噂。むろん根も葉もない噂なら、この話は終わりということにいたしましょう」

「じつは」困ったような顔で切り出しながら、クリフォードの目に奇妙な輝きが浮かんでいる。「望みがあるのです。望みが」

ウィンターは部屋を横切って、クリフォードの手を強く握りしめた。

「これは、これは。うれしい知らせだ。跡取りを望みながら、仕事に精を出していらっしゃるとは。いつかまたテヴァシャルの坑夫を残らず雇えるようになる。いやはや。それでこそ民族の水準も維持され、働きたい人間に仕事ができるというもの」

ウィンターは心から感動していた。

翌日、コニーが丈のある黄色いチューリップをガラスの花瓶に生けていたときのことである。

「コニー」クリフォードが声をかけた。「噂は聞いたかい。君がラグビーに跡継ぎを産むらしい」

コニーは恐怖で目がくらんだ。しかし花に触れたまま身じろぎひとつしなかった。

「いいえ」と答える。「何かの冗談かしら。それとも嫌がらせ?」

クリフォードがひと呼吸を置く。

「どちらでもないと思いたいね。予言だといいが」

花を生けるコニーの手は止まらない。

「今朝、父から手紙が届いたわ」コニーは言った。「クーパーさんの招待に応じる返事を代わりにしてくれたみたい。七月と八月、ヴェニスのエズメラルダ荘」

「七月と八月の両方？」

「ええ。でも、ずっと滞在するわけではないのよ。本当にいらっしゃらない？」

「海外はごめんだ」即答だった。

コニーは花を窓辺に持っていった。

「出かけてもよろしい？　今年の夏は、という約束でしたから」

「行くとして、期間は？」

「おそらく三週間」

しばしの沈黙。

「なるほど」クリフォードがゆっくりと憂鬱そうに言った。「三週間ならしのげるか。間違いなく戻るというならね」

「もちろん戻ります」コニーは静かな声で素直に答えた。確信に満ちていたのは、あの男のことを考えていたからである。

本気なのだということはクリフォードにも伝わり、その言葉をとにかく信じた。自分のことを考えてくれているのだろう。そう思ったとたん肩の荷が下り、たちまちうれしさが込み上げてきた。

「それなら大丈夫だろう。そうだろう？」

「そうね」

「いい気分転換ができそうかい」

コニーは青い瞳に不可解な表情を浮かべ、夫を見上げながら答えた。

「またヴェニスは見てみたいわ。周囲の島に渡って、どこかの浜辺で海水浴もしてみたい。ただ、リド島はごめんね。あと、クーパー夫妻のことも好きになれない気がする。でも、ヒルダがいてくれるから安心。二人でゴンドラに乗ったら楽しいでしょうね。ぜひ、あなたもいらして」

コニーは心を込めて言った。こういう形で夫を幸せな気分にしてやりたいと思うのだ。

「僕はどうなる。パリの北駅やカレーの埠頭で」

「それがなんだとおっしゃるの。かごに担がれていく戦傷者もいるのに。だいたい移動はずっと車よ」

「男手が二人は必要だ」

「それはだめだわ。フィールドを連れていって、あとは現地で雇いましょうよ」

クリフォードは首を横に振った。

「今年は無理だ、今年は。来年なら行けるだろう」

コニーは暗い気持ちで部屋を出た。来年ですって。来年になったら何がどうなるというのだろう。コニー自身、あまりヴェニス行きを望んでいない。いまはだめなのだ。あの男がいる。それでも行くのは自分を試すためだった。それに子供ができた場合、ヴェニスに恋人がいたのだとクリフォードは判断するに違いない。

すでに五月だった。出発は六月の予定である。いつでもこんなふうにお膳立てができている。人生の段取りができあがっているのだ。自分に働きかけ、自分を動かす車輪がある。人生という車輪に操られ、動かされ、しかしその車輪を操作することはできない。

五月なのに寒気《かんき》と雨が戻ってきた。俗言によれば、五月の冷たい雨は小麦と干し草にはうってつけらしい。それに近頃は小麦と干し草がとても貴重なのだ。コニーにはアスウェイトに行く用事があった。その小さな町では今も昔もチャタレー家がチャタレー家で通る。フィールドに運転させて、コニーは一人で出かけた。

五月で新緑の季節だというのに一帯は陰々としていた。うすら寒いうえ、雨に煙がからみ、空気には炭鉱からの排気が混じっているように感じられる。人はこれに抵抗しながら生きていくしかない。ここの住民が醜悪でしぶといのも当然だ。

車が上っていく長い坂道の両側には汚らしいテヴァシャルの村が締まりなく続いていた。黒ずんだ煉瓦造りの家屋、先端の尖った部分が光って見える黒いスレートの屋根、炭塵《たんじん》で真っ黒に染まった泥濘《でいねい》、黒く濡れた歩道。陰鬱さが万物のすみずみにまで染み込んでしまっているかのようだ。自然の美も生の喜びも完全に拒否され、どの鳥獣からも形の美しさを求める本能が完全に消え失せ、人間の直感力は完全に死に絶えている。呆れ果てるしかあるまい。雑貨屋に山積みされた石鹼、青果店のルバーブやレモン、婦人用帽子店に並ぶひどい代物。目の前をよぎるものすべてが醜い。醜悪極まりない。

次に姿を現したのは、漆喰と金箔に塗り込められた正視に堪えない映画館で、濡れた看板には「女の恋」と書かれている。原始メソジスト派の新しい礼拝所は、原始とうたうだけあって簡素な煉瓦で造られており、窓には緑と赤紫の大きな窓ガラスがはまっている。さらに上へ行くと、黒煉瓦を使用したウェスレー派[1]の礼拝所があった。鉄柵と煤けた灌木の背後に立っている。会衆派[2]の礼拝所はみずからの優越を誇っていたが、田舎風の砂岩でできていた。尖塔が伸びているが、あまり高くはない。すぐ向こうには新築の校舎があった。高価な桃色の煉瓦が使われており、鉄柵に囲まれた砂利の運動場もある。すべてがじつに堂々としており、教会と監獄を合体させた印象があった。音楽の授業を受けている五年生の少女たちが発声練習を終えて童謡を歌いだしたが、まったく歌には聞こえなかった。自然に湧き出る歌ではない。曲の旋律を大まかになぞるだけの奇妙な金切り声である。未開人の歌でもこうはならない。未開人なら微妙なリズム感がある。動物とも違う。動物の鳴き声には意味がある。少女たちの歌はこの世のものとは思えなかったが、それでも歌っていることになるのだ。運転手のフィールドがガソリンを入れているあいだ車に残り、それに耳を傾けていたコニーは気が滅入ってしまった。ああいう子供たちは将来どうなるのだろうか。本来の直感力を完全に失っている。あるのは感情の欠けた奇妙な喚き声と異常な意志の力だけなのだ。

坂の上から、石炭を積んだ荷馬車が雨に濡れながらがたがた下りてきた。コニーが乗った車はふたたび坂道を上りはじめ、大きいばかりで寂れた感じの生地屋や衣料品店、さらに郵便局を通り過ぎ、小さな市場のある閑散とした広場に入った。するとサム・ブラックが「サン」の入り口から外を見やり、チャタレー夫人の車に挨拶をした。「サン」は酒場ではない。ホテルを自称しており、行商人が泊まっている。

英国国教会の教会は左手奥の木立のなかにあった。下り坂に入った車は快調に走り、「マイナーズ・アームズ」の前を通り過ぎた。「ウェリントン」、「ネルソン」、「スリー・タンズ」、「サン」ときて、その次である。どれも酒場やホテルだった。さらに職人組合協会、ごてごてした新しい鉱員会館と続く。そして新築の住宅《ヴィラ》を二、三棟見てから黒ずんだ道路に入った。両側は暗い垣根と濃緑の野原で、まっすぐ行けばスタックス・ゲイトとなる。

テヴァシャル村。これぞテヴァシャル村である。陽気なイングランド。シェイクスピアのイングランドである。いや、違う。これこそ現代のイングランドにほかならない。この地で生活を始めてからコニーはそう思うようになった。ここで生み出される人間はいままでとは種類が違う。金と社会と政治にばかり意識を向けて直感が死に絶えているのだ。誰も彼も体の半分が屍《しかばね》と化していながら、残りの半分にやたらとしぶとい意識が存在している。得体が知れず、屍であるだけに地下を思わせるものがあ

1 十八世紀末からメソジスト内部の改革派が新会派を作っていき、以後、従来のメソジストを「ウェスレー派」と呼ぶようになった。
2 十六世紀後半に英国国教会から分離した人たちが作ったプロテスタントの一派。

る。地獄だった。どう考えるべきなのかわからない。半分が死体となった人間のことなど誰に理解できるというのか。

シェフィールドから製鋼工を満載した大型トラックが数台やってきた。人間と呼ぶのもはばかられる奇妙で小柄な生き物たちがマトロックという町へと繰り出すのだ。それを目にしたコニーは肺腑をえぐられる思いがした。いったい同じ人間同士が何をやっているのだろう。支配階級の人間たちは、同胞である労働者階級の人間たちに何をしたのか。とても人間とは呼べない代物にしてしまったではないか。階級を超えた連帯も何もあったものではない。これはもう悪夢である。

コニーは恐怖に襲われ、すべての状況に暗澹《あんたん》とした。労働者階級も、自分が知る上流階級も、こんな人間とは呼べない代物になってしまった。もはや希望はない。終わりだ。それなのに自分は赤ん坊を望んでいる。跡取りが、ラグビーの跡取りが欲しい。あまりの恐ろしさにコニーの体は震えた。

とはいえメラーズもこういう世界から生まれたのだ。それは間違いない。ただ、いまは自分と同じように、そこからかけ離れた世界にいる。彼のなかにも他者との連帯の気持ちは残されていない。その気持ちは消えてなくなっていた。いまあるのは孤立感と絶望感のみ。これこそが現在のイングランド、大部分のイングランドの実態だった。こんなふうにコニーが思ったのは、まさにその中心部から走ってきたからである。

車は坂を上りスタックス・ゲイトに向かっていた。雨は上がりかけ、大気のなかには五月の奇妙に澄んだ光があった。なだらかな田園が南はピーク地方、東はマンスフィールドとノッティンガムまで広がっている。車は南に向かっていた。

高原地帯まで来ると左手になだらかな丘陵が続き、ひときわ高い場所にウォーソップ城の威容が影のように霞んで見えた。城の下には赤茶けた新築の炭鉱住宅があり、住宅の下にある大きな炭鉱からは、黒い煙と白い水蒸気が羽毛のように舞い上がっていた。ここから所有者の公爵と株主たちが年に数千ポンドの収入を得ているのだ。堅牢な古城もいまは廃墟と化しているが、それでもなお地平線にどっしりとした構えを見せ、湿った大気に漂う黒い煙と白い蒸気を抑えつけている。

道をひとつ曲がり、高台をスタックス・ゲイトに向かう。そのスタックス・ゲイトも、この幹線道路から望むと、巨大で豪奢な新築ホテル「コニングズビー・アームズ」しか見えない。赤と白と金色で彩色された醜悪な姿をさらし、道路から奥まったところにぽつんと立っていた。だが目を凝らしてみるといい。その左手に、堂々と軒を連ねた最新式の住宅が見えるはずだ。空間や庭を設け、まるでドミノの牌《はい》のように配置されている。天上に名人がいて、驚く大地を舞台に対戦でもしているのだろうか。

さらに、この住宅地の奥には、あらゆる醜怪な建物が天を衝《つ》かんばかりに立ち並ぶ。いまの新しい炭鉱である。さまざまな化学工場。長く伸びた回廊。規模は桁外れに大きく、形状は史上に類を見ない。この巨大な新施設を前にしては、おきまりの昇降機やぼた山などちっぽけに見える。いずれにせよ、この炭鉱の手前にドミノ牌の住宅が驚きの面持ちで立ち、勝負の開始をひたすら待っているのだった。

　これがスタックス・ゲイトである。大戦後、この地上に誕生した。しかし、じつはコニーも知らずにいたことなのだが、例の新築ホテルから坂を八百メートルほど下ったところに旧スタックス・ゲイトがあるのだ。従来の小規模な炭鉱のほか、煉瓦が黒ずんで老朽化した住居が並び、あとは教会と商店と小さな酒場がそれぞれひとつ、ふたつある。

　とはいうものの、こちらの旧スタックス・ゲイトはもはや存在しないに等しかった。もうもうたる煙と蒸気を噴出させているのは上の新しい化学工場なのであり、そちらこそが現在のスタックス・ゲイトだからだ。もっとも、いまのスタックス・ゲイトには教会も酒場もない。商店すらない。あるものといえば、例の巨大な工場――やおよろずの神の神殿が備わった現代のオリンピア――と模範住宅とホテルだけである。そのホテルも見かけは立派だが、本当は坑夫たちの酒場でしかなかった。

この新開地が地上に姿を現したのはコニーがラグビーに来てからのことである。模範住宅は各地から流れてきた有象無象《うぞうむぞう》の労働者であふれ、この連中がクリフォードのウサギを密猟したりしていた。

車は高原地帯を走りつづけた。なだらかな田園風景が広がっている。ここは昔、名誉と威厳の州だった。前方の地平線に壮大華麗なチャドウィック館が見える。壁面に比して窓の数がむやみに多い。このエリザベス朝屈指の名邸は、下のほうに大きな庭園を従えて孤高の姿を誇ってはいるが、時代の波には乗り遅れて顧みられることはなかった。それでもなお名所としては維持されている。「先祖の栄華を御覧《ごろう》じろ」というわけだ。

この高原地帯は過去の場所だった。下に行けば現在がある。未来の場所は神にしかわからない。すでに車は進行方向を変え、坑夫たちが暮らす煤まみれの古ぼけた家を両側に見ながらアスウェイトへと下っていた。アスウェイトからは、おびただしい煙雲と蒸気が立ち上っている。じめついた日だった。アスウェイトは盆地にある。シェフィールドに向かう線路が縦横に走り、炭鉱と製鋼所の巨大な煙突が煙と光を放つ。教会からは哀れな螺旋状の尖塔が伸び、それがいまにも崩れ落ちそうになりながら、空に漂う煙と蒸気を突き刺していた。この風景を目にするたび、コニーはなんとも言えない気持ちになるのだった。アスウェイトは古い市場町で、盆地の中心地をなしている。町の主要なホテルにチャタレー・アームズがあった。アスウェイトの人々にとって、ラグビーはラグビーとして知られている。その名はひとつの領地全体を指しているらしかった。一方、よその人間にとっては、ラグビーといえばテヴァシャル近くのラグビー館を意味する。つまりラグビーとは屋敷のことだった。

坑夫たちの家は煤で黒ずみ、沿道にぎっしりと並んでいた。肩を寄せあう雰囲気は、百年以上が経過した坑夫の住まいに漂うものだ。この家並みが長々と続く。街道はすでに町の大通りに変わっていた。この道を下るうち、あの広大な丘陵地帯のことなどすぐさま忘れてしまうに違いない。いくら城館や大邸宅が亡霊のごとくそびえていたとしても、いまや眼下には入り乱れるむき出しの線路が見え、周囲には鋳物工場やその他の巨大工場がそびえ立っているのだから。しかも工場とはいいながら、巨大すぎて壁しか目に映らない。そのうえ鉄を打ちつける音がガンガンと鳴り響き、超大型トラックが地面を揺るがし、汽笛が耳をつんざく。

車は平地に着いた。教会の裏手に入り、道が入り組む町の中心部に来ると、またしても二百年前の世界に逆戻りした。この迷路のような一角にチャタレー・アームズと古い薬屋がある。昔はこの場所が広い自然へとつながっていて、城館や豪壮な屋敷が鎮座する世界に行けたものだ。

いまはどうだろう。通りの角で警官が手を上げ、鉄を積んだ三台のトラックが轟音を響かせて通過するのを待っている。古い教会が気の毒なくらい揺れていた。トラックが通るのを待たなければ、警官もチャタレーの奥様には敬礼できない。

そういうことなのだ。歴史ある市街地の入り組んだ通りに面して、煤けて古びた坑夫の家がひしめきあう。この一帯を抜けるとすぐ、もう少し大きくて新しい淡紅色の家並みが谷間を埋めつくしている。住民は現代の工員たちだ。その先には城館の立つ丘陵地帯が広がり、煙と蒸気がゆらゆらとぶつかりあう。点在する赤みがかった生煉瓦の建物はさらに新しい炭鉱住宅で、窪地に立つものもあれば、丘の陵線沿いにぞっとするほど醜い姿を見せているものもある。そして、こういう住宅の合間で無残な姿をさらしているのが、四輪馬車と田舎風の家屋《コテージ》で知られる古きイングランドであり、さらに言えばロビン・フッドが活躍したイングランドなのだ。この場所で、狩猟本能を抑圧されて鬱々とした坑夫たちが、手隙のときに獲物を求めて徘徊しているのである。

イングランド、我がイングランド。だが、私のイングランドはどこにあるのか。イングランドにある貴族の城館《ステイトリー・ホーム》は写真にすると美しく、いまがエリザベス女王の時代[3]であるような錯覚を与える。この城館のほかには、アン女王[4]とトム・ジョーンズ[5]の時代から伝わる領主の館《ホール》もあるが、往時は金色に輝いていた化粧漆喰もいまはくすんでしまい、煤が付着して黒く汚れる一方だった。このような領主の館も貴族の城館と同じようにひとつまたひとつと見捨てられ、いまや解体の憂き目に遭っている。それでは、田舎風の家屋はどうだろう。それもこの絶望的な田園のなかにある。煉瓦に漆喰を塗りたてた住宅群がそうだ。

現在、貴族の城館はつぎつぎに解体され、ジョージ王朝時代[6]の領主の館も姿を消しつつあった。いまもコニーの車が通過するまさに目の前で、フリッチリー館というジョージ王朝時代の由緒ある見事な屋敷が取り壊されている。戦前まではウェザビー家が優雅に暮らしていた。だから瑕疵《かし》のない状態で保存されていたが、広すぎて莫大な維持費がかかるうえ、田舎も住みにくくなったため、一家が離れてしまったのだ。上流階級の人々は田舎よりも暮らしやすい場所に移りつつあった。つまり、金が生み出される仕組みを目にしなくても金が使える場所へ。

これが歴史というものである。ひとつのイングランドがもうひとつのイングランドを消し去ってしまう。この地方の領主は炭鉱のおかげで裕福になった。ところがいま、その彼らの屋敷が炭鉱のせいで葬り去られようとしている。田舎風の家屋と同じ運命をたどっているわけだ。工業のイングランドが農業のイングランドを消し去る。ひとつの意味が別の意味に上書きされる。新しいイングランドが古いイングランドを破壊する。そのつながり方は命のない機械的なものだった。

有閑階級に属するコニーもかつては古いイングランドの面影にしがみついていた。古いイングランドが冷酷無比の新しいイングランドによって消されていき、その作業は消去が完了するまで続く。このことに気づくまで何年もかかったのだ。フリッチリーもイーストウッドも姿を消し、いまはシプリーが消えようとしていた。地主のウィンターが愛してやまないシプリーが。

コニーはシプリー館に立ち寄った。裏手の庭門の間近に炭鉱鉄道の踏切がある。シプリー炭鉱自体が木立のすぐ向こう側にあるからだ。庭門が開放されているのは、坑

---

3 エリザベス一世（一五三三—一六〇三）の治世期間（一五五八—一六〇三）は、イギリスの黄金時代と呼ばれることがあり、シェイクスピアが活躍した時代としても知られる。

4 一六六五—一七一四。一七〇二年即位。ステュアート朝最後の君主。

5 ヘンリー・フィールディング（一七〇七—一七五四）の長篇小説『トム・ジョーンズ』（一七四九）の主人公。

6 ジョージ一世から四世の時代（一七一四—一八三〇）。

夫たちが通行を許可された道が園内を走っているからである。その彼らが庭園をぶらついていた。

コニーが乗った車は、坑夫たちが読み終えた新聞を捨てている観賞用の池のそばを通り、それから屋敷に向かった。屋敷は高台のはずれに位置する。十八世紀の中期に建てられた瀟洒な化粧漆喰の建物だ。イチイの木立が美しい小道の先には旧邸がある。本邸の屋敷は静かに両翼を広げて立ち、ジョージ王朝様式の窓がうれしそうに輝いていた。その奥には風雅な庭園があった。

コニーはラグビー館よりもシプリー館の内装のほうが好きだった。はるかに明るく鮮やかで、整然として優雅なのだ。どの部屋も壁には淡黄色の鏡板が巡らされ、天井には金箔が貼られ、すべてが見事な調和を見せている。金に糸目をつけることなく集めた調度の品も申し分がない。廊下も十分な広さと美しさがあり、ゆるやかな曲線を描いているのが華やかに映った。

けれどもウィンターは孤独だった。これまで屋敷だけを愛してきた。だが領地内の庭園は、自身が所有する炭鉱の三つと境を接している。彼は寛大な考えの持ち主なのだ。坑夫たちが庭園に入るのを許している。裕福になれたのも炭鉱のおかげであろう。だから、むくつけき男たちが――さすがに一線は引いていて、庭園内でも私用の部分は立ち入り禁止にしていたが——観賞用の池のそばにたむろしているのを見て言ったものだ。「装飾としては鹿に及ばないかもしれませんが、よほど利益をもたらしてくれます」

この言葉が該当したのはヴィクトリア女王の治世も後半[7]、とくに経済的な絶頂期を迎えていたころである。当時の坑夫たちは「善良な労働者」だった。

ウィンターがなかば恐縮の体《てい》で話した相手は当時の皇太子[8]である。皇太子は有名なしゃがれ気味の声でこう言った。

「ごもっともです。サンドリンガムの王室別邸に石炭が埋まっているのなら、庭に炭鉱を作るのですが。庭作りとしては最高のものでしょう。もちろん鹿を坑夫と取り換えるにやぶさかではありません。いくらでも費用は出します。噂によると貴君の坑夫は善良でもあるとか」

皇太子がかくのごとき意見を述べたのは、金銭の利点と産業社会の恩恵を理想化し

7　一八一九—一九〇一。一八三七年から一九〇一年までの六十四年に及ぶ治世は大英帝国の黄金時代となった。

8　のちのエドワード七世のこと。

ていたからである。

その皇太子ものちに国王となり、そして崩御された。現在の国王は、貧者のために無料の給食施設を開くことが大きな仕事だと考えているらしい。

この善良な労働者たちがいつのまにかシプリー館を取り囲もうとしていた。新しい炭鉱の村落が庭園に迫っていたのだ。ウィンターには村の住民たちが未知の存在に思えた。温厚でありながらも威風堂々たる領主として地所と坑夫を牛耳っているつもりでいたが、ふと気がつけば、労働者たちのあいだには新しい思想が広まっていて、なぜか氏のほうが除け者《もの》にされていた。余所者《よそもの》は彼のほうなのだ。その点に間違いはない。すべての炭鉱がまとまって一大産業となり、それ自身の意志を持つようになると、その意志が炭鉱の所有者であるこの紳士を敵と見なすようになった。坑夫たちまでもがその意志に加わったらひとたまりもない。自分のほうがこの場所から追い出されてしまう。さもなければ死へ追いやられてしまう。

一人の軍人としてあたうかぎり抵抗してきたウィンターだったが、いまはもう夕食後に庭を散歩する気にもなれず、たいていは家に閉じこもっていた。コニーは一度だけエナメルの靴と紫色の絹の靴下をはいた無帽の氏に門まで見送ってもらったことがある。いつものように口ごもる感じでしゃべっていたが、小さく固まっている坑夫たちのそばを通るときに、挨拶をするわけでもない彼らの視線をまともに浴びて、氏の上品な痩身がたじろいだように見えた。まるで檻《おり》のなかの優雅な鹿が人間の無粋な視線に怯えるかのようだった。坑夫たちの側に個人的な恨みがあったわけではない。それは違う。心が冷めていたのであり、氏を仲間はずれにしようとしていただけなのだ。

それでもやはり心の奥底には強い不満が潜んでいた。「この男のために働いているのだ」という不満である。しかも醜い姿をした彼らにしてみれば、身だしなみの整った典雅な氏の存在が腹立たしい。「何様のつもりだ」となる。その違いに腹が立つのだ。

軍人の気質を多分に持つウィンターはイングランド人としての心のどこかで、彼らが互いの相違に腹を立てるのも無理はないと思っていた。すべてに恵まれている自分は少し間違っている気がしたのだ。そうではあったが、自分はひとつの体制を代表しているのであるから、追い出されるわけにはいかなかった。

追い出すものがあるとすれば、それは死しかない。そのときならぬ死が訪れたのはコニーが訪問してしばらくのちのことである。遺言でクリフォードに相当な財産が残された。

9 ジョージ五世（一八六五―一九三六）のこと。在位は一九一〇―一九三六。

相続人たちは即座にシプリー館の解体を命じた。維持費がかかりすぎるうえ、住もうとする者もいなかったからだ。そこで取り壊しとなった。イチイの並木が切り倒された。庭園の樹木も伐採され、跡地は分譲地にされた。思いのほかアスウェイトが近い。図らずも、ここにまたひとつ所有者を失ったさら地が誕生し、二戸続きの住宅が立ち並ぶ小さな通りがいくつもできた。シプリー住宅街の登場である。

コニーが最後に訪問してから一年も経たないうちにシプリー住宅街ができた。赤煉瓦を使用した二戸続きの住宅が新たな通りにずらりと並ぶ。一年前、ここに化粧漆喰の屋敷があったとは誰も思うまい。

エドワード王の造園術、つまり芝生に装飾用の炭鉱を設けるという造園術が進めばこうなるのだ。

ひとつのイングランドがもうひとつのイングランドを消し去る。ウィンターやラグビー館のイングランドは命脈が尽きたのだ。ただし、まだ完全には抹殺されていない。抹殺が完了したらどうなるのか。コニーには想像もつかない。新しい煉瓦の通りが野原にまで広がり、炭鉱に新しい建物がそびえ立ち、新時代の娘たちが絹のストッキングをはき、新時代の坑夫たちがダンスホールや鉱員会館へと繰り出す。その程度のことしか思い浮かばなかった。若者たちは昔のイングランドにまったく無関心である。

歴史に対する意識が欠けているからだ。まるでアメリカのようであるが、この事態は産業によって発生したものだった。いったい次はどうなるのだろう。次などない。コニーはつねにそう思っていた。砂のなかに頭をうずめるようにして現実を忘れてしまいたかった。せめて男の胸に顔をうずめたかった。

この世は複雑怪奇で陰惨だ。民衆が多すぎる。そればかりか恐ろしい存在でもある。そんなことを帰宅の途につきながら考えていたコニーの目に、炭鉱から引き揚げてい く男たちの姿が映った。黒くくすみ、肩の高さがずれて体が歪み、重たい鉄が打ちつけられた長靴を引きずるようにして歩いている。地下に慣れた鼠色の顔、ぎょろぎょろとした目、坑道の天井を避けるせいでねじ曲がった首、いびつな肩。これを男と呼べるだろうか。忍耐強くて善良な男ではあるが、生きているとはいえない。男らしさが育まれたうえで抹殺されてしまったのだ。それでも男であることに変わりはない。子供は作れる。いつか自分も彼らの子供を作るかもしれない。なんという恐ろしい考えだろう。優しくて善良な人たちではある。しかし人間として生きている部分が半分しかない。しかもその半分は灰色をしている。さしあたり善良ではあるだろう。だがそれさえ灰色の部分の善良さなのだ。もしも彼らの死んだ部分がよみがえったとしたら。いや、考えるのも恐ろしい。コニーは大衆としての労働者たちを心の底から恐れていた。この世のものとは思えなかったのだ。彼らの人生には美しさも本能もありはしない。いつも穴ぐらにいる人生。

そんな男たちから生まれてくる子供なんて。ああ、なんたることか。

メラーズの父親もそういう男の一人だった。いや、そうとはかぎらない。この四十年で男の性質が大きく変わった。驚くほど大きく変わった。いまの坑夫たちの心と体には鉄と石炭が食い込んでいるのだ。

醜悪さを血肉化しながら生きているとは。彼らはこの先どうなるのだろうか。石炭がなくなったときに地上から姿を消すのかもしれない。石炭に呼び出されるようにしてどこからともなく群れをなして現れたのだから。おそらく石炭の層に生息する不気味な生き物にすぎないのだろう。異次元の生物、元素の霊なのだ。製鋼工が鉄という元素に仕える霊であるのと同じように、彼らは炭素に仕えている。人間であって人間ではない。石炭と鉄と土の霊である。炭素、鉄、珪素という元素から生まれた生き物、元素の霊なのだ。そんな彼らには鉱物に備わる冷たくて不思議な美しさがあり、石炭の輝き、鉄の重さと青さと強さ、そしてガラスの透明さが宿っているように見えた。この形がひずんだ未知なる元素の生き物は、鉱物の世界に生息している。魚が海に、虫が枯れ木に属するのと同じ、石炭と鉄と土に属している。鉱物が分解されたことから生まれた霊なのだ。

帰宅したコニーはほっと胸を撫で下ろした。これで現実を見なくてすむ。クリフォードとの無駄話さえもがうれしく思えた。炭鉱と鉄にあふれた中部地方への恐怖から、流感にかかっているときのような名状しがたい感覚が全身に広がっていたのだ。

「ベントリーさんのお店でお茶をいただかないわけにはいかなくて」コニーは言った。

「それはそうだろう。ウィンターもお茶を振舞いたかっただろうに」

「でも、ベントリーさんをがっかりさせたら悪いもの」

ベントリーというのは、青白い顔をした未婚の老嬢である。ずいぶんと鼻の大きいロマンチストだった。まるで宗教的な儀式を執り行うかのような思いつめた様子でお茶を淹れる。

「僕の具合は尋ねてきたかい」

「もちろん。ぶしつけではございますが、クリフォード様はお元気でいらっしゃいますでしょうか、とこうよ。あなたのことを相当な偉人とでも思っているみたい。大戦のときの英雄だったキャヴェル看護師も顔負けの傑物」

「元気だと答えてくれただろうね」

「ええ。たいへんな喜びよう。あなたのために天国の門が開かれたと言わんばかりに。

だから、テヴァシャルに来られたら夫の顔を見にいらしてくださいと言っておいたわ」

「僕にだって！　なぜ僕に」

「あそこまで崇拝されているのよ。少しはお返ししないと。彼女から見れば、勇敢なるカッパドキアの聖ジョージもあなたの比ではないというわけ」

「来るだろうか」

「そういえば、一瞬だけ顔が赤くなって意外にかわいらしかったわ。どうして男の人は自分を心から崇《あが》めてくれる女性と結婚しないのかしら」

「崇めるのが遅すぎるからさ。そんなことより、来ると言っていたのかい」

「まあ、奥様！」コニーは興奮で息もつけずにいるベントリー嬢のまねをした。「そんなおこがましい――」

「おこがましい！　何を馬鹿な。とにかく来ないことを祈ろう。それで、お茶のほうはどうだった」

「リプトンのすごく濃いお茶。あなたはご自分のことがわかっていらっしゃらないのね。ベントリーさんみたいなご婦人方にしたら、あなたは中世フランスの恋愛詩『薔薇物語』の住人なのよ」

「そんなことを言われてもうれしくはない」

「新聞に出たあなたの写真は一枚残らず大切にしまっておく。しかも、あなたのために毎晩お祈りをする。なんだかすてきだわ」

コニーは着替えをするため上に行った。

その晩、クリフォードが言った。

「結婚に永遠の要素はあるのだろうか」

コニーはクリフォードの顔をしげしげと眺めた。

「あなたが永遠という言葉を口にすると、上にかぶせるふたとか、どこまで行っても後ろに引きずっている長い鎖、と言っているように聞こえるわね」

クリフォードは不服そうな目を向けた。

「つまり、だ。ヴェニスに行って、真剣な恋など期待してはいないだろうね」

「ヴェニスで真剣な恋？　まさか。そんなこと真剣に考えることさえしません」

軽蔑するような声に不思議な響きがあった。クリフォードは眉根を寄せ、じっとコニーを見つめた。

翌朝、コニーが一階に下りていくと、クリフォードの部屋の前に森番の犬のフロッシーが座っていた。かすかな声で「くうん」と鳴いている。

「あら、フロッシー」コニーは小声で言った。「こんなところで何をしているの」

部屋の扉をそっと開ける。クリフォードはベッドに起き上がっていた。ベッド用のテーブルとタイプライターは脇へどかしてある。ベッドの足側でメラーズが直立不動の姿勢を取っていた。フロッシーが駆け込んでくるのを見て、頭と目をわずかに動かす。「戻れ」という意味だ。フロッシーが逃げるように出ていく。

「あら、あなた、おはようございます。お取り込み中かしら」それからメラーズに視線をやり、「おはようございます」と声をかける。メラーズは放心したような目をコニーに向け、ぼそぼそと挨拶の言葉を返した。そんな様子ではあっても、彼がそこにいるというだけでコニーは情熱の息吹を感じた。

「お邪魔でした？　ごめんなさい」

「いや、かまわんよ」

コニーはしずしずと部屋を出て、二階の青い壁面を持つ部屋に行った。窓辺に腰かけていると、まるで人目を忍ぶようにして道を遠ざかっていくメラーズの姿が見えた。生まれついての物静かさ、孤高の誇り、はかなげな雰囲気がある。一人の使用人。クリフォードが抱える使用人の一人。シェイクスピアは書いていた――「ブルータスよ、我らが下僕であるのは、運命のせいではない。我々自身のせいなのだ」

彼も下僕なのか。そうなのか。私のことはどう思っているのだろう。

晴れた日だった。コニーは庭仕事をしていた。ボルトン夫人が手伝っている。どういうわけか二人は気が合った。このように同じ人間同士で共感の波が故《ゆえ》なく満ちたり引いたりすることはままある。カーネーションをしっかりと固定し、夏用に花の苗を植えていく。二人の好きな作業である。とくにコニーは、苗の柔らかい根を泥に差し込み、両手でそっと抱くようにして埋めるのが大好きだった。今朝は子宮のなかに震えるような興奮が感じられる。子宮が日光を浴びて幸せな気分になっているのだろうか。

「ご主人を亡くされて長いのでしょうね」コニーはボルトン夫人にそう言いながら苗をまたひとつ穴に入れた。

「二十三年です」ボルトン夫人は、オダマキの苗を一本《ひともと》ずつ選り分けている。「二十三年前、うちに担ぎ込まれました」

その最後の恐ろしい言葉にコニーの心臓がびくりとなった。「担ぎ込まれて！」

「亡くなった理由はどうお考えですの。あなたと一緒で幸せでしたでしょうに」

このような質問は女性同士で交わされるものである。ボルトン夫人は手の甲で髪を顔から払いのけた。

「わかりません。負けず嫌いのところはありました。仲間に調子を合わせることもしません。そのうえ頭を下げるのが大嫌いな人でした。向こう意気が強いというのでしょうか。そういうものが命取りになりますものを。あまり気にしない人でした。私自身は、坑内に魔物がいるからだと思っています。潜るべき人ではなかったのに、若いころ父親に無理強いされました。二十歳も過ぎると、今度はなかなか出られなくなるのです」

「仕事が嫌いだとは言っていらした?」

「いえ、そんなことは。いやなことがあっても黙ったまま、おどけた顔をしてみせるだけでした。よくおりますでしょう、用心しない人が。戦争が始まったとたん、勇んで戦場におもむき、あっというまに死んでしまった若者たちみたいに。うまく立ちまわる人ではなく、ただ気にしなかったのです。だからよく言ってやりました。人のことなんかどうでもいいのね。でも、じつは人のことを気にかけていたのです。初めての赤ちゃんを産むときのことでした。座ったまま微動だにせず、終わったときには、この世の終わりというような目を見せました。難産でしたのに、私のほうが慰める始末。大丈夫よ、あなた、大丈夫。そう言うと、私に目を向けて、あのおどけたような顔をしたものです。言いたいこともあったでしょう。そのとき以来、彼が夜の営みで本当の悦びを得たことはなかったと思います。つまり、最後まですまそうとはしませんでした。あなた、好きなようにしていいのよと言って、ときには露骨な言葉を使いもしました。それなのに、無言。とにかく最後まですまそうとはしません。できなかったのでしょう。もう私に子供を産ませたくなかったのです。私はいつも義母を責めました。お産の部屋に入れたと言って。立ち合わせるべきではなかったのです。男の人というのは、いったん気に病むと必要以上に悩みますから」

「ご主人、そこまで心配を？」コニーはあっけに取られてしまった。

「はい。お産の苦しみがふつうだとは思えなかったようです。そのせいで、夫婦生活の悦びをあまり感じられなくなりました。私が気にしないのに、どうしてあなたが気にするの。つらいのは私のほうよ。そんなふうにも言いましたが、それは違う、としか言いません」

「きっと繊細な方だったのね」

「おっしゃるとおりです。それが男というものでしょうか。つまらないことに神経を使いすぎるのです。自分では気づいていなかったようですが、おそらく夫は炭鉱を憎んでいたのでしょう。ただただ憎んでいました。安らかな死に顔でしたもの。やっと自由になれたとでもいうように。とても男前だったのですよ。あんなふうに静かで純真な姿を目にして、心を引き裂かれる思いがしました。死にたいと思っていたのでしょうか。ああ、つらかった。それなのに――」

そこまで言うと、ボルトン夫人ははらはらと無念の涙をこぼしたが、コニーのほうがもっと泣いた。春の暖かな日で、土の匂いと黄色い花々の芳香が周囲に漂い、多くの花が芽を吹き、花壇は陽光を静かにたっぷりと浴びている。

「おつらかったでしょう」コニーは言った。

「奥様、それはもう。最初はまったく自覚がありませんでした。あなた、どうして私を置いていこうなどと思ったの。それしか言葉が出なかったのは、その思いでいっぱいだったからでしょう。ただ不思議なことに、夫がいつか戻ってくるような気がして――」

「ご主人、あなたを一人にしたくなかったはずよ」

「もちろんですわ、奥様。私が馬鹿みたいに泣いていただけです。きっと帰ってくる。それればかり考えていました。とくに夜などは。いつも寝ないで考えていました。ああ、ベッドにあの人がいないなんて。私の心は彼の死を受け入れようとしなかったのでしょうか。きっと夫は戻ってきて、私の横に寄り添ってくれる。そうすれば、彼を肌で感じることができる。私にはそうなるとしか思えませんでした。彼の温もりを肌で感じたい。それだけが望みだったのです。しかし、幾度も失望を味わった結果、彼が戻ることはないと思うようになりました。何年もかかりました」

「彼を肌で感じる」コニーは言った。

「ええ、彼を肌で感じる。あの感触を忘れたことなどありません。これからも忘れはしないでしょう。もし天国があるとしたら、彼はそこにいて、私が眠れるように添い寝をしてくれると思います」

コニーは物思いに沈む夫人の端正な顔をこわごわと見た。愛の炎に身を焦がす人間がここにもいる。テヴァシャルが生んだのだ。彼を肌で感じる。やはり愛の絆はほどけにくい。

「恐ろしいことね。血のなかにまで男の人が染み込んでしまうのは」コニーは言った。

「ええ、奥様。だからとてもつらくなるのです。みんなは夫の死を望んでいた。炭鉱までもが夫を殺したがっていた。そんな気までしてくるのですから。炭鉱なんてものがなかったら、経営する連中がいなかったら、私が取り残されることもなかった。それなのにみんなが男と女の仲を引き裂きたがる。二人が結びついていると――」

「体が結びついていると」

「おっしゃるとおりです。世間には薄情な人間しかおりません。毎朝、目覚めた夫が炭鉱に向かう。そのたびに、こんなの変、おかしいわ、と思いました。ですが、夫にあと何ができたでしょう。男にできることなどあるのでしょうか」

ボルトン夫人のなかでやり場のない怒りが勃然と湧き起こった。

「肌の感触は長く続くものなのかしら」コニーが唐突に質問を投げかけた。「ご主人の存在がいまも肌で感じられるなんて」

「失われずにいるものはそれしかありません。子供は大きくなれば離れていきます。でも、夫は——いえ、心のなかに住む夫さえも連中は殺したがっている。あの肌ざわりの記憶までも。だいたい子供たちがそうなんですから。ああ、なんということでしょう。二人の気持ちは離れたかもしれません。しかし、あの感触だけは別です。そういうことは知らないほうが幸せ、ということでしょうか。それでも、男の人に体中を熱くされたことのない女性を見ると、なんと言いますか、気の毒に思えます。いい服を着て遊びまわっていようが関係ありません。自分の気持ちに従うまでのことです。世間のことはあまり気にせず——」

第12章

朝食が終わるとすぐにコニーは森へ行った。じつに気持ちのよい朝で、早咲きのタンポポが太陽のように輝き、やはり早咲きのヒナギクが真っ白にきらめいていた。ハシバミの茂みは、半分ほど開いた葉が網目模様を形作り、垂れ下がった埃っぽい穂状の花が散ろうとしていた。すでに群生しているクサノオウは黄色い花を大きく開き、懸命に後ろへ反り返りながら黄色い光彩を放っている。それは初夏にふさわしい勝ち誇った力強い黄色だった。それからキバナノクリンザクラがいっぱいに広がって、うっすらと黄色い花を奔放に咲かせていた。びっしりと密生しており、もはや恥じらいは見えない。濃い緑色のヒヤシンスが海のように広がり、蕾が青白い小麦のように吹き出している。昔は馬が通っていた広い道では、ワスレナグサがふんわりと咲き、オダマキが紫色のひだ飾りを広げようとしていた。灌木の根元にはルリツグミの卵の殻がある。どちらを見ても蕾が群れをなし、生命が躍動していた。

丸太小屋にメラーズはいなかった。何もかもがのどかであり、茶色い雛鳥たちが元気に走りまわっている。コニーは彼の自宅のほうに向かった。どうしても会いたかったのだ。

その家は森のはずれで日差しを浴びていた。開け放たれた扉のそばの小さな庭に八重咲きのスイセンが立ち並び、赤い八重咲きのヒナギクが小道を縁取っている。犬の吠える声が聞こえたかと思うと、フロッシーが戸口に姿を現した。

扉が開け放たれている。彼がいるのだ。赤煉瓦の床に日だまりがある。小道を進んでいくと、窓の向こうにメラーズの姿が見えた。ワイシャツ姿でテーブルに向かい、食事をしている。犬が静かに鳴いて、ゆっくりと尻尾《しっぽ》を振った。

メラーズが立ち上がり、口をもぐもぐさせながら戸口にやってきた。赤いハンカチで口元を拭《ぬぐ》う。

「入ってもいいかしら」

「さあ、どうぞ」

がらんとした部屋に明るい日の光が差し込んでいる。羊肉の匂いがした。調理用の器具が炉格子の上に据えられたままだからだ。暖炉の前の白い床に紙が敷かれており、その上にじゃがいも用の鍋が載せてあった。火は赤く燃えているが弱めで、棒に掛けられたやかんがちんちんと音を立てていた。

卓上の皿にはじゃがいもと羊肉の残りがあった。かごに入ったパン、塩、ビールを入れた青いジョッキもある。テーブルクロスは白のオイルスキン。メラーズは日陰に立っていた。

「ずいぶんと遅いお食事なのね。かまわず召し上がって」

コニーは戸口のそばにある木製の椅子に座った。

「アスウェイトで用事があってね」テーブルに向かったメラーズだが、食事を再開しようとはしなかった。

「ねえ、お食べになって」

それでも食事に手を触れない。

「何かどうだい。お茶は？　お湯なら沸いてる」メラーズは椅子から腰を浮かせた。

「よければ自分で」コニーは立ち上がった。

彼の表情が暗い。うるさがっているのだと思った。

「なら、ポットはそこに」メラーズが部屋の隅にあるくすんだ茶色の小さな戸棚を指差す。「あとカップも。お茶の葉は目の前の炉棚《マントルピース》」

コニーは黒のポットを持ってきて、炉棚にある茶葉の缶を取った。ポットを湯ですすぐ。その湯をどこに捨てようかと迷った。

「そのまま外に捨てるといい」その様子に気づいてメラーズは言った。

コニーは戸口に行き、湯を小道にまいた。なんてすてきなところかしら。とても静かで、いかにも森らしい。オークが黄土色の葉を広げ、庭に咲いた赤いヒナギクが赤いフラシ天のボタンに見えた。敷居に目を落とす。くぼみのある大きな砂岩の板だ。よほどのことがないかぎり、いまはここをまたぐ人もいない。

「本当にすてきな場所ね。この素晴らしい静けさ。すべてがひっそりと息づいている」

食事を再開したメラーズが物憂げに食べつづけている。元気がないらしい。コニーは黙ってお茶を淹れ、暖炉の内部に作られた棚の上にポットを置いた。土地の人間がそうするのを知っていたのだ。メラーズは皿を脇にのけると、裏手のほうに行った。掛け金のかちゃりという音が聞こえたかと思うと、チーズを載せた皿とバターを手に戻ってきた。

コニーはテーブルにカップをふたつ並べた。このふたつしかなかった。

「お茶はいかが」

「もらおうか。砂糖は戸棚。牛乳用のピッチャーもそこ。牛乳は貯蔵室の水差しにある」

「お皿を片付ける?」

メラーズはコニーを見上げてかすかに苦笑した。

「では、頼むとするかな」そう答えてパンとチーズをゆっくりと口に運ぶ。

コニーは裏手にまわった。屋根が付いた流し場にポンプがある。左手に扉があった。その向こうが貯蔵室に違いない。掛け金をはずす。貯蔵室なるものを目にしたコニーは笑いを嚙み殺した。たんなる白塗りの細長い棚だったのだ。それでも数枚の皿や少量の食糧はもちろんのこと、ビールの小樽も置けるようになっている。コニーは黄色い水差しから牛乳を少し注いだ。

「牛乳の調達はどうしているの」コニーはテーブルに戻ったところで尋ねた。

「フリントのところだよ。飼育場の隅に瓶を置いといてくれる。ほら、そこで会ったじゃないか」

そんな話をしながらもメラーズの心は沈んでいた。

コニーはお茶を注いでから、ピッチャーを手にした。

「牛乳は入れなくていい」

何か聞こえたのか、メラーズは戸口の向こうに鋭い視線を投げた。

「閉めたほうがいいな」

「残念ね。たぶん誰も来ないと思うけど」

「まず来ることはないけど、念のため」

「悪いことをしているわけでもないのに。お茶を飲んでいるだけよ。スプーンは？」

メラーズは手を伸ばし、テーブルの引き出しを開けた。コニーが座る側には戸口から差し込む日差しが当たっている。

「フロッシー！」メラーズは犬に声をかけた。階段の下に敷かれた小型のマットで寝そべっている。「ほら、行け！　さあ！」

そう言って人差し指を上げる。「行け」の号令が力強い。犬は急いで偵察に出かけた。

「今日は悲しいことでもあって？」

メラーズは青い目を素早くコニーに向け、そのままじっと見つめた。

「悲しいこと？　いや、うんざりなだけさ。密猟者を二人捕まえて、召喚状を取りに行ったからね。どうも世間の人間は好きになれない」

改まった英語を冷たい口調で話す。声に怒りがこもっていた。

「森番の仕事は嫌いということかしら」

「森番の仕事？　いや、そんなことはないな。一人にしておいてもらえるなら。それが警察に行かされ、ほかにもあちこち行かされ、そして馬鹿な連中の相手をしなければならないとなれば、まあ、気も変になるさ」メラーズがおどけた調子で微笑む。

「自立はできないものなの？」

「僕が？　できないことはない。年金でやっていくつもりなら。ただ、僕は仕事をしていないとだめな人間だからね。そうしないと死んでしまう。とにかく何かしていないとだめなんだ。かといって自営業ができるほどの愛想はないから、結局のところ誰かの下で働くしかない。さもないと、すぐに腹を立てて、一カ月ともたないだろう。そう考えると、ここの仕事には満足さ。とくに最近は」

ここでもからかうような笑みを浮かべる。

「それでも機嫌は悪いのね。いつも不機嫌ということ？」

「そんなところかな」と笑い声を上げる。「どうも虫が治まらない」

「虫？」

「虫は虫。虫をご存じない？」

コニーは黙った。真面目に相手をしてもらえていないのだから面白くない。

「来月になったら、しばらく留守にするわ」

「留守にね。行く先は？」

「ヴェニスよ」

「ヴェニスか。ご主人も一緒に？　期間は？」

「一カ月ほど。主人は残るのよ」

「ここに？」

「ええ。あの姿では恥ずかしいみたい」

「それはお気の毒に」声に同情がこもる。

間が空いた。

「行ってしまっても、私のことは忘れないでいてくれる？」

メラーズは目を上げて、ふたたびコニーを食い入るように見つめた。

「忘れる？　まさか、忘れるわけないさ。記憶の問題とは違うよ」

コニーは「それなら、何？」と問いかけようとしたが、代わりに抑えた声でこう言った。

「夫に言ったのよ。子供ができるかもしれないことを」

その言葉にメラーズの目が真剣味を帯びた。真意を問うように力がこもる。

「夫に言ったのよ、か」しばらくしてメラーズは口を開いた。「それで、返事は？」

「気にしないそうよ。むしろうれしいみたい。自分の子供と感じられるなら」コニーは怖くてメラーズの顔が見られなかった。

長い沈黙のあと、メラーズはコニーの顔を凝視しながら言った。

「もちろん僕の名前は出していないね」

「まさか。出していないわ」

「僕が父親では耐えられないだろう。子供の父親は誰にするつもりだい」

「ヴェニスの誰かにするつもりよ」

「ヴェニスの誰か」メラーズが思案げに言う。「つまり、そのために出かける?」

「実際に誰かと関係するわけではないの」コニーはそう答え、「信じて」というような目を向ける。

「関係するふりか」

沈黙があった。座って窓の外を眺めるメラーズの顔に、かすかに歪んだ笑みが浮かぶ。嘲《あざけ》っているのだろうか。それとも悲しんでいるのだろうか。コニーにはその笑みが恨めしかった。

「ということは、避妊具を使うようなことはしてこなかったわけだ」メラーズがだしぬけに言った。「僕は何もしていない」

「していないわ」と答える声に力がない。「そんなのいやだもの」

メラーズはコニーを見つめた。そして、やはり意味ありげな笑みを重ねながら、窓の外に視線を戻した。張りつめた沈黙が流れる。

メラーズはコニーを見ながら嫌味を込めて言った。

「それで僕が必要だった。子供を作るために」

コニーはうなだれた。

「違う。そんなことないわ」

「なら、いったいなぜ」嚙みつかんばかりの勢いだ。

コニーが責めるような目でメラーズを見つめる。

「わからないのよ」コニーはゆっくりと答えた。

メラーズが急に笑いだした。

「なら、僕にわかるわけがない」

長い沈黙が続いた。冷たい沈黙だった。

「まあ、奥様の好きなようにするさ」ついにメラーズが口を開いた。「子供ができたら、ご主人が受け入れてくださる。僕が何を失うわけでもない。それどころか、じつに素晴らしい体験をさせてもらった。本当に素晴らしい体験を」そこであくびをこらえるようにして伸びをした。「利用されたとして」と話は続く。「利用されるのは初めてというわけではなくてね。ただ、今回ほど楽しい経験はなかった。名誉とまでは思わないけど」またしても奇妙な伸びをする。筋肉を細かく震わせながら変に歯を食いしばった。

「利用なんかしていないわ」コニーは訴えるように言った。

「奥様の御意のままに」

「違うわ。あなたの体が好きだったのよ」

「体が好きだった？」と笑い声が上がる。「それならおあいこだ。僕も君の体が好きだった」

メラーズが異様なまでに暗い目つきをする。

「よかったら二階に行くかい」と押し殺したような声で誘う。

「だめよ。いまは無理だわ。ここではだめ」コニーはやっとの思いで言った。無理とは言ったが、もし力ずくで迫られたら行ってしまうだろう。彼に抗《あらが》う力がないのだ。

メラーズはまたしても顔を背けた。まるでコニーの存在など忘れてしまったかのように。

「私もあなたに触れてみたい。あなたが私に触れるときのように。まだあなたの体に完全には触れていないから」

メラーズはコニーに視線を戻し、何度目かの笑みを浮かべた。

「ここで？」

「だめ、ここはだめ。小屋のほうがいいわ。かまわないかしら」

「僕の触れ方とは？」

「私を感じてくれるときの触れ方よ」

メラーズの視線の先にはコニーの思いつめた不安げな目がある。

「僕が君を感じる。それが好きなのかい」笑顔を向けたままで言う。

「ええ。あなたは？」

「僕ですか」そこで語調が変わった。「もちろんですとも」と答える。「おわかりのはずでしょう」

そのとおりだった。

コニーは立ち上がり、帽子を手にした。

「そろそろ戻らないと」

「お帰りになられますか」慇懃《いんぎん》な口調だ。

触れてもらいたかった。何か言葉をかけてもらいたかった。だがメラーズは何も言わず、低姿勢で待つばかりである。

「お茶をごちそうさま」

「奥様にお茶を淹れていただいたお礼がまだでした」

コニーは小道を戻っていった。戸口に立つメラーズが少しだけ顔を歪ませて笑う。フロッシーが尻尾を立てて走ってきた。コニーは押し黙ったまま、とぼとぼと歩いていく。彼が不可解な苦笑を浮かべて自分を見ているのはわかっていた。

コニーは打ちひしがれ、心を乱したまま家路に就いた。「利用された」という言葉が気に入らなかった。そういう一面もあったからである。そうだとしても、なぜわざわざ口に出すのだろう。コニーはまたしてもふたつの感情に引き裂かれていた。彼に対する憤りの気持ちと、彼と仲直りしたいという気持ちに。

お茶のあいだも心はざわめいていた。そして終わるとすぐさま自室に引き揚げたが、それでも気分は収まらない。いてもたってもいられない気持ちだった。何か手を打たなければ。小屋に引き返そう。留守なら留守でかまわない。

通用口からこっそり抜け出したコニーは、ややむっつりとした顔で小屋に直行した。空き地に着いたとたん不安を覚えたが、彼は小屋に来ていた。やはりシャツ一枚である。しゃがんで雌鳥を鳥小屋から出していた。そのまわりに雛鳥たちがいる。いささか形は不格好だが、野生の雛鳥と比べたらはるかにきれいな羽をしている。

コニーはメラーズのほうへ一直線に向かっていった。

「私、来たわ」

「やあ、来たね」メラーズは身を起こし、楽しげな目でコニーを見た。

「雌鳥をすべて外へ出すのね」

「ああ。卵を抱きつづけて骨と皮だからね。そのせいで、あまり外に出てきて餌を食べようとしないんだ。巣についている雌鳥は卵や雛鳥に夢中で、自分のことは考えないから」

気の毒な雌鳥。自分の卵でもないのに一心不乱になっている。コニーは同情の眼差しを向けた。二人のあいだにやるせない沈黙が落ちる。

「なかに入るかい」メラーズが口を開いた。

「私が欲しいということ？」本心なのかというようにちらりと目を向ける。

「ああ。君が入りたいなら」

コニーの返事はない。

「じゃあ、行こう」メラーズは言った。

コニーは一緒に小屋のなかへ入った。メラーズが扉を閉める。室内が薄暗くなったので、メラーズはランプに小さな火を灯した。以前と同じだ。

「下着ははずしてきたのかい」

「ええ」

「なら、僕も脱ぐとするか」

上掛けにする一枚を除き、メラーズはすべての毛布を床に広げた。コニーは帽子を取り、髪を振った。メラーズは腰を下ろして靴とゲートルを取り、コーデュロイのズボンを脱いだ。

「さあ、横になって」メラーズはシャツ姿で立ったまま言った。コニーが黙って横になると自分も隣に横たわり、二人の上に毛布をかけた。

「これでよし」

メラーズはコニーのドレスを胸のあたりまでまくった。それから乳房に軽く唇を押し当て、乳首を唇に含んだまま軽く転がしていく。

「ああ、君はいい女だな。ほんとにいい女だ」と言うが早いか、コニーの温かな腹部に顔を擦り寄せた。

コニーはシャツの下からメラーズの体に両腕をまわした。そうしながらも怖いと思っていた。細くて滑らかな裸の体があまりにも逞《たくま》しく見えて怖かったのだ。凶暴な筋肉が怖かった。恐ろしさのあまり、コニーはひるんだ。

小さく息を漏らしながら「ああ、君はいい女だな」と言われた瞬間、コニーの内部で何かが震え、心のどこかが抗うように硬くなった。心のどこかが硬直したのは、肉体の睦み合いが濃密なうえ、メラーズが変に急いで我が物にしようとするからである。だから今回のコニーは恍惚となるような自己の快感に流されることがない。ひたすら動く彼の体に両腕を預けたまま横たわっていると、どうしても意識が肉体から離れていき、頭上から眺めているような気持ちになってしまうのだ。尻の動きが滑稽に見え、男のものが射精で小さな絶頂に達しようとするさまも茶番に思えた。そう、これこそが愛である。馬鹿げた腰の律動。濡れて哀れな部分が縮みゆく姿。これこそが至高の愛だった。現代人が性の行為を軽蔑するのも無理はない。これもひとつの演技でしかないのだから。詩人たちも言うように、人間を創造した神には皮肉な笑いがよくわかっていたのだろう。人間を理性ある存在にしておきながら笑止千万な姿勢を取らせ、こんな恥ずべき運動を渇望させるのだから。人間観察が鋭くて厭世的だったモーパッサンのような作家でさえ、この行為を屈辱的な堕落だと考えた。人間は性行為を軽蔑しながら、それでも性行為をするのだ。

コニーの不可解な女の意識は、離れたところからすべてを冷たく笑っていた。そして静かに身を横たえている彼女は、本能的に腰を浮かせて彼を追い出そうとしていた。

彼の憎たらしい独占欲、支配しようとする愚かな尻の動きから逃れたかったのだ。彼の体は傲慢で、恥ずかしくなるくらい不完全であり、完成されていない姿の悪さにはぞっとするものがあった。人間の進化が完了すれば、このような運動、このような「機能」はきっとなくなることだろう。

とはいうものの、やがて果てたメラーズがじっと横になったまま閑寂の世界に入り込み、ひっそりとした未知の彼方《かなた》、自分の意識が届かない遠い彼方へ行ってしまうと、コニーの心は涙を流しはじめた。彼が波のように引いていき、自分が浜辺の小石みたいに取り残されているような気がしたからだ。彼が見えなくなっていく。彼の心が自分から離れていく。彼にもわかっている。

ふたつの意識とふたつの反応に引き裂かれている自分が悲しくてたまらず、コニーは涙をこぼした。メラーズはコニーの涙を気にも留めなかった。いや、気づいてもいなかったのだ。涙がいよいよあふれ、コニーの体が震えた。その身震いがメラーズにも伝わった。

「たしかにいまのはよくなかった」メラーズは言った。「君がいなかった」

つまりは知っていたのだ。コニーの嗚咽《おえつ》が激しくなった。

「気にすることはないさ。よくあることだから」

「私には——私にはあなたが愛せないのね」とつぜん心が張り裂けたようになり、コニーは慟哭《どうこく》した。

「愛せないだって？　いいじゃないか、そんなこと。決まりなどないんだから。ありのままでいい、ありのままで」

メラーズはコニーの乳房に手を載せたままにしていたが、コニーのほうはもう両手を離していた。

その言葉もあまり慰めにはならず、コニーは大きな声を上げて泣いた。

「さあ、さあ。悪いときもある。今回はちょっとうまくいかなかっただけなんだ」

コニーはむせび泣きした。

「でも、あなたを愛したいの。それなのに愛せないなんて。ひどすぎるわ」

メラーズは少し笑った。なかばつらそうに、なかばおかしそうに。

「ひどいことなんかない。君がそう思うだけの話さ。勝手にひどくされても困るな。僕を愛するとか、そんなの気にすることはない。無理は禁物。だめなときはだめ。楽にするんだ、楽に」

メラーズは胸に置いた手を離し、コニーに触れようとはしなかった。触れられないでいることにコニーはいじけたような喜びを覚えた。「君」とか、不躾な物言いに腹が立つ。勝手に立ち上がり、目の前で馬鹿げたコーデュロイのズボンをはけばいい。考えてみれば、ミケイリスには後ろを向くだけの思慮があった。この男は自信たっぷりで、本人だけが自分の道化ぶりに気づいていない。要するに雑種なのだ。

そうやって反発するコニーではあったが、メラーズが音もなく立ち上がって自分から離れていきそうになると、不安になってしがみついた。

「だめ、行かないで。一人はいや。怒らないで。強く抱いて」コニーはたまらずささやいた。自分が何を言っているのかもわからないまま彼にむしゃぶりついた。自分自身から、自分をとらえて離さない敵愾心《てきがいしん》と反発心から逃れたかったのだ。それでも、コニーの抵抗しようとする意識は強かった。

ふたたび両腕に抱かれて引き寄せられた瞬間、コニーは体を小さく縮めた。彼の腕のなかでくるまるように小さくなった。抵抗しようとする力は消滅している。言い知れぬ安らぎに包まれながら蕩《とろ》けていった。抱かれたまま、うっとりと小さく溶けていく。メラーズは彼女のことが無性に欲しくなった。まるで血管という血管が焼け焦げてしまうかに思われた。彼女が欲しい。このたおやかな女が欲しい。この腕に抱かれている心をかき乱されるほど美しい女が欲しい。その激しくも優しい欲望が血のなかへと伝わったのだ。優しさに満ちあふれた欲望に突き動かされるようにして、メラーズは蕩けるような絶妙な手つきで彼女の滑らかな腰の曲線と柔らかくて温かい尻の割れ目をそっと撫でていき、秘所へと近づいていった。コニーには彼の欲望が炎と化したかに思われた。しなやかな炎が自分を溶かしていく。逆らうことはしなかった。彼の象徴が自分に対して力いっぱいに無言の主張をしている。コニーは彼に向かって自分をさらけ出した。死を思わせる痙攣に身を委ね、彼に全身を開く。ああ、これで優しくしてもらえなかったらつらい。自分のすべてを開いてなすがままになっているのだから。

自分のなかに鋼《はがね》のごときものが容赦なく入ってくるのを感じたコニーは、ふたたび体を震わせた。いままでに経験したことがない強烈な感覚である。柔らかく開いた体を剣で突かれたら死んでしまうに違いない。そう思うと急に恐ろしくなり、コニーは身を固くした。ところがなぜかゆっくりと静かに突き込まれた。それは安らぎに満ちた暗い動きであり、この世界が創造されたときのような原初の鈍重な動きだった。すると恐怖心は滅して、心はまっすぐ安らぎに沈んでいき、コニーはすべてを手放した。すべてを投げ打ち、自分を捨て、奔流に溺れた。

まるで自分が海になったような気がした。最初は高くふくらむ暗い波である。その波がひときわ大きく盛り上がると、真っ黒な海面全体がゆるやかにうねりだし、彼女は無言で揺れる漆黒の大海となった。そのとき、彼女の奥深くにある海底が割れ、その周囲に、はるか遠くにまで伝わる大波が生じた。彼女の中心にあるその海底は、優しく突かれるたびに割れ、さらに大波を生んだ。貫くものが奥へ奥へと進んで海の底が沈んでいくにつれ、彼女の内部が深く深く開いていった。彼女をむき出しにしながら、その大波がどこかの岸辺へと向かっていく。不可解な感触をしたそのものがさらに奥へと近づき、大波は彼女を置き去りにして遠くへとうねっていった。とつぜん、何かが全身の細胞の急所に触れ、彼女は静かに痙攣しはじめた。何かが自分に触れたのだ。絶頂が訪れ、彼女は死んだ。彼女はいなくなった。そして一人の女として生まれた。

ああ、なんという素晴らしさだろう。身も心も溶けてしまいそうだ。潮が引いていくなかで、コニーはその素晴らしさを完全に理解した。彼女の体全体がこの未知なる男に切ない気持ちを込めてしがみつき、縮みゆく部分を手放すまいと躍起になった。こあれだけ激しく突いていたのに、こんなにも柔らかく萎《な》えて勝手に遠のいていく。この謎めく繊細なものが体から引き抜かれたとき、コニーは絶望的な喪失感から思わず声を上げ、自分のなかに押し戻そうとした。それほどまでに完璧な存在だったのだ。コニーはそれが愛おしくてたまらなかった。

この小さな蕾の奥ゆかしさ。そのことにはたと気づいたコニーの口から驚きと悲しみの声が漏れた。あれほど力強かったものがこんなふうに柔らかく萎《しぼ》んでしまうのかと思い、女の心が叫んでいるのだ。

「素晴らしかったわ」コニーはうめくように言った。「本当に素晴らしかった」その言葉にメラーズは何も答えず、上に重なったままそっとくちづけした。コニーが至福のうめきを漏らす。それは生贄《いけにえ》としての声であり、新たに生まれた存在としての声だった。

いまコニーの心のなかに、メラーズに対する驚異の念が生まれた。これが男というものなのだ。自分に向けられた男の不可思議な力。コニーの両手がメラーズの背をさまよう。まだ少し怖かった。これまではずっと得体の知れない厭《いと》わしい敵だったからだ。だがいま、その体に触れている。これはいわば神の息子たちと人間の娘たちとの出会いだった。[1] この美しい手ざわり。この純粋な肌。本当に、本当に気持ちがよくて力強い。それなのに純粋で繊細。敏感な反応を示す体がここまで静かになるとは。力にあふれて優美な肉体がこんなにも静かになるとは。本当に、本当に美しい。コニーの手がおそるおそるメラーズの背中を這っていき、小ぶりのしなやかな双丘に行き着いた。この美しさ。なんという美しさだろう。とつぜん、新たな意識が小さな炎となって彼女の全身を貫いた。この場所がこんなに美しいということなどありうるだろうか。以前は嫌悪しか感じることのなかった場所なのに。温かくて生々しい尻の得も言われぬ甘美な手ざわり。命のなかの命である。最高に温かくて力強い素晴らしさ。そして両脚のあいだにある睾丸の不思議な重み。なんという神秘。ずしりとした神秘の重みが不思議でならない。手のひらにずしりと柔らかく収まるなんて。これこそがすべての素晴らしさの根源。原初から存在するまったき豊麗さの根源である。

コニーは驚きの声を漏らしながらメラーズにすがりついた。それは畏怖の声であり、恐怖の声でもあった。強い抱擁が返ってきたが、言葉を聞くことはなかった。何も言おうとしないのだ。だからコニーはもっと近づいていった。せめて彼の肉体の神秘に近づきたい。すると、彼の不可解な静けさをよそに、あの部分がゆっくりと厳《おごそ》かにふたたび隆起していく感触があった。畏怖にも似た念に打たれ、コニーの心は溶けていった。

先ほどの彼とは違い、いま自分のなかにいる彼は柔らかく虹色に輝いていた。それ

---

1 「創世記」の六章二節に「神の子たちは人の娘たちの美しいのを見て、自分の好む者を妻にめとった」とある。

は純粋に柔らかくて輝かしく、意識ではつかむことができない。コニーの存在全体がまるで細胞のように意識を離れて生き生きと震えていた。この経験をコニーは理解することができなかった。あとで想起することもできなかった。ただ、それが至高の経験であることだけはわかる。それだけだった。ことがすむと、コニーは微動だにせず、何もわからず、時間の経過も意識しなかった。メラーズも一緒にじっとしていた。コニーとともに底知れぬ沈黙のなかにいる。二人ともこの出来事について語ろうとはしなかった。

外の世界が意識されてくると、コニーはメラーズの胸にしがみついて「あなた、あなた」とささやいた。メラーズは黙って彼女を抱いた。コニーは体を丸めるようにして彼の胸に寄り添った。それは至福の時間だった。

だがメラーズの沈黙は深い。コニーを花束のように抱く彼の手は静謐《せいひつ》そのもので、まるで別人の手に見える。「あなたはどこにいるの」コニーがかすれた声で問いかけた。「どこにいるの。話して。何か言ってちょうだい」

メラーズは「ああ、君か」とつぶやきながら、そっとコニーにくちづけをした。

コニーには彼が何を言おうとしたのかも、彼がどこにいるのかもわからない。口を閉ざされると姿が消えてしまうように思えるのだ。

「私のこと、愛している？」コニーは忍び声で言った。

「わかってるじゃないか」

「いいから声に出して言ってちょうだい」コニーはせがんだ。

「感じてもらえなかったか」消え入りそうな声ではあるが、愛情のこもった確かな声である。コニーはさらに体を密着させた。いまはメラーズのほうがはるかに大きな愛の安らぎを感じていた。だからコニーは安心させてもらいたかったのだ。

「私を愛して」コニーは否定を許さぬ調子でささやいた。するとメラーズから優しい愛撫が返ってきた。まるで花を愛でるような手つきに欲望の震えはなく、細《こま》やかな親しみがこもっている。それでもなおコニーはいちずに愛をつかもうとした。

「いつまでも愛していると言ってほしいの」コニーは泣きつくように言った。

「ああ」メラーズは上の空だった。自分の懇願が相手を遠ざけていることにコニーは気がついた。

「いい加減に起きないと」しばらくしてメラーズは言った。

「いやよ」

コニーにはわかった。彼の意識は自分を離れ、外部の音に集中している。

「もうすぐ暗くなる」その声が周囲を気にしていることに気づいたコニーは、かけがえのない時間を手放す女の悲しみを込めてくちづけした。

メラーズは立ち上がってランプの火を強め、それから服を身につけはじめた。その肉体がたちまち服のなかへと消えていく。メラーズは立ってズボンのボタンを留めながら、暗く見開いた目でコニーを見下ろした。彼の顔には少し赤みが差し、髪はくしゃくしゃに乱れている。その姿はランプのほの暗い灯《あか》りのなかで不思議なほど温かく見え、静謐な美をたたえていた。コニーにはその幽玄の美を言葉にすることができない。だから彼に強くしがみついて抱きしめたくなった。遠く離れたところでぬくぬくとまどろんでいるような美しさが感じられ、大声を上げながら彼をかき抱いて自分のものにしたかったのだ。自分は彼を所有することができない。コニーはそう思い、毛布の上で横になっていた。張りと丸みのある尻をむき出しにしたままである。メラーズには彼女の考えていることがわからなかった。しかし彼にとっても彼女は美しく見えた。この柔らかな奇跡の肉体に自分は入っていけるのだ。すべてを超越したこの肉体のなかに。

「僕は君が好きだ。だから君のなかに入れる」

「私のことが好き？」コニーの心は震えた。

「君のなかに入るとすべてが癒される。君は僕に向かって自分を開いてくれた。そんなふうに入っていけるから、君が好きなんだ」

メラーズはしゃがみ込んでコニーのふくよかな横腹に唇を押し当ててから頰を擦り寄せ、そして毛布をかけた。

「私を捨てたりしないわね」

「そんな質問はやめてくれないか」

「私はあなたを愛しているわ。信じてくださる？」

「君は僕を愛してくれた。君が自分でも気づいてないくらいに。それなのに君がそんなふうに考えだしたら、この先どうなるかわからなくなる」

「いや、そんなこと言わないで。まさか、私があなたを利用しようとしていたと思っているの？」

「利用？」

「子供を産むのに」

「いまは誰もが誰の子供でも自由に産める時代さ」メラーズは座ってゲートルを着けはじめた。

「そんなこと言わないで」コニーが大きな声を上げた。「本気でもないくせに」

「まあ、とにかく」メラーズは上目遣いにコニーを見た。「さっきは最高だったよ」

コニーは静かに横たわっている。メラーズがそっと扉を開けた。空は濃紺色に染まっていたが、地上のあたりは澄んだ青緑色だった。メラーズが犬に小声で話しかけながら外へと出ていく。雌鳥を鳥小屋に入れるためだ。コニーは身を横たえたまま、人生の不思議、存在の不思議について思いを巡らせていた。

メラーズが外から戻ると、コニーは流浪の民のように目を輝かせて横たわっていた。

メラーズは彼女のそばの丸椅子に腰かけた。

「いつか夜にでもうちに来るといい。旅行の前に。いいだろ？」メラーズは眉を吊り上げてコニーを見つめた。脚のあいだで手をぶらぶらとさせている。

「いいだろ？」コニーはからかうように口まねをした。

微笑みが返ってくる。

「なあってば、いいだろ？」メラーズは言った。

「なあってば」

「やめろって」

「やめろって」

「で、俺と寝る。我慢できないんだ。いつにする？」

「いつにする？」

「わかったから。まねなんかするなよ。で、いつ来る?」

「日曜だな」

「日曜だな、か。そうか」

「そうだ」

すぐに笑い声が返ってきた。

「だからまねはやめろって」メラーズはなおも言った。

「なんでだ?」

メラーズは笑った。口まねがおかしくてたまらなかったのだ。

「ほら、行かねえと」

「行かねえとだめ?」

「行かなきゃだめ、だ」メラーズは言葉を変えて言った。

「どうして、行かなきゃ、なの。あなたの言い方をまねしたのに」コニーは抗議した。

「そんなのずるいわ」

「そんなことないさ」メラーズは前屈《かが》みになってコニーの顔をそっと撫でた。「それにしても、君のあれはいい。この世で最高だよ。君が欲しがっているとき、君がしたがっているときは」

「あれ？」

「なんだ、わかんないのかい。あれといったら、あれさ。君の下のほうにあるやつ。君のなかに入ったときに僕が感じること。そして君が感じること。あのときのことだよ。すべてひっくるめて、あれ」

「すべてひっくるめて、あれ」コニーはからかうように言った。「あれ。やるというのと同じじね」

「そうじゃない。やるは行為のことだけだ。獣だってやる。でも、あれはそれだけじゃない。君自身のことなんだ。やるとしたって、君は獣よりましだろ。あれこそが、君の素晴らしき神髄なわけさ」

コニーは立ち上がってメラーズの眉間にくちづけをした。彼女を見つめる彼の目はとても暗く落ち着いていて、言葉にならないくらい美しかった。耐えられないくらいに美しい。

「そういうことなのね。それなら私のことは好き？」

メラーズはそれには答えず接吻で返した。

「さあ行かなきゃ。埃を払ってやろう」

メラーズの手がコニーの体の線に沿って動いていく。力はこもっているが淫らな感じはない。いたわりがあり、すべてを知りつくしている動きだった。

夕暮れのなかを走っていくコニーには世界が夢のように思われた。庭園の木々が停泊中の船のように揺れている。屋敷へ続く斜面の隆起がまるで生きているかのようだった。

第13章

日曜日にクリフォードが森へ行きたいと言った。気持ちのいい朝である。そこかしこでナシとスモモがいっせいに白い花を咲かせ、壮観な眺めとなっていた。

クリフォードは気の毒である。花が咲き誇る季節であるにもかかわらず、人の手を借りて椅子からエンジン付きの車椅子に移動しなければならない。だが本人は意に介することもなく、それどころか足の利かない自分に一種の優越感さえ抱いているようだった。動かない足をしかるべき場所へと移すことにコニーはやはり苦労した。ふだんはボルトン夫人か運転手のフィールドがやっていたのだ。

車用の道のブナが並ぶ場所で待っていると、車椅子がエンジンの音を立てながら近づいてきた。病人を気遣うかのような悠然とした動きである。コニーのところまで来るとクリフォードは言った。

「サー・クリフォード、泡吹く駿馬《しゅんめ》にて参上」

「たしかに鼻が鳴っている感じだわ」コニーは笑った。

車椅子を停めたクリフォードは後ろを振り返り、両翼を低く伸ばした古くて茶色い屋敷を眺めた。

「屋敷のやつめ、知らんぷりか。まあ、仕方がない。この乗り物は頭脳の産物だからね。馬だってかなわない」

「本当にそう。プラトンが言っているわよ。魂は二頭立ての馬車で天国に向かう。いまならさしずめフォードかしら」

「いや、ロールスロイスだろう。プラトンは貴族だった」

「そういえばそうね。これからは黒い馬に鞭を当てていじめる必要もない。プラトンもびっくりしているはずよ。自分の黒い馬と白い馬が負けてしまったのだから。しかも、その相手が馬ではなくて、ただのエンジン」

「エンジンとガソリン」クリフォードは言葉をつけ足した。「来年あたり屋敷を少し改修できるといいが。費用は約千ポンド。ずいぶんと金がかかる」

「あら、すてき。またストライキにならなければいいわね」

「あの連中も何度やったら気がすむのだろう。残っている炭鉱まで潰してしまうだけなのに。誰でもわかりそうなものだ」

「潰してもかまわないと思っているのかもしれないわ」

「おいおい、馬鹿なことを言わないでくれ。連中の腹がふくれるのは炭鉱のおかげだ。まあ、財布はふくれないがね」まるでボルトン夫人みたいな言い草である。

「この前、自分は保守主義の無政府主義者《アナーキスト》だとおっしゃらなかった?」コニーは何食わぬ顔で指摘した。

「その意味はご存じかな」クリフォードがやり返す。「僕が言うのは、何になろうが、何を思おうが、何をしようが、あくまでも個人ならかまわないということだ。世の中の形、つまり枠組みを壊さないかぎりは」

コニーは黙って少し歩みを進めてからしつこく言った。

「卵の殻が壊れなければ中身は腐ってもいいということ? でも、腐った卵は自然に壊れてしまう」

「人間は卵ではない。それを言うなら、先生、天使の卵でもない」

晴れた朝であるせいか、クリフォードはずいぶんと機嫌がよかった。庭園の上空をヒバリがさえずりながら飛んでいき、遠い谷間の炭鉱から蒸気が静かに吐き出されている。戦前の日々を思い出させる情景だった。コニーには本気で言い争う気などなかった。さりとて夫と森に行きたいわけでもない。だからなんとなく頑なな気分で車椅子の脇を歩いていた。

「大丈夫」クリフォードは言った。「うまく対処すればストは二度と起きない」

「なぜ?」

「実質的にストを不可能にしてしまうからさ」

「きっと向こうが許さないわ」

「連中に許可を求めるつもりはない。隙を狙う。それが連中のためであり、事業を救うことにもなる」

「そして、あなたのためにもなる」

「そのとおり。全員が得をする。しかし僕はいい。問題は連中のほうさ。こちらは炭鉱がなくても生きていけるが、連中は無理だ。炭鉱がなければ餓死をする。僕には食い扶持の当てがある」

二人は浅い谷間の炭鉱を眺め、さらにその奥の丘を見やった。黒い屋根の家がうねうねと這い上っているのはテヴァシャル村である。古い茶色の教会から鐘の音が響いてきた。日曜、日曜、日曜ですよ、と。

「黙って要求をのむかしら」

「もちろん。こちらが丁重に頼むのだから」

「おたがいに理解しあうことはできなくて？」

「それはできないこともないが、企業が個人に優先することを連中に理解してもらわなければならない」

「それにしても、どうしてあなたが企業の所有者でなくてはならないの」

「別に自分が企業を所有しているわけではない。しかし、自分が事業主でいるあいだは企業を守る必要がある。いまでは資産の所有が宗教の問題になった。いや、それはイエスの時代、中世イタリア修道士である聖フランチェスコの時代から変わらない。重要なのは、汝の持てるものすべてを貧しき者に施すことではなく、持てるものすべてを使って産業を促進し、貧しき者たちに仕事を与えることだ。腹を満たしてやり、服を着られるようにしてやるにはそれしかない。持てるものをそっくり貧しい者に施したら共倒れになってしまう。万人の餓死が大きな目標ではない。万人の貧困だって立派なことだとはいえない。貧困というのは醜いものなのだ」

「相互の格差はどうなの」

「運命だね。木星が海王星より大きいのはなぜか。万物の仕組みは変えようとしても変えられない」

「でも、こういう羨望、嫉妬、不満がいったん生まれたら――」コニーは言いかけた。

「全力で阻止する。監督する人間は必要だ」

「それはいったい誰」

「企業を所有し、運営している人間さ」

長い沈黙が続く。

「みなさん、監督するのが下手みたい」

「それなら、君が教えてあげたまえ」

「監督業を真面目に考えていないからよ」

「すごく真面目に考えている。君が主婦業を考えるよりも」

「嫌味はやめてちょうだい」そんな言葉が思わず口から飛び出した。

クリフォードは車椅子を停め、コニーにきっと目をやった。

「なら、責任逃れをしているのはいったい誰だ。いま現在、その監督業とやらを放棄しようとしている人間がいるではないか」

「そんなこと言われても、監督業なんか望んでいないもの」コニーは反論した。

「けっこうなことだ。しかし、そんなのは逃げていることにしかならない。君にはその責任がある。そういう運命なのだから。応える義務がある。これまで誰が坑夫たちに必要なものを与えてきたのか。政治的な自由だけではない。身近なものなら、教育、衛生、健康、書物、音楽。何から何まで与えてやった。誰のおかげか。坑夫のおかげか。違う。全国のラグビーやらシプリーやらが分け前を与えてやっているからだ。これからもそれは変わらない。これが君の責任だ」

黙って聞いていたコニーの顔が真っ赤になった。

「私だって何かを与えてやりたい。でも、それが許されていない。いまではすべてがお金目当ての売りものだから。あなたがいま言ったものも、ラグビーとシプリーが彼らに売りつけただけだわ。しかも、それで大儲けまでしている。すべてが売りものなのよ。あなたたちは心からの同情を決して見せはしない。自然な生活と人間性まで奪っておいて、その代わりに与えたのがこの忌まわしい炭鉱なんて。いったい誰のせい」

「僕にどうしろというのだ」クリフォードが色をなした。「家にお越し願って、好きなだけ持っていかせればいいのか」

「テヴァシャルの村があんなに醜いのはなぜ。あんなにひどいのはなぜ。どうしてあんな惨めな生活をしているの」

「連中が自分であんなふうにした。あれも連中の考える自由に違いない。すてきなテヴァシャルを作って、すてきな生活を送る。僕にあんな生活はできないね。虫には虫の生活がある」

「仕事をさせているのはあなたよ。あなたの炭鉱があるから生きていける」

「それは違う。どんな虫でも食い物くらいは自分で見つけられる。働けと命じた覚えはない」

「生活が炭鉱にがんじがらめになっているからよ。それを言うなら、私たちの生活も」コニーは大声を上げた。

「そうは思わんね。そんなのは絵空事にすぎん。絶滅寸前のロマン主義さ。君自身、とても絶望しているようには見えない」

そのとおりだった。コニーの顔には反逆的な表情が浮かび上がっていたのだ。深みのある青い目がぎらつき、頬が赤く燃えている。深い絶望とは無縁の顔だった。草の生い茂った場所に小さなキバナノクリンザクラが咲いていた。綿毛で覆われて輪郭がぼやけたようになっている。コニーは憤然としながら考えた。クリフォードの話はでたらめだという気がする。でもそれを本人に伝えられない。どこが嘘なのかを言葉にできないからだ。

「あなたが彼らに嫌われるのも無理ないわ」コニーは言った。

「嫌われてなどいるものか。そもそも君は間違っている。連中は人間ではない。こちらの理解を超えた不可解なけだものなのだ。自分の幻想を他人に押しつけないほうがいい。大衆はいつの世も同じだった。これからも変わるまい。皇帝ネロの奴隷、つまり鉱山や田畑で働いた奴隷たちも、我々の坑夫やフォードの自動車工と極端な差はなかった。それが大衆というものであり、変わらぬ存在なのだ。そこから個人というものが登場することもあるだろう。しかし、その出現で集団が変容するわけではない。大衆の不変性は社会科学が示す厳《おごそ》かな現実さ。パンとサーカスを、というわけだ。ただ昔と違って、いまは教育がサーカスの代わりをしている。しかも悪いことに、このサーカスの部分を下手にいじったせいで、大衆が変な知恵をつけてしまった」

夫が庶民への気持ちを本気で語りだすたび、コニーは戦慄を覚えた。その言葉には確固とした真実が含まれている。しかしそれは息の根を止めるような真実だったのだ。

クリフォードは青ざめた顔で黙っているコニーを一瞥《いちべつ》してから車椅子を発進させ、木戸に着いたところで停止して話を再開した。その横でコニーが木戸を開ける。

「いま手に取るべきは鞭であって剣ではない。時間の誕生とともに大衆を統治することが始まった。当然、それは時間が止まるまで続くだろう。連中に自治を期待するなど偽善も偽善、茶番でしかない」

「ご自分なら支配ができるというわけ？」

「僕？　もちろんさ。頭脳と熱意は枯れていない。この足で支配をするわけでもない。自分が支配する範囲なら可能だ。だから跡取りを頼む。そうすれば、あとは子供に任せられる」

「でも、いくら階級は同じでも自分の子供ではないのよ。いえ、もしかしたら階級も――」

「父親が誰だろうとかまわない。頭が人並みの健康な男児ならね。頭がふつうの健康な子供を頼むよ。そういう子供を産んでくれたら、チャタレー家にふさわしい優秀な男にしてみせる。父親が誰かなど、このさいどうでもいい。重要なのは子供が置かれる環境なのだから。支配階級に入れてやればそれなりの支配者になる。国王や公爵の子供でも大勢に交われば平民に堕す。量産品になるわけだ。環境の力にはとうてい抗《あらが》えない」

「つまり、庶民が庶民なのはそういう人種だからというわけではなく、貴族が貴族なのも血統とは関係がないと――」

「そのとおり。そういうものはすべてロマンチックな幻想にすぎない。貴族というのはひとつの役割、一種の運命なのさ。そして、それとは別の運命が大衆にも働いている。個人はまず関係がない。どちらの役割に合わせて子供を育て、そして順応させるか。そこが問題なのだ。貴族の社会を作るのは個人ではなく、貴族の社会全体の働きによる。それと同じように、大衆全体の働きがあって庶民は庶民となる」

「万人に共通する人間性などないわけね」

「好きなように考えるさ。誰であれ腹は満たさねばならない。だが役割を示すとか、役割を果たすという問題になると、支配階級と被支配者階級のあいだに溝が生まれる。越えることのできない絶対的な溝が。ふたつの役割は対立するものであり、その役割が個人を決定する」

コニーはあっけに取られた顔でクリフォードを見つめた。

「そろそろ行きません？」コニーは言った。

クリフォードは車椅子を発進させた。言うだけのことを言ってしまい、いまはもぬけの殻という状態である。それがコニーの癪《しゃく》にさわった。森に入ったら、とにかく議論だけは避けよう。

二人の前には大きく開けた馬の道があった。その両側にはハシバミと明るい灰色をした樹木が並んでいる。車椅子はエンジンを吹かしながらゆっくりと進み、ハシバミの木陰を過ぎてから、牛乳の泡のようにあふれ出しているワスレナグサをかき分けていった。クリフォードは道の真ん中を通った。人の足で踏み固められていたからだ。

後ろを歩くコニーの目はずっと車輪を追っている。クルマバソウとセイヨウキランソウが踏みつけにされ、コナスビの小さな杯状の黄色い花がぐしゃぐしゃにされ、いまはワスレナグサが無残な目に遭っていた。

花々が咲きそろっている場所に来た。青い水たまりのように見えるのは初咲きのブルーベルである。

「君の言うとおりだな。じつに美しい」クリフォードは言った。「驚くべき美しさ。イングランドの春ほど素晴らしいものはあるまい」

議会の法案で春の花が咲くような言い草ではないか。イングランドの春。どうしてアイルランドの春ではないのか。ユダヤの春ではないのか。

車椅子はのんびりと走っていく。小麦のようにすっくと立っているブルーベルの群れを過ぎ、灰色のゴボウの葉を踏む。木を伐採してできた空き地に着いた。流れ込む陽光が意外にまぶしい。ブルーベルがそこかしこで真っ青な敷物のように広がり、端のほうは藤色や紫色へと変わっている。それらの色合いを埋めるようにして、茶色いワラビが丸まった頭をもたげていた。無数の小さな蛇がイヴに新たな秘密をささやくかのようだ。

クリフォードは丘の上端まで車椅子を走らせた。コニーはとぼとぼとついていく。

オークの茶色い蕾が柔らかく開きかけている。すべてのものが固くて古い状態からそっと抜け出そうとしているのだ。ごつごつとしたオークの木ですら、このうえなく柔らかな若葉を吹き、小さなコウモリの翼にも似た薄くて茶色い羽を日の光に向かって広げていた。どうして人間は新しく生まれ変わるということができないのか。新たに萌えるということができないのか。腐った人間たち。

クリフォードは丘の上で車椅子を停め、そこから下界を見下ろした。ブルーベルが広い馬の道にまで青々とあふれ出し、丘の斜面を温かみのある青い色で輝かせていた。

「じつに素晴らしい色調だ」クリフォードは言った。「絵にすることはできないが」

「そうね」コニーはまるで気のない返事をした。

「泉のほうまで行ってみるかい」

「帰りに上ってこられるかしら」

「行くだけ行ってみよう。何事もやってみなくては始まらない」

車椅子がおもむろに動きだし、洪水のようにあふれ出したヒヤシンスで青く洗われた美しくて広い馬の道をがたごとと下りていった。見よ、しんがりの船がヒヤシンスの浅瀬を渡ってゆく。見るがいい。小さな帆船が最後の荒海に浮かび、我らが文明の最後の旅路に就く。車輪の付いた奇怪な船よ、ゆるやかに舵を取り、いずこへ向かおうというのか。古ぼけた黒い帽子をかぶり、ツイードの上着を着たクリフォードは、静かに取り澄ました様子で冒険の舵輪を握り、身じろぎせず慎重に進んでいく。船長、我が船長よ、輝かしき航海も終わった。いや、まだだ。灰色のドレスを着たコニーは下り坂をついていきながら、激しく揺れる車椅子を見守っていた。

小屋に続く狭い野道は通り過ぎた。ありがたいことに車椅子の通れる広さがなかったのだ。人一人がやっとだろう。坂の下に着いた車椅子は道の大きな曲がり目に沿って進んでいき、やがて姿を消した。いきなり背後から低い口笛が聞こえた。急いで振り返ったコニーの目に、大股で坂を下りてくるメラーズの姿が飛び込んできた。後ろには犬がいる。

「ご主人は小屋に？」メラーズはコニーの目を見ながら言った。

「いえ、泉に向かっているわ」

「ああ、よかった。それなら姿を見られずにすむからね。でも、君には会いたい。今夜、庭園の木戸のところで待っているよ。十時くらいに」

メラーズはふたたびコニーの目を見つめた。

「ええ」コニーはためらいがちに答えた。

ぱふ、ぱふという音が聞こえてきた。クリフォードが警笛を鳴らしてコニーを呼んでいるのだ。コニーは「はあい」と返事をした。メラーズが渋面を作ったかと思うと、片手でコニーの乳房をさっと撫で上げた。コニーは驚き、メラーズをにらみつけてから、また「はあい」と返事をして、斜面を駆け下りていった。その後ろ姿を目で追うメラーズは微笑を浮かべながら踵《きびす》を返し、来た道を引き返した。

クリフォードが泉に続く道をゆっくりと上っているところだった。泉はカラマツが鬱蒼《うっそう》と並ぶ斜面の中ほどにある。コニーが追いついたとき、クリフォードはもう泉に到着していた。

「こいつが頑張ってくれた」車椅子のことを言っている。

コニーはゴボウの大きな灰色の葉を見つめた。カラマツの林の縁から影のように張り出している。土地の人間は「ロビン・フッドのダイオウ」と呼ぶ。泉のほとりに生え、いかにもひっそりとして不気味に見えた。それに比べて泉の水は不思議なほどきらきらと湧き出ている。コゴメグサが少しあり、真っ青なセイヨウキランソウが咲いている。土手の下の茶色い土に動きがあった。モグラが桃色の前足で土をかき、尖った顔をむやみに揺すりながら這い出してきたのだ。桃色をした小さな鼻面がつんと上を向いている。

「鼻の先で見ているみたいね」コニーは言った。

「目で見るよりもいいのさ」クリフォードが答える。「水を飲んでみるかい」

「あなたもお飲みになる？」

コニーは木の枝に掛かっている琺瑯《ほうろう》のコップを手に取り、しゃがんで水を汲んだ。クリフォードがひと口ずつ飲む。コニーはふたたび屈《かが》んでコップを水で満たし、今度は自分が飲んだ。

「すごく冷たい」コニーは喘《あえ》ぐように言った。

「おいしいだろ。願いごとはしたかい」

「あなたは？」

「ああ、した。秘密だ」

キツツキがこつこつと木を叩く音が聞こえた。カラマツのあいだをそっと怪しげに吹き抜けていく風の音も聞こえる。コニーは空を見上げた。雲が青空を流れていく。

「雲よ」

「ただの白い羊さ」

小さな空き地を影がよぎった。いつのまにかモグラが柔らかな茶色い土から這い出ていたらしい。

「気味の悪いやつだ。殺したほうがいい」

「見て！　会衆に向かって話をする牧師さんみたい」

コニーはクルマバソウの小枝を何本か集めてクリフォードに差し出した。

「刈ったばかりの干し草の匂いがする」クリフォードは言った。「この匂いは、十九世紀のロマンチックな貴婦人たちを思わせる。想像力は豊かでも、結局のところは品行方正だったあの女性たちをね」

コニーは白い雲を眺めていた。

「雨になるかしら」

「雨だって！　なぜ？　降ったほうがいいのかい」

二人は帰ることにした。クリフォードはがたがたする道を慎重に下りていく。暗い谷底に着くと右に折れ、そのまま百メートルほど進み、車椅子を長い坂道の入り口に差し向けた。ブルーベルが陽光を浴びている。

「頼むぞ」クリフォードは車椅子を坂道に乗り入れた。

でこぼこの多い急坂である。青息吐息の体《てい》で地面を少しずつ踏んでいく車椅子は、よろけながらも前進し、あたり一面にヒヤシンスが咲き乱れる場所までたどり着いた。しかしそこでつかえてもがき、やにわに前へ飛び出したかと思うとぱたりと停まってしまった。

「警笛を鳴らしてみたら？　森番が来てくれるかも」コニーは提案した。「ちょっと押してもらいましょう。私も押すから。それでなんとかなるわ」

「こいつを休ませてやるとするか。車輪の下に何か嚙ませてくれ」

コニーは石を車輪の下に当てた。それから二人は待った。しばらくしてクリフォードはエンジンをかけ、車椅子を発進させた。まるで病人のようにふらふらと動く。音がおかしい。

「押してみるわね」コニーは後ろから近づいた。

「おい、やめないか」クリフォードがむっとした声を出す。「押して動くようでは意味がない。その石を車輪の下に入れてくれ」

休みをはさんで動かしてみたが、車椅子の動きはいっそう悪くなった。

「お願いだから、私に押させて」コニーは言った。「それがいやなら警笛を鳴らしてちょうだい」

「待ってくれ」

コニーは待った。クリフォードがふたたび試す。だが状況は悪化するばかりだ。

「押されるのがいやなら、警笛を鳴らして」

「くそっ。ちょっと黙っていてくれ」

コニーはしばし口をつぐんだ。クリフォードはエンジンを相手に悪戦苦闘している。

「壊してしまうわ」コニーはいさめた。「あなたも参ってしまう」

「降りて調べられたら」怒気をはらんだ声で言うと、クリフォードは警笛を鳴らした。耳障りな音が周囲に響く。「メラーズに見てもらおう」

ぐしゃぐしゃになった花に囲まれて二人は待った。雲が濃くなってきている。静寂を破るように、モリバトが「くう、るふふう」と鳴く。クリフォードは警笛をひとつ鳴らして黙らせた。

まもなくメラーズが姿を現した。怪訝《けげん》そうな表情を浮かべながら大股で近づいてきて、敬礼をした。

「エンジンは詳しいかね」クリフォードが鋭い口調で尋ねる。

「いえ、残念ですが。故障ですか？」

「見ればわかるだろう」とにべもない。

案ずる顔で車輪のそばにしゃがみ込んだメラーズは、小さなエンジンをじっと見つめている。

「申し訳ございませんが、旦那様、こういう機械のことはまったくわかりません」と落ち着いた声で答える。「ガソリンと油が十分でしたら――」

「故障している箇所があるかどうか見てくれればいいんだ」クリフォードはぴしゃりと言った。

メラーズは銃を木にもたせかけ、脱いだ上着をそのそばに放った。茶色い犬が座って番をする。しゃがんで車椅子の下をのぞき込み、油まみれの小さなエンジンを指でつついた。油の染みが清潔なシャツに付着したのを見て不愉快そうな顔をする。

「故障している箇所はないようです」そう言って立ち上がると、帽子を後ろに押しやり、額をこすった。何か考えているらしい。

「下の軸は見たのか？」クリフォードは言った。「そっちも確認してくれ」

メラーズは地面に這いつくばり、首を後ろへねじ曲げるようにしながらエンジンをいじくった。コニーには男という生き物がひどく哀れに思えた。大地に這いつくばう姿が弱々しくてちっぽけに見える。

「見るかぎり異常はありません」くぐもった声が聞こえた。

「君ではどうにもならないか」

「そのようです」メラーズは急いで身を起こし、坑夫を思わせる姿勢でしゃがんだ。

「どこも故障しているようには見えません」

「下がってくれ。動かしてみる」

クリフォードはエンジンをかけ、そしてギアを入れた。車椅子はびくともしない。

「少し強く吹かしてみてはどうでしょう」メラーズの提案である。

差し出がましいことを言われてむっとしたが、クリフォードはエンジンを青蠅のようにぶうんと鳴らしてみた。すると車椅子は咳き込み、唸りを上げた。調子が上がりそうだ。

「この音ならうまくいくかもしれません」メラーズは言った。

だがクリフォードはもう勝手にギアを入れていた。車椅子は変なぐらつきを見せてから、とろとろと前進した。

「押せば動きます」メラーズが後ろにまわる。

「下がっていろ」クリフォードは嚙みつくように言った。「自力で動く」

「それ以上は無理よ、あなた」土手にいるコニーが口をはさんだ。「そんなむきにならなくても」

クリフォードの顔が怒りで真っ青になった。レバーをあちこちがちゃがちゃやっている。すると車椅子が急発進し、それからよろよろと数メートルほど移動して停止した。これからブルーベルが美麗な花を咲かせそうな一画である。

「だめです」メラーズは言った。「馬力が足りません」

「前はここを上った」クリフォードの声は冷たい。

「今回はどうでしょう」

クリフォードは返事をしなかった。エンジンを試していたのだ。まるでメロディを奏でようとするかのように回転を上げたり下げたりしている。その意味不明な音が森に反響した。クリフォードはいきなりブレーキをはずし、力まかせにギアを入れた。

「機械が壊れてしまう」メラーズはつぶやいた。

車椅子がいやな動きを見せたかと思うと、横の溝を目がけて突進した。

「あなた!」そう叫ぶなり、コニーは駆けだした。

メラーズのほうが早かった。すでに車椅子の取っ手をつかんでいる。クリフォードはそれに気づかず、全体重を車椅子に預けて道に戻った。奇妙な音を立てながら懸命に坂を上っていく車椅子は、メラーズが押しつづけているうちに、まるで気持ちを入れ替えたかのようにどんどんと進みだした。

「ほら、上っていくぞ」自慢げにちらっと後ろを振り返るクリフォード。そこにはメラーズの顔があった。

「押しているのか?」

「そうしなければ動きません」

「離せ。押すなと言っただろ」

「停まってしまいます」

「やらせてみろ！」クリフォードは怒声を浴びせた。

上着と銃を取りに戻ろうとしたメラーズが手を離したとたん、車椅子は気息奄々《きそくえんえん》となって力なく停まった。まるで囚われ人のようなクリフォードの顔面が苛立ちで蒼白になっている。レバーをぐいぐいと動かす。歩けないのだから仕方がない。だが車椅子は奇妙な音を立てるばかりだった。やけになって小さなハンドルをいろいろと動かしてみても、聞き慣れない音が返ってくるばかりで動く気配はない。ぴくりともしない。クリフォードはエンジンを切った。憤懣《ふんまん》やるかたなく身をこわばらせている。

コニーは土手に座り、ぐちゃぐちゃに踏みつけにされたブルーベルを見つめている。「イングランドの春ほど素晴らしいものはあるまい」「自分が支配する範囲なら可能だ」「いま手に取るべきは鞭であって剣ではない」「支配階級！」

上着と銃を手にしたメラーズが足早に戻ってきた。犬が警戒しながらついてくる。クリフォードがメラーズにエンジンのことでなにやら頼んだ。その手の専門用語にはまるで疎く、何度か立ち往生した経験もあるコニーとしては、存在を消すようにしてひたすら待つほかなかった。メラーズがまた腹這いになる。これぞ支配階級と被支配者階級の関係というわけだ。

立ち上がったメラーズは苛立ちを抑えながら言った。

「さあ、もう一度」

子供をなだめるような静かな声である。

クリフォードがエンジンをかけると、メラーズはすぐさま車椅子の後ろにまわって押しはじめた。車椅子が動きだす。エンジンの力は半分だけで、あとはメラーズの腕力だ。

クリフォードは後ろを振り返った。怒りで顔が黄色くなっている。

「さわるなと言っているだろ！」

さっと手を離したメラーズに畳みかける。「エンジンの調子がわからなくなる」

メラーズは銃を置き、上着を着はじめた。もう自分には関係がない。車椅子がじじりと後退していく。

「あなた、ブレーキ！」コニーが叫んだ。

三人がいっせいに動いた。コニーとメラーズが軽くぶつかりあう。車椅子が停まり、一瞬、水を打ったような静けさが訪れた。

「これではみんなのおもちゃだ」いきり立つクリフォードの顔色が黄色に染まってい

る。誰も答えなかった。肩に銃を掛けたメラーズの顔は思いつめたような表情をしており、それ以外は何もうかがい知ることができない。犬のフロッシーは主人の足のあいだに立ってそわそわと体を動かし、大きな疑惑と嫌悪が入り交じった目を車椅子に向けている。三人の人間を相手にどうしたらいいのか見当もつかないようだ。ぐしゃぐしゃのブルーベルに囲まれている三人が一幅の絵に見える。言葉を発する者はいない。

「押してもらわなければだめだ」しばらくしてクリフォードは平然と言った。

返事はない。メラーズは放心したような顔をしている。何も聞こえていないのだろうか。コニーがメラーズに心配そうな目を向けた。クリフォードも振り向いた。

「メラーズ。家まで押してくれ」クリフォードは横柄な冷たい声で言った。「気にさわるようなことを言っていなければいいが」と嫌味たらしい。

「いえ、そのようなことは。押してよろしいですか」

「頼む」

メラーズはそばへ寄って車椅子を押した。今回はびくともしない。ブレーキが引っかかっているのだ。二人してブレーキを押したり引いたりしてみたがうまくいかず、メラーズはまたもや銃を下ろして上着を脱いだ。今度はクリフォードも黙っている。

とうとうメラーズは車椅子の後部を持ち上げ、すかさず車椅子を足で押し、車輪からブレーキをはずそうとした。だがそれもうまくいかず、車椅子は地面に沈んだ。クリフォードは車椅子の両脇をぎゅっとつかんでいる。あまりの重さにメラーズが喘ぐ。

「やめて」コニーはメラーズに言った。

「車輪をそちらに引っ張っていただけたら。そう」メラーズがコニーにやり方を教える。

「だめ。持ち上げないで。体に障《さわ》るわ」コニーが気色ばむ。

メラーズはコニーの目をじっと見つめ、大丈夫だからというようにうなずいた。コニーは仕方なく車輪をつかんで身構え、メラーズが車椅子を持ち上げたところで車輪を引いた。車椅子がぐらりと揺れる。

「な、なんだ！」クリフォードが恐怖の叫び声を上げた。

うまい具合にブレーキがはずれた。メラーズは車輪の下に石をあてがい、そして土手に腰を下ろした。一連の作業で心臓が激しく打ち、顔は真っ青で、意識がなかば朦《もう》朧《ろう》としていたのだ。その姿を見て、コニーは腹が立って泣きたくなった。沈黙が落ち、周囲を静寂が支配する。太腿《ふともも》に置いたメラーズの手が震えている。

「怪我？」近づきながらコニーは尋ねた。

「いえ」メラーズは怒りをにじませながら答え、顔を背けた。

ふたたび完全な沈黙が訪れた。クリフォードの金髪の後頭部はぴくりともしない。犬もじっとしている。空が雲で覆われていた。

ほどなくしてメラーズはため息をつき、赤いハンカチで鼻をかんだ。

「肺炎のせいで体が弱くなりました」

誰からも返答はない。コニーは計算してみた。あの車椅子に大柄なクリフォード。持ち上げるのにどれくらいの力が必要だろう。尋常ではない重さだ。メラーズは怪力の持ち主に違いない。死なずにすんだのが不思議なくらいだ。

メラーズは立ち上がり、上着を拾い上げて車椅子の取っ手に掛けた。

「用意はよろしいでしょうか」

「まかせる」

メラーズは屈んで車輪止めの石をどかし、車椅子に体重をかけた。メラーズの顔がここまで血の気を失い、ここまで放心するのをコニーは見たことがなかった。クリフォードの体は重く、また坂もきつい。コニーはメラーズの横に並んだ。

「私も押します」

そして怒りに燃えた女の底力で押しはじめた。車椅子の動きが速まる。クリフォードが振り返った。

「君も押すのか？」

「当たり前でしょう。この人を殺す気？　せめてエンジンがかかっていたら――」

言葉が続かない。もう息が上がっているのだ。少し力を抜く。途方もない重労働だった。

「あ、遅くなりました」そう言ったメラーズの目に微笑が浮かんでいる。

「本当に怪我していません？」コニーは真剣な口調で言った。

メラーズは首を横に振った。コニーの視線はメラーズのこぢんまりとしていて、生き生きとしていて、よく日に焼けた手に注がれている。自分を愛撫する手。これまでとくと見たことがなかった。彼と同じように穏やかであり、心を惹かれる内面的な静けさにあふれた手である。まるで自分の手が届かないかのように思われて、コニーはふと握りしめたくなった。その瞬間、コニーの魂が一気に彼のほうへ流れた。なんて静かで、なんて遠い存在なのだろう。メラーズは四肢に活力がよみがえるのを感じた。左手で車椅子を押しながら、右手を彼女のむっちりとした白い手首に置き、その手首をそっと包み込んだ。すると強烈な炎が背中から腰へと行きわたり、メラーズは生き返る思いがした。息を喘がせているコニーはさっと前屈みになり、彼の手にくちづけした。その間も二人の目の前にあるクリフォードの艶《つや》やかな頭はずっと前を向いたままである。

丘の上で休憩となり、コニーは重労働から解放されてほっとした。コニーは昔、この二人の男たちのあいだの友情をはかなく夢見たことがある。一人は夫、一人は自分の子供の父親。いまではそれが妄想にすぎなかったことがよくわかる。二人は火と水のように反発しあっていた。たがいに抹殺しあおうとしていた。憎しみとはいかに不思議なものであろうか。コニーはようよう気づいたのである。そして、このとき初めてクリフォードを本気で憎む自分を強く意識した。この世から消えてなくなればいい。そんな生々しい憎しみである。夫を憎み、憎む自分を認めてしまうことでこれほどまでの解放感と充実感を得られるのだからおかしなものではないか。「とうとう夫を憎いと思うようになってしまった。もうこんりんざい一緒に暮らすことはできない」という思いがコニーの心に浮かんだ。

平坦な道に出た。ここまで来ればメラーズだけで車椅子は押せる。自分の落ち着きぶりを見せつけるため、クリフォードはコニーと少し会話を交わした。フランスのディエップにいるベナリー夫人の話が出たあとで、話題はコニーの父親に移った。というのも、父親からコニーに手紙が届き、ヴェニスまでは自分と一緒に狭い車で行くのか、それともヒルダと一緒に列車で行くつもりなのか、と問い合わせがあったからである。

「列車のほうがいいわ」コニーは言った。「車の長旅は嫌いよ。埃っぽいときはとくに。でもヒルダの考えもあるから」

「自分の車で行きたがるだろうさ。君を乗せてね」クリフォードは言った。

「たぶんそうね。ここからは私も押さないと。この車椅子、本当に重いのよ」

コニーは車椅子の後ろにまわり、メラーズと一緒に庭園内の桃色の小道をゆっくりと押していった。誰が見ていようとかまわなかった。

「待っているからフィールドを呼んできたらどうだ。彼なら力がある」

「もうすぐよ」コニーは肩で息をしている。

坂の上に着き、コニーとメラーズは顔から汗を拭《ぬぐ》った。不思議なことに、この共同作業で二人の距離は以前よりもさらに縮まっていた。

「ご苦労だった、メラーズ」屋敷の玄関でクリフォードは言った。「エンジンを換えなくてはだめらしいな。台所で食事をしていったらどうだ。そんな時間だろう」

「ありがとうございます。ですが、今日は日曜日ですので母と食事に」

「好きにしたまえ」

メラーズは上着に腕を通し、コニーに目をやり、敬礼をしてから出ていった。コニーは憤然としながら自室へ上がっていった。

昼食のときには感情を抑えられなくなっていた。

「どうして失礼な態度を取るの」

「誰に？」

「森番によ。そういうのが支配階級なのかしら。あなたもお気の毒な方ね」

「なぜだい」

「あの人は病み上がりで、体も丈夫ではないのよ。私が使用人だったら、あなたを待たせてやるわ。あなたが警笛を鳴らすまで待つつもり」

「そうだろうさ」

「もし彼が麻痺した足で車椅子に乗っていて、あなたみたいな振舞いをしたとしたら、あなたはどんな態度を見せて」

「お説教かい。個人や個性を混同するのは趣味が悪い」

「あなたのほうこそ最悪よ。人並みの同情心もない。いやになるほど残酷。特権階級がなんだというの。あなたも、あなたたち支配階級も」

「いったい僕にどうしろというのだ。使用人に不必要な気持ちを抱けとでも？　お断りだ。そういうことは君に任せる」

「あの人も同じ一人の人間よ」

「同時に僕の使用人でもある。だからこそ週に二ポンドを払い、家も与えている」

「お金が何よ。何を期待しているの。週に二ポンドと家を与えるくらいで」

「あいつの奉仕さ」

「まあ、よくもそんなこと。私なら言うところだわ。二ポンドと家はけっこうです、と」

「やつも同じ思いだろう。だが、そんな贅沢は言っていられない」

「あなたはそれを支配と呼ぶわけなのね。お門《かど》違いよ。自惚《うぬぼ》れないで。財産が多めにあるというだけで、人を週二ポンドでこき使い、餓死するぞと脅かす。支配が聞いて呆れるわ。それで結果はどうなったのかしら。そう、あなたは血も涙もない。金でいじめるなら悪徳商人と同じよ」

「さすがチャタレー夫人。言葉遣いが上品だ」

「森にいたときのあなたもたいへんにお上品でしたけど。恥ずかしかったわ。父のほうがよほど人間らしい。紳士でいらっしゃるあなたよりも」

クリフォードは呼び鈴に手を伸ばしてボルトン夫人を呼んだ。顎のあたりが黄色くなっていた。

激しい怒りを覚えたコニーは自室に戻りながら思った。「なんでもお金で買う連中。私は買われていないから、ここにいる必要もない。死んだ魚みたいな紳士。魂はセルロイド。礼儀作法やら、見せかけの憂いや優しさやらで人をたぶらかす。持ちあわせる感情はセルロイドと同じだというのに」

今夜の予定を立てることで夫のことは頭から追い払うことにした。夫のことを憎みたいとも思わない。どのような感情であろうと深いつながりを望んでいなかったからだ。もう自分のことは何も知られたくなかった。とくに森番への気持ちは。使用人に対する態度のことで口論をするのはいまに始まったことではない。夫にすれば、自分はなれなれしすぎるのであり、自分からすれば、他人と接するときの夫は馬鹿みたいに鈍感で、融通が利かないように思えたのである。

夕食の時間になると、コニーはいつもの悠揚迫らぬ物腰で静かに一階へと下りていった。クリフォードの顔はまだ黄色い。肝臓がやられる兆候であり、本当に具合が悪いのだ。フランス語の本を読んでいた。

「プルーストだよ。読んだことはあるかい」

「読もうにも退屈で」

「なかなかのものだ」

「退屈は退屈よ。洗練がすべてで感情がこもっていないもの。感情を表す言葉がずらずらと並べられているだけね。独りよがりの知性にはうんざりだわ」

「同じ独りよがりなら、野性のほうがお好きというわけかな」

「そうかもしれないわ。ただ、独りよがりではないものもあるはずよ」

「まあ、僕はプルーストの繊細さと上品な無秩序のほうがいい」

「そんなものを読んでいたら本当に死んでしまうわよ」

「先生のお説教がまた始まった」

そう、また始まってしまった。どうしても争わずにはいられない。クリフォードが骸骨みたいに座って、骸骨にこそふさわしいぞっとするほど冷酷な意志をぶつけてくるからだ。骸骨に体をわしづかみにされ、あばら骨をぐいぐいと押しつけられるような心地さえする。クリフォードもまた一戦を交えるつもりなのであり、コニーはいささか怖気《おじけ》づいてしまった。

コニーはそそくさと自室に引き揚げ、早々に寝てしまった。しかし九時半に起き出し、部屋の外に出て聞き耳を立てた。なんの物音もしない。ガウンをはおって下に行く。クリフォードはボルトン夫人とトランプで賭けをしていた。真夜中までやる気だろう。

部屋に戻ったコニーは、乱れたベッドにパジャマを放り投げ、着替えを始めた。薄手のネグリジェに毛織りのドレスを重ね、ゴムのテニスシューズを履き、軽いコートをはおると準備ができた。誰かに会ったら、「ちょっと散歩に」と言おう。朝になって帰ってきたときは、散歩をしていたことにすればいい。朝食前によくそうしているのだ。残る危険は、夜中に誰かが部屋に入ってくることくらいか。だがそんなことはまず起きないだろう。確率はゼロに近い。

ベッツはまだ戸締りをしていなかった。閉めるのは十時、開けるのは朝の七時である。コニーは物音を立てないようにして外へ抜け出した。誰にも見られてはいない。空には半月が輝いていた。おかげでまわりはよく見える。ただしコートは濃い灰色なので姿が目立つことはない。コニーは急ぎ足で庭を突っ切った。逢瀬《おうせ》への期待で心がはやるからというよりも、ある種の怒りと反逆の気持ちが心のなかで燃えたっていたからだ。苦も楽もともに受け入れねばならない。

第14章

庭園の木戸のそばまで来たときに掛け金の鳴る音がした。彼がいる。暗い森に潜んで様子をうかがっていたのだ。

「ずいぶん早かったね」闇の向こうから声がした。「うまくいったかい」

「簡単だったわ」

メラーズはコニーが通り終えると木戸を静かに閉め、暗い地面を小さく照らした。その光のなかに、夜も咲いたままの青白い花々が浮かび上がる。二人は距離を置きながら無言で歩いた。

「今朝は本当に車椅子のせいで怪我はしなかったの？」

「それなら大丈夫」

「肺炎になったときはどんな具合だった」

「たいしたことはなかったよ。心臓が少し弱くなったくらいで。それ以降、肺の無理が利かなくなったくらいかな。まあ、肺炎になると誰でもそうなるから」

「つまり激しい運動はいけないわけね」

「たびたびはね」

コニーは怒りで言葉を失ったまま歩きつづけた。

「クリフォードのことを憎んでいる?」しばらくしてコニーは言った。

「憎い? まさか。同類には山ほど会ってきたから、憎むほど腹も立たないさ。ああいう連中がいけ好かないことくらい、はなから承知だよ。好きにさせておけばいい」

「ああいう連中?」

「僕より君のほうが詳しいだろう。若い紳士たち。ちょっと優男で、玉がないやつら」

「玉? なんの玉がないの」

「玉といえば玉さ。男の玉」

コニーは考え込んだ。

「でも、そういう問題なのかしら」と困惑気味に問う。

「いいかい。脳がないのは馬鹿。心がないのは陰険。肝がないのは軟弱。そして、男としての野性的な本能に欠けるやつは、玉なし。つまり、飼いならされているわけさ」

コニーはやはり考え込んだ。

「つまり、クリフォードも手なずけられているということ？」

「手なずけられているうえに意地が悪い。似たような連中は歯向かわれるとたいがいそうなる」

「自分は飼い慣らされていないと思っている？」

「まあ完全に飼い慣らされているわけではないかな」

やがて遠くのほうに黄色い光が見えた。コニーの足がぴたりと止まる。

「明かりが点《つ》いているわよ」

「いつも家の明かりは点けっ放しなんだ」

コニーはふたたび並んで歩きだしたが、彼に触れることはなく、そもそもなぜ一緒に行くのだろうと不思議に思っていた。

　メラーズは鍵を開けた。なかに入ってから扉に掛け金をかける。牢屋みたいだわ、とコニーは思った。赤々と燃えている暖炉の火のそばでやかんが音を立てていた。テーブルにコップがふたつ置いてある。

コニーは木製の肘掛け椅子に座った。暖炉の近くに置かれている。外の寒さのあとだから暖かい。

「濡れているから靴を脱ぐわ」

ストッキングをはいたまま、磨き抜かれた鉄製の炉格子の上に足を載せる。メラーズが貯蔵室から食料を持ってきた。パンとバター、それに加工された牛のタンである。体が温まったコニーはコートを脱いだ。それをメラーズが扉に引っ掛ける。

「ココアか紅茶、それともコーヒーにするかい」

「何も食べたくないの」コニーはテーブルに目を向けた。「あなたは何か食べて」

「いや、やめとくよ。犬に餌だけやろう」

メラーズはいつもの力強い足取りで静かに煉瓦の床を踏んでいき、茶色のボウルに餌を入れた。犬が不安そうに顔を上げる。

「ほら、夕飯だ。お預けみたいな顔をするんじゃない」

階段の下のマットにボウルを置いたメラーズは、ゲートルと長靴を脱ぐため壁ぎわの椅子に座った。犬は餌を食べる代わりに主人の近くに座り込み、困ったような顔で主人を見上げた。メラーズがゆっくりとゲートルをはずしていく。犬が少し主人ににじり寄った。

「どうした、おまえ。知らない人がいて落ち着かないのか。おまえも雌だな。ほら、飯を食え」

メラーズが犬の頭に手を置くと、犬は頭をよこざまに擦《す》りつけた。メラーズが犬の滑らかな長い耳をそっと引っ張る。

「ほら、飯を食ってこい。さあ」

マットの上のボウルを顎でしゃくると、犬はおとなしくそばを離れ、餌を食べはじめた。

「犬が好きなのね」コニーは言った。

「大好きというわけではないな。人に慣れすぎているから。それにしつこい」

ゲートルを脱ぎ終えたメラーズは重たそうな長靴のひもをゆるめていった。コニーは暖炉から目を離した。なんとも飾り気のない小さな部屋ではないか。それでもメラーズの背後の壁の上には、ずいぶんと大きく引き伸ばされた写真が掛かっている。若い男女の写真だ。おそらく男はメラーズだろう。気が強そうな女は彼の妻に違いない。

「あの写真に写っているのは、あなた？」

メラーズは体をよじり、頭上の写真に目をやった。

「ああ。この直後に結婚した。二十一歳のときだ」メラーズは気のない様子で写真を見つめた。

「お気に入りの一枚というわけね」

「お気に入り？　まさか。好きだと思ったことなんか一度もないさ。あいつがこんなふうに飾ったんだ」

また長靴を脱ぎにかかる。

「どうして好きでもない写真を飾っておくのよ。もしかしたら奥さんが欲しがるかもしれないわ」

メラーズはコニーを見上げ、いきなりにやりと笑った。

「金目のものは根こそぎ持っていったくせに、これだけは残していったんだ」

「それならなぜ飾ったままにしておくの。感傷的な理由から？」

「いや。見もしないさ。そこにあるのも忘れてた。あいつと一緒に住んでたときからずっとそこにある」

「燃やしてしまったら？」

メラーズはふたたび体をよじって写真をじっと見つめた。茶色と金色が混ざった悪趣味な額縁にはまっている。高いカラーを着けた青年はとても若く、きれいにひげを剃り、精彩を放っている。ぽっちゃりしていて生意気そうな顔をした若い女は、カールした髪をふくらませ、黒っぽいサテンのブラウスを着ている。

「名案だ」

長靴を脱いだメラーズはスリッパに履き替え、椅子の上に立って写真を下ろした。緑がかった壁に大きな青白い跡が残った。

「埃を払うこともないか」そう言って額縁を壁に立てかける。

流し場から金槌と釘抜きを持ってきたメラーズは先ほどと同じ場所に座り、大きな額縁の裏に張られた紙をむしり取ってから、背板の釘を引き抜いていった。黙々と作業するところはいつもと変わらない。

すぐに釘は抜けた。次に背板をはずし、硬くて白い台紙にはまった写真を取り出す。メラーズは写真をしげしげと眺めた。

「昔の自分か。まるで青年牧師だな。あの女はさしずめ暴君というところか。気取り屋と暴君」

「見せてちょうだい」

なるほど写真の彼はきれいにひげを剃って清潔感にあふれている。いかにも二十年前の清廉な若者に見えた。ただ写真のなかでも怖いもの知らずの鋭い目つきをしている。女のほうはがっしりとした顎をしているが、かならずしも暴君には見えない。ちょっとした魅力さえある。

「こういう写真を取っておいてはいけないわ」

「たしかにいけない。こんなふうに飾っておくのもよくない」

メラーズは膝の上で台紙にはまった写真を破り、細かくなったところで火にくべた。

「火が弱くなるな」

メラーズはガラスと背板を慎重に二階へ運んだ。額縁は金槌を何度か振るって壊した。化粧漆喰が飛び散った。その破片を流し場へと運ぶ。

「燃やすのは明日にしよう。漆喰がこびりついている」

片付けを終えたメラーズは腰を下ろした。

「奥さんのことは愛していたの？」

「僕が愛していたかって？　ご主人のことは愛していたのかい」

そんな言葉でごまかされるコニーではない。

「大事には思っていた？」と食い下がる。

「大事に思っていたか、か」メラーズは苦笑した。

「たぶんいまも気になるのね」

「僕が？」メラーズは目を見開いた。「まさか。思い出しもしないよ」ぼそりと答える。

「なぜそこまで言うのかしら」

その質問には答えず、メラーズは首を横に振った。

「それならどうして離婚しないの。いつか戻ってくるかもしれないわよ」

メラーズはコニーに鋭い視線を投げた。

「近寄りもしないだろうさ。あいつの憎しみのほうがはるかに深いからね」

「見ているといいわ。かならず戻ってくるから」

「そんなことはありえない。終わったことだ。あいつに会ったらきっと怒りが湧く」

「いつかは顔を合わせるはずよ。法律上は夫婦なわけだし」

「たしかに」

「ほら、ごらんなさい。だとしたら、奥さんが戻ってきたときは迎え入れるしかないわけよ」

メラーズはコニーを一心に見つめていたかと思うと、頭を妙な感じでぐいと反らせた。

「そうかもしれない。ここに戻ってきた僕が馬鹿だった。ただ、すべてに見放された気がして、腰を落ち着けないではいられなかったんだ。人間なんて紙屑みたいなものだから、すぐに吹き飛ばされてしまう。でも君の言うとおりだ。離婚して自由になろう。役人とか法廷とか裁判官とか、ああいうものには近寄りたくないけど、そうも言っていられない。離婚するよ」

彼の真剣さが伝わってきたのでコニーは密かな喜びを覚えた。

「お茶をいただきたいわ」

お茶を淹れるためにメラーズは立ち上がった。思いつめたような顔をしている。

二人がテーブルについたところでコニーは尋ねた。

「なぜ彼女と結婚したの。あなたにふさわしい女性でもないのに。彼女のことはボルトン夫人が教えてくれたわ。夫人も不思議がっていたのよ」

メラーズはコニーをじっと見据えた。

「そういうことなら話そうか。初めて恋人ができたのは十六歳だった。相手はオラトンに住む教師の娘でね。かわいかった。いや、美しかったというべきかな。当時の僕はシェフィールド・グラマースクール出身の世に言う秀才で、フランス語とドイツ語をかじり、ずいぶんお高くとまっていた。彼女のほうは卑俗を嫌う夢見がちなお嬢さん。詩作や読書をずいぶんと勧められたよ。彼女のおかげで大人になれたといってもいい。手当たり次第に本を読んでは思索にふけった。それもこれも彼女のためさ。その後、バタリーの役所で働くようになった。痩せて生白い顔をした若者だったけど、読書のせいで内面は燃えていたな。彼女とはなんでも話した。それこそなんでも。古代ペルシアの首都ペルセポリス。アフリカ西部のマリにあるティンブクトゥという町。そんなところにまで話は及んだ。近隣十州で僕たち二人ほど文学の素養があった人間はいない。彼女を相手に無我夢中でしゃべったものさ。それこそ我を忘れて。とにかく燃え上がった。彼女には尊敬されたよ。

ところが、性という蛇が草陰に潜んでいたんだ。彼女にはなぜかその経験がなかった。つまり、しかるべき形での経験がなかった。欲望がつのり、やつれ果てて正気を失いそうになった僕は、正式な恋人同士にならないかと彼女を誘った。ご多分に漏れず因果を含めたわけさ。そうしたら許してくれた。許してはくれたけど、こちらの興奮をよそにまるでやる気がない。いやで仕方がなかったんだろう。僕のことを尊敬していて、僕と会話をするのもキスをするのも好きだった。そういう面での情熱はあったわけだ。でも、その先のことにはまるきり関心がない。そんな女がよくいる。当時僕は、あのことで頭がいっぱいだった。だから別れた。残酷だけど、彼女を捨てたのさ。

その次に別の女と親しくなった。いっとき大きな噂になった教師。なんでも妻のある男と関係して、その男が正気を失いそうになったらしい。白くてすべすべした肌の優しそうな女で、僕よりも年が上だった。趣味でバイオリンを弾いていたな。この女が曲者《くせもの》でね。恋愛に関することならなんでも大好きだった。ただし、実際の行為を除いては。僕にぴたりと寄り添ったり、僕の体を愛撫したり、あらゆる手管でじわじわと攻めてくる。そのくせ、こちらが先を求めると必死になって抗《あらが》う。無理強いをしたら恨まれて、僕はすっかり冷めてしまった。ということで、またしても壁にぶち当たったわけさ。もうどうにでもなれと思った。この僕を欲しがる女、あれをしたがる女が欲しかった。

そんなときだよ、バーサ・クーツが目の前に現れたのは。僕が小さいころ、あいつの家がうちの近所だったから、家族のことはよく知っていた。低俗な一家さ。あいつは実家を離れてバーミンガムのどこかで暮らしていた。ある貴婦人に雇われて話し相手をしていると本人は言っていたけど、本当はホテルの給仕かなんかだったらしい。とにかく、例の女教師に嫌気が差していたころ、つまり二十一歳のときにあいつが戻ってきた。しゃれた服を着て乙に澄ましていたっけ。なんとなく華があった。色香というべきかな。そういう女がときどきいるじゃないか、商売女とかに。

そのころの僕は惨めだった。自分が役立たずに思えて役所の仕事も辞めてしまったくらいに。テヴァシャルで鍛冶屋になったのはそのあとだ。馬に蹄鉄をはめるのがおもな作業。親父がやっていた仕事で、小さいときからよく手伝っていた。楽しかったよ。馬を扱うところがいい。性に合っていたのかな。それからは立派な標準語はやめにして、土地の言葉を使うようにした。それでも家にいるときは本を読んだ。いずれにせよ、鍛冶屋をして、自分用の軽馬車まで持って、領主気取りだったよ。親父が遺してくれた三百ポンドもあったし。

こうしてバーサと付きあうようになった。卑俗な面が気に入ってね。それが僕の望みであり、自分も卑俗になりたいと思っていたから。まあ、実際に結婚してみると、女としても悪くはない。その前の上品ぶった女たちのせいで僕は去勢されたようになっていたけど、その点、あいつは大丈夫だった。僕を欲しがり、遠慮することもない。有頂天になったよ。なにせ飢えていた。あれをしてもらいたがる女がそばにいる。我を忘れて励んださ。向こうは軽蔑していただろう。大はしゃぎの男が寝床に朝食を運んだりするんだから。あいつはいい加減な部分があって、僕が仕事から帰ると、ろくに食事の支度もしていない。文句を言えば食ってかかってくる。猛然と反撃するとコップが飛んでくるから、襟首を引っつかんでぎゅうぎゅう締めつけてやったよ。そんな具合だった。

そうこうするうち、あいつは生意気になって、僕が欲しがるとさせなくなった。絶対に抱かせようとはしなかった。いつも焦《じ》らす。そうやって焦らすだけ焦らしておいて、こちらがさじを投げると、あらゆる技を駆使してくる。それは降参もするさ。もちろん応じたよ。ところが、いざ抱いたら抱いたで、あいつは一緒に満足を得ようとしない。絶対にね。ひたすら待っている。こちらが三十分我慢しても、それ以上に粘る。そして、さすがにこらえきれなくなった僕がすっかり果てたところで、自分が上になるわけだ。そうなると、あいつが声を上げながら悶えて昇りつめるまで、僕はなかに入れたままでいなければならない。いくらこちらが縮んでいても、下の口が食らいつき、ぐいぐい締めつけ、歓喜の涙を流しながら極みに達する。そして一言——よかったわ。

これではさすがの僕も興ざめするさ。それなのに、あいつのほうはむしろ病みつきになった。絶頂を目指して動きは激しくなり、僕を食いちぎろうとする。まるで鳥のくちばしだよ。女のあそこはイチジクみたいにふやけていると思うだろうけど、とんでもない。あばずれの股座《またぐら》にはくちばしがあって、おかまいなしにかぶりついてくる。引きちぎり、わめきまくり、自分、自分、自分と、自分ばかり。女はよく、あのときの男は勝手だとか言うけど、女にはかなわない。年増の淫売よろしく、くちばしが暴れまわる。そして、止まらなくなってしまうのさ。

僕はそのことをあいつに話し、やめてくれないかと頼んだ。すると努力の姿勢は見せてくれたよ。じっと横になり、僕にまかせてくれたんだ。頑張ってくれた。でも、うまくいかなかった。いくらこちらが燃えても、いっこうに感じてくれない。自分でことを運ばなければだめだった。自分のコーヒーは自分で挽くというわけさ。そうやって昔のやり方に戻ったら戻ったで、それなしではいられなくなり、食いちぎらんばかりにぐいぐい動くようになった。くちばしの先っぽ、つまり外側の先端にしか感覚がないのか、その部分を痛いくらいに擦《こす》りつけてくるんだ。聞いた話では、昔の年増の娼婦がそうやっていたらしい。女の低級なわがまま、横暴なわがまま。女の酒飲みがそうさ。

とうとう僕も耐えられなくなり、おたがい別々に寝るようになった。もともとは向こうが始めたことでね。あいつはよく、放っておいてもらいたくなると、いばるんじゃないよとほざくことがあって、そのあげく自分の部屋を持つようになったんだ。でも、そのうちに僕はあいつを自室へ呼ばなくなった。どうしてもあれをしたくなかったからさ。それであいつは僕を憎むようになった。あれだけ僕を憎んでおきながら、まさか娘が生まれてしまうとはね。あいつは憎しみを相手にはらんだのかもしれない。いまだにそう思うことがある。とにかく、子供ができてから、僕はあいつに近寄らなくなった。そうこうするうちに戦争が始まり、僕は兵隊になった。戻ってきたのは、あいつがスタックス・ゲイトの男と一緒にいると聞いたあとだよ」

そこで言葉が途切れた。メラーズの顔からは血の気が失せている。

「スタックス・ゲイトの男《ひと》はどんな感じなの」

「大きな赤ん坊というところかな。恐ろしいくらい口の悪いやつでね。あの女の尻に敷かれているよ。そろって大酒飲みさ」

「まあ。そんな奥さんが戻ってきたら大変だわ」

「いや、まったく。そんなことになったら、こちらが出ていくしかない。ふたたび姿をくらますわけだ」

沈黙があった。暖炉の写真はすでに灰と化している。

「つまり、自分を欲しがってくれる女性には巡りあえたけど、結局は有難迷惑だったわけね」

「そういうところかな。でも、やめてよしての女よりはましさ。つまり、我が青春の天使、毒を含んだユリ、そのほかの女たちと比べれば」

「そのほかの女たち?」

「そのほか? いや、ほかに女はいなかった。ただ経験で言わせてもらえば、女はだいたい似たり寄ったりさ。男を欲しがりながらも性交渉は望まず、恋人だからという理由で我慢する女たち。もっと古風な女になると、横になってなされるがまま、ことがすめば涼しい顔で好きよと言う。本当は性になんか関心はなく、むしろ不快としか思っていない。大方の男はそれで満足らしいけど、僕はごめんだね。しかし、そういうずるい女はうまくごまかす。自分が熱く燃えているふりをする。茶番さ。演技にすぎない。ほかには、なんでも大好きな女がいる。そういう女は、触れあったり、抱きあったり、最後まですませたり、とにかくなんでも喜んでするくせに、自然な形の行為だけは嫌がって、男が自分のなかで果てることだけは許そうとしない。それから、激しい女もいる。女房がそうだった。とにかく絶頂を目指す。そして実際に達する。主導権を握りたがる悪魔の類だ。そうかと思えば、あそこでまったく感じることができず、そのことを自分でもわかっている女がいる。あとは、男があと一歩でいくというう瞬間に抜いてしまい、男の太腿《ふともも》にあそこを激しく擦りつけて達してしまう女。そういうのはレズビアンに多い。驚くべきことに、自覚があるのかないのか、女というのはどこかでレズビアンなんだ。僕には、大半の女がレズビアンに思えて仕方がない」

「あなたはそれがいやなわけなのね」

「殺せるものなら殺してやりたい。正真正銘のレズビアンがそばにいると、殺してやりたくなって、心が叫び声をあげるほどさ」

「そういう場合はどうするの」

「即、退散だね」

「同じ同性愛者でも、男性よりも女性のほうがひどいと思う?」

「もちろん。そういう女にどれだけ苦しめられてきたことか。理屈はわからない。相手に自覚があろうとなかろうと、一緒にいるだけで腹が立つ。ああ、いやだ、いやだ。女とはいっさい関わりを持ちたくなかった。人付きあいを避け、一人の生活と品位を守りたかった」

　メラーズの顔が青ざめ、そして眉が曇った。

「私と出会ったことを後悔したことがあって?」

「後悔したさ。ただ、うれしくもあった」

「いまはどんな気持ち」

「悔やむことがあるな。世間のことを考えて。そのうちにいろいろな面倒が起きて、不愉快な目に遭い、非難を浴びるだろう。そんなふうに思うのは、血の巡りが悪くなって、気分が滅入っているときだ。でも、血がたぎればうれしくなって、有頂天にさえなる。諦めかけていたんだ。正しい形ではできない、男を相手に自然な形でいける女は現れないと。まあ、黒人の女がいるけど、こちらは白人だからね。それに黒人

「は不潔に見える」

「私には満足している」

「もちろんさ。すべてを忘れられるときは、ただ、忘れられないときは机の下に潜り込んで死にたくなるよ」

「机の下？　それはまたどうして」

「どうしてかだって」メラーズは笑った。「隠れるためさ。赤ん坊と変わらない」

「女性で散々な目に遭ったのね」

「自分をごまかせなかったんだ。男ならみんなやっていることなのに。表面を繕い、その嘘を受け入れる。自分を騙せなかった。女に望むものがわかっているから、それを手に入れてもいないのに手に入れたふりはできない」

「それはもう手に入ったのかしら」

「どうもそうらしい」

「それなのに顔が青ざめて暗いわ」

「いろいろと思い出すんだ。それに、自分が怖いのかもしれない」

コニーは黙って座っている。夜も更《ふ》けてきた。

「男女の関係は重要なことだと思っている？」

「僕にとっては重要かな。人生の核だといっていい。それには相手ときちんとした関係を築く必要があるけどね」

「そういう関係が築けないときは？」

「そのときは諦めるさ」

コニーはまたしても考え込み、そして言った。

「これまで自分は女性に対して正しく振舞ってきたと思う？」

「まさか。妻をあんなふうにしたのはこの僕なんだから。大きな責任がある。甘やかしてしまった。それに僕はとても疑り深い。覚えておいたほうがいい。心から人を信じるのに時間がかかる。この僕もいかさま師ということかな。人を信用しない。優しさを見誤ることはないけど」

コニーはメラーズに目を向けた。

「体のなかで血がたぎるとき、その体を疑うことはないはずよ。それさえも疑うというの？」

「いや、そんなことはない。だけど、その結果がこのざまさ。だからこそ理性がすべてを疑うんだ」

「理性は理性。放っておきましょう」

犬がマットの上でつまらなそうにため息をついた。暖炉の火が灰に埋もれて消えそうだ。

「二人とも大きな傷を負った戦士というわけね」

「君もかい」メラーズは笑い声を上げた。「それなのに、ふたたび戦地へ戻ろうとしている」

「そうね。私、怖くてたまらないわ」

「まったくだ」

メラーズは立ち上がり、コニーの靴がよく乾くように置き直してから、自分の靴を拭《ぬぐ》って火のそばにそろえた。朝になったら油を塗るつもりだ。次に、燃えて灰になった写真をできるだけ火からかき出した。「燃えても汚らわしい」という言葉が口をついて出る。それから木の枝を持ってきて、暖炉の内側の棚に置いた。そうやって乾燥させておけば、朝すぐに使えるからだ。すべてのことを終えると、メラーズは犬を連れて外に出ていった。

しばらくして戻ってきたメラーズにコニーは言った。

「私も少し外に出てくるわね」

コニーは一人で暗闇のなかへと入っていった。頭上には星がまたたき、夜気には花の香りが漂う。乾きかけていた靴がまた濡れていく。それでも逃れたかった。彼から、すべての人間から逃げてしまいたい。

寒かった。コニーは身震いして家に戻った。メラーズは小さくなった火の前に座っている。

「まあ、なんて寒いのかしら」コニーは体を震わせた。

メラーズは火に枝をくべ、さらに枝を持ってきて、炎がぱちぱちと燃え広がるまで足していった。黄色い炎が勢いよく燃え上がり、二人は幸せな気分になった。顔と心が温まる。

「くよくよしないほうがいいわ」コニーはそう言って、黙然《もくねん》と座っているメラーズの手を取った。「最善を尽くせばいいのよ」

「そうだな」メラーズはため息をつくと、ぎこちなく微笑んだ。

コニーは火の前に座るメラーズのそばへ寄り、彼の腕のなかに滑り込んだ。

「さあ、忘れて」とささやく。「忘れて」

メラーズはコニーを抱きしめた。暖炉から暖かい空気が流れてくる。まるで炎そのものが忘却を促すかに思われた。彼女の柔らかくて温かくて熟した体の重みはどうだろう。メラーズの体のなかで血がゆっくりと満ちてきて、それがまた引いていく。力強さがよみがえり、生気がみなぎった。

「本当は彼女たちもあなたのことを自然に愛したかったはずよ。でも、それができなかった。彼女たちだけが悪いわけではないと思うわ」

「わかっているさ。ただ、自分が背中を踏み潰された蛇に思えたんだ」

コニーはメラーズをひしと抱きしめた。こんな話は蒸し返したくない。それなのになぜか天邪鬼《あまのじゃく》な気持ちが働いて、また話を持ち出してしまったのだ。

「いまは違う。踏み潰された蛇だなんてとんでもない」

「自分が何者かなんてわからない。そのうえ未来には暗雲が垂れ込めている」

「違うわ」コニーはメラーズを強く抱きしめたまま反論した。「どうしてそんなことを言うの」

「暗然たる未来がやってくる。僕たちにも、みんなにも」メラーズはそう繰り返して、予言者めいた暗い表情を見せた。

「やめて。そんな話はしてほしくないわ」

メラーズは口を閉ざした。それでもコニーには彼の内部にある絶望的な闇が感じられた。そこではいっさいの欲望と愛情が死滅する。その絶望は男たちの生命力を奪う暗い洞窟なのだ。

「性のことをすごく冷ややかに話すのね」コニーは言った。「自分の快感と満足にしか興味がないみたいに」

コニーはいらいらしながら言いつのった。

「誤解だよ。女から快感と満足を得たいと思っても、一度たりとも得られなかった。こちらと同じ快感と満足を得てもらえないからさ。二人一緒でなければだめなんだ」

「でも、あなたは相手の女性を信じていなかった。私のことだって完全には信じていないのよ」

「わからないんだ。女の何を信じたらいいのか」

「そういうことだわ」

コニーはメラーズの膝の上で身を丸めていた。しかし彼の暗い心は遠くをさまよっており、彼女のそばにはない。そのうえ彼女が何か言うたびにいっそう遠くへと離れてしまう。

「いったいあなたは何を信じているの」コニーは食い下がった。

「わからない」

「信じるものはないのね。出会った男性はみんなそうだったわ」

二人とも沈黙した。ほどなくしてメラーズはみずからを奮い立たせるようにして言った。

「いや、信じているものはある。温かい心さ。それも愛情にあふれる温かい心。温かい心を持って交わること。男が温かい心で女のなかに入っていき、女が温かい心でそれを受け入れてくれたら、きっとすべてがうまくいくだろう。冷えた心で交わるなんて死と同じさ。愚劣だよ」

「私とは冷たい心でしていないでしょう?」

「君とは全然する気にならないな。いまの僕は心が冷えているから。冷たいじゃがいもみたいに」

「まあ、そんなこと言って」コニーはおどけるようにくちづけした。「じゃがいもなら料理してしまいましょう」

メラーズは笑って、まっすぐに座り直した。

「嘘じゃない。温かい心が少しあればいいんだ。でも女はそれを嫌う。君だって本心はそうさ。お望みは、冷たい心のまま激しく存分に突き刺されておいて、甘美だったというふりをすること。君の僕に対する優しさはどこにあるんだい。猫が犬を怪しむみたいに怪しんでいる。優しくて温かい気持ちになるのだって、男と女の二人がいなければならない。君はあれをするのが好きだ。その点は正しい。だが君は、それを神聖なものだと思いたがる。自尊心を満足させたいがためにね。男よりも、男と一緒にいることよりも、自尊心のほうが何十倍も大事なのさ」

「その言葉、そっくりお返しするわ。あなたにとっても自尊心がすべてだもの」

「なるほど。なら、けっこう」メラーズは立ち上がるような素振りを見せた。「それなら離れ離れでいるとしよう。冷たい心で交わるくらいなら死んだほうがましさ」

コニーがすっと身を離すと、それに合わせてメラーズも立ち上がった。

「私がそんなことを望んでいると思う?」

「そうでないことを願っている。とにかく、帰る時間だ。僕はここで寝るとしよう」

コニーはメラーズを見つめた。青白くて不機嫌な顔をしている。心は遠く、まるで極寒の地にあるかのようだ。男というものは本当に変わらない。

「朝まで帰るわけにはいかないわ」

「いや、帰るんだ。あと十五分で一時になる」

「絶対にいや」

メラーズは暖炉の前に行って長靴を手にした。

「なら、こちらが出ていくまでさ」

長靴を履きはじめたメラーズをコニーはじっと見つめている。

「待って」コニーは口ごもるように言った。「待って。どうしてこうなってしまうの」

メラーズはしゃがんで長靴のひもを結んでいる。返事はない。数秒が経過する。コニーは気を失うときのように頭が朦朧《もうろう》となった。意識が完全になくなり、目を見開いて突っ立ったまま、未知の世界から彼を見つめている。もはや周囲さえも認識していない。

あまりの静けさにふと顔を上げたメラーズの視線が、目を見開いたまま失神しているコニーをとらえた。風に吹き上げられたかのように立ち上がったメラーズは、片足に長靴を突っかけたままよろよろとコニーに近づき、彼女を両腕で抱きしめて自分の体を押しつけた。そうしていると自分の全身が傷を負ったような気がしてきた。そのまま抱きしめつづける。しかしコニーが動く気配はまったくない。

やがてメラーズの両手がそろそろと下がっていき、まさぐるように下着のなかに入り込み、滑らかで温かい場所に到達した。

「どうしたんだい」メラーズがささやく。「喧嘩はもうやめよう。喧嘩はなしだ。僕は君が好きだ。この肌がたまらない。言葉がなんだ。言い争いはなしにしよう。絶対に。一緒にいよう」

コニーは顔を上げてメラーズを見つめた。

「焦らないで」コニーは落ち着いた声で言った。「あわててはだめよ。一緒にいたいというのは本当なの？」

コニーは目を見開き、メラーズをじっと見つめた。メラーズは手の動きを止め、急におとなしくなって顔を背けた。彼の全身が完全に静止する。しかしコニーから離れていくことはない。しばらくしてからメラーズは頭をもたげ、そしてコニーの目をのぞき込んだ。感情を抑え、いつもの不思議な微笑を浮かべている。

「ああ、一緒にいる。誓うよ」

「本当に？」コニーの目に涙がたまった。

「もちろん。心と腹と男根にかけて」

かすかな笑みを浮かべているメラーズの目に皮肉な光がよぎり、苦渋の色が見えた。

コニーはさめざめと泣いている。メラーズはコニーと一緒に暖炉の前の敷物に横たわり、そして彼女のなかに入っていった。そうすることで二人の気持ちは幾分か静まった。それから二人は急いでベッドに向かった。空気が冷えてきたうえ、お互いに疲れ果てていたからだ。メラーズに体を寄せたコニーは包まれているような気持ちになった。二人ともすぐに寝入ってしまい、それからぐっすりと眠った。身動きもせずに眠っていると、森の上に太陽が昇った。新たな一日が始まろうとしている。

目を覚ましたメラーズは日の光に目を向けた。カーテンは閉じてある。クロウタドリとツグミのけたたましい鳴き声に耳を傾けた。明るい朝になりそうだ。五時半くらいだろうか。いつもその時刻に起床している。それにしてもよく眠った。これからまた一日が始まる。コニーは体を丸めたまま、はかなげに眠っていた。その体をメラーズの手が撫でていくと、コニーがいぶかしげな様子で青い目を開け、ぼんやりとした顔でメラーズに微笑みかけた。

「起きていたのね」

コニーの目をのぞき込んでいたメラーズは微笑みを浮かべてくちづけした。コニーははっと身を起こした。

「私、ここにいたんだわ」

コニーは白く塗られた小さな部屋を眺めた。傾いた天井。カーテンが掛けられた破風の窓。黄色く塗られた小さなタンスに椅子。そしてメラーズと一緒に寝ていたこの小さな白いベッド。それしかない。

「あなたとここで過ごしたなんて」コニーは横になったままのメラーズに視線を落とした。メラーズはコニーを見つめながら薄いネグリジェの下に手を差し入れて乳房をまさぐっている。体を火照《ほて》らせ、心のわだかまりが解けているときのメラーズは若くてハンサムに見える。眼差しも温かい。コニーも花のように新鮮で若々しかった。

「こいつを取ってしまおう」メラーズは薄い上質のネグリジェを丸めるようにして頭から脱がせた。コニーはそのまま座っている。両肩と垂れ気味の乳房はうっすらとした黄金色《こがねいろ》だ。その乳房をそっと鐘のように揺らすのがメラーズは大好きだった。

「あなたもパジャマを脱いで」

「いや、だめだ」

「だめ、脱ぎなさい」

そう命じられたメラーズは古い綿のパジャマの上を脱ぎ、ズボンを下ろした。細く引き締まった筋肉質の体は、手と手首と顔と首を除いて牛乳のように白い。コニーの目の前にまばゆい美が卒然と現れた。これと似たものを前にも見たことがある。あの日の午後、彼が体を洗っていたときだ。

金色の日差しが閉じた白のカーテンに当たっている。コニーには日光が部屋のなかに入りたがっているように思えた。

「ねえ、カーテンを開けて。鳥の歌がすごいわね。お日様をなかに入れましょうよ」

メラーズは白く細い背中を見せながらベッドを滑り降り、窓のところで少し屈《かが》んでカーテンを開けると、しばし外を眺めた。背中は白く滑らかであり、小さな尻には得も言われぬ繊細な男らしさがあって美しく、日焼けした首筋は細いのに力強さがある。その優美で精妙な肉体には外面的な力ではなく、内面の力が感じられた。

「美しい体だわ。とても澄んでいて清らか。ここに来てちょうだい」コニーは両腕を広げた。

メラーズは恥ずかしくて振り向けなかった。興奮した体を見せられない。床からシャツを拾い上げ、それで前を隠すようにして近づいていく。

「だめよ」コニーは言った。広げたままの美しくてしなやかな腕の奥には少し垂れた乳房がある。「すべてを見せて」

メラーズはシャツを床に落とし、棒立ちになったままコニーに目を向けた。低い窓から差し込む一条の光が、彼の太腿と肉のついていない腹部を照らす。興奮した様子でそそり立つ黒ずんだものの根元には、金色がかった赤毛が鮮やかに茂っている。コニーは驚くと同時に怖くなった。

「本当に不思議だわ」コニーはおそるおそる言った。「そんなふうに立ち上がるなんて。すごく大きくて、黒々として、自信たっぷりで。そういうものなのかしら」

メラーズは自分の痩せた白い体を見下ろして笑った。平べったい胸のあいだに生えている毛は色が濃い。おおむね黒である。それに対して、太く反り返った部分の周囲には金色まじりの赤い毛が色鮮やかに固まっていた。

「とても誇らしげ」コニーは気もそぞろな様子でささやいた。「それにすごく堂々としている。だから男の人はいばるんだわ。でも、すごくすてき。何か別の生き物みたいで。少し怖い気もするけど、でもやっぱり美しい。それが私に向かってくるのね」コニーは恐怖と興奮を感じて下唇を嚙んだ。

メラーズはいまだ怒張している部分を無言で見下ろし、ややあってから「おい」と小声で言った。「おい、おまえ、ちゃんといるな。ほら、頭を上げろ。一人でいい気なもんだ。俺のことはほったらかしか、ジョン・トマス[1]よ。偉くなったもんだな。まったく、おまえの生意気には負けるよ。その無口にもな。彼女が欲しいのか。俺の姫様であるジェインが。おまえはまた俺に迷惑をかけやがって。おや、元気に笑ってるな。なら、彼女にお願いすることだ。姫様にお願いするんだ。門を開け、栄《は》える王を迎え入れよ、と。まったく図々しいやつめ。あれがお目当てときた。あれが望みだと姫様に言ってみろ。ジョン・トマスと姫様のジェイン、か」

「からかったりして」コニーはベッドの上にひざをついてメラーズのそばへ行くと、両腕を彼の白くて細い腰に巻きつけて自分に引き寄せた。すると彼女の重たく揺れる乳房が、ぴくぴくと動く硬いものの先端に触れ、しずくが付着した。コニーは彼を強く抱きしめた。

「横になって」メラーズは言った。「さあ、横に。入れるから」

我慢の限界だった。

終わって二人が静かになったとき、コニーは毛布をはいで彼自身の神秘を確認せずにはいられなかった。

「今度は小さくて柔らかくなったわ。小さな生命の蕾」コニーはぐったりと縮んでいるものを手に取った。「いたいけな感じがするわね。一人で頑張っていて、謎に満ちていて、すごく無邪気。この子が私の奥深くまで入る。いじめたらだめよ。私のものでもあるんだから。独り占めしないでね。私のもの。本当にいたいけで無邪気」コニーはそれを片手に包み込んだ。

メラーズは笑った。

---

1 「ジョン・トマス」は「男性器」の俗称で、十九世紀後半に使用例が見られる。このあとに出てくる「ジェイン」は一般的な女性の名前であるが、二十世紀初頭のアメリカにおいて、「女性」もしくは「恋人」を意味するようになった。おそらくロレンスは、この点を踏まえて「女性器」の意味を持たせたのだろう。

「近しき愛で我らの心を結ぶ絆に幸いあれ」

「そのとおりだわ。柔らかくて小さいときでも、自分の心がしっかり彼と結びついている気がするもの。この毛もすてき。ほかの毛とはまるで違うのね」

「それはジョン・トマスの毛。僕のじゃない」

「ジョン・トマス、ジョン・トマス」そう言って、コニーが柔らかいままの部分に唇を押し当てると、それはふたたびむくむくと動きだした。

「あっ、ああ」メラーズが痛みを感じたように体をのけ反らせる。「こいつが僕の奥底にまで根を張っているんだ。この紳士がね。ときどき対処に苦労するよ。自分の意思を持っていて気難しいから。だからといって殺すわけにもいかない」

「男の人がこれを怖がるのも無理はないわ。すごく危険だもの」

メラーズの体に戦慄が走った。意識の流れがふたたび方向を変え、下のほうに向かっていったのだ。なすすべはなかった。下腹部のものがゆっくりと柔らかに波打ちながら満ちて、ふくれ、立ち上がり、硬くなった。自信たっぷりに立っている。奇妙なそびえ方だ。観察していたコニーも少し身震いした。

「さあ、受け取ってくれないか。君のものだ」

コニーは身を震わせた。そして意識が薄らいでいった。彼がなかに入ってくると、得も言われぬ快感が柔らかな波となって急激に押し寄せ、あの名状しがたい蕩《とろ》けるような波動が広がっていき、やがて究極のめくるめく奔流に運び去られた。

遠くでスタックス・ゲイトのサイレンが鳴るのをメラーズは聞いた。七時である。月曜の朝だった。メラーズはぶるりと身を震わせ、コニーの胸の谷間に顔をうずめた。柔らかな乳房に耳が塞がれて周囲の音が聞こえなくなる。

コニーにはサイレンの音さえ聞こえていなかった。ぴくりともせずに横たわっている。魂が透明に洗われていた。

「起きなくていいのかい」メラーズはつぶやいた。

「何時？」けだるそうな声である。

「七時のサイレンが鳴ったとこだよ」

「起きなければいけないわ」

外の世界に邪魔されたコニーはいつものように怒っていた。

メラーズは体を起こすと、窓の外をぼんやりと眺めた。

「私のこと、愛している？」コニーは落ち着いた声で尋ねた。

メラーズはコニーに視線を向けた。

「わかってるじゃないか。なんで訊くんだい」メラーズは苛立たしげに言った。

「私をつかまえておいて。どこにも行かせないようにして」

メラーズの目が思考を離れた温かくて柔らかな暗さを帯びた。

「いつ？　いま？」

「いまは心のなかでつかまえておいて。そうしてくれるなら私もここで暮らすわ。近いうちに」

メラーズは裸のままうなだれてベッドに座っている。何も考えることができなかった。

「一緒に暮らしたくはないの？」

「そんなことはないさ」

そう答えた瞬間、眠っているときの状態にも似た意識の炎が生まれ、メラーズの目が暗さを増した。その目がコニーをじっと見つめる。

「いまは何も訊かないでくれ。このままにしておいてほしい。君のことは好きだ。そうやって横になっている君はたまらないよ。女というのは素晴らしいもんだ。深く入れられて、あれがよければ。僕は君が好きだ。その脚、その体つき、その女らしさ。君の女らしさがたまらない。僕の玉が、僕の心が君を愛してる。でも、いまは何も言わないでくれ。何も言わせないでくれ。できるなら、このままでいさせてくれ。あとでならなんでも聞く。いまはこのままで頼む」

メラーズはコニーの恥丘と柔らかな茶色い草叢《くさむら》にそっと手を置き、裸のままじっと座っている。放心したまま微動だにしない顔はまるで仏陀のようだ。身じろぎひとつせず、また新たな意識の炎を感じていたメラーズは、コニーの体に手を載せたまま内心の変化を待った。

しばらくするとメラーズはシャツに手を伸ばして身につけ、黙々と身支度していった。コニーはベッドに寝そべったままだ。ほんのりと黄金色に輝く裸身が、「ディジョンの栄光」という名の薔薇《ばら》を思わせる。メラーズはコニーをちらっと見てから部屋を出ていった。扉を開ける音がする。

コニーはじっと横になったまま考えていた。ここを出ていくのはつらい。彼を感じられる場所から出ていきたくはなかった。階段の下から、「七時半だ」と呼ぶ声がした。コニーはため息をついてベッドを離れた。殺風景な部屋だ。小さなタンスと狭いベッドしかない。床板は磨き抜かれている。切妻の窓のそばに棚があり、本が置いてあった。何冊かは巡回図書館のものだ。共産主義下のロシアに関する本と旅行記が数冊あるほか、原子と電子に関する本、地球の中心核の構造や地震の原因に関する本、小説が二、三冊、インドに関する本が三冊あった。なかなかの読書家らしい。

切妻の窓から差し込む日光が裸の手足に当たる。外を見るとフロッシーがうろうろしていた。ハシバミの茂みが緑にけぶり、その下には濃緑のヤマアイがある。明るく晴れた朝だった。鳥たちも飛びまわり、誇らしげに歌っている。ここにいたい。あの唾棄《だき》すべき煙と鉄の世界がなければいいのに。彼が私に二人だけの世界を作ってくればいいのに。

コニーは狭くて急な木の階段を下りていった。この小さな家でも十分だ。ここがひとつの世界であるかぎりは耐えられる。

メラーズは顔を洗ってさっぱりしていた。暖炉に火が燃えている。

「何か食べるかい」

「いえ。櫛だけ借りられるかしら」

メラーズのあとについて貯蔵室に入り、裏口のところにある小さな鏡の前で髪をとかす。支度はできた。

小さな前庭に立ち、朝露に濡れた花を眺める。ナデシコが芽を吹きかけている灰色の花壇だ。

「ここだけを残して世界が消えてしまえばいいのに」コニーは言った。「そして私はここであなたと暮らすの」

「世界が消えることはないさ」

露に濡れた美しい森を歩きながら、二人はほとんど黙っていた。二人だけの世界に浸りながら互いに寄り添っていたのだ。

コニーにとって、ラグビーに帰るのはつらいことだった。

「すぐにでも戻ってきて一緒に暮らしたい」別れぎわにコニーは言った。

メラーズは黙って微笑んだ。

コニーは誰にも気づかれることなくそっと家のなかに入り、自室に上がっていった。

第15章

朝食の盆にヒルダからの手紙が載っていた——「お父様は今週ロンドンに行くそうなので、私は次の木曜日、六月十七日にお宅へうかがいます。すぐ出発できるように準備しておいてください。気が滅入るラグビーで足止めされるのはごめんですから。前日の夜はレトフォードのコールマンさんのお屋敷に泊まると思います。木曜の昼食を一緒に食べましょう。そうすれば、お茶の時間に出発して、グランサムに泊まれるのではないかしら。クリフォードと夜を過ごしても仕方がありません。あなたが行くことには反対のようだから、あの人も面白くはないでしょうし」

やはり今回もチェスの駒みたいにあちこち動かされるわけだ。

クリフォードが旅行に反対するのは、留守にされると不安だったからにすぎない。コニーがいるとなぜか心が安らぎ、仕事にも専心することができたのだ。目下のところ炭鉱の問題に全力で取り組んでおり、実現不可能とも思える問題に頭を悩ませていた。もっとも経済的な方法で石炭を掘り出すにはどうすればよいのか。そうやって採掘した石炭をどうやって売ればよいのか。石炭を効果的に利用する方法、もしくは石炭の性質を変える方法が見つかりさえすれば、石炭そのものを売る手間は省ける。売れないといって肩を落とすこともなくなる。しかし、たとえば石炭を使ってかりに電気が作れたとして、それは売れるのだろうか。使いものになるだろうか。あるいは石炭を石油へ転化するにしても、やはり莫大な費用と労力が必要だ。事業の延命にさらなる事業が必要となっていく。狂気の沙汰である。

まさに狂気の沙汰であるがゆえ、この一件を成功へと導くには狂人が必要だった。なるほど、クリフォードは狂気じみている。コニーはそう思った。彼の集中力と洞察力そのものが狂気の表れに見える。着想そのものが狂気の産物だった。

この本格的な事業計画のことをコニーは洗いざらい聞かされた。話に毒気を抜かれてしまい、語らせておくしかなかったのだ。話を終えたクリフォードはラジオのスイッチを入れ、ふぬけた顔になった。夢うつつになりながら、頭のなかでは計画のことが渦巻いていたのだろう。

最近のクリフォードは夜になるたびブラックジャック——イギリスの兵隊が好きなトランプ——をやっている。相手はボルトン夫人であり、六ペンスを賭けていた。クリフォードはゲームの最中も魂を抜かれたような表情を見せた。一種の無意識状態に陥っているのだろうか。それとも陶酔しながら空しさを感じているのだろうか。あるいは空しさ自体に陶酔しているのだろうか。理由はどうあれ、そんな夫の姿は見るに忍びなかった。しかしコニーが床《とこ》に就いたあとも、二人は夜中の二時、三時まで誰はばかることなく無我夢中でゲームを続けた。どちらも異様な欲に駆られていたのだ。いや、強欲という点では夫人のほうが勝るかもしれない。なにしろ毎回というくらい負けていたのだから。

ある日のこと、ボルトン夫人はコニーに言った。「昨晩は二十三シリング負けました」

「夫はそのお金を受け取って?」コニーは呆れ返ってしまった。

「もちろんですとも。賭けは賭けですから」

コニーはそれを厳しく非難し、二人を叱った。その結果、クリフォードがボルトン夫人の給金を年に百ポンド上げることになり、そのお金で夫人は賭けを続けられるようになったが、コニーの目には、そのせいでクリフォードがますます抜け殻へと近づいていくように見えた。

コニーは旅の出発日が十七日であることをようやくクリフォードに告げた。

「十七日か」クリフォードは言った。「それで、いつ戻る」

「遅くとも七月の二十日までには」

「なるほど。七月二十日か」

クリフォードは不思議そうなぼんやりとした顔でコニーを見つめた。子供みたいにぽかんとしていながら、老人が見せるとぼけた抜け目のなさがちらついていた。

「僕を裏切りはするまいね」

「裏切る？」

「向こうにいるあいださ。戻ると誓うかい」

「絶対に戻るわ」

「わかった。では、七月二十日に」

クリフォードはなんとも形容できない顔でコニーを見た。

それでいながらクリフォードはコニーに出発してもらいたいと思っていたのだ。じつにおかしな話である。妻にはぜひとも出かけてもらいたい。火遊びをして、身重の体で帰ってくるのもいいだろう。だが同時に出発を恐れてもいた。怖くてたまらなかった。

コニーは息が詰まるような思いで夫と絶縁するチャンスをうかがっていた。自分にとっても、夫にとっても、機が熟するのを待つのだ。

コニーは外国行きの件をメラーズに話した。

「帰ってきたら夫に別れを切り出すつもりよ。そうしたら二人でここを出ていきましょう。あなたが相手だということを教えることもない。外国はどうかしら。アフリカでも、オーストラリアでもいいわ」

コニーは自分の計画にすっかり興奮していた。

「植民地に行ったことはないだろう?」

「ええ。あなたは?」

「インド、南アフリカ、それからエジプトに行ったことがある」

「南アフリカはどうかしら」

「いいかもしれないな」メラーズはぼそりと言った。

「いやなの?」

「どこでもいいさ。僕は何をしようといっこうにかまわない」

「幸福を感じないのね。どうして? お金ならあるのよ。年に六百ポンドほど。手紙を出して頼んでおいたの。たしかに大金ではないかもしれないわ。でも十分でしょう?」

「僕にしてみれば大金だ」

「きっと楽しい生活が始まるわ」

「それにはまず僕が離婚をしなければならない。それから君の離婚も。ことがすんなり運ぶかどうか――」

考えるべきことが多かった。

ある日のこと、コニーはメラーズにこれまでの人生について尋ねてみた。二人は小屋にいて、外は雷雨だった。

「中尉になれたとき、幸せだとは思わなかった？　将校で紳士よ」

「幸せだったか？　まあそうかな。僕は大佐が好きだった」

「愛していたの？」

「ああ、愛していたよ」

「彼もあなたのことを愛していた？」

「そうだと思うな」

「大佐の話を聞かせてちょうだい」

「どこから話そう。兵卒から身を起こした人だ。軍隊を愛していた。結婚はしてない。僕より二十歳年上。とにかく頭がよくて、そういう人だから軍では孤立していたな。

彼なりに情熱があり、将校としてはじつに優秀だった。一緒にいるあいだ、僕は大佐の虜《とりこ》になったよ。自分の人生を預けたともいえる。後悔はしていない」

「大佐の死はつらかったでしょう?」

「僕自身が死んだも同然になった。実際、ふと我に返ったとき、自分の一部が燃えつきてしまったことに気づいたからね。ずっとわかっていたのさ。二人の関係は死で終わると。それを言うなら、すべてのものは死で終わる」

コニーは座ったまま考えていた。外で雷鳴が轟いた。まるでノアの箱舟に乗っているようだった。

「過去にいろいろあったのね」

「そういうことなのかな。自分では、すでに一、二度は死んだような気さえする。ところが、こつこつ働いてきたうえ、さらなる苦労が待ち受けているわけだ」

コニーは嵐の音を聞きながら考えた。

「将校にも紳士にもなれたのに、それでも幸せではなかったの? 大佐が亡くなったとしてもよ」

「まさか。ろくでもないやつが多かった」メラーズはとつぜん笑いだした。「大佐がよく言っていたよ。いいか、イギリスの中産階級というものはだな、ひと口食べるごとに三十回は噛まなくてはならない。腸が細すぎて、豆つぶみたいなものでも詰まってしまうからだ。あそこまでお粗末な連中は見たことがない。とても男とは思えんよ。自信過剰なくせに、長靴のひもが曲がっているというだけであわてふためき、腐りかけた肉みたいな臭気を漂わせ、それでいて自分がつねに正しいという顔をしている。ああいう連中はもうこりごりだ。ぺこぺこしながら他人の尻ばかり舐めているから舌はかちかち。それなのに正しいのはきまってやつらとくる。とにかくもったいぶった気取り屋、玉が半分しかない腰抜けの集まりなのだ」

コニーは笑い声を上げた。外では激しい雨が降っている。

「大佐は中産階級のことを憎んでいたのね」

「いや、違う。仕方がないことだと観念していて、連中に愛想を尽かしていただけなんだ。どうしてそんな気持ちだったのかといえば、やはり大佐が言っていたことだけど、下っ端の兵隊も同じように、腸が細くて玉が半分しかない気取り屋になりつつあるからなのさ。人類全体の運命なんだよ、そうなっていくことが」

「庶民、つまり労働者階級もそうなっていくという意味？」

「一人残らずね。精力が完全に失われているじゃないか。自動車、映画、飛行機、そういうものが精力を最後の一滴まで吸い取ってしまったんだ。世代が進むごとに、肝っ玉がどんどん小さくなっていく。腸はゴム管、脚と顔はブリキ製。ブリキの人間の誕生さ。どうやらボリシェビキの思想が着実に根づいているらしい。人間らしい部分を破壊して、機械を崇《あが》めたてまつるんだから。それもすべて金のため。そう、金、金。現代人ときたら、よってたかって昔ながらの人間らしい心を殺し、アダムとイヴを切り刻んで大興奮している。どいつもこいつも同じさ。それは世界のどこへ行っても変わらない。金が欲しくて真の人間らしさを抹殺しあっている。包皮は一ポンド、玉一対は二ポンドという具合に。人間らしい本当の交わりだって、もはや機械的な性交でしかない。どれもこれも似たり寄ったり。金をもらったやつが男根を切り落としていく。そのうち世界から男根が消えてなくなるだろう。それもこれもすべて金のため。やがて人間は精力を失い、ちょこまか動く機械になるわけだ」

メラーズは嘲笑うような皮肉な顔つきで座っていた。それでも背後に耳を澄まし、森に吹きまくる嵐を聞いている。嵐の音はメラーズをとても孤独な気分にさせていた。

「そういう状況に終わりは来ないのかしら」

「もちろん来るさ。最終的には救済を得ることになる。最後に残った本物の人間が殺され、牙を抜かれた人間もどきが残ったときにね。白いのも、黒いのも、黄色いのも、飼い馴らされた連中がいっせいに狂いだす。正気の根は玉にあるからだ。全員が狂いだし、火あぶりの刑を壮大に行う。火あぶりの刑というのは、もともと宗教裁判の判決に伴う処刑の方法だった。つまり、愚にもつかない信仰の行為がいっせいに始められ、互いを神に捧げるというわけさ」

「殺し合いを始めるのね」

「そのとおり。この調子で行けば、百年後にはこの島の人口が一万人に満たなくなる。下手をすれば十人にも満たなくなるかもしれない。全員が恍惚となって殺戮しあったあとだから」雷鳴が遠くへ去っていく。

「素晴らしいわ」

「じつにけっこうなことさ。人類が絶滅し、長い空白のあとで新種が誕生する。そんなことを考えると心が落ち着くよ。知識人、芸術家、政治家、実業家、労働者が一丸となり、最後に残った人間らしさや直感や健全な本能を潰していったら、しかもそれがいまみたいに急激な速さで進んでいったら、そのときは、人類よ、さようなら。諸君、さらば。蛇がおのれをのみ込めば無が残る。無残なれど絶望ではない。大いにけっこうじゃないか。獰猛《どうもう》な野良犬たちがラグビーで吠え、野性を取り戻した坑内の小馬たちがテヴァシャル炭鉱のぼた山を踏みつけにする。おお神よ、我ら汝を讃えん、というわけだ」

思わず笑い声を上げたコニーだが、楽しげな様子には見えない。

「それなら、みんなが過激であることを喜ばないと終末へ突き進むのを喜ばないといけないわね」

「だから喜んでいるじゃないか。止めやしないさ。だいたい止めたくても無理だからね」

「喜んでいると言いながら、どうしてつらそうなの」

「そんなことはない。僕の雄鶏が最後の叫び声を上げたって気にするものか」

「もし私たちに子供ができたらどうかしら」

メラーズはうなだれた。

「なんと答えればいいのかな」しばらくして返答があった。「この世に子供を産み落とすのが間違いで、むごいことのように思えるんだ」

「やめて、そんなこと言わないでちょうだい。そんなこと」コニーはすがるような声を上げた。「私、子供ができるような気がするのよ。うれしいと言ってほしいわ」コニーは彼の手に自分の手を重ねた。

「君がうれしいならうれしい。でも、やがて生まれる子供をひどく裏切るような気がする」

「お願いよ、やめて」コニーは愕然とした。「それなら私を本当に欲しいと思うはずがないわ。欲しがるはずがない。そんな気持ちなら」

メラーズはふたたび黙り込んだ。鬱屈した顔をしている。外では叩きつけるような雨が降るばかりだ。

「嘘よ」コニーはささやく。「そんなの嘘。きっとほかに理由があるんだわ」自分が彼を置いてヴェニスまで行こうとしているから不機嫌なのだ。そう思うと悪い気はしない。

コニーはメラーズの服をたくし上げて腹をあらわにしてから、臍に唇を押し当てた。そして腹に頬を寄せ、くつろいでいる温かな腰に手をまわす。大雨のなかで二人きりだった。

「子供を待ち望んでいると言って」コニーは彼の腹に顔を押し当てながら小声で言った。「ねえ、そう言ってほしいの」

「じつは」やっと口を開いたメラーズの全身に不思議な震えが走った。意識が変化して安らぎが訪れたのである。その震えはコニーにも伝わった。「何度か考えたことがあるんだ。ここの坑夫たちに言うだけ言ってみたらどうかとね。いまは労働条件が悪くて、実入りも少ない。そんな彼らに言ってみるわけさ。金のことばっかり考えるな。

金がいるとはいったって、たかが知れてる。金のために生きるのはやめようじゃないか——」

コニーは頰で彼の腹をさすり、片手で彼の睾丸を包み込んだ。陰茎が不思議な生気を感じてうごめいたが、立ち上がることはなかった。外は土砂降りの雨である。

「人生は金じゃない。自分のためだろうと、他人のためだろうと、とにかく金を稼ぐなんてことはやめるんだ。いまは体に鞭打って自分のためにちょっぴり、会社のためにたっぷり稼いでる。そんなことは少しずつやめにしていこう。大義を振りかざすことなんかない。労働にどっぷり浸かった生活とは縁を切り、昔の生活に戻ればいいんだから。金なんかわずかで足りる。誰だってそうさ。僕も君も、社長も領主も、国王さえも、ごくわずかな金があればいい。覚悟を決めて、こんな泥沼の生活とおさらばしよう」そこでいったん言葉を切り、また続ける。

「それから、こんなふうにも言ってみる。ほら、ジョーの美しい身のこなしを見てみろ。きびきびとして、美しい男じゃないか。それにひきかえジョーナときたら。いつもぎくしゃくしてる。目を覚まそうとしないからだ。ほかにも、こんなことを言ってみる。なんだそのざまは。肩の高さはいびつ、脚はねじれ、足はふくれ上がってるじゃないか。あんなひどい仕事をして、結果どうなった。自分も人生もめちゃくちゃだ。仕事で自分を台無しになんかするな。あくせく働くことはない。服を脱いで、裸の姿を見てみろ。輝くばかりに美しいはずの体が醜くなって、死んだようになってるぞ。

こんなふうに言って聞かせてから、連中に着替えをさせる。たとえば、ぴったりした緋色のズボン、丈の短い白の上着。赤くてきれいなズボンをはかせるだけで、一カ月後には見違えるはずだ。ふたたび男になる。そう、男に。女も好きな服を着ればい い。男たちがぴっちりした緋色のズボンをはいて歩き、小さな上着の裾から緋色のズボンをはいた形のいい尻がのぞけば、女も女になっていく。男が男でないから女が男になってしまうんだ。そんなふうにしておいて、しばらくしたらテヴァシャル村の建物を取り壊し、全員が住めるくらいの大きくて瀟洒な家を建てる。そして、麗《うるわ》しい風景を取り戻す。子供は少なくていい。世界は人であふれ返っているから。

だからといって坑夫たちに説教するつもりはない。服を脱がせて、こう言うだけだ。自分の姿を見てみろ。金のために働くからそうなる。自分の体に耳を傾けてみろ。金のために働くからそうなる。ずっと金のために働いてきた。テヴァシャルの村を見てみろ。ひどいもんじゃないか。金を目当てに働いて、その片手間に家を建てたりするからだ。女たちを見てみろ。おまえらのことなど考えてもいない。おまえらも女たちのことなんか考えていない。金のことを考えて働いてばかりいるからな。話すことも動くこともできなければ、まともに生活することもできず、女ときちんと向きあうこともできない。要するに、生きていないんだ。その姿をよく見てみろ」

完全な静寂が訪れた。コニーは話を聞くともなく聞きながら、メラーズの下腹部の毛にワスレナグサを挿していた。ここに来る途中で摘んだものだ。外はすでに静まり返っており、少し冷え込んでいた。

「四種類の毛があるのね。胸の毛は黒に近いけど、頭の毛はそんなに黒くない。口ひげは赤みがかった硬い毛。そして、ここにある愛の毛は赤みがかった金色のヤドリギが茂っているよう。これがいちばんすてきだわ」

メラーズは下のほうに目をやった。股間の毛に乳白色のワスレナグサが挿してある。

「ここはワスレナグサにもってこいだ。男の毛でも女の毛でもいい。それはそうと、君は将来のことが気にならないのかい」

コニーは目を上げた。

「もちろんとても気がかりよ」

「いいかい、人間の世界はいつか破滅する。獣性をむき出しにしたせいで命運が尽きたのさ。そう考えると植民地も安全とはいえない。月ですら十分に遠いとは思えない。

たとえ月に行ったとしても、星々のあいだには、人間に蹂躙《じゅうりん》されて魅力を失った汚らわしい地球が見えるからね。そう思うと、苦いものでも飲み込んで、それが体を内側から食い荒らしているような気分になる。どこにも逃げ場がない。そんな気になるんだ。ところが、ふとした瞬間、そんなことをすべて忘れてしまう。無残なことが起きているというのに。この百年のあいだに人間はどうなってしまったか。働く昆虫と化し、人間らしさも真の人生も失ってしまった。できることなら地球上から機械を一掃して、工業の時代をひとつの汚点として終止符を打ちたい。でも、そんなことは誰にもできない。だから黙って好きなように自分の人生を送るのが賢明だろう。そんな人生が送れるならだけど。まあ、それさえも怪しい」

すでに雷の音はやんでいる。しかし小止みになっていた雨が勢いを取り戻し、それと同時にとどめの青い稲妻がひらめいて、去りゆく嵐の低いうなりが聞こえた。コニーは不安になった。メラーズが際限なくしゃべっているからだ。しかもそれは独り言であり、自分に向けられたものではなかった。どうやら絶望の底なし沼に落ち込んだものらしい。コニー自身は幸せを感じていた。それに絶望するのはいやだった。彼はいまになってようやく自分がここに置き去りにされることを実感し、それで暗い気分になっているのだろう。コニーは少し誇らしい気持ちになった。

コニーは扉を開けて沛然《はいぜん》たる雨を眺めた。まるで鉄のカーテンだ。ふと、その雨のなかへ飛び込んで逃げ出したくなった。コニーは立ち上がって手早くストッキングを脱いだ。服も下着も脱ぐ。メラーズは固唾《かたず》をのんで見守っていた。動きに合わせて、つんと尖った肉感的な乳房が揺れ動く。緑がかった光を受けた肌が象牙色に彩られる。履いてきたゴムの靴を突っかけたコニーは、大きな笑い声を上げて駆けだした。しのつく雨に向かって胸を突き出し、両腕を広げる。走りまわりながら、昔ドレスデンで覚えたリズム体操をするのが雨のなかにぼんやりと浮かぶ。奇妙な青白い姿が伸び縮みし、前屈《かが》みになったところで豊かな臀部《でんぶ》に雨が当たって光った。それからふたたびゆらゆらと伸び上がり、腹を反らすような格好で走ってきたかと思うと、いきなりしゃがみ、豊かな腰と尻を忠誠の印とばかりに彼のほうへ向け、狂ったようにお辞儀を繰り返した。

メラーズは苦笑して、自分も急いで服を脱いだ。居ても立ってもいられなかったのだ。白い裸身をぶるっと震わせ、横殴りの雨のなかに飛び込む。フロッシーが前に飛び出してきて、あたりかまわず吠えた。びしょ濡れの髪を頭に張りつかせたコニーが上気した顔で振り返った。彼をとらえた青い目が興奮に燃えている。次の瞬間、コニーは体の向きを変え、脱兎のごとく走りだした。つんのめるような姿勢で空き地を駆け抜け、濡れた枝が体を打つのもかまわず野道を突っ切っていく。メラーズの目には、濡れた丸い頭と、前傾姿勢で逃げていく濡れた背中と、丸く光る尻しか見えない。前屈みの素晴らしい女の裸身が飛翔していた。

広い馬の道の手前でようやく追いついたメラーズは、むき出しの腕を大きく投げ出して彼女の濡れた柔らかい裸の腰に巻きつけた。叫び声を上げたコニーがぴたりと立ち止まる。弾力のある冷たい肉塊がぶつかってきた。メラーズは彼女にむしゃぶりついた。その瞬間、コニーの冷えた柔らかい肉体が炎のようにかっと熱くなった。雨が降り注ぎ、二人の体から湯気が立っている。コニーの素晴らしい肉厚の尻を両手でむんずとつかんだメラーズは、無我夢中で自分の体を押しつけ、そのまま雨のなかで打ち震えていたが、いきなり彼女の体を傾けてそのまま一緒に道へ倒れ込んだ。そして、すさまじい雨を浴びながら、短く鋭く、獣のように短く鋭く刺し、そして果てた。

メラーズはすぐに起き上がって目から雨を拭《ぬぐ》った。

「戻ろう」そろって小屋のほうへ走りだす。メラーズは雨を嫌って一目散に走ったが、コニーは急ぐことなく、少し走っては、ワスレナグサ、ナデシコ、ブルーベルを摘み、遠ざかる彼の姿を眺めたりした。

花を手に息を弾ませて小屋に戻ると、すでに火が焚かれて小枝がぱちぱちと音を立てていた。尖った乳房が上下に揺れ、髪は雨でぺたりと張りつき、顔は上気し、輝く体から水滴がしたたっている。目を見開いて喘《あえ》ぎ、濡れた頭が小さく見えるうえ、素朴で豊満な尻から雨をしたたらせるコニーは、別の生き物に見えた。

子供のように突っ立っているコニーを古いシーツで拭《ふ》いてやってから、メラーズは小屋の扉を閉めて自分の体を拭いた。火が勢いよく燃えている。コニーがシーツの反対側に頭を突っ込んで濡れた髪を拭く。

「ひとつのタオルを二人で使うと喧嘩になるというのを知っているかい」

コニーはちらっと目を上げた。髪がぐしゃぐしゃに乱れている。

「そんなの迷信だわ」と目を見開く。「それに、これはタオルではなくてシーツよ」

二人は同時に自分の髪をごしごしと拭いた。

息を切らせて軍用の毛布にくるまった二人は、体の前を火のほうにはだけながら並んで丸太に腰かけて息を静めた。コニーは肌理《きめ》の粗い毛布を好まなかったが、すでにシーツはぐっしょりと濡れていたから諦めざるをえなかった。

毛布がずり落ちるのもかまわず粘土の炉辺にひざまずいたコニーは、頭を火に近づけると、髪を振りながら乾かした。腰から太腿《ふともも》にかけての美麗な曲線にメラーズは目を奪われた。今日はこれのせいで我を忘れたのだ。この曲線。豊かに流れながら重たくて丸い尻へと続く。その途中には、密やかな温かさに包み込まれた秘密の入り口がふたつある。

メラーズは尻を撫で、その曲線と豊饒な球形をじっくりと味わった。

「いい尻してんなあ」かすれたような声で土地の言葉を発し、いとおしむように言った。「君の尻はたまんねえ。とびっきりの尻だ。これぞ女さ。男みてえなかっちかちの尻とはわけが違う。ほんとに丸っこくて柔らかい。男にはこたえられない。これなら地球だって支えられる」

そう語りかけながら慈しむように丸い尻を撫でまわしていると、ゆらゆらした炎が尻から現れてメラーズの手のなかへと滑り込むかのように見えた。すると、たちまち彼の指先は柔らかくて小さな炎の刷毛《はけ》となり、それが何度も何度もふたつの秘密の入り口に触れるのだった。

「君が糞したり、小便したりするからいいんだ。糞も小便もできない女はごめんだな」コニーがびっくりして思わずくすくす笑いだしても、メラーズは動じることなく、「君は本物だ。しかも、ちょっと淫らときた。ここが糞をして、ここが小便をする。このふたつに手を置かせてもらおう。だから君が好きなんだ。これぞまさしく女の尻。自慢していいさ。恥じることはない、恥じることは」

親しき挨拶とばかりに、メラーズはふたつの秘所にぴたりと手を重ねた。

「僕はこいつが好きだ。こいつが好きなんだ。たとえ十分間の命しかなくても、この尻を撫でてねんごろになれるなら、人生をひとつ生きたのと変わりやしない。産業社会だろうとなんだろうと関係ないさ。ここに僕の人生がある」

コニーは向き直ってメラーズの膝の上に乗り、彼にしがみついた。

「キスして」とささやく。

自分たちの心のなかに別離への思いがあるのだと気づき、さすがにコニーも悲しくなった。

膝の上に座ったまま彼の胸に頭をもたせかけ、象牙のように輝く脚をしどけなく開くと、両脚が暖炉の火でまだらに染まった。うなだれているメラーズの視線の先には、炎に照らされた体の起伏と、開いた太腿のあいだに垂れる茶色の和毛《にこげ》がある。メラーズは背後のテーブルに手を伸ばして花の束をつかんだ。まだ濡れていたので、雨の滴がコニーにかかった。

「どんな天気だろうと花は外に咲いている。花には家がないんだ」

「小屋さえもない」コニーはつぶやいた。

メラーズは密やかな指使いで二、三本のワスレナグサを恥丘の柔らかな茶色い茂みに絡ませた。

「できたぞ。ワスレナグサはここが似合う」

コニーは下に目を向けた。小さな乳白色の花が茶色の草叢《くさむら》に囲まれている。

「すてきだわ」

「似合うよ」

メラーズは桃色のナデシコの蕾も挿した。

「そら。これで僕のことは忘れないだろう。まるで葦《あし》のなかに置かれたモーセだな」[1]

「旅行に行ってもかまわないでしょう?」コニーは目を上げて、切なそうな声で言った。

太い眉の下にあるメラーズの表情からは何も読み取れなかった。完璧な無表情を保っていたからだ。

「どうぞ、ご希望どおりに」

メラーズは丁寧な口調で答えた。

1 「出エジプト記」の第二章。イスラエル人の台頭を恐れたエジプトの王が、生まれてきたイスラエル人の男児をすべてナイル川に投げ捨てよと命ずる。しかしモーセの母親は我が子をナイル川の岸の葦の茂みに置いた。

「あなたがいやなら行かないわ」コニーはすがりつきながら言った。

沈黙が降りた。メラーズは屈んで薪をくべた。強くなった炎が彼の放心している静かな顔を照らす。待っても返事はなかった。

「これをきっかけに夫と別れられると思っただけなのよ。私はどうしても子供が欲しいの。向こうに行けば、もしかすると――」コニーのほうが口を開いた。

「連中に誤解してもらえる」メラーズが言葉を継ぐ。

「ええ。そこが肝心なところだわ。真実を知られてもいいと思っているの？」

「みんながどう思おうと僕はかまわない」

「私が困るわ。屋敷にいるあいだ、みんなから冷たく扱われたくないから。出ていったあとなら、何を言われてもいい」

メラーズは黙り込んだ。

「ご主人は君の帰りを待っている」

「それは戻らないといけないもの」ふたたび沈黙が流れる。

「そしてラグビーで子供を産むのかい」

コニーはメラーズの首に腕をまわした。

「私をさらってくれないのなら、それしかないわ」

「それで、どこへ行く」

「どこでもいいわ。ラグビーから遠く離れられるなら」

「いつ？」

「それは、私が戻ってきたときよ」

「なぜわざわざ戻るんだい。二度手間じゃないか」

「それでも戻らないといけないわ。約束したから。かならず戻ると約束したから。それに戻るのはあなたのため。本当よ」

「夫の森番だというのに？」

「それは関係ないことだわ」

「そうかな」メラーズはしばし考えた。「二度目に家を出るのはいつになる。つまり最終的に出るのは。正確にはいつなんだい」

「それはわからないわ。私がヴェニスから戻ってきたら一緒に準備しましょう」

「なんの準備」

「まず夫と話をするわ。話をしないわけにはいかないから」

「わかったよ」

黙り込んでしまったメラーズの首にコニーは両腕を巻きつけ、懇願するように言った。

「やりにくくさせないで」

「何を？」

「私がヴェニスに行って、うまくことを運ぶのを」

メラーズの顔に皮肉めいた微笑が浮かんだ。

「邪魔するつもりはないさ。君の目的を知りたいだけだ。まあ、君自身、それがよくわかってないようだけどね。時間稼ぎということかな。ここを離れ、外から眺めてみる。責めやしない。君は賢明な女性だから。このままラグビーの奥様でいたいと思うかもしれない。責めやしないさ。僕にはラグビーのような家も土地もないんだから。ただ、僕の取り柄はよく承知だと思う。いや、君は間違ってなんかいない。そう本心から思う。それから、僕は君に養われて生きていくつもりはない。そういう問題もあるんだ」

コニーはなぜか仕返しをされている気がした。

「でも、私は欲しい？」

「君は僕が欲しいのかい」

「わかっているくせに」

「けっこう。いつ欲しい」

「そういうことは私が戻ってきたら一緒に決めましょうよ。いまはあなたといると疲れてしまうわ。落ち着いて考えないといけない問題なのに」

「けっこう。落ち着いて考えるさ」

コニーはいささかむっとした。

「私のことは信じているの？」

「もちろん」

口調にいつもの嘲《あざけ》りが交じる。

「それなら言ってほしいわ」コニーはきっぱりとした口調で言った。「ヴェニスには行かないほうがいいと思う？」

「行ったほうがいいと思うね」メラーズは嘲りを含んだ冷たい声で答えた。

「今度の木曜日なのよ」

「そうだった」

コニーはじっくり考えてから言った。

「私が戻ってくれば、二人の立場がもっと明確になるはずだわ」

「たしかに――」

奇妙な沈黙が二人を隔てた。

「離婚のことで弁護士に会ってきたんだ」メラーズがやや緊張した声で告げる。

コニーはかすかに身を震わせた。

「そうだったのね。弁護士の先生はなんて?」

「来るのが遅いと言われたよ。面倒なことになるかもしれない。ただ、軍にいたことが考慮されるから、大丈夫ではあるらしい。あいつがまた厄介事を起こさなければいいけど」

「奥さんに知らせる必要があるのかしら」

「もちろんさ。通達書を送る。同棲している男にも。共同被告としてね」

「ぞっとするわね、何から何まで。私もクリフォードを相手に同じことをしなければならないなんて」

沈黙があった。

「当然、僕はこれから半年かそこらは模範的な生活を送らなければならない。だから、君がヴェニスに行ってくれれば、最低一、二週間は心を惑わされることもなくなるわけだ」

「心を惑わす」コニーはメラーズの顔をさすった。「私にも心を惑わすことができるのね。うれしいわ。でも、だめ。考えるのはやめましょう。あなたが考えだすと、私、怖くなってしまう。心が押し潰されてしまいそうで。考えるのはやめましょう。離れ離れになれば、いくらでも考えられるわ。それが肝心な点よ。ただ、ずっと考えていたことがあるの。出発前にもう一晩、あなたに会わないとだめみたい。もう一度、ここに来る。木曜の夜はどう？」

「君の姉さんがいるだろう」

「ええ。でも姉の話によれば、出発はお茶の時間みたいなの。だからその時間には出発するけど、姉には別の場所に泊まってもらって、私はあなたのところに泊まるわ」

「それなら前もって君の姉さんに話しておく必要がある」

「そうするつもりよ。すでに少しは話してあるの。ヒルダには包み隠さず話しておかないと。いろいろ力になってくれるし、気も利く人だから」

メラーズは頭のなかで話を整理した。

「お茶の時間に屋敷を出発して、まっすぐロンドンに向かうふりをする。方向は？」

「ノッティンガムとグランサム」

「ということは、姉さんにどこかで降ろしてもらい、ここまで徒歩か車で戻るということかい。ずいぶんと無謀な計画に思えるけど」

「そうかしら。そういうことならヒルダに連れてきてもらうわ。彼女はマンスフィールドに泊まることにして、日が暮れたら乗せてきてもらう。待ち合わせは翌朝にしましょうよ。簡単だわ」

「誰かに見られたら?」

「車用のゴーグルを着けて、何かで顔を隠すわ」

メラーズはしばし考えた。

「まあ、好きなようにするといいさ。いつものことだけどね」

「うれしくないの?」

「じつにうれしいさ」声が少し硬い。「鉄は熱いうちに打つほうがいい」

「私がふと何を考えたかわかる?」唐突な質問だ。「ある戯曲の題名をもらって、あなたをこう呼んだらどうかと思ったの——燃えるスリコギの騎士」

「なるほど。それで、君は?　焼けるスリバチの姫様?」

「そう、私はスリバチの姫様。そしてスリコギの騎士にはナイトの称号が授けられる」

「それはいい。ジョン・トマスがサー・ジョンとなり、姫様のジェインに仕えるわけか」

「ええ、ジョン・トマスは栄誉を授けられたの。だから私の草叢と同じように、あなたも花で飾らなければいけないわ」

コニーは下腹部に茂る赤みがかった金色の毛に桃色のナデシコを二本絡ませた。

「さあ、できたわ。すてきよ、ジョン」

さらに一輪のワスレナグサを胸の黒い毛に挿す。

「ここは私を忘れないわね」コニーは胸元にくちづけしてからワスレナグサを一本ずつ乳首の上の毛に絡ませ、ふたたびくちづけをした。

「まるで花暦だな」メラーズが笑う。胸の花が揺れた。「ちょっと待って」

メラーズは立ち上がって小屋の扉を開けた。入り口に寝ていたフロッシーが起き上がり、主人を見つめる。

「俺だよ」メラーズは声をかけた。

雨はやんでいた。草花の匂いが立ち込める重く湿った静けさがある。夕暮れが迫っていた。

メラーズは表に出て、細い野道を馬の道とは逆の方向に歩いていった。細くて白い体を目で追っていたコニーには、それが幽霊のように思えた。遠ざかる亡霊。その姿が見えなくなったとたん、コニーの心は沈んだ。毛布を巻いて戸口に立ち、雨に濡れた静かな景色を眺める。

メラーズが小走りで戻ってきた。花を抱えているせいで妙な走り方になっている。

その姿を見てコニーは少し怖くなった。なぜか人間ではない生き物のように思えたのだ。そばまで来たメラーズがコニーの目をのぞき込む。コニーにはその行為の意図がよくわからなかった。

オダマキとナデシコに加え、刈ったばかりの干し草、オークの枝、小さな蕾をつけたスイカズラがあった。メラーズはコニーの頭をオークの軽い若枝で飾り、乳房をスイカズラの花輪で囲んでから、その花輪にブルーベルとナデシコの束を挿していった。臍には桃色のナデシコの花、草叢にはワスレナグサとクルマバソウが置かれる。

「まばゆいばかりの美しさだ」メラーズは言った。「ジェイン、ジョン・トマスとの結婚式にて」

メラーズは自分の体の毛にも花を挿していき、コナスビの蔓《つる》を陰茎に巻きつけ、鐘のような形をしたヒヤシンスの花を臍に挿し込んだ。ずいぶんと真剣である。コニーは面白そうに眺め、最後、ナデシコの花を口ひげに押し込んでやった。それが鼻の下でぶら下がる。

「ジェインをめとるジョン・トマス」メラーズは言った。「コンスタンスとオリヴァーを自由にさせてやらないとな。もしかすると――」身振りで何かを示すように片手を差し出した瞬間、メラーズはくしゃみをした。鼻と臍から花が吹き飛ぶ。もう一回、くしゃみをする。

「もしかすると、何?」コニーは先を促すように尋ねた。

メラーズは困惑したような目をコニーに向けた。

「え?」

「もしかすると、の次。なんて言おうとしたの」コニーは聞き直した。

「なんだったかな」

メラーズは忘れてしまっていた。いつも最後まで言わない。これもまたコニーが自分の人生で感じる不満のひとつだった。

一筋の黄色い光が木々を照らしだした。

「太陽だ」メラーズは言った。「お帰りの時間です。奥様、時間ですよ、時間。翼なしで飛ぶものは何か。そう、時間」

メラーズはシャツに手を伸ばした。

「ジョン・トマスにお別れを」メラーズは下腹部のものを見下ろして言った。「蔓に抱かれておくつろぎだ。これでは燃えるスリコギとはいえないな」

メラーズは薄いフランネルのシャツを頭からかぶった。

「男にとっていちばん危険な瞬間は」頭が出たところで言う。「シャツを頭からかぶるときなんだ。袋に頭を突っ込むのと変わらない。だからアメリカ製のシャツがいい。上着みたいにはおれる」コニーは突っ立ったままメラーズを見つめていた。メラーズは短いズボン下に足を入れ、腰のまわりのボタンを留めていった。

「ジェインを見てごらん。まさに花盛りだ。来年は誰に花を飾ってもらうつもりだい。この僕か。別の誰かさんか。さようなら、僕のブルーベル、別れのときが来た――この歌は嫌いだ。戦争が始まったころに流行《はや》った」メラーズは座って長靴下をはいている。コニーはあいかわらず立ったままだ。メラーズはコニーのなだらかな尻に手を置き、「かわいいジェインよ」と言った。「ヴェニスで男が見つかるかもしれない。草叢にジャスミン、臍にザクロの花を挿してくれる男が。かわいそうなジェイン」

「やめて。私を傷つけようと思って、そんなことを言うのね」

メラーズはうなだれ、土地の言葉で言った。

「ああ、そうかもな。じゃあ、もうなんにも言わねえよ。終わり、終わり。さっさと服を着て、立派なお屋敷に帰ることだ。はい、おしまい。ジョンとジェインの時間はおしまい。さあ、チャタレーの奥様、肌着を着て。それも着ないで花の切れっぱしだけじゃ、どこの誰だかわかりゃしない。よし、これを取ってやろう。しっぽの切れたツグミちゃん――」メラーズはコニーの頭から枝を取って、湿った髪にくちづけをした。そして乳房から花を取り、乳房と臍にもくちづけをした。草叢にもくちづけをしたが、そこだけは花が絡みついたままである。「置いといてやるか。そら、これで裸に逆戻り。尻を丸出し、お姫が少々。さあ、服を着て。お帰りの時間だ。チャタレーの奥様が食事に遅れたら、質問攻めにされちまう」

こんなふうに土地の人間の物言いをされると、コニーにはどう返答していいのかわからなかった。だから黙って服を着て、情けなさそうに帰り支度をした。コニー自身がなんとなく情けない気持ちでいたのだ。

広い馬の道まで一緒に行くとメラーズは言い張った。幼いキジたちはきちんと鳥小屋にいる。

馬の道に出ると、ボルトン夫人がいた。青ざめた顔でよろめくように歩いてくる。

「まあ、奥様。もしやと案じておりました」

「大丈夫よ、別に」

ボルトン夫人はメラーズの顔をじっと見つめた。コニーへの愛情を感じているため艶《つや》やかで若々しい顔をしている。そのメラーズのなかば笑い、なかばからかうような目とぶつかった。ばつが悪いときはかならず笑う男なのだ。しかし夫人を見る目は優しい。

「こんばんは、ボルトン夫人。奥様、もう安心ですので失礼いたします。おやすみなさいませ、奥様。おやすみ、ボルトン夫人」

メラーズは敬礼して踵《きびす》を返した。

第16章

帰宅したコニーは質問の集中砲火を浴びた。お茶の時間を外で過ごし、嵐の直前に家へと戻ったクリフォードが、「妻はどこだ」と騒ぎだしたのが発端である。行方《ゆくえ》を知る者はいなかった。ボルトン夫人が、「森を散歩されているのでは」と答えただけである。こんな吹き降りの日に森へ行くとは。このときばかりはクリフォードも神経の高ぶりを隠そうとしなかった。稲妻が走るたびにぎくりとし、雷鳴が轟くたびに身をすくめる。この世の終わりだと言わんばかりに冷たい雷雨をじっと見つめていた。不安は増すばかりだった。

ボルトン夫人はクリフォードを落ち着かせようとした。

「きっと小屋で嵐が過ぎるのを待っていらっしゃいます。ご心配なさらずに。奥様でしたら大丈夫です」

「なんでこんな嵐のなかを森へ行くんだ。だいたい森というのが気にくわん。二時間も経つ。何時に出ていった」

「旦那様がお戻りになられる少し前に」

「庭園にはいなかったぞ。居場所もわからなければ、何があったかもわからないとは」

「ご心配には及びません。雨がやみ次第、戻っていらっしゃいます。動きが取れないのでしょう」

雨が上がってもコニーは戻ってこなかった。時間は刻々と過ぎ、太陽が最後の輝きを見せるときになっても姿を現す気配はなかった。日が沈み、周囲は暗くなっていく。夕食を知らせる最初の銅鑼《どら》が鳴った。

「待っていても始まらん」クリフォードは焦燥を隠さなかった。「フィールドとベッツを探しに行かせよう」

「そ、それはいけません」ボルトン夫人が大きな声を出した。「自殺か何かだと思われてしまいます。噂になるのは避けませんと。私が悟られないように小屋まで行ってまいります。大丈夫ですから」

しばらく説得を試みると許可が出た。

そういうわけで青ざめた夫人が一人でうろうろしていたのだ。

「奥様、探しておりました。私のことでしたら、お気になさらずに。それよりも旦那様がひどく興奮されています。奥様が雷に打たれたとか、木の下敷きになって死んでしまったとかおっしゃって。しまいにはフィールドとベッツを森にやって遺体の捜索をさせると言われたので、私が参りました。あの二人に嗅ぎまわらせるわけにはいきません」

ボルトン夫人の口調には落ち着きがなかった。コニーの顔には情事による色つやと恍惚とした表情が残っている。それを見た夫人は自分自身に腹を立てた。

「そうだったの」コニーは言った。それ以上のことは言えなかった。

二人は雨に濡れた森のなかを重い足取りで歩いていった。大きな水滴がはじけるように飛び散る。庭園に着くとコニーの足は速まった。ボルトン夫人はやや息を弾ませている。肉が付いてきたせいだ。

「クリフォードも馬鹿よ。大騒ぎして」コニーがとうとう怒りの声を上げたが、それは自分に向けた言葉でもあった。

「殿方ときましたら、心配するのが趣味と申しますか。ですが、奥様の姿をご覧になれば、旦那様も安心されるでしょう」

コニーは頭に血が上っていた。ボルトン夫人に秘密を知られているのだ。知らないはずがない。

小道を行くコニーの足がぴたりと止まる。

「なんで私を追いまわすの」コニーの目がぎらりと光った。

「奥様、そんなことをおっしゃらないでください。あの二人が探しに出ていたら、まっすぐ小屋に向かったはずです。私、小屋の場所を知らなかったものですから」

含みのあることを言われ、コニーの顔は怒りで紅潮した。しかし情熱の余韻を感じているいま、嘘をつくことはできなかった。メラーズとは何もないというふりさえできない。ボルトン夫人は意味ありげに顔をうつむけているが、女性という点ではむしろ味方と呼べた。

「あら、そう。それならそれでけっこうだわ。私は別に平気よ」

「奥様、ご心配なさらずに。小屋で雨宿りをされていただけですもの。ただ、それだけ」

屋敷に着いた。コニーはクリフォードの部屋にずかずかと入っていった。夫に対して、そのやつれた青白い顔と飛び出した目に対して、無性に腹が立っていたのだ。

「言っておきますけど、使用人にあとをつけさせるようなまねはおよしになって」コニーはいきなりぶちまけた。

「なんのことだ！」クリフォードは声を荒らげた。「どこに行っていたんだ。何時間も、何時間も、こんな嵐のなか。いったい森に何があるんだ。何をしていた。何時間も前に雨はやんでいるんだぞ。いま何時かわかっているのか。それは誰だって心配する。どこにいた。いまのいままで何をしていた」

「答えなかったらどうするおつもり」帽子をむしり取り、髪を揺する。

コニーを見つめるクリフォードの目がふくれ上がり、白目が黄色く濁ってきた。こんなふうに癇癪を起こさせてはならない。ボルトン夫人が数日は手こずらされる。コニーは急に気がとがめた。

「たしかに」と語気を和らげる。「どこにいたかと思うわね。嵐のあいだずっと小屋にいたのよ。軽く火を焚いて、楽しかったわ」

穏やかな口調になっている。さらに興奮させてどうなるというのか。だがクリフォードはコニーをいぶかしげな目で見た。

「その髪を見てみろ！　その格好を見てみろ！」

「それは」コニーは平然と答えた。「雨のなかに飛び出したからよ。服を全部脱いで」

クリフォードは絶句して、コニーを食い入るように見つめた。

「狂ったのか！」

「どうして？　シャワーの代わりよ」

「どうやって乾かしたんだ」

「古いタオルで乾かしたの。火に当たりながら」

クリフォードはまだ毒気を抜かれたような顔をしている。

「誰か来たらどうするつもりだった」

「誰が来るというの」

「誰？　誰が来るかわからんだろ。そう、メラーズだ。やつが来る。日が暮れたら――」

「そういえば、あとで来たわね。嵐のあとよ。キジに小麦をやるとかで」

コニーに悪びれた様子は少しもなかった。隣室で話を聞いていたボルトン夫人は感心しきりだった。女というのはこうまで何食わぬ顔ができるものなのか。

「雨のなかを馬鹿みたいに全裸で走りまわっているとき、やつが来たらどうしていた」

「びっくりして一目散に逃げ出したでしょうね」

クリフォードはコニーを見つめたまま固まっていた。本人には自分の意識下の動きなどわかるはずもない。そのうえ受けた衝撃が大きすぎて、意識の上層では何ひとつとして考えがまとまらなかった。体が空洞のようになり、相手の言葉をひたすら飲み込んでいる。その一方でコニーに見惚《みほ》れていた。それも仕方があるまい。顔全体が赤みを帯びて、美しい艶《つや》がある。ひと言で言えば、色気があったのだ。

「とにかく」怒りが治まってきたところでクリフォードは言った。「ひどい風邪を引かなくてすめばいいが」

「あら、風邪なんか」と答えながら、コニーはメラーズの言葉を思い出していた――君の尻はたまんねえ。そんな台詞《せりふ》を激しい雷雨のさなかに言われたのだと教えてやりたくてたまらなかった。だがそんなことはできない。コニーは侮辱を受けた女王のような素振りを見せてから、着替えをするために自分の部屋へと上がっていった。

その晩、クリフォードはコニーと和やかに過ごすつもりでいた。いま彼は最新の科学的な宗教書を読んでいる。彼には怪しげな宗教心があり、自分の行く末にだけは関心を抱いていたのだ。それにコニーと本の話をするのが習慣にもなっていた。というのも、二人のあいだでは化学実験のように会話を作る必要があったからである。化学反応を起こすように両者が頭のなかで会話を調合しなくてはならない。

「これをどう思う」クリフォードは読みさしの本に手を伸ばした。「君も火照《ほて》った体を冷ますのに雨のなかを走りまわる必要がなくなる。進化があと数十億年ほど続けばの話だが。ここだ――いま世界はふたつの側面を見せている。物理的には縮小し、精神的には上昇しつつあるのだ」

コニーは先を知りたいと思った。だがクリフォードは黙っている。コニーはあわて て彼に視線を向けた。

「世界が精神的に上昇しているとして、それでは下のほう、つまり元の場所には何が残されるのかしら」

「ああ、それか。筆者の言おうとしていることをそのまま受け取ればいい。この著者の場合、上昇の反対は縮小になる」

「いわば精神が吹き飛ばされたあとなわけね」

「いや、真面目に考えてくれ。この点に何か意味があると思うかい」

コニーはふたたびクリフォードに視線を向けた。

「物理的な縮小という点？　あなたは前よりも太ってきたし、私も痩せてきたとはいえない。昔と比べて太陽が縮んだ？　いいえ。アダムがイヴにリンゴを与えたとして、現代のリンゴと大きさはそう違わなかったはずよ。昔のほうが大きかったと思う？」

「まあ、続きを聞きたまえ――こうして世界は、私たちの時間感覚を超える緩慢な速度で新たな創造的次元へと入ってゆく。そして、いま目の前にある物質世界は、かろうじて存在しうる波動のごときものとなる」

コニーの目が楽しそうに輝いている。「波動」という言葉を聞いて、不謹慎な映像が次から次へと頭に思い浮かんだのだ。しかし、こう言うにとどめた。

「でたらめもいいところだわ。そんなにゆっくり起きていることも、ご自慢の頭脳なら理解可能だとでも言いたいのかしら。当人の肉体がこの世で使い物にならないのを宇宙のせいにしているだけの話よ。学者先生の妄言ね」

「いいから聞きたまえ。偉人の深遠な言葉は終わっていない――現在の世界秩序は、はるか遠い未来に終焉を迎えるであろう。そのあとに残されるものは、抽象的な形象ばかりが無限に広がる領域であり、みずからが作り出したものであり、はるか遠い昔に生じたものによって絶えず性質を変えられてゆく創造の力であり、そして、あらゆる秩序の形式をみずからの叡智で決定する神である――と、こういうことだ」

コニーは軽蔑しながら聞いていた。

「そのお方こそ、精神が吹き飛ばされてしまったのね。たわごとばかり言って。はるか遠いとか、秩序が終焉を迎えるとか、抽象的な形象ばかりの領域とか、性質が変わる創造の力とか、秩序の形式に関わる神とか。馬鹿みたい」

「まあ、いろいろな言葉がごちゃごちゃ詰まっているという印象は否めない。気体の集合体みたいだな。けれども、世界が物理的には縮小していき、精神的には上昇しているという考えには一理ある」

「そうかしら。まあ、上がるなら上がればいいわ。私の肉体をしっかりここに留めておいてくれるなら」

「自分の体が好きかい」

「大好きよ」あの言葉がよみがえる――とびっきりの尻だ。

「これはまたじつに珍しい。肉体など邪魔なだけだろう。まあ、しかし、女性が知的生活から無上の喜びを得るとは思えない」

「無上の喜び？」コニーは夫のほうに目を上げた。「いまみたいな馬鹿話が知的生活による無上の喜びだと言うの？　そんなのごめんだわ。私は肉体のほうがいい。肉体の生活のほうが本物だから。肉体が本当に目覚めるならば。でも、多くの人は死んだ体に頭がくっついているだけね。さっきの偉大なほら吹き先生みたいに」

クリフォードは虚をつかれた表情でコニーを見た。

「肉体の生活など獣の生活にすぎん」

「頭脳しかない屍《しかばね》の生活よりはましよ。いえ、まだ断言はできないわね。人間の肉体が本当に目覚めるのはこれからだから。ギリシア人が美しい光を与え、しかしプラトンとアリストテレスが命を奪い、イエスにとどめを刺された肉体が、いま息を吹き返し、墓のなかからよみがえろうとしているわ。人間の肉体生活は、美しい宇宙のなかで、それは美しいものになるのよ」

「まったく、君がその先駆者みたいな言い方だな。これから旅に出るからといって、浮ついた気持ちで不穏当な発言をするのはどうかと思うね。いかなる神がいるにせよ、その神が人間から内臓や消化器官を少しずつ取り除き、より高くてより精神的な存在へと進化させているというのが真実さ」

「そんなこと信じられて？　その神様が私の臓器のなかでついに目を覚まし、まるで夜明けが訪れたかのように、嬉々としてささやきかけているのに。あなたの話とは正反対の気持ちなのよ。信じられるわけないわ」

「それなら、それでけっこう。ところで、君が大変貌を遂げた理由はいったいなんだね。真っ裸で雨のなかに飛び出し、バッカスの巫女を演じる。騒ぎたかったのかい。ヴェニス行きが待ち遠しいのかい」

「両方よ。ただの旅行に興奮しすぎかしら」

「あけすけにしすぎだ」

「それなら、隠すようにします」

「いや、その必要はないさ。君の興奮が移って、こちらまでわくわくしてくる。なんだか自分が旅行するみたいだ」

「一緒に行きましょうよ」

「その話なら十分にした。だいたい君がそこまで興奮するのは、万事をひとまず忘れられるからさ。すべてよ、さようなら。いっときであろうと、それは興奮もするだろう。だが、別れに出会いは付き物。そして、出会いがあれば束縛が生まれる」

「もう束縛しあう関係なんかいらないわ」

「いい気にならないことだ。神様たちが聞いている」

コニーはすぐに考えを改めた。

「ええ、自重します」

とはいえ旅に出ると思えば興奮もする。束縛を断ち切れるのだ。興奮せずにいられようか。

クリフォードは目が冴えて眠れず、ボルトン夫人と夜通し賭けトランプをした。夫人はあまりの眠さで生きた心地がしなかった。

ヒルダが来る日になった。コニーはメラーズと手はずを整えておいた。一緒に夜が過ごせそうなら、自室の窓辺に緑のショールを吊るしておく。中止の場合は赤だった。

ボルトン夫人が荷造りを手伝ってくれた。

「よい気分転換になりますわね」

「ええ。しばらく夫を預けますけど、大丈夫？」

「もちろんですとも。旦那様のお相手でしたらお任せください。どんなことにでも対処いたします。旦那様、以前より元気になられました」

「とても元気になったわね。あなたのおかげよ」

「そんなことは。それにしましても、やはり殿方は殿方。ただの赤ん坊です。喜ばせて、おだてて、自分のほうが偉いと思わせないといけません。奥様もそう思われませんか」

「その点は経験不足ね」

コニーは作業の手を休めた。

「ご亭主のときも手綱を締めて赤ん坊のように扱ったの？」ボルトン夫人の目を見ながら尋ねる。

ボルトン夫人もひと息入れた。

「なだめすかす必要はありましたが、私の気持ちはかならず汲んでくれ、たいがいは譲ってくれました」

「気難しくはなかった？」

「いいえ。ただ、夫の目つきが変わったときは、私のほうで引き下がるようにしました。それ以外のときは夫が折れてくれました。ええ、気難しいというわけでは。私もいばらず、一線は越えないようにして矛《ほこ》を収めました。ずいぶんと我慢したものです」

「意地を張っていたら、どうなっていたのかしら」

「さあ、わかりません。当時もわかりませんでした。夫が悪い場合でも、つむじを曲げられたときには、私のほうから歩み寄りましたから。夫婦の関係を壊したくはなくて。男性に本気で歯向かったら取り返しがつきません。大事に思う相手がてこでも動かないときは意地を張らない。こちらが正しかろうとなんだろうと関係ありません。そうしなければ何かが壊れてしまいます。ですが、じつを言いますと、私が自分の非を認めず、テッドが譲ってくれるときもありました。お互いさまなのでしょう」

「それは患者さんが相手でも同じ?」

「いいえ、同じように扱うことはありません。患者の利益なら理解しています。少なくとも理解するよう努めています。それさえできれば、あとは患者のことを第一に考えて世話をするだけですが、べつに愛しているわけではありませんから、対処の仕方は異なります。誰かを本気で好きになったことのある女性なら、自分を必要とする男性には概して優しくなれます。しかし、愛する相手と同じように接することはありません。本物の愛情ではないのですから。誰かに心を捧げたあとで、また誰かに心を捧げられるものでしょうか」

この言葉を聞いてコニーは怖くなった。

「本気になれるのは一度だけなのかしら」

「あるいは、一度も本気になれないか。大半の女性は愛を知りません。愛の芽生えさえも感じません。その意味などわからないでしょう。それは男性も同じです。私の場合、本気で恋をする女性を見ると心臓がぴたりと止まるような思いがします」

「男性はすぐに怒るもの？」

「それはもう、自尊心が傷つけられたら。ですが、女性も同じではありませんか。自尊心に多少の違いはありますけど」

コニーはこの点について考えた。旅に出るのがやはり不安に思えてくる。メラーズのことを故意に避けていることになりはしないか。一時的であろうとなかろうと関係はない。向こうもそれに気づいている。だから妙に皮肉っぽい口の利き方をしていたのだ。

そう、人間という存在はいまなお外部の環境に大きく影響されているのだ。いまのコニーも環境の支配下にあった。わずか五分間でさえ、自分を解放することができない。解放したいとも思わないのである。

木曜の朝、ヒルダは早めに到着した。二人乗りの軽快な自動車で、車体の後部に小型のトランクがくくりつけてある。例によって貞淑な乙女といった風情のヒルダであるが、持ち前の強固な意志にも変化はない。とにかく途方もない意志の持ち主なのだ。その点は彼女の夫も承知している。にもかかわらず、夫は妻と離婚しようとしていた。ヒルダのほうでも夫が離婚しやすいように配慮している。ヒルダに愛人がいるわけではない。このところ男性との関係は断っていた。誰からの干渉も受けない人生に大きな喜びを感じていたのだ。二人の子供たちも思いのままにできる。彼らのことはとにかくきちんと育てるつもりでいた。

荷物は小型のトランクをひとつだけという約束だったが、コニーは大型のトランクにしたので、それを汽車で向かう父親に前もって送っておいた。車でヴェニスなど信じがたい。七月のイタリアを車で走るのは暑すぎる。快適な汽車の旅にするつもりだ。そう言っていた父親がスコットランドから到着したばかりだった。

見かけは朴訥だがじつは切れ者の陸軍元帥とでもいうように、ヒルダは旅に必要な手筈をすべて整えた。いま二人は上の部屋でおしゃべりをしている。

「でも」コニーはびくびくしながら言った。「今夜はこの近くに泊まりたいの。ここではなくて、この近く」

ヒルダは灰色の謎めいた目で妹を見据えた。外見上は温厚に見えるが、じつは激《げき》しやすい性格なのだ。

「この近くのどこ」ヒルダは穏やかな声で尋ねた。

「じつは、私、好きな人がいるのよ」

「何かあるとは思ったわ」

「近くに住んでいるの。今夜だけはどうしても一緒に過ごしたい。約束だから」コニーはせがんだ。

ヒルダは知恵の女神ミネルヴァを思わせる頭を黙って下げ、しばらくして顔を上げた。

「相手はどんな人」

「ここの森番」口ごもるように答えたコニーの顔が朱に染まる。恥じ入る子供のようだ。

「コニー！」ヒルダはいまいましげに鼻をつんと上向けた。母親譲りの癖である。

「ええ、そうよ。でも、本当にすてきな人なの。本物の優しさを知っていて」コニーはメラーズを弁護する口ぶりになった。

ヒルダは女神を思わせる血色のいい顔をうつむけて考えた。心のなかでは怒りが渦巻いていたが、それを表に出すわけにはいかなかった。コニーは父親に似た部分があり、すぐに大騒ぎをして始末に負えなくなるのだ。

たしかにクリフォードは嫌いだ。あの冷静な自信。自分が偉いつもりでいるのだろう。妻をいいように使うところなどはじつに浅ましい。コニーも別れてしまえばいいものを。そんなふうにも思ったが、実直なスコットランドの中産階級であるだけに、自分であれ家族であれ、身を落とすようなまねだけは許せなかった。

ようやくヒルダは顔を上げた。

「後悔するわよ」

「しないわ」コニーは血相を変えた。「あの人だけは違う。私は本気で彼を愛している。素晴らしい恋人なの」

ヒルダはまだ考えている。

「すぐに飽きて、ずっと自分を責めることになるから」

「そんなことないわ。彼の子供を産むつもりよ」

「コニー！」ヒルダは金槌を激しく打ちつけるような声を出した。怒りで顔が青ざめている。

「できれば産みたい。彼の子が産めるなら、こんなうれしいことはないもの」

話しても無駄だった。ヒルダはじっくり考えた。

「クリフォードは感づいていないの？」

「まさか。なぜ？」

「いくらでも疑う理由がありそうだから」

「そんなことないわよ」

「今夜もむやみに冒険しようとしているじゃない。住まいはどこ」

「森の向こう側」

「独身？」

「いいえ。奥さんなら出ていったわ」

「何歳？」

「わからない。私よりは上だけど」

返事を聞くたびにヒルダの怒りが増していく。母親もかっとなるたちで、よく癇癪を起こしたものだったが、ヒルダは怒りを抑え込んだ。

「私なら今夜の冒険はよしておくわね」ヒルダは穏やかな声で諭した。

「無理だわ。どうしても今夜は一緒にいたいの。でなければヴェニスには行けない。絶対に無理よ」

ふたたび父親の声を聞いた気がしたヒルダは、とりあえず慎重を期して引き下がった。一緒にマンスフィールドまで行って夕食を取り、暗くなってからコニーを小道の入り口まで送り届け、自分自身は車で飛ばせば三十分の距離のマンスフィールドに泊まり、次の日の朝、同じ地点まで迎えに行くことを承諾したのだ。承知はしたが、心のなかでは憤慨していた。旅程が狂ってしまったのである。妹への恨みが募った。

コニーは鮮やかな緑色のショールを窓辺に垂らした。

妹に対する怒りから、ヒルダはかえってクリフォードに好意を覚えた。考えてみれば彼には知性がある。そのうえ体の機能の問題で性生活を営むことができない。これは都合がよかった。そのぶんいざこざが減る。ヒルダはもう性生活などまっぴらだと思っていた。性のことになると、男は下劣で自分勝手なけだものに変身するからだ。はっきり言って、コニーは大半の女性よりも我慢の種が少ない。ただ本人だけがそれに気づいていなかった。

クリフォードもヒルダに対する考えを改めた。いろいろと問題はあるが、やはりヒルダはまぎれもなく知的な女性である。夫が政界に進んだとしても立派な伴侶になるだろう。コニーのような愚かさがない。コニーはむしろ子供である。心もとない部分があるので、何かと大目に見てやらねばならなかった。

広間で早めのお茶になった。日差しが入るように、扉をあちこち開けてある。誰もが少し興奮しているようだった。

「では、コニー。気をつけて」

「行ってきます、あなた。すぐ戻りますから」コニーは思わず情にほだされそうになった。

「ヒルダ、コニーのお目付け役を頼む」

「しっかり見張っていますから。あまりふらふらさせません」

「約束だ」

「行ってくるわね、ボルトンさん。夫の世話をお願いします」

「承知しました、奥様」

「それから、何かあったら手紙をちょうだい。夫の様子も知らせてね」

「わかりました。そのようにいたします。お帰りを楽しみにしております」

全員が手を振るなか車が発進した。コニーが振り返ると、車椅子に乗ったクリフォードが玄関前の石段の最上段にいるのが見えた。やはり彼は自分の夫であり、ラグビー館《ホール》は自分の家なのだ。そういう巡り合わせなのだ。

使用人のチェインバーズ夫人が門を押さえながら、「奥様、すてきな旅を」と言った。車は庭園を覆っている暗い木立を一気に抜けて大通りに出た。坑夫たちがぞろぞろと家路をたどっている。それから車は方向を変え、クロスヒル街道に入った。幹線道路ではなく、マンスフィールドに通じる道だ。コニーは人目を避けるようにゴーグルを着けた。車は線路沿いを進んだ。線路は眼下の切通しを走っており、しばらくして車はその切通しにかかっている橋を渡った。

「そこが小屋に入る小道よ」コニーは言った。

ヒルダが苛立たしげにそちらへ目をやる。

「まったく、なんで寄り道なんか。本当なら九時にはロンドンのペルメル街に着けるのに」

「ごめんなさい」コニーはゴーグル越しに言った。

まもなくマンスフィールドに着いた。かつては情緒のある町だったが、いまは見るも無残な炭鉱町である。ヒルダは旅行案内書にあるホテルの前で車を停め、部屋を取った。見るべきものがない町で、ヒルダは口も利けないくらい腹を立てていたが、コニーは彼の身の上話をやめられずにいた。

「彼、彼って。名前は何？　ほかに言い方はないわけ？」ヒルダが噛みつく。

「名前で呼んだことがないから。彼も私を名前では呼ばないし。考えてみれば変ね。

ジェイン、ジョン・トマスとは呼びあうけど。名前はオリヴァー・メラーズよ」

「どうしてチャタレーの令夫人からただのメラーズ夫人になりたいの」

「なりたいからよ」

何を言っても無駄だった。まあ、四、五年のあいだインドで軍の中尉をしていた男なら、そう見苦しくはないだろう。気骨もあるようだ。ヒルダは少し許す気になった。

「いずれは別れて、関係したことを恥ずかしく思うでしょうよ。労働者階級の人たちとうまくいくわけないもの」

「社会主義者が聞いて呆れるわ。いつもは労働者の味方なのに」

「政治的な危機のときは味方よ。でも味方になってみると、同じような生き方はできないことがわかる。気取るつもりはないけど、調子がまるで合わないのよ」

正真正銘の政治的知識人と付きあいのあるヒルダが相手では、言い争っても負けは見えていた。

ホテルでのなんの変哲もない夕べが過ぎ、やがて味気ない夕食となった。それが終わると、コニーは小さな絹のバッグに所持品を詰め、それから髪をとかした。

「ねえ、ヒルダ。やっぱり愛は素晴らしいわね。生きているのが実感できるもの。それに自分が何かを生み出せる人間だという気さえするわ」これでは勝手な自慢話だと言われても仕方あるまい。

「おそらく蚊も同じ気分でしょうよ」ヒルダが皮肉な調子で言い返す。

「そう思う？　それならすてきだわ」

こんなうらぶれた町でも夕暮れは不思議なほど澄みわたり、なかなか消え去ろうとはしなかった。この薄明かりが朝まで続くのだろうか。ヒルダは車を出した。その顔が怒りのせいで能面のようになっている。今度はボルソヴァー経由の道をたどった。コニーはゴーグルを着け、変装用の帽子をかぶり、黙りこくっている。ヒルダに関係を反対され、彼を断固として弁護するつもりになっていたのだ。何があっても味方するつもりでいた。

クロスヒル村を通る前にヘッドライトを点《つ》けた。明かりを点けた小さな汽車が切通しを走っていく。それを見ると夜の深さが感じられた。橋のたもとから小屋へ続く小道に入るつもりでいたヒルダは、急に車の速度を落として本道から大きくそれた。ヘッドライトの光の先に草の茂った小道が浮かび上がる。コニーは目を凝らした。ぼんやりと人影が見える。車が停まると、コニーはドアを開けた。

「ここだわ」コニーは静かに言った。

だがヒルダはヘッドライトを消し、車をバックさせながら向きを変えることに集中している。

「橋に車は来ていない？」ヒルダはぶっきら棒な声で言った。

「大丈夫です」メラーズの声が聞こえた。

ヒルダはバックで橋に入った。そしてギアを入れ換え、街道を数メートル進んでから、今度はバックで小道に乗り入れた。草やわらびを踏みしだきながらニレの木の下を通っていく。ライトがすべて消える。コニーは車を降りた。メラーズが木立の下に立っている。

「待った？」

「それほどでもないかな」

二人はヒルダが降りるのを待っていたが、ヒルダは助手席のドアを閉め、そのまま座っている。

「姉のヒルダよ。挨拶してくださる？　ヒルダ、メラーズさん」

メラーズは帽子を持ち上げたが、そこから動かなかった。

「ねえ、ヒルダ。お願いだから家まで来て」コニーがせがむ。「すぐそこだから」

「車はどうするのよ」

「みんな小道に置いていくわよ。鍵は持ってね」

ヒルダは黙って考え、それから後ろを振り返った。

「あの茂みの裏は入れるのかしら」

「ええ」メラーズが答える。

ヒルダはバックでゆっくりと茂みをまわり、車道から見えなくなったところで鍵をかけ、車を降りた。夜ではあるが、ほのかに明るい。誰も通らない小道のそばに荒れ果てた大きな生垣があり、それが黒々として見えた。夜気には清々《すがすが》しくて甘い香りが漂っている。メラーズが先頭に立ち、コニーとヒルダがあとに続いた。三人とも無言である。歩きにくい場所では懐中電灯の光が照らされた。オークの木立でフクロウがほうほうと静かに鳴き、犬のフロッシーが音も立てずについていく。誰もしゃべらずにいた。何も話すことがなかったからだ。

ほどなくして家から漏れる飴色の火影《ほかげ》が見え、コニーの心臓の鼓動が速くなった。軽い不安を覚えたのだ。三人は列を崩さずにゆっくりと歩いていった。

家の鍵を開けたメラーズから先に、温かいが飾り気のない小さな部屋に入った。暖炉には小さな火が赤く燃えている。テーブルに皿とグラスがふたつずつ置かれ、珍しいことに、きちんとした白いテーブルクロスが掛かっていた。ヒルダは髪を揺すり、がらんとした室内を見まわした。それから思いきって男に目をやった。

中背で痩せている。ヒルダはハンサムだと思った。自分なりの距離を淡々と保っており、進んでしゃべるようには見えなかった。

「座ってよ、ヒルダ」

「どうぞ」メラーズも席を勧めた。「お茶か何か淹れましょうか。それともビールにされますか。ほどよく冷えています」

「ビールをお願い」コニーは言った。

「ビールをお願いします」ヒルダがわざとはにかむように応じる。メラーズはヒルダを見て目をしばたたいた。

メラーズは青い水差しを手に取ると、床を踏み鳴らすようにして貯蔵室へ向かった。ビールを持って戻ってきたときには顔つきが変わっていた。

コニーは戸口のそばに腰かけ、ヒルダはメラーズの椅子に座った。壁を背にした窓際の席である。

「彼の椅子よ」コニーがそっと教えると、ヒルダは火傷《やけど》でもしたかのように椅子から勢いよく立ち上がった。

「いいって、いいって。好きなとこ座ってなよ。誰が偉いってわけでもねえんだから」メラーズは落ち着き払って言った。

そしてヒルダにグラスを渡し、青い水差しのビールを最初に注いだ。

「煙草はないんだ」メラーズは言った。「まあ、自分のがあるか。俺は吸わないんでね。なんか食べるかい」コニーのほうをまっすぐに見る。「持ってきたら、ちょっとは食べるな。いつもそうだから」土地の言葉をごく平然と使う。まるで宿屋の主人だ。

「何があるの」コニーは顔を赤らめながら言った。

「茹でたもも肉、チーズ、それと酢漬けのクルミ。たいしたもんじゃないけどね」

「いただくわ。ヒルダは？」

ヒルダは顔を上げてメラーズを見た。

「どうしてヨークシャーの言葉をお使いになるのかしら」穏やかな声で尋ねる。

「これかい？　ヨークシャーじゃなくてダービーだ」

メラーズはいつものよそよそしい皮肉な笑みを浮かべてヒルダを見返した。

「ではダービーにしておきましょう。それなら、どうしてダービーの言葉を。先ほどまではふつうの言葉遣いでしたのに」

「そうだったかな。変えたくて変えちゃだめかい。いや、好きなときにダービーの言葉を使わせてもらうよ。おたくがかまわないんなら」

「気取った感じに聞こえますわね」

「かもしれないな。まあ、このテヴァシャルじゃ、おたくのほうが気取って聞こえるが」メラーズはふたたびヒルダに視線を向けた。下目を使うのが、なんだか遠くから値踏みをしているように見える。「で、おたくは何者です」と言いたいのだろうか。

メラーズは大きな足音を立てて貯蔵室に向かった。食べ物を取りに行ったのだ。

姉妹は黙って座っている。もう一組の皿とナイフとフォークを持ってくると、メラーズは言った。

「よければ上着を脱がせてもらおう。いつもそうしてるんでね」

メラーズは脱いだ上着を釘に掛け、シャツ一枚でテーブルについた。クリーム色の薄いフランネルの生地である。

「さ、どうぞ。勝手にやってください」

メラーズはパンを切るだけ切って、あとはじっと座っていた。以前のコニーと同じように、ヒルダもまたメラーズが沈黙と距離を自在に操っていると思った。テーブルに置かれた彼の小作りな手は繊細で力みが見えない。この男はただの労働者などではなく、そういう演技をしているだけなのだ。

「先ほどの続きですけど」ヒルダはチーズをかじりながら言った。「私たちと話すときは、この土地の言葉ではなく、ふつうの言葉のほうが自然ではありませんこと」

メラーズはとっさにヒルダの表情をうかがった。彼女の恐るべき意志の強さを感じ取ったのだ。

「そういうものでしょうか」ふつうの言葉遣いに戻っている。「ごく自然にということでしたら、あなたは私に向かって、妹が戻ってくる前にくたばっておいてくださいとおっしゃらなければいけません。当然、こちらも聞くに堪えないような言葉を返す。これ以外に自然なことがあるでしょうか」

「ありますとも」ヒルダは答えた。「礼儀作法も自然には違いありません」

「第二の自然というくらいですからね」メラーズは笑い声を立てた。「はっきり言って、礼儀作法にはうんざりです。放っておいていただきましょう」

あからさまにやっつけられたヒルダは腹を立てた。こちらの表敬に気づいている素振りを見せてもいいはずなのに、この男は演技をしたり、偉そうな態度を取ったりしている。自分のほうが栄誉を与えていると言わんばかりではないか。まったく厚かましい。いったいコニーもどうしたのかしら。こんな男の言いなりになって。

三人は黙って食事をした。男の作法を見極めようとしていたヒルダは、男の持って生まれた優雅さと毛並みの良さにはかなわないと思いはじめていた。自分にはスコットランド人特有の武骨さがある。それにひきかえ、この男はイングランド人らしい密やかな自信があり、放恣なさまがみじんも見えない。そう簡単に勝てる相手ではないだろう。

そうかといってメラーズがヒルダに勝てるというわけでもなかった。

「正直なところ」もう少し理解を示すような調子でヒルダは言った。「危険を冒す値打ちがありまして？」

「何がでしょう」

「妹との情事です」

メラーズの顔に、人の気持ちを逆なでするような例の皮肉な笑みがよぎった。

「妹さんに訊いてみりゃいい」

そう言ってコニーに視線を向ける。

「君が来たくて来る。だろ？　無理に来いと言ったかい」

コニーはヒルダを見た。

「姉さん、うるさいことは言わないで」

「私も野暮は言いたくないわ。でも冷静に考える人がいないと。人生には一貫性というものが必要なのよ。すべてをぶち壊しにするようなことはしないで」

一瞬の間が空く。

「一貫性ときましたか。それはまたどういう意味です。ご自分の人生に破綻がないとおっしゃるんですか。たしか離婚されると聞きましたがね。矛盾してはいませんか。つまりは一貫して頑固というだけの話でしょう。そんな生き方を続けてどうなります。いずれは窮屈な自分にうんざりするだけだ。強情な女が意地を貫く。なるほど、そこまでやれば一貫性にも揺るぎがない。いや、助かりましたよ。あなたが恋人ではなくて」

「なんの権利があって、そんなことを言うのかしら」ヒルダは責めたてた。

「権利ときましたか。あなたこそどんな権利があるというんです。一貫性とやらで人を縛ろうとして。そんなもの、人それぞれでしょう」

「私があなたのことを気にかけているとお思い？」ヒルダは冷静な声で言った。

「もちろん、そうでしょうとも。無理もありません。言ってみれば、あなたは義姉なわけですから」

「まだ遠い先の話よ」

「いや、そうでもありません。こちらにもそれなりの一貫性があるんでね。あなたのものと比べても負けやしない。それに、そこの妹さんが、少しばかりのあれと少しばかりの優しさが欲しくて私のところに来るのだとしたら、それは自分の気持ちがわかっているからです。それで私のベッドにも入った。ありがたいことに、あなたは入ったことがない。自分で自分をがんじがらめにしているせいで」重い沈黙が降りた。メラーズは続ける。「私も男ですからね。いただけるものがあるなら、自分の運に感謝するだけのこと。そこのご婦人は男を楽しませる。あなたみたいな女性にはできないことだ。じつに惜しい。あなただって、酸っぱいリンゴなんかではなく、うまいリンゴになれるかもしれないのに。うまく育ててやればですが」

ヒルダを見つめながら、メラーズは奇妙な笑みをちらりと浮かべた。なまめかしさが感じられる値踏みするような笑みだ。

「あなたのような男性は隔離する必要がありそうね」ヒルダは言った。「自分の低俗さと放縦な色欲を正当化するようでは」

「いや、奥さん。少しくらいは私のような男が残っていたほうがいい。まあ、あなたには関係ありませんね。孤独が相手だから」

ヒルダは席を立ち、戸口に向かった。メラーズも立ち上がり、釘に掛けてある上着を手にした。

「一人で戻れますから」ヒルダは言った。

「お送りしますよ」メラーズは悪びれずに言った。

先刻と同じように、三人は律義に列を作って小道をたどった。口を開く者はいない。まだフクロウが鳴いている。あとで撃ち殺さなければ、とメラーズは思った。

車は元の場所にあった。少しだけ露に濡れている。ヒルダは車に乗ってエンジンをかけた。コニーとメラーズはじっと待っていた。

「言っておきますけど」運転席のヒルダが言う。「きっと後悔するわよ。二人とも」

「毒も薬にはなる」暗闇から男の声がする。「私にはご馳走です」

ぱっとヘッドライトが点いた。

「朝は待たせないでね、コニー」

「ええ。おやすみ、ヒルダ」

車はゆっくりと車道に出て、たちまち姿を消した。夜の静寂だけが残された。

コニーがおずおずとメラーズの腕をつかむ。二人は小道を引き返した。メラーズは黙っている。ややあってからコニーはメラーズの腕を引いて立ち止まらせた。

「キスして」とささやく。

「いや、ちょっと待った。気を静めてからだ」

その反応がコニーには面白かった。腕をつかんだまま足早に道を行く。どちらも無言である。コニーとしては、いまこうして彼といられるのが幸せでならない。危うくヒルダに連れ去られるところだった。そう思うと体が震えた。しかしメラーズの沈黙が不可解だ。

小屋に入った瞬間、コニーはうれしくて飛び上がりそうになった。もう姉はいない。

「ヒルダに冷たかったわね」

「途中で引《ひ》っ叩《ぱた》いてやればよかったかな」

「どうして？　すごく優しい人よ」

それには反論せず、メラーズは慣れた様子で静かに片付けを始めた。明らかに怒っている。でも、私にではない。コニーはそう思った。たしかに怒ってはいるが、怒りの中心にはコニーへの愛があるのだ。しかも怒ると妙な色気が出る。その内面的な輝きにコニーはおののき、手足から力が抜けた。だがメラーズ自身はまったく気づいていない。

メラーズがコニーに目を向けたのは、腰を下ろして長靴のひもをほどいているときだった。眉根には依然として怒りがわだかまっている。

「上に行かないのかい。蠟燭ならそこにある」

わずかに頭を動かし、テーブルの上で燃えている蠟燭を示す。黙って蠟燭を取ったコニーが階段を上がっていく。メラーズはその豊満な臀部《でんぶ》を目で追った。

狂おしいほど官能的な夜だった。いささか気が動転したコニーは思わず「やめて」と言いそうになったが、結局は刺すような官能の喜びに貫かれてしまった。優しさから来る喜びとは違う。はるかに鋭くて激しい。いまはこちらが欲しかった。少し怖かったが、彼の思いどおりにさせていると、その大胆で恥知らずな喜びに根幹から揺さぶられ、丸裸にされ、別の女にされた。かならずしも愛ではない。たんなる快楽とも異なる。それは、炎のように人を焼きつくしてしまう激しい官能、魂を燃やし去ってしまう官能だった。

それは、もっとも神秘的な場所に潜む恥、もっとも深くて古い恥すら焼きつくしてしまう官能なのだ。コニーは抵抗する気持ちを捨て、彼に身を委ねた。そのためには、奴隷のようにすべてを受け入れねばならない。肉の奴隷である。だが燃えさかる情熱にあおられ、焼きつくされ、官能の炎に腹や胸が貫かれると、自分は死ぬのだと本気で思った。ただし、それは鮮烈な奇跡の死であった。

中世の神学者アベラールはエロイーズとの恋愛中に情熱という情熱を極限まで味わったという。その意味についてコニーはたびたび考えた。千年前も同じだったとは。それを言うなら一万年前も同じだ。ギリシアの壺に描かれている。あらゆる時代にあったのだ。極限の情熱。放埒《ほうらつ》な官能。いかなるときであろうと、まやかしの恥は焼きつくされ、肉体という最高に重い鉱石は溶解されて純化されなければならない。純然たる官能の炎で。

この短い夏の夜、コニーはじつに多くのことを学んだ。そうでなければ恥は女を殺してしまうと思ったことだろう。けれども死んだのは恥のほうだった。恥とは恐怖にほかならない。肉体に根差す羞恥心、体内の奥に巣食って官能の炎でしか追い払えない大昔からの肉体的な恐怖心。そういうものがとうとう男の男根によって目覚めさせられ、狩り出され、その結果コニーは自己の密林の中心にたどり着いたのだ。岩盤の中心部に突き当たったのだとコニーは思った。羞恥の念はない。丸裸でも臆することなく、おのれが官能そのものとなっていた。これは勝利である。栄《は》えある勝利だった。そうか、こういうことだったのか。これこそが人生。これこそが本当の自分。隠すべきものも、恥ずべきものもない。しかも、本当の意味での裸体を、自分とは別個の存在である一人の男と分かちあっている。

なんと大胆不敵な男であることか。まさに悪魔といえよう。こちらも強くなければ耐えられない。肉体の密林の中心部、肉体の深奥に根差した本質的な羞恥へと達するには時間がかかる。しかも探れるのは男根だけなのだ。それにしても、この男にどれほど激しく責めたてられたことか。恐ろしくていやになった。だが本当は男の行為を強く望んでもいたのだ。いまならそれが理解できる。そもそも心の底では、男根によって自分の肉体が狩られることを必要とし、またそれを密かに望んでもいた。しかし、そんなことは起こりえないと思っていたのだ。すると、それは不意に訪れて、いまはもう自分の究極の裸体を一人の男と共有している。恥は消え失せた。

詩人だけではない。誰も彼もが大嘘つきではないか。人に気持ちが大事だと思わせる。人が何よりも望むのは、この突き刺して焼きつくす恐ろしい官能であるのに。羞恥心とも、罪悪感とも、土壇場の猜疑心とも縁のない豪胆な男に出会えたのはよかった。事後に男が恥じ入り、こちらも恥じ入ることになっていたら。そう思うと背筋が寒くなる。残念ながら、魅力と情熱を兼ね備えた男は皆無に等しい。大半の男はこそこそしていて犬にそっくりだ。たとえばクリフォード。それからミケイリス。二人とも性のことになると犬みたいになり、きまり悪そうな顔をする。知性こそが無上の喜びと言われても。女にとって、そこにどんな意味があるというのだろう。正直、男にとっても意味はあるまい。頭脳を働かせても混乱するばかりで、犬みたいになってしまうのだから。純然たる情熱があってこそ、頭脳は研ぎ澄まされて活性化する。必要なのは純粋に燃えさかる情熱。混沌などいらない。

ああ、いったい本物の男はどこにいるのか。そろいもそろって犬のようにとことこ走って、くんくん嗅いで、交尾する。そう思っているところへ、恐怖心も羞恥心も持たない男が現れたのだ。コニーは目の前にいる本物の男に目を向けた。獣のように眠り込んでいる。はるか遠い眠りのなかにいる。コニーは横になり、体をすり寄せた。置き去りにされたくはなかった。

やがてメラーズが眠りから覚め、コニーも完全に目を覚ました。ベッドに起き上がったメラーズがコニーをじっと見下ろす。コニーの視線は彼の目に映じる裸の自分をとらえた。ありのままの姿が見られているわけだ。この男の認識がまるで目から滑らかに流れ出してくるようで、コニーは官能に包まれる気がした。四肢と身体が眠りから覚めきらず、けだるく情欲に燃えている。この感覚の天にも昇る心地よさといったら。

「起きる時間?」

「六時半だ」

小道での待ち合わせは八時である。こうしていつも時間に追われるのだ。

「まだ起きなくても大丈夫よね」

「朝食を作って、持ってこようか」

「ええ、お願い」

フロッシーが下でくうんと鳴いた。メラーズは立ち上がり、パジャマを脱ぐとタオルで体を拭《ふ》いた。勇気と生気にあふれた人間はじつに美しい。黙って見ていたコニーはそう思った。

「カーテンを開けてもらえるかしら」

すでに太陽が柔らかな青葉を照らしていた。すぐそばには青みがかった清々しい森が見える。ベッドの上に起き直ったコニーは、天井にある窓の外へうっとりとした目を向けた。むき出しの腕があらわな乳房を持ち上げている。メラーズが身支度しているあいだ、コニーはぼんやりと人生について考えた。彼との人生。本当の人生。

メラーズは行こうとしていた。ベッドの上でうずくまっている彼女の危険な裸身から離れていこうとしていた。

「ネグリジェはどこ」

メラーズはベッドの下に手を突っ込み、薄い絹のネグリジェを引っ張り出した。

「足に引っかかった気がしたんだ」

ネグリジェは半分に裂けかけていた。

「いいわ、別に。この家のものだから。置いていく」

「なら、置いていくといいよ。夜になったら股のお供にする。名前とか印はないね？」

「ええ。ふつうの着古しよ」

コニーは裂けたネグリジェを着て座り、うっとりと窓の外を眺めた。窓が開いているので朝の空気が流れ込み、さらに鳥の声も聞こえた。鳥がひっきりなしに飛び去っていく。フロッシーがふらふらと外に出てくるのが見えた。朝の情景である。

階下から、火をおこし、水を汲み、裏口から出ていく音がした。やがてベーコンの匂いが漂ってきたかと思うと、メラーズが戻ってきた。かろうじて戸口が通れる大きな黒い盆を持っている。その盆をベッドに置き、メラーズはお茶を淹れた。コニーは破れたネグリジェ姿であぐらをかき、むさぼるように食べた。メラーズはひとつしかない椅子に腰かけ、自分の皿を膝に載せた。

「おいしい。一緒に朝食をいただけるなんて。本当にすてきだわ」

メラーズは黙々と食べた。刻々と過ぎていく時間のことを考えていたのだ。その様子を見てコニーは思い出した。

「このまま一緒にいることができて、ラグビーが遠い彼方《かなた》にあればいいのに。私が離れるのはラグビー。わかっているの？」

「ああ」

「約束よ。あなたと私、二人で一緒に生活をする。いいわね？」

「ああ。そのときが来たら」

「もちろん、絶対に。そうでしょう?」コニーは身を乗り出し、お茶がこぼれるのもかまわずにメラーズの腕をつかんだ。

「ああ、そうさ」メラーズは盆の上を片付けながら答えた。

「一緒は無理なんてことないわよね」訴えるような声だ。

見上げたメラーズの顔に笑みがよぎる。

「ないとも。ただ、あと二十五分で出発だ」

「もう?」と大きな声を上げた瞬間、メラーズが「静かに」というように指で合図をして立ち上がった。

フロッシーがひと声わんと吠えてから、きゃんきゃんきゃんと警戒するように鳴いたのだ。メラーズは皿をそっと盆に置いてから階下へ向かった。庭の小道を歩いていく音がする。自転車のベルがちりんと鳴ったからだ。

「おはよう、メラーズさん。書留です」

「ああ、そうかい。鉛筆は?」

「どうぞ」

間が空く。

「カナダだね」と聞き慣れない声。

「ああ。知り合いがブリティッシュ・コロンビアにいてね。何を書留にしたものか」

「もしや大金ってことは」

「あるいは頼みごとか」

ふたたび言葉が途切れる。

「それにしても、いい天気で」

「ああ」

「じゃあ、また」

「また」

しばらくしてメラーズが戻ってきた。なんだか怒っているようだ。

「郵便屋だった」

「ずいぶん早いのね」

「田舎だからさ。届け物があると、だいたい七時前には来るんだ」

「お友達からお金でも？」

「いや、写真と資料だった。ブリティッシュ・コロンビアのどこかだろう」

「そこへ行くつもりなの？」

「一緒にどうかと思ってね」

「ええ、喜んで。きっとすてきよ」

そういう話になったが、メラーズは郵便配達人が来たことで不機嫌になっていた。

「あの自転車ってやつは、いつのまにかそばに来ている。何も気づかれていなければいいが」

「気づかれていないわよ、別に」

「いい加減に起きて用意したらどうだい。その辺を見てくる」

小道へ偵察に出ていくメラーズの姿が見えた。犬を連れ、肩に銃を掛けている。コニーも下に行って顔を洗い、メラーズが戻ってくるまでに準備しておいた。所持品は小さな絹のバッグに入れてある。

メラーズは小屋に鍵をかけた。小道は避けて森を抜けていく。慎重になっているのだろう。

「昨夜《ゆうべ》のようなときを味わうために人は生きているのかしら」

「ああ。ただ、ほかにも考えるべきことがたくさんある」ずいぶんとすげない返事だ。

メラーズが先に立ち、二人は無言のまま草木の茂る小道を歩いていく。

「私たち二人で一緒に暮らして、一緒に人生を歩んでいくの。絶対に」コニーは懇願するように言った。

「そのときが来たらね」メラーズは振り返りもせずに大股で歩きつづける。「でも、君はこれからヴェニスだかどこだかに行く」

コニーは黙って歩いた。心が沈んだ。ああ、本当に行くのだ。

ほどなくしてメラーズの足が止まった。

「ちょっと向こうに行ってくるよ」そう言って右のほうを指差す。

コニーはかまわずメラーズの首に両腕を巻きつけてすがりついた。

「いつまでも優しくしてくれるわね」と耳打ちする。「昨日の夜はとてもすてきだったわ。いつまでも優しくしてくれるわね」

メラーズは接吻で答えると体を抱いた。しばらくしてふうと息を吐き、ふたたびくちづけをする。

「車が来ているか見てくる」

クロイチゴの低い茂みとワラビを踏み越えていく。シダのあいだに道ができた。一、二分して、まっすぐ戻ってきた。

「まだ来てないな。ただ、道路にパン屋の荷馬車がいる」

その顔に困惑の表情が見える。

「来た」

車のクラクションが聞こえた。だんだんと近づいてくる。橋の上で速度が落ちた。

「来たぞ。さあ行って。僕はここに残る。さあ。待たせてはだめだ」

コニーは悲痛な思いを胸に抱いたまま、シダのあいだにできた踏みわけ道を急いだ。ヒイラギの大きな生垣に突き当たった。メラーズが真後ろにいた。

「さあ、そこを抜けて」と、生垣にできた隙間を指差す。「僕はここまでだ」

コニーは絶望的な思いでメラーズを見つめた。するとくちづけをされ、早く行くんだと促された。惨めな気持ちのまま生垣を抜け、さらに木の柵を抜けると、ヒルダがいらいらしながら車を降りてくるところだった。

「ああ、来たわね」ヒルダは言った。「彼は？」

「向こうにいるわ」

小さな絹のバッグを持って車に乗り込むコニーの顔が涙で濡れている。ヒルダは自動車用のヘルメットを手にした。醜悪な形をしたゴーグルが付いている。

「かぶって」ヒルダは言った。コニーはヘルメットをかぶり、自動車用の長いコートをはおってから座席に着いた。ゴーグルのせいで目がぎょろぎょろしており、人間の姿とは思えない。ヒルダはてきぱきと車を発進させた。小道を出て、そのまま車道に入る。コニーは後ろを振り返った。彼の姿はない。遠く、遠く離れてしまう。コニーは悲嘆の涙を流した。あまりにも急な、あまりにも思いがけない別れだった。それはまるで今生《こんじょう》の別れに思われた。

「やれやれ。しばらく彼ともお別れね」ヒルダはそう言うと、クロスヒル村を避けるためにハンドルを切った。

第17章

「ねえ」とコニーが切り出したのは昼食後のことである。車はロンドンに近づきつつあった。「姉さんは、本当の優しさも、本物の官能も経験したことがない。このふたつを同じ相手と経験したら、それはもう、すごく違うのよ」

「お願いだから自慢話はやめてちょうだい。私はね、女性と親密にできる男性に出会ったことがないの。いっさいを委ねてくれる男性にね。そういう相手を望んでいたのに。彼らの好き勝手な優しさとか、愛欲とか、そんなのはどうでもいい。おもちゃみたいに扱われたり、慰み者にされたりするのは、もうまっぴらだから。二人が溶けあうような関係が欲しかった。でも手に入らない。それがわかっただけで十分よ」

コニーは考えた。二人が溶けあうような関係。互いに自分のことを余すところなくさらけだす関係ということだろうか。そんなものはつまらない。うっとうしい男女間の自意識など、病気である。

「いつだって姉さんは自意識過剰なのよね。誰に対しても」

「奴隷根性よりはましだわ」

「あら、そう?　そういう姉さんこそ自己像の奴隷なのかと思っていたけど」

生意気な妹から聞くに堪えない侮辱を受けたヒルダは、むっとしながら運転を続けた。

「少なくとも自分のことでむやみと他人の意見に従ったりはしないわ。その他人が旦那の使用人ということもない」しばらくしてヒルダが怒りもあらわに反撃した。

「そういうことではないの」コニーは冷静である。

いつも姉の言いなりだった。だがいまは、心のどこかが涙を流してはいても、ほかの女たちから支配されてはいない。これ自体、別の人生を与えられたような救いだった。女たちの奇怪な支配や執念から解放されたのだ。女とはなんと恐ろしい生き物であろう。

コニーは父親との再会を喜んだ。いつも自分のことを大事に思ってくれるからだ。姉妹の宿泊先はロンドンのペルメル街にほど近い小さなホテルである。父親は所属しているクラブに泊まっていたが、夜になると娘たちを外に連れ出した。二人は父親の供をするのが好きなのだ。

昔とは大きく変わってしまった世の中にいささか怯えている父親ではあったが、いまなお端正で矍鑠《かくしゃく》としている。スコットランドで後妻を迎えた。年齢は下だが財産は上という相手だ。それなのに何かにつけて息抜きに出かけてしまう。その習慣は先妻のときと変わらない。

コニーはオペラ会場で父親の隣に座った。父もそれなりに恰幅がよくなった。太腿《ふともも》も肉付きがいい。とはいえ、まだまだ力強く引き締まっている。人生を楽しんできた健康な男の太腿だといえるだろう。その頑強な太腿に、父の陽気なわがまま、不屈の独立心、懲りない放埒《ほうらつ》さが見て取れるような気がした。父もただの男というわけか。しかも老人になりかけている。それが悲しい。というのも、その逞《たくま》しくて男らしい脚には、いったん現れれば消えることがない若さの精髄、つまり敏感な感受性と優しい情熱がこもっていないからだ。

コニーは脚のことが気になりだした。顔よりも脚のほうが重要に思える。なぜなら顔にはもう意味などないからだ。それにしても、躍動感のある脚の少なさといったら。正面の特別席に座る男たちはどうだろう。黒い布にくるまったぶくぶくの太腿、もしくは喪服みたいなズボンをはいた棒切れではないか。形のいい若者の脚も体の付属物でしかない。なまめかしさも、優しさも、感じやすさもありはしない。歩くのに必要なただの脚。父の脚を思わせる肉感性もなかった。どれもこれも萎縮している。萎縮して存在意義を失っている。

一方、女たちは萎縮などしていなかった。大半は恐ろしい大根足をしている。そのすさまじさときたら万死に値しよう。それから釘みたいな貧弱な脚もあった。絹のストッキングに包まれた形のよい上品な脚には命の気配がまるでない。意味のない無数の脚が意味なく歩きまわっているのだから、まったくひどいものではないか。

コニーはロンドンにいても楽しめなかった。誰もが虚《うつ》ろな幽霊に見えたのだ。いかに颯爽としていても、潑剌とした喜びが感じられない。すべてが索莫としていた。コニーも一人の女として無性に幸せを求める気持ちがある。幸福が訪れると思いたかった。

少なくともパリには享楽的な雰囲気がかろうじて残っていた。だが、なんと退廃的な情熱であろう。精も根も尽き果てたようになっている。人間同士の情愛が欠けているせいだ。ああ、悲しいパリ。ここにも悲哀に満ちた街がある。機械的な快楽にも、金、金、金という興奮にも、さらには鬱憤《うっぷん》と欺瞞《ぎまん》にも、人々は死ぬほどうんざりしているのだ。そのくせ、アメリカやロンドンのように踊り狂って倦怠をごまかすほどには堕落しきってはいない。パリの人々を見よ。男らしい男も、のらくらしている者も、色目を使っている者も、美食に興じている者も、みな倦《う》み果てている。わずかな情愛のやりとりすらないから無気力になっているのだ。有能なうえ、ときには魅力を見せられる女なら、真実の官能に多少の心得はあるだろう。その点では、踊りに逃げているイギリスの女たちよりもましである。だが情愛という点になると、はるかに無知だった。思いやりに欠け、どこまでも冷ややかに意地を通すから、やはり生気が失われつつある。それを言うならば、人の世が崩壊の一歩手前にあった。いずれは死滅するのかもしれない。これも一種の無政府状態《アナーキー》ではなかろうか。クリフォードの言っていた保守的な無政府状態。その保守性が失せるのもそう遠くはあるまい。下手をすれば過激きわまりない無政府状態にもなりうる。

自分は世界を前にしてすくんでいる。コニーはそう思った。並木道やブローニュの森やリュクサンブール公園に行けば、とりあえずは幸せな気分になれたが、いまやパリのどこに行ってもアメリカ人やイギリス人がいる。場違いなアメリカ軍人、海外ではどうしようもなく陰気でつまらないイギリス人がいるのだ。

車の旅が続いたのはよかった。急に暑くなったので、スイスを抜け、ブレンナー峠からイタリア北東部の山脈を越え、ヴェニスへと向かうことになっている。ヒルダは、こんなふうに自分で計画を立て、ハンドルを握り、旅の主役になるのが好きだった。口出しせずにすむから、コニーとしてはむしろありがたい。

しごく快適な旅だったが、コニーの頭からはいつまでも疑念が去らずにいた。なぜ心から楽しめないのか。なぜ心から興奮しないのか。なんとも恐ろしいことに、もう風景には関心が持てない。とにかく関心がないのだ。なんということだろう。これでは聖ベルナールという中世の修道士と変わらない。ルツェルン湖を渡るとき、山並みにも緑の湖面にも気づかなかったというではないか。もう景色はいい。眺めてどうなるのか。どうして眺めなければならないのか。お断りである。

フランス、スイス、チロル、イタリア。どこに行っても、命を吹き込んでくれるような風物には出会わなかった。ただ車で運ばれていただけである。あらゆる場所がラグビーよりも現実感に乏しかった。あのおぞましいラグビーよりもである。フランスもスイスもイタリアも二度と見なくてかまわない。別になくなるわけではないのだから。ラグビーのほうがよほど生々しかった。

住民たちはどうだろう。誰もが似たり寄ったりで大差はなく、人から金を巻き上げようとしている。旅行者のほうも、石から血を絞り取ろうとでもしているのか、無理やり楽しもうとしている。山も景色も気の毒なことだ。興奮や娯楽を欲しがる人間にぎゅうぎゅう絞られるのだから。楽しまなくては損だと思っているのだろうが、いったいどういうつもりなのか。

こんなのごめんだわ、とコニーは思った。ラグビーのほうがまだましだ。歩きまわろうが、じっとしていようが、思いのままにできるのだから。何かをじっと眺めたり、何かを無理にする必要もない。楽しもうとする旅行客たちの態度ときたら恥ずかしいにもほどがある。卑屈このうえない。

コニーはラグビーに帰りたくなった。クリフォードのもとに戻りたいと思った。足が動かない気の毒なクリフォードであってもかまわない。少なくとも夫は、大挙して押し寄せる観光客ほど愚かではない。

そうは思ったが、心は別の男と結ばれていた。この絆を断ち切ってはならない。そんなことをしたら自分を見失ってしまう。度しがたい金持ち連中と浮かれた豚ばかりの世界で完全な迷子になってしまう。この浮かれた豚たちときたら。楽しまなくては損だときた。これもまた現代の病にほかならない。

車はイタリアのメストレという街の車庫に預け、定期船でヴェニスに渡った。素晴らしい夏の午後である。浅い入り江にさざ波が立つ。行く手にあるヴェニスが直射日光を受けて霞んで見えた。

波止場に着くとゴンドラに乗り換え、漕ぎ手に目的地の住所を教えた。青と白の縞模様のシャツを着た専門の漕ぎ手である。お世辞にもハンサムとはいえない貧相な男だ。

「ああ、エズメラルダ荘ですか。ええ、わかります。あそこのご主人の船方をしていましたから。かなり遠いですよ」

せっかちで子供じみた男らしい。しゃにむに漕いで、暗い側水路をつぎつぎに抜けていく。両側の壁が苔でぬらぬらとしていて気持ちが悪い。貧しい地区の運河に入ると、高く張り巡らした綱に洗濯物がぶら下がり、かすかな、いや強烈な下水の臭いがした。

しばらくすると開けた運河に出た。両岸には歩道があり、それから太鼓橋も架かっている。こういう運河が大運河に対していくつも垂直に走っているのだ。二人は小さな天幕の下に座り、漕ぎ手の男は後ろから見下ろすように立っている。

「お嬢さんたち《シニョリーネ》は、エズメラルダ荘に長く滞在されますか」男もいまはのんびりと漕いでいる。汗の流れる顔を青と白の模様が入ったハンカチで拭《ぬぐ》った。

「二十日ほど。二人とも結婚しておりますの」ヒルダがことのほか抑えた声音で答える。そのせいで、イタリア語を口にしたときは、それが別の言語のように響いた。

「二十日ですか」と男は応じ、しばらく黙ってから続けた。「奥様たち《シニョーレ》、そのあいだゴンドラはいかがですか。日決めでも、週決めでもかまいません」

二人は考えた。ヴェニスでは、専用のゴンドラは何かと都合がいい。陸地の自家用車と同じだ。

「エズメラルダ荘ですけど、どんな船があるのかしら」

「モーターボートとゴンドラがあります。でも――」好きなようにはできない、と言いたいらしい。

「料金はおいくら」

一日なら約三十シリング、一週間なら十ポンドだった。

「正規のお値段?」ヒルダが尋ねる。

「それよりは安いです。正規の料金は――」

姉妹は相談して決めた。

「では」ヒルダは言った。「明朝いらして。そこで決めましょう。お名前は?」

名前をジョヴァンニといった。ジョヴァンニは待ち合わせの時間を確認してから、誰を訪ねればいいのかと尋ねた。ヒルダは名刺がないので、コニーが自分の名刺を渡すと、ジョヴァンニは南国人らしい熱を帯びたような青い目で一瞥《いちべつ》してから、もう一度ちらりと見た。

「そうでしたか」その顔がぱっと輝く。「イギリスからいらした令夫人でございますね」

「令夫人のコスタンツァよ」コニーはイタリア語風に言った。

男はうなずき、「令夫人のコスタンツァ」と繰り返すと、大切そうに名刺をシャツのポケットにしまった。

エズメラルダ荘は思いのほか遠かった。入り江のはずれに位置し、キオッジャに面している。さほど古い建物ではなく居心地がよい。海を望むテラスがあり、テラスの下は暗い木立のある庭で、壁に囲まれている。

招待主のサー・アレグザンダー・クーパーは、大柄で粗野な感じのスコットランド人だった。戦前のイタリアで財をなし、大戦中に愛国心を鼓舞して「ナイト」の称号を授けられた。奥方は痩せこけた青白い顔の几帳面な女で、自分自身の財産はないが、夫のさもしい女漁《あさ》りに目を光らせなければならないという不幸を背負っている。召使にしてみれば、当主はしごく厄介な相手であったが、冬に軽い脳卒中を起こしてからはだいぶ御しやすくなっていた。

屋敷はずいぶんとにぎやかだった。リード氏、ヒルダ、コニーのほか、七人の客が滞在していたのだ。やはり二人の娘を連れたスコットランド人のガスリー夫妻。イタリアの若い伯爵未亡人。グルジアの若い公爵。やや若いイギリス人は牧師である。以前に肺炎を患い、現在は健康上の理由で当主付きの牧師をしている。グルジアの公爵に関しては、無一文の美男子であり、それなりの図々しさもあるから、お抱え運転手としては申し分がない、とだけ言っておけばいいだろう。伯爵夫人は口数の少ない小柄な娘で、何かを企んでいる様子がうかがえる。牧師は世慣れぬ素朴な人物で、バッキンガムシャーの牧師館から来た。幸い妻と二人の子供は家に置いてこられた。ガスリー家の四人はエディンバラの中産階級に属する常識人で、何事も堅実に楽しみ、無茶をしない程度に冒険をしていた。

コニーとヒルダは即座にグルジアの公爵を除外した。ガスリー一家はいわば自分たちと同類で、信頼も置けたが、いかんせん退屈であり、それに二人の娘は婿探しをしていた。牧師は悪い人間ではないが従順すぎる。当主のクーパー氏は軽い脳卒中のあと持ち前の陽気さにずいぶんと陰りが出たが、それでも美しい娘たちでにぎわっているので張りきっていた。クーパー夫人は猫を思わせる物静かな女性だった。気の毒なことに人生の楽しみを知らず、険のある冷たい視線を周囲に向けるのが習い性となっており、ほかの女性を観察してはぞっとするような意見を吐くので、人間性全般を信用していないことがうかがえた。コニーの見るところでは、使用人への態度も横柄きわまりない。ただそれが目立たなかった。しかも巧妙に立ちまわる。だからこそ、自分の太鼓腹を押し出しのよさと勘違いしている夫のクーパー氏が、死ぬほどつまらない冗談を言ってヒルダに道化者呼ばわりされているのも知らず、自分こそが座の中心だと勘違いするのである。

父親のリード氏は絵を描いていた。時間を見つけてはヴェニスの海景を形にしている。スコットランドの景観とは違うのだ。朝になると船を出してもらい、大きなキャンバスを抱えて仕事場と称する場所に向かう。しばらくすると、今度はクーパー夫人が船を出させ、スケッチブックと絵の具を持って市街地に出かけていく。水彩画に凝っており、屋敷のいたるところに、薔薇色の宮殿、暗い運河、そそり立つ橋、中世の建築物を正面から描いた絵が飾られていた。さらに少し経つと、ガスリー一家、公爵、伯爵夫人、クーパー氏、場合によってはリンド牧師も一緒に、リド島へ足を延ばして海水浴を楽しむ。そして一時半の遅い昼食に戻るのだった。

こういう集まりの例に漏れず、はっきり言ってかなり退屈だったが、それでヒルダとコニーが困ることはない。たいがいは外で過ごしたからだ。父親に連れ出されたのである。平凡な絵画が延々と並ぶ展覧会に行ったり、ルッケーゼ荘に住む父親の古い友人たちに紹介されたりもした。空気の生暖かい夕暮れどきをサンマルコ広場で過ごすこともある。フローリアンという有名なカフェにテーブルを予約しておくのだ。劇場にも連れていかれた。ゴルドーニの芝居だった。水の祭典、舞踏会もあった。ここは行楽の一等地なのである。日焼けした人たちやパジャマ姿の人たちに埋めつくされたリド島は、無数のアザラシが交尾を目的に集まる浜辺を思わせた。何もかもが限度を超えている。広場の観光客、リド島の海水浴客、ゴンドラ、モーターボート、汽船、鳩、アイスクリーム、カクテル、チップ目当ての召使、異国語のおしゃべり、まぶしい太陽、ヴェニス特有の匂い、荷積みのイチゴ、絹のショール、厚切りされた露店のメロン。歓楽の度を超えている。とにかく際限がない。

コニーとヒルダはワンピースを着て出歩いた。知人が大勢いた。自分たちを知る人間も大勢いる。そこへ運悪くミケイリスも現れた。「やあ。滞在はどちらに。アイスでも一緒にどうですか。僕のゴンドラに乗ってください」ミケイリスでさえもが日焼けの一歩手前にあった。ただし大半の人間は、肌が焼けているというよりも、焦げているといったほうが正しい。

ここで過ごすのはある意味で愉快だった。これこそが享楽といえなくもない。とにかく、カクテルを飲んだり、ぬるい海に入ったり、強い日差しを浴びながら熱い砂に寝転んだり、生暖かい夜に体をくっつけあってジャズを踊ったり、アイスクリームを食べて体を冷やしたり、そうやって麻酔にかかったような状態になる。すべては誰もが欲しがる麻薬だった。しゃきっとしない水も麻薬、太陽も麻薬、ジャズも麻薬。煙草、カクテル、アイス、ベルモット。それで麻痺する。そう、楽しめ、楽しむのだ。ヒルダは麻痺した感覚が嫌いではなかった。ほかの女たちを眺めながら値踏みするのは楽しい。女たちは互いに興味津々の様子だった。あの女の格好はどうか。どんな男を捕まえたのか。どんなふうに楽しんでいるのか。一方、白いフランネルのズボンをはいた男たちは大きな犬に見えた。じっと女を待っている。頭を撫でてもらい、のたうちまわり、女と腹を密着させながらジャズを踊りたくて仕方がなかったのだ。

ヒルダはジャズが好きだった。男と称する誰かと体を引っつけ、相手のリードにまかせてフロアを移動していき、そして最後の最後ですっと身を引き離し、男とは名ばかりの生き物をお払い箱にする。使い捨てだった。

コニーはあまり楽しめなかった。ジャズを踊る気などさらさらない。とうてい男とは呼べない相手と体を寄せあうなど願い下げである。リド島にいる全裸に近い烏合《うごう》の衆も疎ましい。全員が浸かれるほどの海水もないではないか。クーパー夫妻も気に食わなかった。それに、ミケイリスだろうと誰だろうと、つけまわされるのもいやだ。

いちばんの楽しみは、ヒルダを誘って入り江をはるか遠くまで渡り、人気《ひとけ》のない小石ばかりの浜に行くことだった。そこなら誰に邪魔されることもなく海水浴ができる。

ゴンドラは砂洲の内側に待たせておいた。

ジョヴァンニは別の漕ぎ手に応援を頼んだ。なにしろ浜までは距離があり、日差しを浴びて猛烈に汗をかく。ジョヴァンニはじつに感じがよかった。いかにもイタリア人らしく情があるうえ、つねに冷静なのだ。イタリア人は激情に走らない。情熱が体の深い場所にしまい込まれている。むやみに感動し、ことあるごとに情を示すが、いかなる激情も尾を引くということがないのだ。

ジョヴァンニは早くも姉妹に尽くしていた。これまでも無数の婦人たちに尽くしてきた。身を売る覚悟ならできている。求められればの話だが、求められることを密かに期待していた。相当な心づけがもらえるだろう。それがいつか役に立つ。もうすぐ結婚するのだから。姉妹に結婚の話をすると、それなりの興味も示してもらえた。

入り江を渡って人気のない浜辺へ行くのだから、きっと商売の話になる。商売、つまり情事。そう思って助っ人を呼んだのだ。もちろん遠出になるという理由もあったが、何より相手は二人いた。女二人と男二人。簡単な算術である。しかも美人ときた。不満があろうはずもない。金を払い、あれこれ命じてくるのは年上の奥様のほうだが、相手をするなら若い令夫人のほうがよかった。礼金もはずんでくれるだろう。

連れてきた男はダニエレという。ゴンドラを漕ぐのが仕事ではない。だから物乞いめいたところも、男娼めいたところもなかった。サンドラの漕ぎ手である。サンドラとは、周辺の島から果物や産物を運び込む大きな舟のことだ。

ダニエレは美しかった。長身、均整の取れた体つき、小さくて丸い頭、強く波打つ淡い金色の髪、どことなくライオンにも似た端正な顔立ち、そして遠くを見るような青い目。ジョヴァンニのように大仰《おおぎょう》でもなければ、のべつ幕なしにしゃべったり、大酒を飲んだりもしない。寡黙で、水上には自分一人だと言わんばかりに、力を込めて滑らかに漕いでいく。女たちは、女たち。自分とは無縁の存在。二人に目をやることもなかった。前方だけを見ている。

これぞ男のなかの男だった。ジョヴァンニがワインをがぶ飲みし、大きな櫂《かい》をやたらと動かす無様な漕ぎ方を見せれば不興げな顔になる。メラーズが男だという意味で彼も男だった。金のために卑しいまねはしない。コニーから見れば、感情過多のジョヴァンニが相手では、妻になる女性も不憫である。ダニエレの妻は心優しいヴェニスの女なのだろう。迷路のような街に足を踏み入れれば、そういうたおやかな花がいまなお咲いている。

ああ、なんと悲しいことだろう。初めは男が女を買い、今度は女が男を買う。ジョヴァンニは身売りのときを待ちわび、犬みたいによだれを垂らしていた。女に自分を捧げるのだ。それも金のために。コニーはヴェニスを眺めた。はるか彼方《かなた》、平べったい薄紅色の街が海に浮かんでいる。金で作られ、金の花を咲かせ、金で死ぬ街。金の死というわけか。金、金、金、身売り、そして死。

それでもダニエレは男としての誇りを失っていなかった。自恃《じじ》の心を持つ男なのだ。着ているものもゴンドラ漕ぎのシャツではない。ただの青いセーターである。武骨で野性味があり、自尊心が強い。それでいて犬じみたジョヴァンニに雇われている。そして、そのジョヴァンニ自身が二人の女に買われていた。これが現実である。イエスが悪魔の金を拒んだ結果、悪魔が世界の支配者になってしまったわけだ。

ぎらぎらと輝く入り江から朦朧《もうろう》としてエズメラルダ荘に戻ると、コニーに宛ててラグビーから手紙が届いていた。クリフォードが定期的に寄こすのだ。じつに立派な手紙であり、そのまま本になってもおかしくはない。コニーにすれば、だからこそ退屈だった。

コニーは酔生夢死《すいせいむし》の日々を送っていた。入り江の光、打ち寄せる海の水、茫漠たる空間、空虚、そして虚無。このような環境に置かれて感覚が鈍麻しており、何よりも自分が健康であるということに陶然となっていたのだ。心は安らぎ、繭のなかにこもっているような気分で外界がまったく気にならない。しかも子供を身ごもっていた。

この事実に気づいたのはごく最近である。つまり、日光、入り江の潮風、海水浴、小石の浜での日光浴、貝拾い、ゴンドラでの遠出に加え、子を宿すことで忘我の境に達し、健康的な陶酔と充実を重ねて味わうことになったのだった。

ヴェニスに来て二週間が経ち、あと十日から二週間ほど滞在する予定だった。いつまでも太陽が照りつけているうえ、肉体の充足感がいっさいを忘れさせてしまうため、コニーは幸福に酔いしれていた。

そんなときにクリフォードから手紙が届き、それを読んでコニーは我に返った。

「こちらでもちょっとした騒動があった。森番のメラーズだが、なんでも逃げた細君がいきなり戻ってきたらしい。歓迎はされなかったがね。メラーズがすぐに家から追い出し、鍵をかけてしまったからだ。ところが、メラーズが森から戻ってみると、魅力の失せた細君が我が物顔でベッドに収まっていた。それも、汚《けが》れのない状態で。いや、正しくは、汚れだらけの状態で、か。窓を割って侵入したのだろう。このヴィーナス、ちょっと手荒に扱われたくらいではベッドから出やしない。メラーズのほうが退去して、テヴァシャルにいる母親の家に逃げていったという。一方、スタックス・ゲイトのヴィーナスは、自分の家だからと腰を据えてしまった。どうやらアポロのほうはテヴァシャルで暮らしているとおぼしい。

と書いたが、あくまでも噂だ。なにせメラーズ本人が姿を見せない。こんな与太話を持ってきたのは、ごみ集めが得意な鳥さ。我らがトキ、ごみ漁りをする我らがハゲタカ、つまりボルトン夫人。君に話したのも、夫人が声を張り上げ、こう言ったからなのだ。あんな女がうろつくようでは、奥様も森へは行かれません。

君の絵は気に入ったよ。父君が海に入っていくところか。白髪がなびき、赤みがかった肌が輝く。日光がうらやましい。こちらは雨ばかりなのでね。もっとも、父君の並はずれた肉欲をうらやましいとまでは思わない。しかし、それが父君の年齢に相応なのだろう。どうやら人間というものは老いてなお盛んとなり、現世に未練を募らせるらしい。不老不死を味わえるのは青春だけ——」

幸福でなかば恍惚となっていたコニーであるが、この手紙のせいでいらいらさせられ、ついには爆発寸前になった。いまになって、あの不愉快な女に悩まされるとは。もう安閑としてはいられない。

メラーズからの便りはなかった。手紙のやりとりはしないと決めてあったからだ。こうなると一刻も早く本人の説明が聞きたい。生まれてくる子供の父親である。何か言葉をかけてもらいたかった。

それにしてもいまいましい。すべてが台無しではないか。なんと下劣な連中であろう。あの陰々滅々としたイギリスの中部地方。それに比べ、ここは本当に素晴らしい。この日光、この倦怠。人生で肝心なのは晴れわたる空ということか。

ヒルダにも妊娠のことは黙っておいた。そして正確な情報を得るため、ボルトン夫人に手紙を書いた。

ローマから北上してきた友人の画家ダンカン・フォーブスがエズメラルダ荘に到着した。いまはゴンドラに同乗して入り江を渡り、海水浴を楽しんでいる。姉妹の付き添い役だった。無愛想なくらい無口な青年だが、画風は前衛的である。

ボルトン夫人から返事が届いた。

「旦那様をご覧になられたら、きっと喜ばれるでしょう。潑剌とされ、仕事をばりばりこなし、自信にあふれていらっしゃいます。奥様との再会を心待ちにされていることは言うまでもありません。奥様がご不在の屋敷は生気がなく、一同、ご帰宅を心よりお待ちしております。

メラーズさんの件ですが、旦那様はどこまでお話しになったのでしょう。ある日の午後、奥さんがなんの前触れもなく姿を現したそうです。メラーズさんが森から戻ると、戸口の階段に座っていたのだとか。帰ったわ。また一緒に暮らしましょうよ。あんたの正式な妻なんだし、離婚する気もないでしょ。と、そんなことを言ったと聞いています。それもこれも、メラーズさんが離婚をしようとしていたからでしょう。しかしメラーズさんは相手にせず、家にも入れず、戸も閉めたまま森に引き返していきました。

ところが、です。日が落ちてから家に戻ってみると、忍び込んだ形跡があるではありませんか。様子を見に二階へ上がってみると、ベッドに奥さんがいました。しかも一糸まとわぬ姿で。金を渡すという言葉に、自分は妻なのだから戻る権利があると言いだしました。口論の内容まではわかりません。話してくれた彼のお母さんは、すっかり取り乱していますので。とにかくメラーズさんは、おまえと一緒に暮らすくらいなら死んだほうがましだと言い捨て、荷物をまとめ、テヴァシャル村の丘にある母親の家へ直行したようです。そこで一晩を過ごし、翌朝は自宅のそばを避けて庭園から森に行きました。その日、奥さんと会うことはありませんでした。翌日のことです。奥さんがテヴァシャルの近くのベガリーに行き、自分の兄であるダンの家で騒ぎたてました。あたしは女房じゃないか。あいつったら、何人も女を連れ込んでんのよ。引き出しに香水の瓶があった。灰皿には煙草の吸殻もあった。吸い口が金色のやつさ、と切りがありません。それから郵便配達人のフレッド・カークの話もあります。以前、朝早く行くと、寝室から誰かの話し声が聞こえ、小道に自動車が停まっていたそうです。

メラーズさんは母親の家に泊まりつづけ、森へは庭園を経由して通いました。自宅に奥さんが居座っていたのでしょう。とにかく、いろいろと噂が絶えません。それでとうとうメラーズさんはトム・フィリップスという男と自宅に行き、家具と寝具の大半を運び出し、井戸水を汲み上げるときに使う取っ手をはずしてしまいました。さすがに奥さんも出ていくしかありません。しかしスタックス・ゲイトには戻らず、兄の家に行っても義姉に断られたので、同じベガリーに住むスウェイン夫人の家に転がり込みました。そしてなんとか夫を捕まえようと、お姑さんの家にしつこく足を運び、ご丁寧にも、自分はふたたび夫と寝たとわめきだし、夫に慰謝料を払わせようと弁護士に相談さえしたのです。

その奥さんもいまはでっぷり太って、ますます品が悪くなり、頑健そのものです。自分の夫のことで聞くに堪えない話を触れまわっています。住まいに女を連れ込んでいるとか、一緒に暮らしたときに何々をされたとか、下劣な獣みたいだったとか、あそこまで言えるのが女なのでしょう。ぞっとします。彼女がいかに下品でも、真《ま》に受ける人間は出てきますし、幾分かは汚名も残ります。メラーズさんみたいな人をいやらしいけだものみたいに言って、開いた口がふさがりません。だいたい人の悪口というのは鵜呑みにされやすいものです。とくにこの手のものは。奥さんは、死ぬまで離れない、と強気に出ています。それにしても、夫の所業を責めながら、なぜ戻りたがるのでしょう。更年期が近いからなのは間違いありません。彼女のほうが年上ですから。彼女のような下劣で凶暴な女は、その時期に差しかかると、かならずどこか異常を来《きた》すものなのです――」

コニーには痛烈な一撃だった。こんな遠方に来ている自分までもが汚辱にまみれようとしている。メラーズに怒りを覚えた。バーサ・クーツみたいな女とまだ手を切れずにいる。結婚をしたことにすら腹が立った。下劣なことへの憧れでもあるのだろうか。二人で過ごした最後の夜を思い出し、コニーは背筋が凍った。バーサ・クーツみたいな女とも同じ官能にふけったのだ。なんとも汚らわしい。あの男には近づかないほうが賢明だろう。すっぱりと縁を切る。きっと品性下劣な男なのだ。

すべてが疎ましくなったコニーは、同宿しているガスリー姉妹のことをうらやましいとさえ思った。不器用な世間知らずで、泥臭い処女であってもかまわない。メラーズとのことが他人に知られると思うだけで怖くなったのだ。信じがたい屈辱である。コニーは不安になり、恐怖に怯えた。とにかく体面を保ちたい。ガスリー姉妹のような退屈きわまりない上品な体面でもいいから欲しかった。この一件がクリフォードに知られたらどうなるのか。そんな屈辱には耐えられない。世間が、そして世間の食いものにされるのが怖くてたまらなかった。子供を始末して、きれいな体に戻ることさえ考えた。要するに、コニーは怖気《おじけ》づいてしまったのである。

香水の瓶ではへまをした。自分を抑えきれず、タンスのハンカチやシャツに冗談半分で香水の匂いを移し、なかば空になったコティ社のウッド・ヴァイオレットの小瓶を彼の持ち物に忍ばせておいたのだ。その香りで自分のことを思い出してもらいたかった。煙草の吸殻はヒルダのものである。

我慢しきれなくなったコニーはダンカン・フォーブスに事情を少し打ち明けた。森番が愛人であることは伏せ、森番に思いを寄せているとだけ告げ、彼の境涯を話した。

「なるほど」ダンカンは言った。「いいですか。世間の人間は彼を引きずり倒し、息の根を止めようとするでしょう。いい学校に行き、中尉にまでなった男が、中産階級に潜り込む機会をみすみす逃した。しかも、世間に向かって自分の性生活を擁護までする。そんなことをしたら一巻の終わりです。自分の性を開放的に扱うことだけは許されません。性を汚すのはいい。むしろ冒瀆すればするほど喜ばれる。しかし、自分の性を神聖化して汚すまいとすれば叩きのめされます。なぜなら、世の中には馬鹿げたタブーがまだ残っているからです。つまり、生命の中心にある自然なものとして性を謳歌してはいけません。そのような性を世間が許すことはありえない。それを享受しようとする人間がいたら、その前に葬り去ろうとするでしょう。いいですか、その彼はどこまでも追われますよ。そもそも彼は何をしたのか。妻と愛欲にまみれた？それなら当然の権利だ。そんなふうに愛されたことを妻も誇りに思っていい。ところが、そんなふうに下劣を好んだ女でさえもが態度を豹変させ、性を敵視する市民の心理まで利用して夫を破滅させようとするのです。そうなったら、めそめそ泣いて、自分の性に罪悪感や嫌悪感を抱くまで許してはもらえません。その気の毒な彼も、やがては追い詰められるでしょう」

こうなるとコニーの嫌悪が逆の方向に振れた。そもそも彼が何をしたというのか。この私に、妙なる喜び、解放感、生の充実感を与えてくれた。彼のおかげで、温かくて自然な官能があふれ出した。そのせいでどこまでも追われるというのだ。

そんなことがあっていいものだろうか。コニーは彼の姿を思い出した。日焼けした顔と腕以外は真っ白な肌をした裸の彼が下腹部に目をやり、屹立した部分が別の生き物であるかのように話しかけ、あの独特な笑みを一瞬だけ浮かべる。声も聞こえた。君の尻はたまんねえ。そして、彼の手が温かく優しく尻を包み込み、ふたつの秘所を包み込む。祝福を与えるかのように。すると、あの温かさが子宮を貫き、小さな炎が膝頭に揺らめき、言葉が口をついて出た。ああ、なんということかしら。ああいうものがなければ私は生きていけない。彼に背を向けてはだめ。彼も、彼がくれた経験も捨てるわけにはいかない。何があっても。彼に与えられて初めて、私のなかに温かく燃える命が宿ったのだから。これを裏切るわけにはいかないわ。

コニーは思いきった手段に出た。ボルトン夫人に手紙を書き、同封したメラーズ宛ての短信を本人に渡してくれないかと頼んだのだ。こんなことを記した——「とても気になることを聞かされました。奥さんのせいで厄介なことに巻き込まれているようですね。しかし心配には及びません。ヒステリーみたいなものですから。始まりと同じで、すぐに終わりが来ます。それでも、やはりお気の毒です。あまりお気になさらないように。気にしても意味がありませんもの。十日したら戻ります。万事が丸く収まることを心から願っています」

数日後、クリフォードから返事が届いた。明らかに動揺が見られる。

「ヴェニスを経つのが十六日と聞いてうれしく思う。だが、お楽しみの最中に急いで戻ることはない。みなが寂しがり、ラグビーも寂しがっているが、肝心なのは君が日光を満喫することなのだから。リド島の宣伝文句で言えば、日光とパジャマというところか。少し滞在を延ばすといい。それで君が元気になり、十分につらい冬を越せるようになるのなら。こちらは今日も雨だ。

ボルトン夫人がじつにかいがいしく世話をしてくれる。変わった人だ。生きていると、人間がつくづく不思議な存在に思えてくる。ムカデみたいに足が百本あってもおかしくない者もいれば、ロブスターみたいに足が六本という者もいる。自分の同胞には人間としての節操や尊厳が備わっていると教えられてきたが、現実を見ると、そんなものは存在しないらしい。ならば自分には存在するのかといえば、それすらも怪しく思えてくる。

森番の噂が絶えない。雪だるま式にふくらんでいる。僕の情報源はボルトン夫人だ。夫人を見ていると、どうしても魚の姿が思い浮かぶ。ものは言わないが、えらを通して静かに噂話を吸い込んでいる魚。すべてはえらでふるい分けされ、体内に入り込んだものを平然と受容している。いわば他人の生活上の出来事が生存に不可欠な酸素というわけだ。

ボルトン夫人はメラーズ夫妻の醜聞に夢中で、いったん話をさせたら最後、こちらは海底に引きずり込まれてしまう。夫人がもうかんかんでね。まあ、女優が演技をしている感じではあるのだが。怒りの矛先はメラーズの細君だ。夫人の執拗な言い方にならえばバーサ・クーツか。ああいう連中の泥にまみれた底辺の人生をさんざんに聞かされたよ。こちらは、噂話の奔流から解放されてゆっくりと水面へ浮かび上がるたび、忘れかけていた日の光を見てあっけに取られる始末さ。

いま目の前に見えているこの世界が、じつは深い海の底だと思えてならない。地上に生えている樹木は海底に生育する植物。そして、人間はうろこをまとった奇妙な深海生物。それがエビみたいにくず肉を餌にしているわけだ。しかし、ときには魂が海底を離れ、喘《あえ》ぎながら浮上していく。はるか彼方の海面には本物の空気がある。我々がふだん呼吸している空気はいわば水であって、男も女も一種の魚なのだろう。

そういう我々の魂が海面へと浮上し、カモメのように日の光へ飛び込むことがあるのだ。恍惚の瞬間さ。なにせ海の底で餌を漁っていたあとなのだから。海底の密林に生息する同胞のグロテスクな生活を食いものにする。それは人間の悲しい性《さが》なのだろう。だが我々は、遊泳する餌を飲み込んでから明るい空へと舞い戻っていく運命に置かれている。太古の大海原から本物の光に向かって跳躍するとき、我々は自分が永遠の存在であることを悟るのだ。

ボルトン夫人の話を聞いていると、自分が海の底へ沈んでいく気がしてならない。底のほうでは人間の秘密を宿した魚たちがぬらぬらと泳いでいる。その魚たちは、食欲にまかせて獲物を口いっぱいにほおばると、ふたたび上へ戻っていく。濃くて重いところから薄くて軽いところへ、濡れたところから乾いたところへ。君にならこの運動をあますところなく伝えられるのに、ボルトン夫人を相手にして感じられるのは、水底の海藻と生白い異形《いぎょう》の生物の真っただ中へ落ちていくおぞましい感覚だけだ。

森番を失うことになるだろう。尻軽な細君の話が収まらない。むしろ波紋を広げている。夫は非道な仕打ちをそしられ、なぜか妻のほうは坑夫の女房たちをうまく味方につけた。気色の悪い魚たちだ。村は噂話で腐りかかっている。

話によると、このバーサ・クーツ、森の住居と丸太小屋を荒らしまわって、いまはメラーズがいる義母の家に押しかけているらしい。学校から戻ってきた自分の娘を捕まえた日もある。このとき娘は、慈母の手にくちづけするどころかがぶりと噛みつき、反対の手でしたたかにぶたれ、よろめいて溝に落ちた。助け出したのは、嫁の振舞いに悩まされ、腹を立てていた祖母だ。

あの女は想像以上の毒ガスを放出した。夫婦の秘事を事細かに言い触らしたのだ。そういう話はふつう、夫婦間の秘密という深い墓のなかに埋めておくものだろう。だが葬り去ってから十年後、その墓が暴かれた。するときわどい話があとからあとから出てくる。具体的なことは炭鉱の統括責任者であるリンリーと医者から聞いた。医者のほうは面白がっている。むろん話の内容自体はたわいもない。人間はいつでも変則的な体位には不思議と貪欲だからだ。夫が妻を相手に、ベンヴェヌート・チェリーニが言うところのイタリア式を試す。[1] まあ、趣味の問題だから好きにすればよろしい。とはいえ、まさか自分の森番があれこれ試しているとは思わなかった。バーサ・クーツが教えたに相違あるまい。いずれにせよ、そういう下劣なことは当事者の問題であって、他人には関係なかろう。

それなのに誰も彼もが耳を貸す。この僕も例外ではない。十年ほど前であれば社会にも品位があり、この手の話が表沙汰になることはなかった。けれども社会からは品位が消え失せ、はては坑夫の女房たちがいっせいに立ち上がり、自分たちのことは棚に上げて道徳的抗議の声を張り上げる始末だ。この五十年間にテヴァシャルで生まれた子供は処女懐胎の結果だとでもいうのだろうか。ここまで来ると、村の異端の女たちが残らず聖ジャンヌ・ダルクに思えてくる。彼女たちの考えによれば、うちの大事な森番に作家ラブレーを思わせる性に寛容な一面があるというだけで、妻殺しで有名なクリッペン医師も足元に及ばぬ凶悪な怪物になるらしい。しかし、これまで耳にし

1　ベンヴェヌート・チェリーニ（一五〇〇―一五七一）はイタリアの彫刻家・金工家で、波瀾の人生を記した自叙伝が有名。〈イタリア式〉とは「肛門性交」のこと。

た風説が真実だとするならば、村の女たちもふしだらなわけだろう。

　だが問題は、破廉恥なバーサ・クーツが自身の経験や苦労を語るだけでは飽き足らなくなって、夫は複数の女を自宅に囲っていると大声で触れまわったあげく、その相手の名前を当てずっぽうで名指ししたことなのだ。そのせいで立派な名前に傷がつき、とうとう収拾がつかなくなって、あの女にはテヴァシャルからの退去命令が出された。

　この一件でメラーズと話をしなければならなくなった。あの女が森に入るのは防げないからだ。メラーズ自身はあいかわらずで、〈ディー川の粉屋〉の歌詞でもあるまいし、他人《ひと》のことはどうでもいい、俺を放っておいてくれ、といった様子だった。しかし、こちらの目はごまかせない。本当は尻尾《しっぽ》に缶からを結びつけられた犬みたいな気持ちでいるはずだ。まあ、缶からなどないふりはしているがね。村の母親たちは、やつが通ると、マルキ・ド・サドが来たと言わんばかりに子供を呼び寄せるらしい。当人は平気な顔を装っているが、やはり尻尾の缶からは隠しようもない。きっとスペイン民謡に出てくるドン・ロドリゴみたいな気持ちでいるのだろう。ああ、罪深き部分が痛む、と。

　森の仕事は続けられそうか尋ねると、仕事を疎《おろそ》かにした覚えはありませんと答える。あの女が領地に入るのは困ると訴えれば、自分には妻を捕まえる権限がありませんとくる。そんな感じだから、例の不名誉な噂とその後の不愉快な経過についてさりげなく触れてみた。すると、こうだ――まあ、連中もやることをやっていれば、他人のお楽しみなど放っておくのでしょうが。

やけっぱちな口調だったが、やつの言葉に絶対的な真実が含まれていることは否めない。しかし言い方というものがあるだろう。気遣いも敬意も感じられない。それとなく言ってやると、またしても缶からがからんと鳴った。やつは言ったよ――旦那様のような体の方が、私の股座《またぐら》に何かぶら下がってるからといって責めたてるのは筋違いです。

相手もかまわずこんなことばかり言っていては、もちろん本人のためにはならない。牧師もリンリーもバロウズも、やつには出ていってもらいたいと言っている。自宅で婦人をもてなしているのは本当かと問えば、答えはひと言、旦那様に関係がおありでしょうか。領地では慎みを守ってもらいたいと命じれば、それなら女たちの口にチャックを付けることです、という返事。家での生活について問い詰めたら、雌犬のフロッシー相手によからぬことをしてると言い触らせばいいでしょう、だ。まったく、あそこまで無礼なやつもいない。

ほかの仕事はすぐに見つかるかと尋ねたところ、辞めさせたいならわけはありません、と言われた。結局、来週末に辞めるということであっさり決着した。どうやらジョー・チェインバーズという青年に仕事の要領を教え込むらしい。退職にさいしては一カ月分の給金を払うつもりだと告げると、やましさをお感じになる必要はないのだから、それには及ばないと返された。どういう意味かという質問には、こうだ。なんの義理もないのですから余分な金はいりません。私のシャツがはみ出していると思うなら、そう言ってくだされぱいい。

これでひとまずけりがついた。女のほうはどこかに消えたよ。誰も居場所は知らない。テヴァシャルに現れたら逮捕される。刑務所に入るのをひどく恐れているという話だ。それも無理はない。メラーズは来週の土曜日に出ていく。ここもすぐ元通りになるだろう。

ところで、コニー。八月の頭までヴェニスかスイスに留まったらどうかな。こちらの騒動に巻き込まれることもない。月末にはすべて片付いているはずだ。

ということで、我々は深海の怪物であり、大きなエビみたいなやつが泥の上を這いまわると、みなに泥がかかるというわけだ。これはもう観念するしかあるまい」

クリフォードの手紙には苛立ちがこもっており、誰に対しても同情が見られなかったので、コニーは不愉快な気持ちになったが、メラーズから届いた手紙を読んで納得ができた。

「とうとう秘密が漏れてしまい、いろいろと問題が噴出しました。妻のバーサが頼みもしないのに戻ってきて、家に居座ってしまったことはお聞き及びでしょう。下世話な言い方をすれば、コティの小瓶を見て臭いと感じたようです。それでもほかの証拠が見つからず、しばらくは事なきを得ましたが、数日後、例の燃やした写真のことで騒ぎだしました。別の部屋にあったガラスと背板を見つけてしまったのです。背板にいたずら書きがしてあることに加え、C・S・Rという頭文字がいくつもなぐり書きされていたのは不運としか言いようがありません。もちろん、これだけでは意味不明だったようですが、小屋のほうへ押し入ったとき、君が持ち込んだ本を見つけてしまいました。ジューディスという女優の自伝で、表紙にコンスタンス・ステュアート・リードという君の名前が書いてある本です。それから数日間、妻は吹聴してまわりました。夫の愛人はチャタレー夫人だ、と。その話が最終的に牧師とバロウズ氏、さらには君のご主人へと伝わり、二人はすぐさま妻を相手に法的な措置を講じました。ところが、妻のほうはどこかへ雲隠れ。昔から警察をひどく怖がっていたからです。

ご主人が会いたいというので会いに行きました。遠回しにいろいろ言っていたのは、僕に腹を立てていたからでしょう。しばらくして、奥様の名前まで挙がっているのは承知かと訊かれたので、平素から噂話は無視しており、いま初めて話をうかがい、驚いておりますと答えておきました。こんなひどい侮辱はないと言われたときには、うちの流し場のカレンダーにメアリー王妃がおられるのは、もちろん王妃も私の情婦だからですと返してみましたが、冗談は通じなかったようです。ズボンのボタンを開け放して歩きまわる破廉恥漢みたいなことを言われたので、そちらはそもそも見せるものをお持ちでないようですねと応じたところ、くびを言い渡され、来週の土曜日に出ていくことになりました。聖書の言葉をもじって言えば、もはや故郷も我を認めじ、というところでしょうか。

ロンドンに行こうと思います。昔、コーバーグ・スクウェア十七番地にあるインガー夫人の家で部屋を借りたことがあり、今回も貸してもらうつもりです。それがだめでも、どこかに部屋を見つけてくれるでしょう。

やはり聖書をもじってこう言いましょう。もし妻をめとり、その名がバーサなれば、その罪はかならず汝の身に及ぶと知るべし――」

こちらのことは何も書いていなかった。こちらに向けた言葉もない。そのことにコニーは傷ついた。慰めであれ、力づけであれ、ひと言くらいあってもいいではないか。いや、違う。君は自由だ、ラグビーにいるクリフォードのもとへ戻るかどうかは君にまかせる、という意味なのだろう。コニーはこれにも傷ついた。なぜそんな偽りの騎士道を発揮するのか。クリフォードに向かって、「ええ、奥様は私の恋人、私の愛人であり、私はそれを誇りに思っています」と断言すればいいものを。そこまで言う勇気がなかったのだ。

テヴァシャルでは二人の名前が一組になっているらしい。厄介なことではあるが、じきに騒ぎも収まるだろう。

コニーは怒っていた。怒りの感情が複雑にもつれており、頭がうまく働いてくれない。なすべきことも、言うべきこともわからなかったので、何もせず、何も言わなかった。あいもかわらぬ生活をヴェニスで続けた。ダンカン・フォーブスとゴンドラで出かけ、水浴びを楽しみ、ただ毎日をやりすごしたのである。その昔、ダンカンに恋をされて重い気分になったことがあった。十年前のことだ。今回も恋を告白されたが、本人にはこう告げた。いま男性に望むことはひとつだけ。放っておいてもらいたいの。

だからダンカンはコニーを一人にしておき、そうしてやれる自分をまんざらでもないと思った。それでもやはり奇妙に倒錯した愛情を黙って持ちつづけたのは、どうあっても彼女と一緒にいたかったからである。

「考えたことはありますか」あるときダンカンはコニーに言った。「人と人との結びつきがいかに頼りないものであるかを。ダニエレを見てごらんなさい。じつにりりしい。まるで太陽の息子です。ところが、その凜とした姿に孤独が漂っているではありませんか。もっとも、そんな彼でも妻と子がいて、その家族とはとうてい離れられないのでしょうが」

「お尋ねになったら」とコニーは言った。

ダンカンはダニエレに疑問をぶつけた。妻のほかに、男の子が二人いるという。七歳と八歳であるらしい。そう答えるダニエレの顔にはなんの感情も浮かんでいなかった。

「相手に身も心も捧げられる人だけが、ああいうふうにこの世で一人みたいな顔を見せるのかもしれないわ」コニーは言った。「そしてほかの人たちはべたべたと付きあうのよ。ジョヴァンニみたいに」——「それから」とコニーは思った。「ダンカン、あなたみたいに」

第18章

コニーは決断を迫られた。メラーズがラグビーを離れる土曜日にヴェニスを発とう。つまり六日後だ。そうすれば月曜日にはロンドンに着ける。そこで彼に会えばいい。コニーは彼が教えてくれたロンドンの住所に宛てて手紙を書いた。返事の宛先はハートランド・ホテルにしてもらい、月曜の夜七時にホテルへ迎えに来てくれるよう頼んだ。

もやもやとした怒りが心のなかで渦巻いていたコニーは、何事に対してもまともに反応できずにいた。ヒルダに胸のうちを明かすこともしない。コニーのかたくなな沈黙に業《ごう》を煮やしたヒルダは、あるオランダ人の女性と親交を深めた。コニーが嫌う女同士の息苦しい交際にヒルダは悠然と入っていけるのだ。

父親のリード氏がコニーと帰ることになった。ヒルダの供はダンカンがする。いつでも贅沢を好む父親はオリエント急行の寝台を取った。コニー自身はこのような豪華列車が好きではない。当節はかえって卑俗な雰囲気があるからだ。ただしパリまでの時間は短縮される。

妻のもとに戻るとき、リード氏はかならず不安になった。このような心持ちになるのは先妻のときから変わらない。だがライチョウ猟で訪れる客を迎えるので早めに帰宅しておきたかった。コニーは日焼けした美しい顔を景色に向けることもなく、黙然《もくねん》と座っている。

「ラグビーに戻るのは気が重いようだね」娘の浮かない様子を見て父親は言った。

「ラグビーには戻らないかもしれないわ」不意打ちするように答えたコニーの大きな青い目が父親の目をのぞき込んだ。父親の大きな青い目に怯えたような色が浮かぶ。人助けの苦手な人間がこのような表情を見せるものだ。

「しばらくパリに滞在するつもりなのかい」

「違うの。二度とラグビーには戻らないという意味よ」

自分もいろいろと問題を抱えていた父親としては、正直なところ娘の問題まで背負い込みたくはなかった。

「いきなりどうしたんだ」父親は言った。

「子供が生まれるの」

妊娠の事実を人に明かすのはこれが初めてであり、このときコニーは人生に深い亀裂が走ったように感じた。

「なぜわかる」

コニーは微笑んだ。

「さあ、なぜかしら」

「しかし、その、もちろんクリフォードの子ではあるまい」

「ええ、相手は別の男《ひと》よ」

父親をいじめるのは意外に楽しかった。

「私の知る男かな」

「いいえ。まったく知らない人」

しばらく沈黙が続いた。

「それで、どうするつもりだね」

「さあ。そこが困ったところ」

「クリフォードとはやり直せそうにないのかい」

「彼ならわかってくれると思うわ。以前、お父様が彼と話したあと、子供を産んでもかまわないと言ってくれたから。慎重にやるという条件で」

「そうとしか言いようがなかろう。事情が事情だ。まあ、これで一件落着というところかな」

「それはどういう意味」コニーは父親の目をまじまじと見つめた。その目はコニーの目と同じように大きくて青い。しかしどこか落ち着きがなかった。不安な少年のような表情になることもあれば、不機嫌でわがままな表情を見せることもある。それ以外のときはたいてい抜け目のない陽気さがにじんでいた。

「クリフォードにチャタレー家の跡継ぎができ、ラグビーに新たな準男爵が誕生するという意味さ」

父親の顔に淫らにも見える笑みが浮かんだ。

「そんなことを私は望んでいないわ」コニーは言った。

「なぜだね。相手の男を深く思っているのかい。いやはや。それなら現実というものを教えてやろう。世の中は続いていく。いま現にあるラグビーがいつか消えるということもないだろう。社会というのはだいたい固定しているからだ。つまり表面上はこちらが合わせるしかない。個人的な意見としては、自分の好きなようにするのはかまわないと思うよ。気持ちにしても変わるものだ。今年はこちらの男、来年はあちらの男という具合にね。しかし、それでもラグビーは存在していく。向こうがおまえを手放さないというなら、おまえから見限ることはない。ラグビーに残り、そのうえで楽しんではどうかな。縁を切ったとしても得るものは少ない。縁を切るのはかまわないさ。おまえには財産があるのだから。その点は大丈夫。だがね、家を飛び出したとしても大した得にはなるまい。ラグビーに準男爵を産んでやったらどうだ。それもまた面白かろう」

父親は座り直し、ふたたび笑みを浮かべた。コニーの返事はない。

「ついに本物の男に出会ったらしい」しばらくして色事にさとい父親が言った。

「そう、だから困っているの。そういう男性はなかなかいないから」

「そのとおりだな」父親がしみじみと言った。「そうはいない。正直な話、おまえを見ていると相手の男がうらやましくなる。わずらわしい男ではないのだろうね」

「ええ。自由にさせてもらえるわ」

「けっこう、けっこう。それでこそ本物の男だ」

父親はうれしく思った。コニーは愛娘であるうえ、彼女の女としての部分をつねづね好ましく思っていたからだ。ヒルダに比べて母親から受け継いだものが少ない。そもそも昔からクリフォードのことが気に食わなかった。だからこそ心から喜び、生まれてくる子があたかも自分の子であるかのように娘を深くいたわったのである。

二人は車でハートランド・ホテルに向かった。コニーがホテルに落ち着いたのを見届けてから、父親はクラブに向かった。コニーは今宵の供を断った。

メラーズから手紙が来ていた。「ホテルには行きません。アダム・ストリートにあるゴールデン・コックという店の前で七時に待っています」

たしかにメラーズはいた。立ち姿がすらりとしていて、いつもとだいぶ違って見える。黒みがかった薄地のスーツを着ていたのだ。メラーズにはもともと品のようなものがある。同じ品格とはいっても、コニーが知る男たちとは違って階級の型にはまってはいない。これならどこに出しても恥ずかしくはないとコニーは思った。メラーズには生来の気品が備わっており、それは階級の類型などよりもはるかに優れた資質なのだった。

「やあ、来たね。ずいぶん元気そうだ」

「ええ。でも、あなたは元気がないみたい」

コニーは心配そうにメラーズの顔をのぞき込んだ。げっそりと痩せて頬骨が目立つ。しかし目には笑みが浮かんでおり、コニーは一緒にいられるだけで安心した。そう、一瞬にして自分を取り繕おうとする緊張が解けたのだ。彼の体から何かが流れ出し、そのおかげで気分が晴れ晴れとしてリラックスできたのである。幸福を求める女の本能が瞬時に働いたわけだった。「あなたがいれば幸せ」――いくらヴェニスの陽光でも、ここまで心を温かくふくらませることはできなかった。

「大変だった？」テーブルに差し向かいで座ると、コニーは尋ねた。痩せすぎだわ。いまようやくそのことに気がついた。テーブルに置かれた彼の手は記憶にあるとおりで、そこに漂う不思議と無防備な雰囲気が睡眠中の動物を思わせる。その手を取ってくちづけしたくてたまらなくなったが、そこまでする勇気は出なかった。

「いつだって人間はひどいからね」

「つらかった？」

「つらかったさ。これからだってつらい。気にするなんて馬鹿だとは思ったけど」

「尻尾《しっぽ》に空き缶を結びつけられた犬みたいな気分ということ？　クリフォードがそう書いていたから」

メラーズはコニーに目を向けた。それはあまりにも残酷な言葉だった。彼の誇りはすでに傷だらけだったのだから。

「そんな気分だったかな」

侮辱を受けたメラーズの歯がみするような思いがコニーにはまったくわかっていない。

長い間《ま》が空いた。

「私がいなくて寂しかった？」

「君が巻き込まれなくてよかった」

またしても会話が途切れる。

「私たちのこと、みんなは信じているのかしら」

「いや、そんなことはないと思うな」

「クリフォードも？」

「もちろん。はなから考えもしなかったさ。そうだとしても、この顔は二度と見たくないだろう」

「赤ちゃんができたの」

メラーズの顔から、全身から、いっさいの表情が消えた。コニーを見つめる目が暗さを増す。コニーにはその変化の意味がまったく理解できない。暗い炎と化した霊魂に見つめられている気がした。

「うれしいと言ってちょうだい」コニーは哀願するように言って、そろそろと両手を差し伸べた。一瞬、メラーズのなかで歓喜のようなものが湧き起こったかに見えたが、その感情はコニーが理解できない何ものかによってすぐ抑え込まれてしまった。

「未来か」メラーズは言った。

「うれしくはないの？」コニーは重ねて言った。

「未来には絶望しているんだ」

「あなたが責任を感じることはないのよ。クリフォードが引き取ってくれるはずだから。きっと喜ぶと思うわ」

メラーズの顔から血の気が失せた。気持ちまで萎《な》えてしまったようだ。返事はない。

「クリフォードのところに戻ろうかしら。ラグビーに準男爵の誕生ね」

メラーズは青ざめたよそよそしい顔でコニーを見つめた。その顔に醜悪な薄笑いがよぎる。

「父親の正体を明かすことにならなければいいけどね」

「たとえ話しても、私が頼めば引き取ってもらえるわ」

メラーズはしばらく考えた。

「なるほど」と独り言のようにつぶやく。「そうだろうな」

沈黙が続いた。いま、二人のあいだには大きな溝が横たわっていた。

「クリフォードのところに戻ってほしいの？」

「自分はどうしたいんだ」メラーズが質問で返す。

「あなたと暮らしたい」答えは簡単だった。

その言葉を聞くやいなや、意に反して小さな炎が腹に燃え広がり、メラーズは顔をうつむけた。それから顔を上げ、苦悶に満ちた目をコニーに向けた。

「君はそう言うけど、この僕には何もない」

「あなたには、ほかの男性にはないものがある。わかっているはずよ」

「たしかにわかっていることならある」しばし黙考してからメラーズは言った。「昔よく女々しすぎると言われた。でも、それは違う。狩猟とも、金儲けとも、出世とも無縁。だから女だというのかい。その気さえあれば軍でも楽に出世できたんだ。ただ軍隊が性《しょう》に合わなかった。部下の統率なら立派にできる。部下には気に入られ、怒れば怖いと恐れられもしたからね。その軍を脳なしで無神経な上層部がだめにしてしまった。ふぬけにしたのさ。僕は男が好きだし、男に好かれもする。でも、この世を動かしている連中が威張りくさって駄弁《へど》を弄するのが気に食わない。それでは出世も無理だろう。不遜な金、不遜な階級。反吐が出るよ。こんな世の中なのに、僕が女に何を与えられるというのか」

「別に与える必要はないのよ。取引ではないのだから。二人が愛しあう。ただそれだけのことだわ」

「いや、それだけではすまないさ。生きるというのは進むこと、どこまでも前進するということだからね。ところが僕の人生ときたら、どうしてもまっすぐ道を進もうとしない。勝手に道をそれてしまう。そんな頼りない人生に女を引き込むことができるだろうか。たとえ内面だけでもいいから、まずは自分が何かを成し遂げ、どこかにたどり着かなければ。そうなって初めて、僕たち二人とも生まれ変わることができる。俗世を離れた二人だけの生活を望み、かつ相手の女が本物の女だというのなら、自分の人生の何がしかを女に分け与えてやるのが男というものだろう。君に囲われて満足するというわけにはいかないんだ」

「それはどうして」

「そういうわけにはいかないからさ。君だってすぐいやになる」

「なんだか信用されていないみたいだわ」

メラーズの顔にぎこちない笑みがちらりと浮かんだ。

「君には金も地位もある。すべての決定権を握ることになるだろう。だからといって、僕は奥様のたんなる慰み者というわけではないんだ」

「だとしたら、あなたはいったい何者なの」

「君が不思議に思うのも無理はない。僕の本質は目に見えないものだからね。でも、僕にはわかるんだ。自分がほかの人間とは違うことが。この存在には意味がある。他人には見えないのだろうけど」

「私と暮らしたら、あなたの存在価値が下がるということ?」

メラーズは長いこと沈黙してから答えた。

「その可能性はある」

今度はコニーが黙って考えた。

「あなたの存在価値とは何かしら」

「目には見えないものさ。僕は世界を信じていない。金も出世も、この文明の未来も。人類にとって未来が必要だというのなら、現状を劇的に変えなければならない」

「本当の未来とは?」

「わからない。ただ、僕のなかには何かがある。とてつもない怒りがないまぜになった何かが。では、それが何かとなると自分でもわからないんだ」

「教えてあげましょうか」コニーはメラーズの顔をじっと見つめた。「あなたにあって、ほかの男性にはないもの。それこそが未来を作る。何か知りたい?」

「ああ」

「それは、あなたの大胆な優しさ。私のお尻に手を置いて、素敵な尻をしていると言うときの」

メラーズの顔を苦笑がかすめる。

「なるほど」

メラーズは考え込んだ。

「たしかに君の言うとおりだな。まさにそれ。昔からずっとそうだった。兵隊たちとの経験で知ったことさ。彼らとは体と体の付きあいが不可欠で、そこから目を背けてはならなかった。まずは彼らの肉体を意識する。そして、できれば少し優しく扱ってやる。あとで戦場の地獄が待ち受けていようと関係ない。まずは意識すること自体が大切だ。そう仏陀も言っていた。ところが、その仏陀でさえ肉体を意識しようとはしなかった。肉体をいたわることは避けた。男同士ではあっても、きちんと男らしい方法でいたわれば至高の経験が待っているのに。その経験があってこそ男は本物の男になれる。猿とも違ってくる。そう、つまりは優しさなんだ。女のあれを意識するときと同じことなんだ。交わりとは触れあいにすぎない。もっとも親密な触れあい。それだけのことを僕たちは恐れている。いまの僕たちは肉体を意識していない。それでは人生を半分しか生きていないことになる。十全に生き、十全に意識しなければいけない。とくにイギリス人は互いに触れあう必要がある。そうやって少しは感性を高め、少しはいたわることを覚えなければ。それこそがいまの人間に求められていることなんだ」

コニーはメラーズを見つめた。

「それなら、なぜ私を怖がるの」

メラーズはしばらくコニーに視線を注いでから答えた。

「金のせいさ。それから地位。つまりは君が象徴しているもの」

「私のなかには優しさがないということなのね」コニーは恨みがましい声を出した。

メラーズはコニーを見下ろすように視線を落とした。暗さの増した虚《うつ》ろな目をしている。

「ああ。僕と同じで、優しさが現れたり消えたりしている」

「私たち二人のあいだでも信じられないの？」コニーが不安そうな目を向ける。

メラーズの顔が和らいだ。警戒心が解けたのだ。

「そうかもしれないな」

二人とも黙り込んだ。

「あなたに抱いてもらいたいわ」コニーは懇願した。「そして、子供ができてうれしいと言ってもらいたいの」

コニーはとても美しく、温かく、切なく見え、そんな彼女を求めるようにメラーズの内部がうごめいた。

「僕の部屋に行ってもいいけど、またひどい噂を立てられる」

そう応じたメラーズだが、世間に遠慮する気持ちは消え失せたものらしく、その顔に澄みきった表情が浮かんでいる。濃《こま》やかな情を覚えたのだ。

二人は人通りの少ない道を選んでコーバーグ・スクウェアまで行った。建物の最上階にメラーズが借りた屋根裏部屋がある。彼はそこでコンロを使って自炊していた。手狭ではあるが、きれいに整頓された部屋だ。

コニーは着ているものをすべて脱ぎ、メラーズにも脱ぐように言った。妊娠初期の柔らかな輝きを帯びたコニーは美しかった。

「このまま何もしないほうが」メラーズは言った。

「そんなのいやだわ。抱いてほしい。愛してほしいの。お願いだから、私を離さない、世界の誰にも渡さないと誓って」

コニーはメラーズにすり寄り、細くて逞《たくま》しい体にしがみついた。これだけが自分の知る故郷だった。

「君を離したりするもんか。君が望むなら誰にも渡しやしない」

メラーズはコニーをしっかりと抱きしめた。

「赤ちゃんのこともうれしいと言ってほしいわ」コニーはさらに言った。「キスしてあげて。子宮にキスして。ここに赤ちゃんがいるのよ。うれしいと言ってほしいの」

メラーズもさすがにそこまではできなかった。

「この世に子供を生むのが怖いんだ」メラーズは言った。「子供の将来を思うと怖くてたまらない」

「でも、あなたが私に授けた子供よ。優しくしてあげて。それでこの子の未来が決まるのだから。キスしてあげて。さあ」

メラーズは体を震わせた。コニーの言葉が真実だったからだ。「優しくしてあげて。それでこの子の未来が決まるのだから」そう言われた瞬間、メラーズはコニーに純粋な愛を感じた。メラーズはコニーの腹部、そして恥丘にくちづけをした。その奥の子宮と子宮にいる胎児に向けて。

「ああ、私を愛して。私を愛して」そのかすれた悲鳴のような声は、彼女が愛しあっている最中に無我夢中で上げてしまう呻き声を思わせた。そっとコニーのなかに入ったメラーズは、自分の体の奥から愛情があふれ出し、それが彼女の体の奥へと流れ込むのを感じた。二人の体の奥で共感の炎が灯されたのだ。

メラーズはコニーのなかに入りながら、自分に必要なのはこれだと確信した。男としての誇りも威厳も本来の姿も失うことなく、優しい触れあいの世界に入れるのだ。なるほどコニーには資産があり、自分には何もない。だからといって、おのれの矜《きょう》持《じ》と名誉にしがみつき、愛情の出し惜しみをしてどうなるというのか。「俺は戦うぞ。人と人とが肉体を意識しながら触れあえるように」とメラーズは思った。「優しい触れあいのために。彼女が味方になってくれる。戦いの相手は金と機械、そして世間の頭でっかちな猿たち。彼女は俺を支えてくれるだろう。ありがたいことに、とうとう本物の女を手に入れることができた。そばにいて愛情を注いでくれ、俺のことをわかってくれる女が。暴君でも馬鹿でもない。愛情にあふれ、目覚めている女なのだ」

メラーズの種子がコニーのなかではじけた。それと同時に、魂までもが彼女に向かってはじけ飛んだ。それはたんなる生殖行為よりもはるかに創造的な営為だった。

二人に別れなどあってはならない。コニーはそう思った。ただし、そのためには方法と行動を考える必要がある。

「奥さんのことが憎らしかった?」

「あいつの話はやめてくれないかな」

「いやよ。話をさせて。一度はあなたが愛した女性だから。それも親密な間柄にあったのよ。いま私とこうしているように。だから話してもらいたいわ。ずっと親しくしてきた相手をそんなふうに嫌うなんて、いやな気はしない？　どうして嫌いになったの」

「わからない。あいつは、それこそいつもいつも、僕に意地を張っている感じだった。女の強烈なエゴ。それがあいつにとっての自由だったのさ。そういう女の勝手気ままな自由なんてものは、男に息苦しい思いをさせるだけなのに。あいつはしょっちゅう、その自由とやらを押しつけてきた。僕の顔に硫酸をぶちまけるような調子でね」

「でも、あなたとは別れていない。まだ愛しているのかしら」

「まさか。別れずにいるのは僕のことが憎いからさ。僕を苦しめたくてたまらないんだ」

「昔はあなたを愛していたはずよ」

「そんなことはない。いや、待てよ。愛してくれたときもあったか。なにせ僕に夢中だったからね。でも、そんな自分に腹が立ったんだろう。僕に愛情を示していたかと思ったら、急につんけんして嫌がらせを始めた。心の奥底では、僕のことを苦しめたくて仕方がなかったのさ。あいつを変えることはできなかった。そもそも、あいつの手前勝手な意志が邪魔だったんだ」

「本気で愛されていないと思ったのかもしれないわ。あなたに愛してもらいたかったのよ」

「それにしたって、やり方が無茶だった」

「あなたは奥さんのことを心の底から愛していたわけではなかった。彼女がおかしくなったのは、あなたのせい」

「愛せたはずがない。愛しかけたのに、なぜかきまって心は八つ裂きにされたんだ。いや、この話はよそう。運命だったのさ。あいつは呪われた女だった。許されることなら、今度ばかりはイタチみたいに撃ち殺してやりたいと思ったよ。あいつは女の皮をかぶった狂人。仕留めてしまえば、すべての不幸が終わりになったものを。なぜ殺してはいけない。女が思いつめて、どんなことにでも盾突くようになったら恐ろしいことになる。いよいよとなったら始末するしかないだろう」

「我執《がしゅう》にとらわれた男性も撃たれて当然という意味？」

「そう、男も同じ。とにかく、あいつから離れなければ、またしつこく付きまとわれる。ところで、君に言いたかったことがあるんだ。僕は是が非でもあいつと離婚したい。だから、お互いに注意が必要になる。一緒のところを見られてはまずい。あいつが君にまで襲いかかったら、僕には耐えきれない」

コニーは考えた。

「つまり、一緒にはいられないということ？」

「半年近くはね。ただ離婚の仮判決が九月に出るだろうから、そうなると三月までになるかな」

「赤ちゃんが生まれるのは二月の末なのに」

メラーズの返事はない。

「クリフォードとかバーサとか、ああいうやつらはみんな死んでしまえばいいのさ」

「そんなこと言って。思いやりに欠けるわ」

「思いやりに欠ける？　まあ、そうかもしれない。でも、死なせてやるのがいちばんの優しさだろう。あいつらには生きている資格がない。人生を無駄にしているんだから。魂が腐っている。死ねれば本望さ。撃ち殺してよければ撃ち殺してやるよ」

「そんなむごいこと、あなたにできるはずがない」

「いや、遠慮はしないよ。イタチを殺すほうがよほど心が痛む。イタチは愛嬌があるうえに孤独だ。それに比べ、あの手の連中はごまんといる。もちろん撃ち殺してやるとも」

「そんな相手なら、わざわざ自分の手を汚すこともないわ」

「まあ、そうかな」

コニーには考えるべきことがたくさんあった。メラーズが妻との絶縁を望んでいるのは明らかだ。賢明な判断だろう。そうだとしても、最後に聞かされた話はあんまりだった。これから春まで一人きりになるというのだから。クリフォードに離婚を承知させなければ。でも、どうやって。もしメラーズの名前を出したら、彼自身の離婚が絶望的になる。ああ、いまいましい。地の果てに逃げ出してしまいたい。そうすれば、すべてから解放されるのに。

それは無理な相談だった。いまの時代、さいはての地でさえもロンドンのチャリング・クロスから五分とは離れていない。ラジオのスイッチが入っているかぎり、地の果ては存在しえないのだ。アフリカはダオメーの王も、チベットのラマ僧も、ロンドンやニューヨークの放送を聞いている。我慢することだ。世界は複雑怪奇な巨大装置である。一瞬でも隙を見せたら切り刻まれかねない。

コニーは父親に打ち明けた。

「クリフォードの森番だった人よ。インドでは将校だったけど、兵卒に戻るほうがいいと思ったようなの。C・E・フローレンス大佐と同じだわ」

父親にしてみれば、いくらC・E・フローレンスが高名であろうと、あえて下の階級に行くという不可解な行動をされては共感などできない。見え透いた謙遜ではないか。もっともいやらしい種類の思い上がりである。つまり自己卑下という名の思い上がりだ。

「その森番だが、どこの出身だね」父親は苛立たしげな声を出した。

「テヴァシャルの坑夫の息子さん。でも、どこへ出しても恥ずかしくない人よ」

父親の怒りが増した。

「財産狙いというわけか。おまえはひどく掘りやすい金鉱のようだ」

「違うわ。会ってもらえばわかる。本当に男らしい人なの。クリフォードにはいつも嫌われていたわ。謙虚さに欠けるという理由で」

「今度ばかりはクリフォードの勘も正しかったと見える」

父親にとって、娘が森番と密通しているという醜聞ほど耐えがたいものはなかった。密通自体はいい。醜聞はだめだ。

「男のことはかまわん。おまえをうまく丸め込んでしまったようだしな。だが、いいかい。あれこれと噂が立つ。義母《かあ》さんのことを考えてみろ。いったいどう思うことか」

「そのことなら考えてあるわ。噂というものは理不尽だから。とくに社交の世界ではそうね。それに、メラーズのほうでも離婚を強く望んでいるのよ。だから、彼の名前は伏せて、子供の父親を別の人にするのはどうかと思うの」

「別の人間？　たとえば誰だね」

「ダンカン・フォーブスはどうかしら。これまでずっとお友達だったし、それなりに名の知られた画家でもあるわ。私のことも好きみたいなのよ」

「なんということだ。ダンカンも気の毒に。彼になんの得がある」

「わからないわ。でも、この計画を気に入ってくれるかもしれない」

「気に入ってくれるかも、か。酔狂な男だな。彼とは関係がなかったのかい」

「もちろんだわ。彼も本気で私を欲しがってはいないもの。私がそばにいるだけで十分みたい。触れてもらわなくてもいいそうよ」

「なんという時代だ」

「どうしても私に絵のモデルをしてもらいたいそうなの。ごめんですけど」

「哀れなやつだ。ここまで踏みつけにされるとはな」

「でも、彼が相手なら、さほど噂も気にならないでしょう？」

「おまえときたら悪知恵が過ぎる」

「わかっています。わかっていますけど、ほかに方法があって？」

「悪巧みの片棒を担げというわけか。私も長生きしすぎたようだな」

「あら、お父様。若いころに悪さなどしなかったような口ぶりね」

「それとこれとは話が違う」

「違いません」

ヒルダがやってきた。新たな展開を聞いて、父親と同じように怒りをあらわにした。妹と森番の醜聞が世間に広まる。考えるだけで我慢ならない。こんな屈辱があるだろうか。

「ブリティッシュ・コロンビアに行くまでは別行動を取る。それならどう。そうすれば噂も立たないわ」コニーは言った。

そんなことをしても意味がない。この一件はいずれ明るみに出る。一緒に行くつもりなら、結婚できるようにしておくべきだろう。これがヒルダの意見だった。父親はそこまで断言できずにいた。噂が収束する可能性はまだある。

「とにかく、彼に一度会ってもらいたいの」

リード氏も気の毒なことだ。会う気などさらさらなかった。気の毒なのはメラーズも同じである。リード氏以上に会う気がない。こういう二人が初めて顔を合わせることになった。クラブの個室で昼食となり、男同士が互いを値踏みした。リード氏はウイスキーをしたたかに飲み、メラーズも飲んだ。まずはインドの話になった。インドについてはメラーズが詳しい。

食事中もインドの話が続いたが、コーヒーを持ってきた給仕が下がると、リード氏は葉巻に火を点《つ》け、大きな声で口火を切った。

「さて、君。娘のことはどう考えているのかね」

メラーズの顔に苦笑が浮かぶ。

「とおっしゃいますと」

「娘のお腹には君の子供がいるようだが」

「光栄に存じます」メラーズがにやりと笑う。

「光栄ときたか」リード氏は軽く吹き出した。その顔にスコットランド人らしい好色さが浮かぶ。「光栄ねえ。あちらのほうはどうだった。まったく、たいした男だ。で、どうだった」

「よかったです」

「だろうとも。いや、これは愉快。娘は父親に似たわけか。この私も昔はずいぶんと楽しんだものだ。まあ、妻のほうは、なんというか――」リード氏は天を仰いだ。

「君は娘を熱くした。そう、君が。面白いものだ。父親の血は争えん。あっぱれ、娘の干し草に火が点いた。愉快、愉快。正直、じつに喜ばしい。娘には必要なことだったのだ。まあ、あいつはいい娘だから、どこかの男が干し草に火を点けてくれれば、うまくいくとは思っていた。いや、愉快。君は森番だと聞いている。密猟も大成功か。じつに面白い。しかし、だ。真面目な話、これからどうするのかね。真面目な話」

　真面目な話、さして話は進まなかった。ほろ酔いではあっても、メラーズのほうがはるかに冷静であり、できるかぎり話をまともなものにしようと努めた。つまり、あまりしゃべらないようにしたわけだ。

「やはり森番だな。いや、君は間違っていない。男なら、ああいう女を獲物にしなければいかん。だろ? 女の良し悪《あ》しは尻をつねればわかる。いい女になるかどうかの判断は尻の感触のみ。いや、愉快。君がうらやましい。何歳だったかな」

「三十九歳です」

　リード氏は眉を吊り上げた。

「そんなになるかい。まあ、見たところ、あと二十年は大丈夫。森番かどうかはともかく、いうなれば君は闘鶏だ。片目をつぶっていてもわかる。クリフォードみたいなやつとは違う。あいつときたら、女とは一度たりともやったことのない臆病な犬ころ。君が気に入ったよ。さだめし立派なやつをぶら下げているのだろう。威勢のいいチャボということか。根っからの喧嘩好き。森番ねえ。愉快、愉快。私なら君に獲物の番は頼まん。だが、いいかね。真剣な話、これからどうするのかね。この世は面倒な婆さまばかりだぞ」

真剣な話、二人は何もしなかった。昔ながらの艶話《つやばなし》に花を咲かせて男同士の絆を確かめあったにすぎない。

「それとだな、私にできることがあったら遠慮なく言ってくれたまえ。森番か。まったく、たいしたものだ。いや、気に入った、気に入った。うちの娘に根性があることもわかったしな。そこで娘のことだが、いまのあいつには収入がある。さほどではないが、飢えることはあるまい。それから私の財産も残してやるつもりだ。ちゃんと残してやるとも。婆さまばかりの世界で根性を見せてくれたのだから。この七十年、この私も必死になって婆さまのスカートを振り払ってきたが、これがなかなか難しい。ところが、どうだ。君は男のなかの男、本物の男ときた」

「そう思っていただけるならばうれしいです。いつもは陰で猿公《えてこう》と呼ばれていますから」

「そうだろうとも。婆さま連中にしてみれば、君は猿にしか思えん」

二人は上機嫌で別れた。その日一日、メラーズは胸の内で笑っていた。

翌日、メラーズはコニーとヒルダと一緒に人目につかない店で昼食を取った。

「まったくいやね。こう不愉快なことばかりでは」ヒルダは言った。

「こちらは大いに楽しませてもらいました」メラーズは言った。

「子供は待っていただきたかったわ。二人が自由に結婚することができて、子供を産めるようになるまで」

「神がいささか早まって火花に息を吹きかけてしまわれた」

「神様が関係あるとは思いませんけど。とにかく、たしかにコニーには二人を支えるだけの収入があります。ただ、私にはいまの状況が耐えられません」

「あなたは少し我慢すればすみます」

「あなたが妹と同じ階級でしたらよかったのに」

「もしくは私が動物園の檻《おり》に入っていればよかった」

沈黙が続く。

「おそらく最善の策は」ヒルダが口を開いた。「妹が無関係の男性を共同被告に指名して、あなたを蚊帳《かや》の外に置くことでしょうね」

「しかし、こちらはすでに関わっています」

「離婚訴訟のときに、という意味です」

メラーズはショックを受けた顔でヒルダを見た。コニーはメラーズにダンカン・フォーブスの件を伝えられずにいたのだ。

「話の意味がよくわかりません」メラーズは言った。

「訴訟のときに共同被告となっていただけそうな友人がいますの。そうすれば、あなたの名前が表に出ることはありません」ヒルダは説明した。

「男性ですか？」

「もちろんですとも」

「まさか、ほかに男が――？」

メラーズは信じられないというようにコニーを見た。

「違うわ」コニーがあわてて答える。「古くからの友達というだけよ。恋愛感情はないの」

「それなら、なぜそいつが罪をかぶるんだい。得するわけでもないのに」

「男気のある殿方もいらっしゃるのよ。見返りを求めたりはしなくて」ヒルダが応じる。

「私の代わりというわけですか。そいつは誰です」

「子供のころスコットランドにいたときの友人で、画家をされている方よ」

「ダンカン・フォーブス」メラーズはすかさず声を上げた。コニーの話に出たことがあったのだ。「どういうふうにして罪をかぶせるんです」

「どこかのホテルに二人で泊まったことにしましょう。あるいは、彼のフラットにコニーが泊まったことにする手もありますわね」

「無駄骨という気もしますが」

「ほかに名案がありまして?」ヒルダは言った。「名前が出たら、あなたも離婚できませんのよ。あなたの奥さん、相当に手強《てごわ》いとうかがっていますけど」

「たしかに」メラーズは仏頂面で言った。

長い沈黙が続いた。

「このまま二人で逃げてしまってもいい」メラーズは言った。

「コニーにいますぐは無理です」ヒルダは言った。「クリフォードの名が知られすぎていますから」

話が袋小路に入り、またしても沈黙が降りた。

「まあ、これが世間ですわね。後ろ指をさされることなく一緒に暮らしたければ、結婚が必要。結婚したければ、どちらも離婚が必要。二人とも、その点はどうお考えなのかしら」

メラーズは長いこと黙っていた。

「そういうあなたこそ、何をしてくれますか」

「ダンカンが共同被告の役を引き受けてくれるかどうか確認してみます。あとは、クリフォードを説得して離婚してもらう。あなたも離婚の手続きを進めてください。自由の身になるまで、二人とも会わないように」

「まるで精神病院だ」

「かもしれません。世間から見れば二人は狂人ですもの。いえ、それ以上かしら」

「それ以上？」

「罪人よ」

「それなら、ついでに何人かぐさりとやってやりたい」メラーズは薄笑いを浮かべ、それから黙り込んだ。とにかく怒っていたのだ。

「では」しばらくしてメラーズは言った。「仰せのとおりにしましょう。下種《げす》の口に戸は立てられず、そいつらの息の根を止めることもできないんですからね。まあ、手は尽くしてみますが。いや、あなたのおっしゃるとおり、自分たちの身を守ることが先決だ」

メラーズはコニーに目を向けた。その顔に屈辱と憤怒と倦怠の入り交じった表情が浮かんでいる。

「なあ、世間の連中に尻尾をつかまれるぞ」

「そうはさせないから大丈夫よ」コニーは言った。

コニーはメラーズほど世間をだますことが気にならなかったのだ。

話を持ちかけられたダンカンもまた、問題の不良に会ってみたいと言った。そこで夕食会が開かれることになり、ダンカンのフラットに四人が顔をそろえた。ダンカンは小柄で肩幅があり、肌は浅黒く、寡黙なハムレットという風情がある。まっすぐな黒髪で、ケルト人としての妙な自惚《うぬぼ》れを抱いていた。彼の絵には円柱と螺旋のようなものしか描かれていない。色彩も独特である。この抽象的な画風を超現代的と呼ぶのだろうが、そこには力強さが感じられた。形態と色調の本質をつかまえているようにも見える。しかしメラーズにはダンカンの絵が非情に思えて反発を感じた。その印象を口に出さずにいたのは、ダンカンが自作の話になると偏執的になったからである。本人にすれば、それは個人的な信仰の告白であり、独自の宗教だったのだ。

客の三人がアトリエの壁に立てかけられた絵を見ているあいだ、ダンカンだけは小さな茶色の目をメラーズに向けていた。自分の絵に対する意見を聞いてみたいと思った。姉妹の見解ならすでに知っている。

「見ていると、人が殺されているという感じがしますね」メラーズがついに言い放った。ダンカンにすれば、まさか森番ごときからこんな言葉が飛び出すとは思ってもいなかった。

「どなたが殺されているの」ヒルダがいくぶん冷ややかな声で蔑むように言った。

「私ですよ。どれを見ても、人のなかにある思いやりの心が根こそぎにされている」

純然たる憎しみがダンカンの体から一気にあふれ出した。メラーズの声に嫌悪と軽蔑の響きが感じられたのだ。「思いやりの心」という言葉には虫唾《むしず》が走った。甘ったるい感傷ではないか。メラーズは意外に背が高くて痩せており、憔悴《しょうすい》して見えた。その顔に超然とした表情がときおり浮かんでは消える。まるで顔面を蛾が飛びまわっているかのようだ。

「殺されているのは愚かさでしょう。感傷的な愚かさ」ダンカンは嘲《あざけ》るように言った。

「そうでしょうか。円柱とか波形とか、じつにくだらない。このほうがよほど感傷的でしょう。過度の自己憐憫と不安な自惚ればかりが表現されている」

またしても憎しみをかき立てられ、ダンカンの顔が土気色に変わった。だが何も言わず、傲然たる態度で絵を裏返していった。

「食堂に行きましょう」ダンカンは言った。

全員が沈鬱な面持ちで部屋を移った。

コーヒーが終わるとダンカンが言った。

「父親の代わりになるのは全然かまいません。ただし条件があります。ここでコニーに絵のモデルになってもらう。いくら頼んでも断られてきましたので」決然とした暗い声が、火あぶりの刑を宣告する異端審問官のようだ。

「なるほど」メラーズは言った。「つまり、条件つきで引き受けるわけですか」

「そのとおり。それが条件です」メラーズへの軽蔑を最大限に表現しようとして、ダンカンは少しやりすぎてしまった。

「いっそのこと私も一緒にモデルはどうでしょう」メラーズは言った。「二人一組です。芸術の網に捕らわれた鍛冶の神ウルカヌスと妻ヴィーナス。森番になる前は鍛冶屋でしたし」

「申し出はありがたいのですが、ウルカヌスの姿に興味はありません」

「円柱形の服でめかし込んでもだめですか」

ダンカンは答えなかった。それ以上の会話は自尊心が許さなかったのだ。

陰気な食事会になった。ダンカンはメラーズの存在をひたすら無視しつづけ、姉妹としか話をしない。その言葉も、重々しい自尊心の奥底から絞り出しているという印象だった。

「彼のことがお気に召さなかったようね。でも、本来はもっといい人なのよ。とても親切で」コニーは帰りしなに弁明した。

「あの黒い犬ころは病気だな」メラーズはダンカンを批判した。

「違うの。今日は機嫌が悪かっただけだわ」

「モデルになるつもりかい」

「もうどうでもいいの。私に触れてくることもないでしょうし。あなたと一緒に暮らせるようになるなら、どんなことでも我慢できる」

「だが、きっとひどい絵を描かれる」

「それも別にいいの。どうせ私への気持ちを絵にするだけだから。どうぞ、お好きにという気持ちよ。ただ、どんなことがあっても、私の体には指一本触れさせない。芸術家気取りで眺めていれば絵が描けるというなら、好きなだけ眺めさせてあげましょう。私を使って空っぽの円柱や波形を描けばいい。それは向こうの勝手。根に持っているのよ。あなたが彼の円柱ばかりの芸術を感傷的で気取っていると批判したから。でも、そのとおりだわ」

第19章

「クリフォード様。あなたが想像していたとおりになりました。心から愛する男《ひと》ができたのです。離婚していただけませんか。いまはダンカンのところにいます。ヴェニスで一緒になったことはお話ししましたね。あなたを思うと心が痛みますが、何も言わずに受け止めてください。あなたはもう私を必要とはしていません。私もラグビーには戻りたくありません。本当に申し訳ないと思います。どうか私のことは忘れ、離婚してください。あなたにはもっといい女性を見つけてほしい。私はあなたにふさわしい人間ではないのでしょう。こらえ性《しょう》のない勝手な女ですから。でも、いくら勝手な女だとはいえ、あなたとの生活にのこのこと戻ることはできません。あなたには心からすまないと思っています。しかし、冷静に考えていただければ、気にする必要もないことがわかっていただけるでしょう。あなた自身、私という人間を心から気にかけていたわけではなかったのですから。どうかお許しいただき、私を自由の身にしてください」

こんなことが書かれた手紙を受け取っても、クリフォードは驚きを感じなかった。妻が出ていくことを長いあいだ予感していたからだ。しかし、それを表向きには認めまいとしてきたせいで、彼の肉体はすさまじい衝撃を受けてしまった。それまでは妻を信頼しているという外見を崩すことがなかったのである。

人間とはそういうものだ。直感で何かを察知したとしても、意志の力はそれを意識に上らせまいとする。結果、恐怖心や不安感が生まれ、その何かが実際に意識されたとき、十倍のダメージに襲われるのだ。

クリフォードはヒステリーを起こした子供も同然になった。ベッドに起き直った彼の姿を見たボルトン夫人はショックを受けた。クリフォードの顔が死人《しびと》のように見えたからだ。

「まあ、旦那様。どうされました」

返事はない。脳卒中でも起こしたのではないかと思ったボルトン夫人は、クリフォードの顔に触れ、さらに脈を測った。

「痛みはありますか。痛む箇所がありましたら、おっしゃってください。さあ」

やはり返事はない。

「まあ、どうしましょう。シェフィールドのキャリントン先生に電話いたします。レッキー先生にもすぐ来ていただきましょう」

ボルトン夫人がドアに向かう。すると虚《うつ》ろな声が響いた。

「よせ」

ボルトン夫人は足を止め、クリフォードに目を向けた。生色のない土気色の顔をしており、正気が失せているかに見える。

「先生をお連れしなくてもよろしいのですか」

「そうだ。医者はいらん」陰鬱な声が響いた。

「ですが、旦那様。ご病気でしたら、私には手の施しようがありません。先生をお呼びしませんと、私の不行き届きになります」

沈黙に続き、力ない声が答えた。

「病気ではない。妻が戻ってこないのだ」影が口を利いているかのようだ。

ベッドの人影は形を変えることなく、ベッドカバーの上を滑らせて一通の手紙を押しやった。

「読みたまえ」暗鬱な声は命じた。

「奥様からのお手紙でしたら、私が読むわけには。よろしければ内容だけでもお話しください」

かっと見開かれた水色の目はまじろぎもせず、表情にも変化はない。

「読みたまえ」声はなおも命じる。

「そこまでおっしゃるのでしたら、仰せのとおりに」

ボルトン夫人は手紙を読んだ。

「本当に意外です。お戻りになると約束されましたのに」

ベッドの顔に変化が表れた。心は千々に乱れていながら硬直したままだった顔に動きがあったのだ。その顔を見て、ボルトン夫人は不安を覚えた。自分が何に直面しているのかを悟ったからである。男のヒステリー症。これが厄介な病気であることは兵士を看病して多少は知っていた。

ボルトン夫人はクリフォードにやや苛立ちを覚えていた。まともな男なら、妻に愛人がいて、いつか出ていくことくらいわかりそうなものではないか。本人も感づいてはいたのだろう。それを認めたくなかっただけのことだ。認めて覚悟を決める。認めて妻に真っ向からぶつかっていく。それでこそ男である。だが気づいていながら自分をごまかしつづけた。悪魔に意地悪されているのを知りながら、天使が微笑んでいるのだと思うことにしたわけだ。そんなふうに自分を欺いてきた結果、ごまかしきれずに精神が錯乱し、いわばヒステリーという狂気に陥った。そんなクリフォードに夫人はそこはかとない憎しみを覚え、心のなかでこうつぶやくのだった。「自分のことしか考えていないからよ。不滅の自己に酔いしれて、痛い目に遭ったとたん、このざま。まるで包帯に絡み取られたミイラだわ」

だがヒステリーは危険である。看護師としては、そこから救い出してやらねばならない。ただし、男としての心や矜持《きょうじ》に訴えるようなことをしたら逆効果になる。そういう男らしさが、完全ではないにしろ一時的に死んでしまっているからだ。そんな手段を講じたら、うじ虫みたいに身悶えし、内面の混乱は増すばかりとなろう。自分を哀れだと思わせるしかあるまい。テニソンの詩に登場する貴婦人ではないが、泣かなければ死んでしまう。

そこでボルトン夫人は自分から涙を流した。両手で顔を覆い、体を小刻みに震わせながら、「まさか、まさか、奥様がこんなことをなさるなんて」と泣きじゃくるうち、はしなくも昔日の悲嘆と懊悩《おうのう》がよみがえり、純粋に無念の涙がこぼれた。夫人にも落涙する理由があったのである。

自分は妻に裏切られたのだ。事の次第を悟ったクリフォードにボルトン夫人の悲しみが伝染した。目から涙があふれ、頬を伝う。クリフォードは自分のために泣いた。

表情が失われた彼の顔に涙が伝うのを見た瞬間、夫人は小さなハンカチで自分の濡れた頬をさっと拭《ぬぐ》い、クリフォードのほうへ身を乗り出した。「おやめになってください。「思い悩んではいけません」感情をたっぷりと込める。「おやめになってください。ご自分が傷つくだけです」

静かに涙を流していたクリフォードがはっと息をのみ、体をぶるりと震わせたかと思うと、一気に涙をあふれさせた。ボルトン夫人は彼の腕に手を置き、みずからもふたたび涙を流した。またしてもクリフォードの全身に痙攣のような震えが走る。夫人は彼の肩に手をまわし、自分も涙を流しながら、「さあ、さあ。考え込んではだめ」とささやいた。さらに体を引き寄せ、大きな肩を両腕で抱いてやる。夫人の胸に頭をうずめたクリフォードが、盛り上がった肩を揺すぶるようにして泣く。くすんだ金色の髪を優しく撫でてやりながら夫人は言った。「さあ、さあ、いいのよ、気にしなくて。さあ」

クリフォードはボルトン夫人の体に両腕をまわし、子供のようにしがみついた。糊のきいた白いエプロンの胸当てと、水色の木綿のワンピースが涙に濡れる。クリフォードがついに自分を解き放ったのだ。

ようやくボルトン夫人はくちづけをしてやった。そして胸にもたせかけられた頭を静かに揺すりながら思った。「ああ、クリフォード様ともあろう方が。気位高きチャタレーの末裔なのに。それがこんなふうになられて」しばらくして、クリフォードはとうとう眠りに落ちてしまった。ほとんど子供である。夫人は精も根も尽き果てたような気持ちのまま部屋に戻った。部屋に入るなり、夫人なりのヒステリーなのだろうか、笑みと涙が同時にこぼれた。呆れてものも言えないわ。まったく情けない。ここまで落ちてしまうとは。なんという恥さらしだろう。しかしながら、これは容易ならざる事態でもあった。

それからというもの、クリフォードはボルトン夫人を前にすると子供に返ってしまった。夫人の手をつかみ、胸に頭をもたせかける。軽くくちづけされれば、「うん、キスして、キスして」と懇願し、生白い肌をした大きな体をスポンジで拭ってもらうときも、「キスして」と口走った。そんなとき夫人は冗談半分に体のどこかに軽く唇を押し当てる。するとクリフォードは子供が驚いたときのようなぽかんとした顔つきになり、子供っぽい目を大きく見開いたかと思うと、聖母を崇《あが》めるときのような安らいだ表情で夫人をまじまじと見つめるのだった。そうやって純粋に甘え、大人の男という地位を完全に放棄し、幼児と化してしまう。異常としか言いようがない。そのあとは夫人の胸元に手を差し込んで乳房をまさぐり、うっとりと乳房にくちづけする。

幼児に戻った大人の倒錯した喜びだった。

ボルトン夫人は心の高ぶりを覚えると同時に恥ずかしさを覚えた。クリフォードの振舞いを受け入れながらも厭《いと》わしいと思っていたのだ。だからといって、はねつけるわけでも叱責するわけでもない。かくして二人の歪んだ肉体的な関係は親密の度を増していき、幼児に戻ったクリフォードはいかにも無邪気で不思議そうな表情を見せるようになった。それは宗教的な恍惚に近く、「汝ら 翻《ひるがえ》りて幼児の如くならずば」という聖書の言葉を屈折した形で具現したものだった。その間、ボルトン夫人は偉大なる力を秘めた母となり、大きな図体をした色白で金髪の子供を意のままに操っていた。

奇妙なことに、長年の胎動期を経て誕生した子供が、ふつうの大人だったときと比べ、頭脳も感覚も格段と鋭敏になっていた。この不健全な大人が真の実業家に変わっていたのだ。仕事ともなればじつに頼もしい男となり、針の鋭さ、鋼《はがね》の強さを見せる。ほかの男たちに交じり、みずからが掲げた目標の達成を目指し、炭鉱を立て直すという段になると、不気味なほど明敏で非情になった。ずばりと対象に切り込む迫力がある。大いなる母へ従順に身を捧げることで、物質的な実務に対する洞察力が生まれ、驚異の神通力でも備わったのだろうか。個人的な感情に溺れ、男としての自己を徹底的におとしめることで第二の天性が生じたものらしい。つまり、予言にも似た冷徹な実務能力が出現したのである。仕事をしているときのクリフォードはまさに超人だった。

ボルトン夫人としても心が躍り、「立派になられて」と誇らしく思った。「私のおかげね。奥様だったらこうはならなかった。殿方の後押しをする方ではないもの。ご自分の望みばかりで」

そう思う一方、女心の不思議さでクリフォードに軽蔑と嫌悪を感じていた。倒れた獣、身悶えする怪物に思えたのだ。できるかぎりの手助けはしたが、昔ながらの女らしい健全な本能が心の奥底で働き、大きな軽蔑を覚えた。浮浪者のほうがよほどましである。

コニーのことになると、クリフォードの言動はおかしなものになった。もう一度会いたいの一点張りである。しかも、ラグビーに来てもらいたいと言って聞かない。このときばかりは青ざめた顔で一歩も譲らなかった。ラグビーに戻るとはっきり約束したではないか。

「そんなことをしてどうなりましょう」ボルトン夫人は異議を唱えた。「自由にして差し上げることはできませんか」

「できん。戻ってくると言ったのだから、戻ってきてもらう」

ボルトン夫人もそれ以上は逆らわなかった。相手の状態を承知していたからである。

「君の手紙を読んで僕がどんな気持ちになったのかは言わずにおく」クリフォードはロンドンのコニーに手紙を書いた。「考えればわかるだろうが、僕のために考えたりなどはするまい。ひとつだけ言わせてもらおう。君と二人きりで会いたい。場所はラグビー。今後についてはそのあとだ。君はラグビーに戻るとはっきり約束した。だから約束は守ってもらう。ここで昔みたいに君と顔を会わせるまでは、何を信じていいのか、どう考えていいのかわからない。屋敷の人間に怪しむ者はいない。それゆえ、君が戻ってきても当たり前のことだと思うはずだ。話し合いをしようではないか。もし君の考えが変わらなかったとしても、折り合いくらいはつくだろう」

コニーは手紙をメラーズに見せた。

「君に復讐するつもりさ」メラーズは手紙を返した。

コニーは黙っていた。クリフォードを恐れる自分に少し驚いていたのだ。近寄るのが怖い。危険な悪魔のように思えて怖かった。

「どうすればいいかしら」

「何もしたくないなら、何もしなければいい」

コニーは諦めさせるつもりでクリフォードに手紙を書いた。クリフォードの返事はこうである。「いまはラグビーに戻らないのだとしても、いつかは戻ってくるだろう。こちらはそのつもりでいる。僕の気持ちが変わることはない。ここで君を待つ。五十年だろうと」

コニーは震え上がった。まるで陰湿ないじめではないか。本気なのだ。離婚はしてくれまい。子供も取られてしまう。夫とは血のつながりがないことを証明しなければ。

悩みに悩んだ末、ラグビーまで行くことに決めた。ヒルダが一緒に来てくれる。その旨をクリフォードに伝えると、こんな返事を寄こしてきた。「姉上を歓迎するつもりはないが、玄関払いはしない。妹が義務と責任を放棄しようとしているのに、それを黙って見過ごしているのだから、再会を楽しみにしているなどと思われては困る」

二人はラグビーに向かった。いざ着いてみるとクリフォードは留守で、ボルトン夫人が出迎えてくれた。

「まあ、奥様。うれしいご帰館を待ち望んでおりましたのに」

「残念ですけど」コニーは言った。

この人は知っていたのだ。ほかの使用人たちはどこまで知っているのか。何か感づいているのだろうか。

コニーは屋敷に足を踏み入れた。体中が拒否反応を示す。このだだっぴろい屋敷が邪悪なものに思えた。脅威にしか感じられない。自分はこの家の主人ではなく、犠牲者なのだ。

「早く出たいわ」コニーは怖気《おぞけ》をふるいながらヒルダにささやいた。

自分の寝室に入り、何事もなかったかのように振舞うのは苦痛だった。邸内で過ごす一分一秒がいやでたまらない。

二人は夕食に下りていき、そこで初めてクリフォードと顔を合わせた。黒い蝶ネクタイの正装である。ことのほか落ち着いており、上流階級の紳士そのものだった。食事中も優雅に振舞い、上品な会話を進めていく。しかしながら、すべてが狂気じみていた。

「使用人たちはどこまで承知なのかしら」給仕の女が退室したところでコニーは言った。

「君の考えということなら、まったくだ」

「ボルトン夫人は気づいているわよ」

クリフォードの顔色が変わった。

「彼女は使用人というわけではない」

「どちらでもかまわないわ」

コーヒーのあとまで張りつめた雰囲気は続いた。ヒルダは部屋に下がると言った。

ヒルダが退席したあとも、クリフォードとコニーはじっと座っていた。どちらも口を開こうとはしない。クリフォードは哀れな態度を見せなかった。コニーにしてみれば、じつにありがたいことである。だからなるべく自分を偉いと思わせておき、自身は黙って下を向いていた。

「約束を反故《ほご》にしても平気なわけか」ついにクリフォードが口を開いた。

「仕方がなかったのよ」消え入るような声だ。

「君がそれではどうにもならん」

「たしかにそうね」

クリフォードは見たこともないような冷めた怒りの目でコニーをにらみつけた。妻のことならよくわかっている。自在に操れる女だ。それが生意気にも裏切りを働き、日常生活の枠組みをぶち壊そうとしている。こちらの人格までも否定しようとしている。

「いったいなんのためにすべてを投げ捨てようとする」クリフォードは執拗に問いただした。

「愛よ」月並みな理由がいちばん安全なのだ。

「愛？　ダンカン・フォーブスへの？　僕とのときは、そんなものに見向きもしなかった。それなのに、いまはやつがいちばんなのか」

「人は変わるから」

「かもしれん。君の気まぐれだろう。だが、どうして変わったのか、納得のいく説明をしてもらいたい。やつへの愛など信じるものか」

「信じてもらわなくてもいい。離婚さえしてくだされば。私の気持ちはどうでもいいの」

「なぜ離婚しなくてはならない」

「もうここには住みたくないからよ。それに、あなたも私のことをさほど必要とはしていない」

「それは失礼した。なにせ変わることのできない人間なのでね。僕としては、妻である以上、君にはこのまま屋敷で暮らしてもらいたい。どんと構えていればいい。個人的な感情はひとまず忘れよう。こちらとしては大いに譲歩しているつもりだ。とにかく、ラグビーの秩序が乱され、品位ある生活がめちゃめちゃにされるのはたまらない。君の気まぐれのせいでね」

しばらく間を置いてからコニーは言った。

「仕方がないわ。出ていくしかないの。赤ちゃんが生まれるから」

クリフォードもしばし黙り込んだ。

「出ていくのは子供のためなのか」ようやくクリフォードが声を発した。

コニーがうなずく。

「なぜ？　やつが子供に夢中なのか」

「おそらくあなたよりは」

「馬鹿な。僕は妻を必要としている。手放す理由がない。屋敷で産みたいというなら反対はしないさ。子供も歓迎する。生活の品位と秩序が守られさえすればいい。まさか、僕よりもやつに義理があると？」

沈黙が続く。

「わかってもらえないのかしら。私があなたと別れたいだけなの。愛する人と暮らしたいのよ」

「ああ、わからんね。君の愛情も、愛する男のことも。そんなくだらん話、誰が信じる」

「私が」

「君が？　君みたいに頭のいい女が、やつへの愛などというものを信じるわけがあるまい。いいか、君の本当の気持ちはいまも僕にある。そんなたわごとを受け入れられるものか」

　もっともな言い分だとコニーも思った。もう嘘はつけない。

「本当に愛しているのはダンカンではないの」コニーは視線を上げ、クリフォードを見つめた。「ダンカンと言ったのは、あなたの気持ちを考えたからよ」

「僕の気持ち？」

「ええ、そう。憎まれるのを承知で言うけど、私が本当に愛しているのはメラーズなの。森番だった彼よ」

　もし自由に飛びかかることができたなら、クリフォードはそうしていたことだろう。顔が土気色に変わった。あまりにも衝撃的な話を聞かされ、コニーをねめつける目は飛び出さんばかりになった。とうとうクリフォードは椅子のなかでくずおれ、息を乱しながら天井を見上げた。

　やがて身を起こしたクリフォードは、すさまじい形相で言った。

「本当なのか」

「ええ。本当よ」

「いつからだ」

「春から」

クリフォードはひと言も発しない。罠にかかった獣のようだ。

「あいつの家の寝室にいたというのは君だったのか」じつはクリフォードもずっと心のなかで疑っていたのだ。

「そうよ」

ぐっと身を乗り出したクリフォードは、追い詰められた獣のような目でじっとコニーを見つめた。

「君みたいな人間は、この世から消えていなくなればいい」

「なぜ?」コニーは小さく驚きの声を上げた。

その言葉もクリフォードの耳には入らなかったらしい。

「あんな屑と! 図々しい田舎者じゃないか! あの卑劣漢め! ここにいるあいだずっと関係していたのか? うちの召使なんだぞ。くそっ! 女ってやつはどこまでふしだらなんだ」

コニーの予期していたとおり、クリフォードは怒りで我を忘れていた。

「あんなちんぴらの子供が欲しいというのか」

「ええ。産むつもりよ」

「産むつもりよ、ときた。本気なのか。いつからそのつもりだった」

「六月から」

言葉を失うほどの衝撃を受けたクリフォードの顔に、あのぽかんとした子供の表情が浮かんだ。

「驚きだよ」しばらくしてクリフォードは言った。「そんなものを産むことが許されているとはね」

「そんなもの？」

クリフォードは何も答えず、ただ異様な目つきでコニーを見つめている。メラーズという存在が自分の人生に関与すること自体が許せないのだろう。それはまさに無力な人間が感じる言語に絶した憎悪だった。

「結婚するつもりなのか。あんな男の名前を継ぐというのか」クリフォードはやっとの思いで言った。

「ええ。それが私の望みだから」

クリフォードはまたしても呆《ほう》けたような顔になった。

「そういうことだったのか」ようやくクリフォードは言った。「怪しいとにらんでいたことがこれで証明された。君は正常ではない。正気を失っている。頭が半分おかしい異常な女たち、泥にまみれたがる女たちの仲間なのだ。堕落願望というやつだ」

いつのまにかクリフォードは卑しげな道徳家に変じ、自分は善の化身、コニーやメラーズのような人間は泥の化身、つまり悪の化身と考えるようになっていた。だからであろうか、その姿が光輪に包まれて薄らいでいくかに見える。

「そう思うなら、私とは離婚して、縁を切ったほうがよくなくて？」

「いやだ。君がどこに行こうとかまわない。だが離婚だけは断る」と意味不明の発言を続ける。

「どうして？」

クリフォードは口を閉ざした。愚鈍な人間がかたくなに口をつぐむかのようだ。

「子供が法律的に自分の子となってもいいの？　後継者になっても」

「子供のことはどうでもいい」

「でも、男の子だったら法律上はあなたの息子になり、いつかは準男爵を継いでラグビーの主になるのよ」

「そんなことはどうでもいい」

「そんなわけにはいかないわ。子供があなたの嫡子になるのだけは避けてみせる。不義の子のほうがまだましよ。私が自分で育てるわ。メラーズの子にならなくても」

「好きにすればいい」

クリフォードは頑として譲らなかった。

「離婚してくれませんか。ダンカンの名前を出せばいい。本当の名前は隠して。ダンカンも承知しているのよ」

「離婚しないと言ったら離婚しない」クリフォードは梃子《てこ》でも動かなかった。

「なぜ？　私が離婚を望むから？」

「自分の気持ちに正直なだけだ。つまり、離婚したくない」

何を言っても無駄だった。コニーは上に行き、ヒルダに結果を報告した。

「明日ここを出ましょう」ヒルダは言った。「彼には頭を冷やしてもらわないと」

コニーは夜中までかかって身のまわりの品をまとめ、朝になってからクリフォードには内緒でトランク類を駅に送らせた。クリフォードに会うのは昼食の前と決めてある。そこで別れの挨拶をするつもりだ。

しかしボルトン夫人とは言葉を交わした。

「お別れを言わないと。理由はおわかりでしょうけど、誰にもおっしゃらないで」

「それは奥様、ご心配なさらずに。それにしましても急なことでした。あの方と幸せにお暮らしください」

「あの方なんて。メラーズさんでいいの。大切にするつもりよ。クリフォードは知っています。でも他言はなさらないでね。クリフォードが離婚に応じそうなときは知らせてちょうだい。大切な人と正式に結婚したいから」

「そうされると思っておりました。ご安心ください。旦那様も奥様も裏切るようなことはいたしません。お二人それぞれが正しくていらっしゃいますから」

「ありがとう。それから、これをあなたに。もらっていただけるかしら」

こうしてコニーはふたたびラグビーを去り、ヒルダとスコットランドに向かった。メラーズは田舎に行き、農場で仕事を得た。コニーの離婚が成立するか否かはともかく、少なくとも自分は離婚をしたいと思っていた。そして半年ほど農作業をする。いずれはコニーと二人で小さな農場を持てるだろう。そうなったら全力を注ぐつもりだった。こう考えたのも、いつかは何か仕事をしなければならなくなるからだ。重労働でもいい。最初はコニーの財産があるとしても、いつかは自分で食い扶持を稼がなければならないのだから。

二人は待たねばならなかった。春に入り、子供が生まれ、ふたたび初夏が巡ってくるまで。

「九月二十九日
オールド・ヒーナー
グレインジ農場にて

ささやかな手づるをたどり、ここで働くことになりました。じつはこの会社の技師をしているリチャードが軍隊時代の知り合いだったのです。農場の所有主はバトラー・アンド・スミザム炭鉱。坑道に潜る子馬用の干し草や燕麦《えんばく》を作っています。つまり個人の農場ではありません。ただ牛や豚もいるので、週三十シリングをもらって農作業を手伝っているわけです。農夫のロウリーができるだけ任せてくれるから、イースターまでにはいろいろ学べるでしょう。妻のバーサのことは何も聞いていません。どういう風の吹きまわしか、離婚裁判の席に姿を見せませんでした。いまごろどこで何をしているのか。とにかく、三月までおとなしくしていれば、こちらは晴れて自由の身です。君もクリフォードのことで気をもむことはありません。別れたいと思ってくれる日がいつか来るはずだから。干渉されずにいるだけでも幸いとしましょう。

エンジン通りにある古い家に部屋を借りました。悪くはありません。家主はハイ・パークの機関士。背が高くて口ひげを生やした熱心な非国教徒です。奥さんは鳥を思わせる女性で、高級なものが好きだから、いつも上品ぶって標準語を使い、ごめんあそばせ、などと言っています。こういう夫妻ですが、この前の戦争で一人息子を亡くしました。きっと心には大きな穴が開いていることでしょう。ほかに、ひょろっとした娘さんがいて、教師になる勉強をしているというので、ときどき見てやっています。そういうわけで僕も家族の立派な一員です。三人とも慎みのある人たちで、親切このうえありません。君よりも僕のほうが甘やかされているのではないでしょうか。

農作業は気に入っています。刺激はないですが、いまの僕にはこれで十分です。馬の扱いはまかせてください。牛に関しては、これが雌だというのに気持ちを和ませてくれます。脇腹に頭をつけて乳をしぼっているときの気分といったら。ずいぶんと立派なヘレフォード種が六頭います。このあいだ燕麦の収穫が終わりました。手は痛くなるし、ひどい雨にも見舞われましたが、作業自体は楽しかったです。仲間とは距離を置いていますが、とくに問題はありません。大半のことには関知しないようにしています。

ここはテヴァシャルと同じ炭鉱地帯です。わずかにましという程度でしょうか。やはり炭鉱の景気もよくありません。ときどきウェリントンという酒場に行って坑夫たちと話をしています。彼らは愚痴をこぼすばかりで何も変えようとはしません。ノッティンガムシャーやダービーシャーの坑夫は噂にたがわず心根が優しいけれど、それ以外の点で見るべきものがないのは、いまの世の中が坑夫を必要としていないからでしょう。いい連中であることは認めますが、いかんせん覇気がなく、昔ながらの闘志に欠けています。よく話題になるのは国有化のことです。採掘権の国有化、それから石炭産業全体の国有化。しかし石炭産業は国有化しておいて、ほかの産業は現状を維持するというのは無理な相談です。国有化の話のほかには、いまクリフォードが実験しているような石炭の新しい利用法の話も出てきます。それがうまくいく炭鉱もあるとは思いますが、はたして一般化されるかどうか。何を作るにせよ、売れなくては意味がないですから。坑夫たちは燃え尽きていて、石炭産業に未来はないと感じているようです。僕もそう思います。つまりは彼ら自身に未来がないのです。そのため若い坑夫のなかには、共産主義についてごたくを並べる者もいますが、あまり説得力はありません。確かなことなど何もないからです。あるのは混乱と矛盾ばかり。とにかく、共産主義になったとしても、石炭を売るという難問は残ります。膨大な産業人口を抱え、しかも全員を養わねばならないとなれば、いくら茶番に思えても、この石炭産業は存続するしかないのです。

最近は女のほうがよくしゃべり、また自信に満ちあふれています。男たちがひ弱なのはどこかで挫折を意識しているからで、ただただ物事を傍観しています。しゃべる以外に能はないのでしょうか。若い連中は遊ぶ金がないので怒っています。消費こそが人生なのに、なにせ使える金がないのだから。これが現代の文明であり、教育の現状なのです。消費べったりに大衆を育て、あげくに金が尽きる。目下のところ炭鉱の操業は週に二日か二日半。冬に向けて改善の兆《きざ》しもない。となれば、ひと家族が週に二十五シリングから三十シリングでやっていく計算となり、この現実に誰よりも激怒しているのが女たちです。昨今もっとも金を使うのが自分たちであることは棚に上げて。

人生と消費は違う。そのことをみんなに教えられたらいいのですが。しかし、はたしてうまくいくかどうか。稼いで使う人生の代わりに本物の人生を叩き込む。そうすれば二十五シリングでも大いに楽しく暮らせるはずです。前にも話しましたが、男も緋色のズボンをはけば、金のことはあまり考えなくなるでしょう。踊り、飛び跳ね、歌い、颯爽と歩き、美しくなれば、まず金はいらない。そして女たちを楽しませ、女たちにも楽しませてもらう。一人残らず学べばいいのです。すべてを脱ぎ捨て、美しくなることを。体を動かし、美しくなることを。肩を組んで歌い、輪になって踊ることを。自分の椅子を手作りし、我が家の紋章は手ずから刺繍することを。それで金とは縁が切れます。これこそが産業の問題を解決する道にほかなりません。金とは無縁の清々《すがすが》しい生き方を教える。しかし、無理でしょう。いまは猫も杓子も主義主張に取りつかれていますから。だいたい大衆は頭を使うべきではありません。そんな頭は持ちあわせていないのだから。元気に飛びまわり、偉大な牧神であるパンを受け入れるだけでいい。いつの世であろうと、大衆にとってはパンこそが唯一の神でした。ご立派な信仰は少数の人間にまかせておく。大衆は永遠に異教徒であればいいのです。ところが坑夫たちは異教徒ですらありません。人間とは名ばかりの哀れな抜け殻。女を相手に奮い立つこともせず、いわば、ちっとも生を謳歌していない。たしかに若い男たちは女と一緒にバイクで走りまわり、チャンスがあればジャズを踊ったりしています。それで本当に生きているといえるのでしょうか。金も必要です。持てば毒され、持たねば飢え死にさせられる。それが金の正体です。

こんな話を聞かされてうんざりしていることでしょう。だからといって、自分のことをだらだらと書きたくはありません。とりたてて話せるようなことはないですし。君のこともあまり考えたくはありません。そんなことをしても二人が混乱するだけでしょう。ならば、いま自分はなぜ生きているのか。もちろん、いつか君と一緒に暮らすためです。本音を言えば、怖い。僕たちを捕まえようと、どこかに悪魔が潜んでいるはずだから。いや、悪魔というよりも、金の邪神《マモン》でしょうか。要するに、金を好んで人生を嫌う大衆の意志です。なんにせよ、どこかで大きな白い手がうごめき、人生を堪能しようとする人間、金には目もくれず本気で生きようとする人間の首を絞め、抹殺してやろうと待ちかまえている気がします。歌の文句をもじって言えば——いやな時代がやってくる、諸君、いやな時代がやってくる。こんな状況が続くようでは、金のために働く大衆を待つのは死と破滅しかありません。これでは僕の気力も挫《くじ》けるというものです。それなのに、君は僕の子供を産もうとしている。いや、心配には及びません。これまでいかに過酷な時代が来ようと、クロッカスが吹き飛ばされることも、女の愛情が消えることもなかったのだから。したがって、君を求めるこの気持ちが吹き飛ばされることも、二人で温めているこの小さな炎が吹き消されることもないでしょう。来年になれば一緒に暮らせます。たしかに不安はあるけれど、君がそばにいてくれれば大丈夫。あらんかぎりの力を尽くし、あとは人間を超えた存在に望みを託すのです。最良の自分を信じ、最良の自分を超えた力に頼る以外、未来への道は保証されません。だからこそ、僕は二人の小さな炎を信じるのです。いまの僕にとって、それだけが心のよりどころです。なぜなら、僕には一人の友もいないから。心の友がいないから。ともにあるのは君だけです。だから、このささやかな炎が大切に思えてなりません。もちろん赤ん坊のこともありますが、それはひとまず置いておきましょう。二人のあいだに灯る炎、この先端が二叉《また》に割れた炎こそが僕にとっての聖霊降臨祭《ペンテコステ》なのです。[1] これまでの聖霊降臨祭はどこか間違っています。我と神の関係とはいかにも偉そうではないですか。それに対し、この小さな二叉の炎は僕と君との懸け橋です。僕はこれを守りたい。守っていきたい。たとえ世のクリフォードやバーサたち、炭鉱会社や政府、守銭奴たちが相手であっても。

君のことを考える気になれないのは、こういう事情があったからなのです。考えてもつらくなるだけですし、君のためにもならない。君と離れていたくはないけれど、焦ると何かが失われてしまう。何事も我慢です。今年の冬で僕は四十歳になります。いままでの冬はさておき、この冬は小さな聖霊の炎にすがり、ささやかな平穏を得ようと思います。その炎が他人に吹き消されることはないでしょう。高いところにある神秘の存在を僕は信じているから。それこそがクロッカスを守ってくれた。いま君はスコットランドにいます。遠く離れた中部の地にいる僕は、君を両腕で抱くことも、

---

1 新約聖書の「使徒行伝」によれば、イエスが復活して昇天したあと、集まって祈っていた信徒たちの上に神からの聖霊が降った——火のごときものが舌のように現れた——という。

両足を絡めることもできません。それでも、ここには君の贈り物があります。小さな聖霊の炎に照らされた僕の魂が静かに羽ばたいているのです。君と一緒に。それはまるで交わりのときの安らぎに似ている。僕たちは交わることでひとつの炎を生み出しました。花々も太陽と大地の交わりから生まれるではありませんか。でも、この炎はいかにもはかない。忍耐と長い休息を必要とするものなのです。

だから、いまの僕は貞節を好ましく思っています。交わりから生まれた平穏のおかげです。いまは純潔を愛しています。マツユキソウが雪を愛するように、この貞潔を僕は愛しています。それは二人の交わりによる安息であり、いまはマツユキソウのように真っ白な二叉の炎となって二人のあいだをつないでいます。やがて本物の春が訪れ、また一緒に暮らせるときが来たら、その小さな炎を交わりによって黄色く光り輝かせましょう。しかし、まだいけません。いまは慎むときだから。貞節というのは清らかなものです。魂のなかを冷たい水が流れていく心地がする。いまは二人のあいだを走るこの清冽な流れを大切にしたい。それはまるで新鮮な水、降ったばかりの雨のようです。人はなぜ億劫な火遊びをしたがるのでしょう。ドン・ファンなど惨めなだけではないですか。交わりによって平和な気持ちになることも、小さな炎を燃え立たせることもできず、川辺の涼気を味わうような休息も知らずにいるのだから。

それにしても、ずいぶんと言葉を書き連ねました。君に触れることができないからです。君を抱いて眠れるならインクも不要なのに。いまの僕たちなら、貞節を守ることができる。もちろん体を重ねることもできます。そうだとしても、しばらくは距離を置かねばなりません。そのほうが賢明だと思います。お互いの気持ちが確かであるかぎりは。

大丈夫。心配することはありません。このともしびを心から信じましょう。このともしびを守ってくれる名もなき神を信じましょう。僕のそばには君のほとんどすべてがあります。本当です。でも、君のすべてではないのが残念でなりません。

クリフォードのことは心配無用です。音沙汰がなくても大丈夫。君に手出しはできません。待っていれば、君と別れ、君を捨てたくなる日が来るはずです。その日が来なくても、こちらで遠ざけていればいい。いや、その日はかならず来る。きっと君のことが胸につかえ、ぺっと吐き出したくなるはずです。

ああ、こんなに書いても、まだペンを措《お》くことができないとは。

ともあれ、二人はすでに一心同体なのだから、そのことだけを信じ、再会に向けて舵を切っていきましょう。ジョン・トマスがジェインにおやすみと言っています。少しうなだれてはいるけれど、希望を胸に秘めて」

解説

木村政則

　D・H・ロレンスという作家の名前も、『チャタレー夫人の恋人』という小説のタイトルも聞いたことがない。いまではそういう読者が多いかもしれません。とくに若い方はそうでしょう。しかし年配の読者にとっては、D・H・ロレンスの『チャタレー夫人の恋人』という言葉には胸を騒がす何かがあります。というのも、かつてこの小説は法廷に引きずりだされ、猥褻か否かを巡って争われたことがあるからです（経緯と判決については、「訳者あとがき」で簡単に触れたいと思います）。もちろん、ロレンスは『チャタレー夫人の恋人』を「ポルノ」として書いてはいません。すでに読まれた方はおわかりかと思いますが、むしろ性の描写は驚くほどナイーヴです。ロレンスの意図は別のところにありました。簡単に言えば、性を恥ずべきものと見なすのではなく、むしろ人間性を高める清らかなものとして祝福しようとしたのです。こういうところから、ロレンスは「性の思想家」と呼ばれたりもしました。ではなぜロレンスは『チャタレー夫人の恋人』で性を大きく取り上げたのでしょう。その疑問に答えるためには、ロレンスが生きた時代、そしてロレンス自身の人生を振り返らなければなりません。

ロレンスの人生

デイヴィッド・ハーバート・ロレンスは、一八八五年、イングランド中部のノッティンガムシャーにあるイーストウッドという小さな炭鉱町で生まれました。父方の祖父は坑夫の作業服を作る仕立屋、父アーサーは坑夫でした。母リディアの父親はエンジン整備工をしていましたが、のちに大怪我をして働けなくなり、一家は年金に頼る貧しい生活を強いられていたといいます。アーサーとリディアは出会ってすぐに惹かれあいました。レース工場で働いていたリディアにすれば、稼ぎのよいアーサーは結婚相手として申し分がありません。無教養だけれど快活で男らしい点も魅力的に見えたことでしょう。アーサーには、高潔で慎み深いリディアが淑女のように思えました。しかしながら、これほどまでに性質が異なる者同士なので、実際の結婚生活はすぐさま破綻の危機に瀕してしまいます。夫は男の世界に安住していました。仕事で炭坑に潜り、余暇には仲間と酒を飲む。それがすべてでした。三人の息子が同じ道に進むことを疑ってもいません。それに対してリディアは、潤沢とはいえない生活費から書籍代と教育費を捻出し、子供たちが労働者階級から脱出する日だけを夢見るようになりました。

三男のロレンスは生まれつき体が弱くて、ほかの男児に交じってスポーツや海水浴をすることもままならず、もっぱら書物を友とする子だったといいます。勉強もよくできました。のちに母親の寵愛を一身に受けたのも無理はありません。

長篇『息子と恋人』（一九一三）のミリアムのモデルとされるジェシー・チェインバーズとの交際が始まったのは一九〇二年、ロレンスが十七歳のときです。高校を卒業後は事務員として働いていたのですが、しばらくして肺炎にかかり、その予後を養うためにチェインバーズ家が営むハッグズ農場をたびたび訪れました。そのとき、詩や小説が好きだったジェシーを持ち前の繊細な詩的感性で魅了したようです。事務員の職を辞したロレンスが地元で見習い教員をしているあいだも、読書と議論を重ねて切磋琢磨しあった二人ですが、この間の関係はプラトニックなものだったといいます。

一九〇六年に現在のノッティンガム大学へ進学したロレンスは、創作に本腰を入れるようになり、詩や短篇をせっせと書きました。長篇に手を染めたのもこの頃で、それがのちの『白孔雀』(一九一一)になります。大学を卒業後はロンドン郊外の小学校の教員になりました。人生で初めての一人暮らしということもあり、ずいぶんと羽を伸ばしたようです。もちろん、執筆の手は休めていません。そして、小説家ロレンスの誕生にとって最大の転機が訪れたのもこの時期でした。左翼的な文芸誌「イングリッシュ・レヴュー」の編集長フォード・マドックス・フォードがロレンスの詩を読み、作者が労働者階級であることに大きな関心を示したのです。それ以後、同誌に詩や短篇が掲載されていき、またロンドンの文壇で知遇を得て、詩人のエズラ・パウンドや作家のH・G・ウェルズなど、当時の一流作家と交流するようにもなりました。

フォードの推薦で出版が決まった『白孔雀』の改稿を重ねていた一九一〇年の前半、ロレンスは二作目の長篇に取りかかりました。この『侵入者』(一九一二)は、過去の不倫で心に深い傷を負っていた友人のヘレン・コークの実体験に基づいています。このヘレンにロレンスは恋心を抱き、やがて肉体関係を迫るようになりましたが、相手にされず、男の無力さを痛感したようです。興味深いのは、このような男女関係が、前述したロレンスとジェシーの交際にも反映されている点でしょう。ロレンスは性的な情熱のはけ口をジェシーに求め、ジェシーはロレンスを受け入れました。こうして新たな局面を迎えた二人の関係でしたが、それはすぐに終わりを迎えてしまいます。ジェシーの情熱にひるんでしまったロレンスが別れを切り出したからです。それは一九一〇年の夏のことでした。

ロレンスにとって、ジェシーとの決別は人生におけるひとつの大きな出来事となりました。そして、あたかもそれが合図であったかのように、愛する母リディアの癌の発病という衝撃がロレンスを襲います。ロレンスが受けた心の傷の大きさは、教員養成所時代からの友人ルイ・バロウズと衝動的に婚約したことからもうかがえるでしょう。母は一九一〇年十二月に亡くなりました。翌年の十一月にふたたび肺炎にかかったロレンスは教職を辞し、さらにその翌年の二月には婚約も解消しました。いまの自分に残されているのは作家としての道だけであり、とにかく『息子と恋人』を完成させなければ、と思ったロレンスは、いったん故郷のイーストウッドへ戻ります。

一九一二年三月、ドイツに行くことを考えていたロレンスは、母校ノッティンガム大学の教授であるアーネスト・ウィークリーの自宅を訪れました。ドイツの大学で講師をしていたことがあるウィークリーに相談するためです。そこでロレンスは、のちの妻となるフリーダと出会います。当時のフリーダはウィークリー教授の妻で、三人の子供までいました。しかしロレンスはフリーダに魅了され、大胆にも恋文を送ったりもしました。主婦としての生活に飽き足りなさを覚えていたフリーダは、年下の若い男との情事を楽しむつもりで、ロレンスの求愛に応じました。ちょうどその頃、フリーダに故郷を訪れる予定があったため、ロレンスも一緒にドイツへ渡ることにし、五月に二人はロンドンで落ちあい、それからドイツに向かいました。

フリーダには家族を捨てるつもりなど毛頭なかったのですが、ロレンスは執拗に結婚を迫り、フリーダが逡巡すると、夫ウィークリーに手紙を送りつけ、二人の関係を暴露してしまいました。ところが返事を待つ間もなく、事態は思わぬ方向へ進んでしまいます。軍事基地の立ち入り禁止区域へうっかり足を踏み入れたロレンスにスパイの容疑がかけられ、その危機を救ったフリーダの父親に、滞在していたメッツからの退去を命じられたのです。ドイツの別の場所にいるあいだもロレンスはフリーダに恋文を送りつづけました。その中には、『愛の詩集』（一九一三）に収録されたものもあります。最終的には、覚悟を決めたフリーダとミュンヘンで合流し、そのあと二人はイタリアに落ち着きました。そこでロレンスは『息子と恋人』を完成させ、それから次の作品に取りかかりました。それは『姉妹』という小説で、そこからのちに二つの長篇——『虹』（一九一五）と『恋する女たち』（一九二〇）——が生まれます。

一九一三年六月、ロレンスとフリーダはイギリスに戻りました。しばらくしてフリーダの離婚が成立し、一九一四年七月十三日、二人は晴れて夫婦となります。ようやく好きな場所で好きなように暮らせると思った矢先でした。第一次世界大戦が勃発します。予定していたイタリアへの渡航ができなくなったロレンス夫妻は、ロンドン近郊に小さな家を借りました。この時期にロレンスの交際が広がったのは、名だたる芸術家や研究者に社交の場を提供していたモレル夫人の知遇を得たのが大きく、彼女を通じて作家のE・M・フォースターや数学者で哲学者のバートランド・ラッセルを知りました。

一九一五年九月に出版された長篇『虹』には、過酷な試練が待ち受けていました。猥褻文書として摘発され、発禁の処分が下されたのです。その後、一九一六年にコーンウォールへと居を移し、ロレンスはそこで『恋する女たち』を書き上げましたが、『虹』の作者の小説を刊行しようという奇特な出版社はありません。ロレンスは失意のどん底に陥りました。そこへ追い打ちをかけるようなことが起きます。健康上の理由から兵役免除になっていた事情を知らない地元の人々が、ドイツ人の妻を持ち、兵役にも就かず、戦争に反対する得体の知れない男を、敵国のスパイではないかと疑ったのです。そして一九一七年十月、軍によってコーンウォールからの退去が命じられました。二人は精神的な打撃を受け、経済的にも悲惨な状態に追い込まれました。二カ月ほど各地を転々とし、ようやく別の場所に家を借りたときには、パンを買う金にすら困っていたといいます。小説を書いても出版の見込みがないと観念したロレンスは、文学評論や詩を書いて糊口をしのぎました。

二人が実際にイギリスを離れたのは一九一九年の後半で、このときから放浪の生活が始まります。一九二〇年三月にイタリアで生活を始めてからの二年間、ロレンスは精力的に仕事をこなしました。しかし『恋する女たち』を私家版としてニューヨークで出版している事情からも明らかなように、小説家としての活路をアメリカに見出そうとしていました。実際にアメリカへ向かったのは、アメリカの社交界で有名なメイベル・ドッジ・スターンという女性からニューメキシコのタオスでの生活を勧める手紙が届いたときです。一九二二年二月、ロレンスはフリーダとともにまずセイロン島へ向けて船で出発し、そこからオーストラリアへ渡りました。シドニー滞在中、長篇『カンガルー』（一九二三）が執筆されています。さらに南太平洋の島々を経由してサンフランシスコに到着したのは九月のことで、それからしばらくの期間をタオス近郊の農場――のちにメイベルがフリーダに贈与するカイオア農場――で過ごしました。

以降、何度か喀血して、一九二五年には結核と診断されたロレンスですが、それでも欧米間の往復を繰り返し、たとえばメキシコを訪問したときの経験から長篇『翼ある蛇』（一九二六）が生まれたように、そのときどきの体験を作品化しています。そのなかでもっとも重要な作品が『チャタレー夫人の恋人』であることは言うまでもありません。一九二六年五月からロレンス夫妻はフィレンツェ近くのミレンダ荘に居を定めました。七月末からの二カ月をイギリスで過ごしたロレンスは、故郷のイーストウッドにも足を延ばしました（これが生涯で最後の訪問となります）。後述するように、このときロレンスは故郷の痛ましい現実を目の当たりにします。そしてミレンダ荘に戻るやいなや、故郷を舞台として一つの物語を書きはじめました。その物語が最終的に『チャタレー夫人の恋人』へと結実します。完成は一九二八年一月。夏にフィレンツェで私家版として出版されました。

晩年は南仏のバンドルを拠点とし、旺盛な執筆活動を続けました。しかし結核の進行は思いのほか早く、一九三〇年二月にヴァンスという町のサナトリウムに入ります。その後、本人のたっての希望で新しく見つけた家に移りますが、三月二日に亡くなりました。四日に遺体が埋葬されています（一九三五年、フリーダはロレンスの遺体を掘り起こして火葬にし、その灰をカイオア農場に持ち帰りました。一九五六年に亡くなったフリーダも同じ農場に眠っています）。

三つの草稿

『チャタレー夫人の恋人』は性をめぐる問題作として認識されていますが、本来ならば階級問題に焦点を当てた物語となるはずでした。

一九二六年、イギリスでゼネストが起きます。期間は五月三日から十二日。明らかに階級的な闘争でした。一種の革命と見なす人さえいます。それは労働組合側の敗北で幕を閉じましたが、炭鉱のストだけは続きました。ロレンスの故郷イーストウッドの炭鉱も例外ではありません。のちにロレンスが実際に目撃した故郷の状況は予想以上に悲惨なものだったそうです。極貧に近い生活を余儀なくされている労働者の家族たち。やむなく仲間を裏切り、スト破りをする坑夫たち。狂信的な共産主義者に変じた女たち。そんな女たちを容赦なく連行していく警官たち。そこにはロレンスが知っていた牧歌的な風景はありませんでした。

ロレンスはイタリアに戻るとすぐに一つの物語を書きはじめました。もう長いものは無理だと感じていたにもかかわらず、わずか六週間ほどで長篇にまでふくれ上がったのは、それだけ切迫した思いがあったからでしょう。『チャタレー夫人の恋人』の第一稿は、フリーダが残した言葉によれば、「奇妙な階級感情」と「肉体と魂の相克」を主題とするもので、その点だけを見れば『チャタレー夫人の恋人』の最終稿と変わりはありません。しかし、この時点での比重は階級問題のほうに置かれていました。実際、森番の「パーキン」は共産主義者です。ロレンスは筆を進めながら、物語が「不謹慎」な方向に進むことを予期していたようですが、このときはまだ最終稿で問題視されている猥褻な言葉の頻繁な使用は見られません。

第一稿の完成直後、ロレンスは第二稿に着手しました。ここで森番に大きな変更が加えられます。やはり無教養な労働者には違いないのですが、過去に女性遍歴を持つ人物へと変わっているのです。これに関連して、現代の社会問題への唯一の解決策が男女間の愛に求められ、結果、第二稿では性描写の密度が高まりました。こうなると一般的な出版は絶望的です。脱稿は一九二七年の二月半ば。今回は完成に三カ月ほどを要したことになります。しかしロレンスは第二稿にも満足できず、第三稿の制作を考えました。実際の起筆は一九二七年十一月後半とされています。筆の進みは記録的に速く、本人の言葉を借りれば「この世で最高に不謹慎」だが「とても純粋で美しい小説」は、翌年の一月初旬に完成しました。

この問題の書を自費で世に問うつもりでいたロレンスは、すぐさま準備にかかりました。まずはチラシの作成――「D・H・ロレンスの新作。無削除版。『チャタレー夫人の恋人』あるいは『ジョン・トマスとレディ・ジェイン』。限定千部。著者のサイン入り連番入り。正価二ポンド（アメリカ向けは五百部、正価十ドル）。一九二八年五月十五日発行予定」。そして、そのチラシを注文用紙と合わせて友人等に送りました。「フィレンツェ版」と呼ばれる無削除版の原稿からは千二百部（販売用に千部、取り置き用に二百部）が印刷されています。その後、予定よりも遅れる形となりましたが、少しずつ予約注文者に配送されていきました。しかし大きな問題が発生します。海賊版の出現です。このままでは自分に印税が入らない。そう思ったロレンスは、一九二九年にパリで普及版を発行しました。

改めて指摘しておきますと、『チャタレー夫人の恋人』はよく売れました。亡くなるまでの約二年間、ロレンスはその恩恵にたいそう与っています。好きなときに好きなホテルに泊まれ、好きな仕事をすることもできました。大衆的な新聞や雑誌に話題となりそうな文章を載せたりもしています。もちろん病気の治療費もまかなえました。

ちなみに、無削除版が公刊されたのは一九五九年五月のことです。版元はニューヨークのグローヴ・プレス社。このとき同社は告訴されましたが、七月には無罪が言い渡されています。イギリスで無削除版が日の目を見たのは一九六〇年のことで、ペンギン・ブックス社が二十万部を大々的に出版しました。結果、同社は猥褻文書の出版を理由に告訴されてしまいます。十月から十一月にかけて裁判が行われ、弁護側の証人としてE・M・フォースター、レベッカ・ウェスト、リチャード・ホガートなど錚々たる文学者が出廷しました。結果は無罪です。

批判から再評価まで

ロレンスは『チャタレー夫人の恋人』への悪評を予想していました。たしかに私家版を出してすぐ、エドワード・ガーネット――かつて『侵入者』や『息子と恋人』の出版に尽力し、公私にわたって援助の手を差し伸べてくれた著名な編集者――からは称賛の手紙が届き、また好意的な書評も現れはしましたが、やはり性描写に非難の嵐が巻き起こり、「ジョン・ブル」紙などは、その「猥雑さ」はフランスの好色文学もかなわないと酷評したほどです。受難は続き、一九三〇年代にはロレンスの作品自体が読まれなくなりました。時代のせいもありますが、旧友たちの発言が大きく影響しています。第一次大戦中には社会の変革について議論を交わしたバートランド・ラッセルが、作品とナチズムの類縁性を指摘することで、ロレンスを狂気の代表者に仕立て上げてしまいました。また、かつては師弟のような関係にあった評論家のジョン・ミドルトン・マリは、ロレンスの失敗した女性関係を作品の評価に直結させました(この見解に真っ向から反対したのが、ロレンスの晩年の友人でもあった作家のオルダス・ハクスリーです)。そこに詩人T・S・エリオットの批判的な見解も加わって、ロレンスといえば、性的倒錯者、無知、エゴイストということになったのです。

ところが第二次世界大戦後、定説を覆そうとする動きが現れました。原子力の時代になり、科学万能主義に対するロレンスの批判が重要な意味を帯びて見えたからかもしれません。そして一九五〇年代、ロレンスの評価を決定づける批評が登場します。イギリスの文学界で圧倒的な影響力を持っていた評論家F・R・リーヴィスが、倫理的な見地から作品を読み解き、ロレンスという作家を「偉大な思想の持ち主」と評価したのです（ただし、『チャタレー夫人の恋人』自体はあまり高く評価していません）。六〇年代になると、自由を求める世相と合致したロレンス像が浮かび上がり、『チャタレー夫人の恋人』の無削除版が公刊されてから裁判で無罪の判決が申し渡されるまでの経緯と相まって、ロレンスは「愛の司祭」という文化的なアイコンに祭り上げられました。それからしばらくのあいだ、以上のような見解から極端に逸脱する評価は見られなかったのですが、七〇年代に入って戦闘的なフェミニズムが隆盛を極めたとき、ロレンスの価値は反動的に下落してしまいます。たとえばケイト・ミレットという作家は『性の政治学』（一九七〇）という有名な本の中で、『チャタレー夫人の恋人』のロレンスを「男根至上主義者」と攻撃しています。

ロレンスについては総じて毀誉褒貶《きよほうへん》が激しいといえます。ですが、新しい文学理論の誕生を見るたびに評価の修正が繰り返されるという事実は、とりもなおさずロレンスの文学が豊饒であるということの証になるでしょう。

性の氾濫

一般に、ヴィクトリア朝（一八三七―一九〇一）の文化は性を抑圧するピューリタニズムだったとされています。この場合のピューリタニズムというのは、十八世紀後半からイギリス国教会の内外に勢力を伸ばした福音主義を指しているのですが、ごく簡単に、偽善的な道徳主義、性に対するとりすました態度くらいに思っていただいてかまいません。ただ、ヴィクトリア朝の福音主義は、法の規制や警察の権力に頼って性を取り締まろうとしたところに特色があります。その最たるものが一八五七年に成立した猥褻文書取締法で、ロレンスの『虹』が発禁になった背景には、この取締法の存在があります。

けれども一方で、ヴィクトリア朝のとくに後半は、性のことを書いたさまざま文章が世間にあふれ出した時期でもありました。そのようなことが起きた要因の一つは、女性たちが権利の拡大を主張したことにあります。ジョン・スチュアート・ミルが『女性の解放』（一八六九）において、妻を「家庭の天使」というくびきから解放するには諸権利の付与が必要だと説くと、一八八〇年代、結婚と出産を唯一の選択肢と見なす生き方に反対する「新しい女」たちが登場し、その中から自身の性衝動や性生活に関する真実を進んで語る女性たちが現れたのです。

この流れの中で、雑誌「フリーウーマン」の存在も忘れるわけにはいきません。一九一一年に婦人参政権運動家のドーラ・マーズデンを中心に創刊されました。それまでマーズデンは、戦闘的な婦人参政権運動家のパンクハースト夫人と行動をともにしていましたが、やがて人間の「生」の根源に「性」を見出し、この観点から女性の解放を目指さなくてはならないと考えるようになりました。性のことを広く率直に語れる場が必要なのではないか。この思いから誕生した同誌の寄稿者には、H・G・ウェルズなどの知識人もいたのですが、ほとんどが一般の読者であり、誌上にロレンスの名が上がることもあったといいます。

それから、女性たちの運動と呼応して「性科学」が発達したことも明記するべきでしょう。代表的な研究者のハヴロック・エリスは『性の心理学研究』（一八九七―一九二八）で、抑圧されて語られることのなかった性を言説化し、社会における性意識の変革に多大な影響を及ぼしました（ロレンスも一九二五年三月頃に読んだようです）。

性の言葉の氾濫と小説の関わりを考えるとき、いま紹介したハヴロック・エリスの友人でもあったエドワード・カーペンターの名を落とすわけにはいきません。カーペンターは同性愛者としてより自由な性表現を求めたことで知られています。とくに「ニュー・エイジ」誌の一九一〇年三月十七日号に掲載された「文学における応接間のテーブル」は、新時代の文学宣言として重要な意味を持っています。カーペンターの論点を簡単にまとめてみましょう。ヴィクトリア朝のお上品さが浸透した上流階級の応接間では、婦女子への配慮から身体や性に関する話題が避けられていた。その結果、日常的に使用される語彙は貧しくなり、文学は抽象的で理知的な事柄を過度に重んずるようになった。しかし女性が強くなったいま、応接間も様変わりしつつある。上流階級が健全な状態を回復する絶好のチャンスである。では、それにはどうすればよいか。大衆とふたたび交じりあい、彼らが保持している言語、思考様式、そして生命力を取り込めばよいのだ。

この考え方はまさしく『チャタレー夫人の恋人』が実践していることではないでしょうか。ロレンスがカーペンターの記事を読んでいたかどうか定かではありません(「ニュー・エイジ」の読者だったことがあるので知っていた可能性は十分あります)。しかしロレンスは『チャタレー夫人の恋人』において、中部地方の方言や坑夫の乱暴な言葉遣い、さらには極端に猥褻な言葉を導入することによって、貧血に陥った小説言語へ生命を吹き込んだばかりか、その生まれ変わった言語を用いて階級が異なる男と女の交わりも描き、カーペンター流の新しい文学を大胆不敵な形で実践したのです。

過激な思想家として

性的な要素を盛り込んだ小説なら先例がありました。一八九〇年代に数多く書かれた「新しい女」の小説、さらにジョージ・ギッシングの『余った女たち』(一八九三)、トマス・ハーディの『日蔭者ジュード』(一八九五)、H・G・ウェルズの『アン・ヴェロニカ』(一九〇九)などがすぐに思い浮かびます。ロレンスは『チャタレー夫人の恋人』で、こういう先行作品の性に関する写実主義を深めたにすぎません。けれども実際に読んでみると、肉体や性交渉の場面はたしかに密度は高いのですが、分量としては意外に短く、しかも語り手はすぐさまコニーの内面を抽象度の高い言葉で描写しはじめます。身体も性も外面から描くことに終始した十九世紀末前後の小説家たちとは違い、ロレンスは性の行為が人間の深層に与える影響を重視したといえるでしょう。その意味では人間の内面を探究しようとした同世代の作家、たとえばジェイムズ・ジョイスやヴァージニア・ウルフと変わりありません。しかしジョイスやウルフが人間心理の深奥へと突き進み、それを実験的な手法で暴くことに集中したとするなら、ロレンスの関心は別のところにありました。

ロレンスは一貫して男女の関係を描きましたが、初期の作品と『チャタレー夫人の恋人』では主題の扱い方が異なっています。たとえば有名な『息子と恋人』という小説からも明らかなように、この頃のロレンスにとって性は自己を脅かす恐怖の対象でした。ところが『チャタレー夫人の恋人』になると、男女の関係に変化が現れます。「優しさ」に基づく性の行為は、人間が生命力を回復し、真の自己を発見する営為になりうるのではないか。そして、生まれ変わった男と女ならば対等の関係を築いていけるのではないか。つまりロレンスは、物語の冒頭で提示した「ささやかな希望」の根源を男女の性に見出しているわけです。

視線はさらに先へと向けられています。物語のラストを飾る美しい手紙において、メラーズは「純潔」を愛すると宣言していました。コニーとメラーズのように強い絆で結ばれてしまえば、もはや性さえも必要とはなりません。必要なのは、人間同士のささやかな触れあいから生まれる「優しさ」だけです。思い返してみれば、コニーとクリフォードの夫婦もまた、性とは無縁のつながりを誇っていました。しかし同じ関係性でありながら、なんと大きな隔たりがあることでしょう。

ここでロレンスが展開している思想は、あまりにも無邪気な理想論に見えるかもしれません。しかし妻フリーダの回想録『私ではなくて風が……』（一九三四）によれば、ロレンスは自己の思想に誠実に生きていました。フリーダとの生活を通じて、自説の正しさを確信していたに違いありません。その信念の表明こそが、『チャタレー夫人の恋人』だといえます。しかも、当時はまだ第一次世界大戦という「非人間的な戦争」の記憶が人々の脳裏に生々しく焼きついていました。かてて加えて、新たな戦争の足音が近づきつつありました。このように考えてみるならば、ノーベル文学賞を受賞したイギリスの作家ドリス・レッシングが『チャタレー夫人の恋人』を指して用いた「反戦の書」という言葉は、まさに正鵠《せいこく》を射たものといえるでしょう。

伝統の革新

『チャタレー夫人の恋人』で提示されている主題、すなわち性における人間関係の根源的な回復という主題は小説の中でどのように展開されているのでしょうか。

物語の序となる第1章において、もっとも目を引く言葉は「自由」です。それには二つの種類があります。一つはコニーの母親が求めた自由で、その内実は「フェビアン協会」の一言に集約されています。すなわち、「新しい女」になることです。しかし、その夢は実現されませんでした。母親の内部に何か古い考えが刻印されていたからです。そうなると、求められるべきは一種の意識改革となり、それを娘のコニーが実践していきます。ただ、まずコニーは世界有数の文化都市ドレスデンに行き、若者らしい「自由」を知らなくてはなりません。そこで重要な意味を持つのが、「ワンダーフォーゲル」です。これは十九世紀後半のドイツで始まった青少年による野外活動で、その運動に加わった若者たちは、近代主義に抵抗するという意味で自然および肉体の美を称揚しました（メラーズとコニーが裸身を花で飾る唐突な場面は、この文脈に置くことでよく理解ができるはずです）。もっとも、この時点でのコニーは肉体や性を「観念的」にしか捉えておらず、クリフォードとの結婚も、ミケイリスとの情事も、その延長上のものでしかありません。ドイツでの体験が本当の意味を持つのは、メラーズの裸体を目撃した瞬間です。

コニーがメラーズを受け入れるためには、メラーズ本人の魅力もさることながら、メラーズ以外の男女たちの言動が対置されなければなりません。いわば彼らとメラーズを比較するのです。男性にはおもな人物が三人いて、そのいずれもがメラーズとの対比で落第します。クリフォードは性的な能力が失われていますが、そもそも性を子孫繁栄の道具にしか思っていません。ミケイリスにとって、性はたんに肉体的な満足を得るためのものです。そしてダンカン・フォーブスは、その絵が象徴するように、人間の肉体を肉体として意識することができません。女性陣はどうでしょう。なるほどバーサ・クーツは、性への抑圧がない新種の女には違いありません。けれども、男を支配するための手段として性を利用する点でもっとも批判的に描かれています。コニーの姉ヒルダは、階級意識に縛られているばかりか、いまでは男性を見限るほどに「意志」が強固です。この二人に対してボルトン夫人は、コニーの不倫を早くから察知しますが、その情熱を否定することはありません。みずからの悲しい経験から、優しさの欠けた性やかたくなな意志が人間関係を破壊すると知っているからです。こうして、女としての生き方に多様な可能性が開かれているコニーは、ボルトン夫人の的確な助言にも導かれながら、性への不純な認識を少しずつ改め、メラーズとの性を神聖化していきます。

こうやって簡単に確認してみただけでも、コニーにとって「人生は勉強」であるという意味がよくわかるでしょう。ロレンスが『チャタレー夫人の恋人』で目指したのは、性行為の赤裸々な描写で読者の興味をそそることではありません。コニーはいかにして伝統的な意味での自由と決別し、ロレンスが考える本当の自由を獲得することになるのか。その過酷な試練を詳述することにあります。その意味で『チャタレー夫人の恋人』は主人公の精神的な成長を描く「教養小説」の体裁を持っており、じつに伝統的な作品だといえるでしょう。その点では『息子と恋人』と変わりません。ただ、その内容と表現が格段に革新的なのです。

大衆消費社会

作家ロレンスは、しばしば語り手や作中人物の声を借りて、自分の意見を開陳します。『チャタレー夫人の恋人』において印象的なのは物質主義の否定でしょう。正確に言えば、その態度は性を称揚する思想と表裏一体になっています。ただ急いでつけ加えれば、これもまたロレンス特有の主題というわけではありません。例を挙げれば、ロレンスより二十歳ほど年長の作家で、一九三二年にノーベル文学賞を受賞したジョン・ゴールズワージーは、『財産家』（一九〇六）を代表とする初期の先進的な作品で、ヴィクトリア朝の行き過ぎた物質主義や形式主義を批判しながら、人間の精神の高貴さを主張していました。しかしロレンスはゴールズワージーに対して、反物質主義の姿勢は正しいが、それに代わる生き方が提示されていないと批判しています。ロレンスの厳格さには理由がありました。若い頃からつねに独立不羈《ふき》の精神を持って行動していたのです。その生き方はフリーダとの生活でも変わっていません。極貧に陥ったときですら、友人や作家からの施しをほぼすべて断っています。フリーダがメイベルから農場を贈与されたときには、それと引き換えに『息子と恋人』の自筆原稿を与えてしまいました。

この清貧の徒による批判の矛先は、『チャタレー夫人の恋人』において、当時はまだ黎明期にあった大衆消費社会にも向けられています。その範囲は幅広く、ラジオや映画や雑誌を含むメディア、ジャズ、デパートと容赦がありません。ところが皮肉なことに、ロレンス自身が死後に大衆消費主義の大波にのみ込まれてしまいます。わかりやすい例を挙げておきましょう。たとえば、これまでにロレンスの短篇および長篇が数多く映像化されています。『チャタレー夫人の恋人』も例外ではありません。オンライン上の「インターネット・ムービー・データベース」（IMDb）で確認してみると、早くも一九五五年にはフランスで映画化されています。有名なのはシルヴィア・クリステルが主演した一九八一年版でしょうか。その後もケン・ラッセル監督によってテレビ版（一九九三）が制作されており、これらに加えて、「チャタレー」という名前を借りた作品まで挙げていくと相当な数になります。

ロレンスはメラーズの言葉を通して、労働者たちの拝金主義に警鐘を鳴らしました。しかし、第二次世界大戦から数年が経過して好景気を迎えたイギリスでは、賃金の急激な上昇という恩恵に与った労働者階級の若者たちが、アメリカから流れてきた文化に影響されて大量の消費行動へと走り、いまの私たちが知る若者文化《ユース・カルチャー》の原型を作りました。そんな彼らを見たら、いったいロレンスはどう思ったことでしょう。ロレンスと同じノッティンガムシャーの労働者階級を出自とする作家アラン・シリトーは、そういう戦後の若き労働者たちの生態を『土曜の夜と日曜の朝』（一九五八）で鮮烈に描いています。もしロレンスがこれを読んだら、どんな感想を抱いたでしょう。

ロレンスは『チャタレー夫人の恋人』で性を真っ向から取り上げました。当時の基準では大胆な性描写も含まれています。しかし、それで世間を驚かせようとしたわけではありません。むしろ、そういう性を見世物とするような考え方が間違っていると訴えたのです。作中人物のダンカン・フォーブスが言っています。世間は性を汚せば汚すほど喜ぶ、と。その汚辱から性を救い出すために、ロレンスは心血を注いだので す。けれども残念ながら、そういったロレンスの思いが現実になっているとは思えません。それどころか、現代のインターネット社会では、人間関係も肉体性も希薄になるばかりです。その意味で、『チャタレー夫人の恋人』という小説は、いまなお可能性に満ちた作品だといえるでしょう。そして、もし『チャタレー夫人の恋人』を読んで何か感じるものがあったとしたら、ロレンスのほかの作品も読んでみてはいかがでしょうか。一筋縄ではいかないものもありますが、現代について、人生について、きっと教えられるところがあるはずです。

ロレンス年譜

一八八五年
デイヴィッド・ハーバート・ロレンス、ノッティンガムシャーのイーストウッドに生まれる（九月一一日）。父アーサーは坑夫、母リディア（旧姓ビアゾル）はエンジン整備工の娘。兄が二人、姉妹が一人ずついる。

一八九二年　七歳
ボーヴェイル公立小学校に通う（一八九八年まで）。

一八九八年　一三歳
奨学金を獲得し、九月よりノッティンガム高校に通う（一九〇一年まで）。

一九〇一年　一六歳
九月後半からノッティンガムにあるヘイウッド商会の事務員として働き始めるが、一二月後半に肺炎を患い、勤務は三カ月で終了（同年一〇月に兄アーネストが肺炎で他界している）。

一九〇二年　一七歳
四月頃から一カ月間、リンカンシャーのスケグネスで療養。春から夏にかけて、イーストウッドに程近いアンダーウッドでハッグズ農場を営むチェインバーズ一家を頻繁に訪れ、ジェシー・チェインバーズと親しくなる。一〇月から、イーストウッドのアルバート通りにある小学校で教育実習生となる（一九〇五年七月まで）。

一九〇四年　一九歳

三月からダービシャーのイルキストンにある教員養成所に通う。そこでルイ・バロウズと出会う。一二月、王室奨学基金の試験を受験（翌年、合格）。

一九〇五年　二〇歳

六月に大学入学資格試験を受け、合格。授業料が払えず、八月から以前と同じアルバート通りの小学校で免許状なしの教員として勤務（翌年九月まで）。

一九〇六年　二一歳

のちの小説『白孔雀』に着手。一〇月、現在のノッティンガム大学に入学し、教員養成課程に進む。

一九〇七年　二二歳

一二月、「ノッティンガムシャー・ガーディアン」紙にクリスマス懸賞短編作品として「序曲」が掲載される。

一九〇八年　二三歳

七月、教員免許状取得。一〇月からロンドン南部クロイドンのデイヴィッドソン・ロード小学校の教諭となる。

一九〇九年　二四歳

文芸誌「イングリッシュ・レヴュー」の編集長フォード・マドックス・フォードに会う。以後、同誌に詩と短篇が掲載される。またロンドンの文壇に紹介され、詩人エズラ・パウンドや作家H・G・ウェルズを知る。

一九一〇年　二五歳

のちの小説『侵入者』と小説『息子と恋人』に着手。一二月、ルイ・バロウズと婚約（三日）、母リディアの他界（九日）。

一九一一年　二六歳

一月、『白孔雀』出版。一一月、肺炎で休職（翌年二月末に辞職願を提出し、その後は教職に戻らず）。

一九一二年　二七歳

一月、イギリス南部ボーンマスで療養。二月、ルイ・バロウズとの婚約を解消。イーストウッドに戻り、『息子と恋人』を書き続ける。三月、ノッティンガム大学教授アーネスト・ウィークリー宅を訪れ、ドイツ人の妻フリーダと出会う。五月、フリーダとドイツへ。同月、『侵入者』出版。八月、アルプスを越えてイタリアへ向かう。このときの体験が紀行『イタリアの薄明』に結実。翌年四月までガルニャーノに滞在し、『息子と恋人』の最終稿を仕上げる。

一九一三年　二八歳

二月、詩集『愛の詩集』出版。小説『姉妹』に着手（のちに『虹』と『恋する女たち』の二作に分割・発展）。五月、『息子と恋人』出版。六月、帰国。評論家ジョン・ミドルトン・マリと作家キャサリン・マンスフィールドと出会う。九月、イタリアに戻る。

一九一四年　二九歳
四月、戯曲『ホルロイド夫人やもめとなる』出版。六月、帰国。七月一三日、離婚が成立していたフリーダと結婚。八月、第一次世界大戦勃発。バッキンガムシャーに滞在。この頃からさまざまな文学関係者と交際を始める。のちにオトライン・モレルを通じて、数学者・哲学者バートランド・ラッセルや作家E・M・フォースターを知る。『虹』の執筆。一一月、短篇集『プロシア士官』出版。

一九一五年　三〇歳
一月、サセックスに移る。八月、ロンドンのハムステッドに移る。九月に小説『虹』がメシュエン社から出版されるが、一一月に発禁処分となる。

一九一六年　三一歳
二月、コーンウォールに移る。『恋する女たち』の執筆。六月に紀行『イタリアの薄明』、七月に詩集『恋愛詩集』を出版。

一九一七年　三二歳
一〇月、スパイ容疑でコーンウォールからの退去を命じられる。一一月、詩集『見よ！ 僕らはやり抜いた！』出版。一二月、バークシャーに移る。

一九一八年　三三歳
五月、ダービシャーに移る。一〇月、詩集『新詩集』出版。一一月、終戦。

一九一九年　三四歳
四月、バークシャーに戻る。一〇月、

フリーダがドイツへ。一一月、詩集『入り江』出版。また、ロレンスがイタリアへ。一二月にフィレンツェで合流してからカプリに滞在。

一九二〇年　三五歳

三月、シチリア島に移る。五月、戯曲『一触即発』出版。一一月、小説『恋する女たち』および小説『ロスト・ガール』出版。

一九二一年　三六歳

一月、サルデーニャを訪問。五月、評論『精神分析と無意識』出版。一二月、紀行『海とサルデーニャ』出版。

一九二二年　三七歳

アメリカの社交界で著名なメイベル・ドッジ・スターンからニューメキシコのタオスに来ないかという誘いがあり、二月にアメリカへ発つ。まずセイロン島に行き、四月後半まで滞在後、オーストラリアへ。オーストラリア滞在中に『カンガルー』を執筆。八月から九月にかけて、南太平洋の島々を経由しながらカリフォルニアに向かう。その後ニューメキシコに入り、タオスに滞在後、一二月にタオス近くの農場に移る。また、四月に小説『アーロンの杖』、一〇月に評論『無意識の幻想』および短篇集『イングランドよ、僕のイングランドよ』を出版。

一九二三年　三八歳

三月、メキシコへ。のちの小説『翼ある蛇』を書き始める。七月、ニューヨークへ。八月、フリーダがイギリスへ発ち、残ったロレンスはアメリカとメキシコを旅行。また、『古典アメリカ文学研究』出版。九月、小説『カンガルー』出版。一〇月、短篇集『鳥と獣と花』出版。一二月、イギリスに戻る。

一九二四年　三九歳

三月、ニューメキシコに戻り、フリーダがメイベルから譲渡されたロボ農場（のちのカイオア農場）で暮らす。八月、最初の喀血。九月、父親が他界。一〇月、メキシコへ。

一九二五年　四〇歳

二月、結核と診断される。四月、カイオア農場に戻る。九月末に帰国し、約一カ月滞在後にイタリアへ。

一九二六年　四一歳

一月、小説『翼ある蛇』出版。五月、フィレンツェ近くのミレンダ荘に移る。七月末、生涯最後となる故国訪問。オルダス・ハクスリーと再会し、友情を育む。故郷イーストウッド訪問。一〇月にミレンダ荘へ戻り、のちに『チャタレー夫人の恋人』となる小説の第一稿を書き上げ、一一月には第二稿に取りかかる。

一九二七年　四二歳

四月、エトルリア遺跡訪問（一九三二年出版の紀行『エトルリア遺跡』に結実）。七月に大きな喀血。『チャタレー夫人の恋人』を自費で出版する計画を立て、一一月に最終稿に着手。

一九二八年　四三歳

『チャタレー夫人の恋人』完成。三月にフィレンツェで出版の手配をし、英米の予約購読者への配送に腐心する。スイスを巡り、九月に南仏バンドルに落ち着く。『チャタレー夫人の恋人』の海賊版が欧米で出回る。

一九二九年　四四歳

一月、詩集『パンジー』の無削除版が警察に押収される。三月、『チャタレー夫人の恋人』の普及版の出版を手配するためパリへ。六月、ロンドンで絵画展が開催される。七月、警察が会場に踏み込み、作品一三点を押収。

一九三〇年

二月、南仏ヴァンスのサナトリウムに入る。三月一日、借りたばかりの家に移るが、翌日に急速な衰弱を見せ、そのまま静かに息を引き取る（享年四四）。四日に埋葬される。

一九三五年

フリーダ、ヴァンスの墓地に埋葬されたロレンスの死骸を掘り起こし、火葬にしてから、その灰をカイオア農場に持ち帰る。

一九五六年

フリーダ他界。カイオア農場に埋葬される。

訳者あとがき

伊藤整が好きだった。と書くと、「ああ、『日本文壇史』の」と思われそうだが、恥を忍んで言えば、同書を読んだことはない。私にとって、伊藤整といえば何よりも小説家である。その名を意識するようになったのは、いつのことだろう。

中学生のとき、映画好きが高じて、とうとう一人で名画座へ通うようになった。週末になるたび、近くの「横浜日劇」に行ったものだ。大学一年になり、語学の授業とアルバイトを除けば時間がたっぷりあったので、まだ地元にもたくさんあった映画館はもちろん、都内の名画座、たとえば中学の頃からお気に入りの「三鷹オスカー」や自由が丘の「武蔵野推理劇場」あたりにもよく出向いた。思えば、日本の古い小説を乱読していた時期で、それが映画鑑賞の趣味と重なって、小説を読んでは映画を見る、映画を見ては小説を読む、というのが密かな楽しみになっていた。だから、リアルタイムで見られなかった作品を後追いで見るのは恥ずかしいと思いつつ、それでも映画館で見ないといやな質《たち》なので、「ぴあ」を欠かさずチェックしては、めぼしい邦画を拾っていった。足繁く通ったのは、横浜から比較的近い大井町の「大井武蔵野館」。大映の作品をまとめて見た。俳優や監督を中心によく特集が組まれていたからだ。俳優なら市川雷蔵と若尾文子、監督なら三隅研次、森一生、そして増村保造。

そう、増村保造の『氾濫』を見て、その原作者が伊藤整だと知ったのである。すぐさま伊勢佐木町の大きな書店に行き、『氾濫』を探した。なかった。その代わりに見つけたのが、新潮文庫の『青春』と『典子の生きかた』と『若い詩人の肖像』。すべて読んだ。あのときの感動は表現のしようがない。夏目漱石の『行人』、あるいは島崎藤村の「岸本シリーズ」を読んだときの感覚に似ていると言えばよいだろうか。とにかく、『氾濫』も探して読んだ。やはり面白かった。それ以後も伊藤整の小説は読みつづけた。そうすると、当然ながら一人の外国人作家に行き当たる。

ところで、これまで日本で出版された『チャタレー夫人の恋人』の翻訳数をご存じだろうか。ある研究に基づいて勘定してみると、現在まで少なくとも二十種類近くある。その第一号に当たるのが、伊藤整訳の『チヤタレイ夫人の恋人』（健文社、一九三五年）だった。このときの底本は、一九三二年にイギリスのセッカー社が出版した削除版である。日本で初めて無削除版が出たのは、一九五〇年四月。底本はオデッセイ版と呼ばれる無削除版、訳者はやはり伊藤整である。わずか二カ月で上下巻合わせて十五万部が売れたという。

ところが、である。出版から二カ月後の六月、この伊藤整訳『チャタレイ夫人の恋人』が当局に摘発された。七月には発禁処分を受けている。そして九月、版元である小山書店社長の小山久二郎と訳者の伊藤整が起訴された。刑法百七十五条が規定するわいせつ文書頒布の罪に当たると判断されたのだ。第一審（一九五二年一月）では、小山久二郎に罰金二十五万円の有罪、伊藤整に無罪の判決が下されたが、第二審（一九五二年十二月）で両被告に有罪の判決が下された（小山久二郎が罰金二十五万円、伊藤整が罰金十万円）。一九五七年、両名の上告を最高裁判所が棄却した結果、被告側の敗訴が確定した。

これが世に言う「チャタレー事件」である。メディアは本質を無視して「芸術か猥褻か」と騒ぎたてるだけだったが、文学者たちは言論の自由をめぐる重要な文学裁判と見なした。事実、被告人には特別弁護人として福田恆存がつき、証人として、日本文藝家協会会長の青野季吉をはじめ、福原麟太郎、吉田健一、吉田精一、宮城音弥、波多野完治といった一流の文学者や心理学者が出廷している。この事件に関しては多くの文章が書かれており、私もいくつか目を通してみたが、やはり伊藤整自身の手になる『裁判』が群を抜いて面白い。弁護側の証人が各人の専門を武器にして戦う場面は手に汗握る。

敗訴によって小山書店の完訳は絶版となったが、一九六四年、伊藤整は性描写の部分を削除する形で『チャタレイ夫人の恋人』（新潮社）を出した。それでは、以後『チャタレー夫人の恋人』の完訳が出ていないのかというと、そんなことはない。一九七三年に講談社から羽矢謙一訳が出ている。このときはなんの問題も起きなかった。当局もこれを猥褻文書と見なさなかったわけだ。その背景には、社会通念の変化ということに加えて、英米で無削除版を刊行した出版社に無罪の判決が下されたという点も関係しているのだろう。その後、一九九六年に新潮社がやはり完訳（伊藤整訳・伊藤礼補訳）を出している。これは、一九六四年版の削除箇所を伊藤礼が小山書店版に基づいて復活させたものである。同時に全体的な訳文の見直しも行われた。

ある世代までの読者にとって、『チャタレー夫人の恋人』といえば、この「チャタレー事件」を抜きにしては語れない。正確には、有罪判決によって生み出された

『チャタレー夫人の恋人』＝猥褻というイメージを払拭することができない。私の場合、そのイメージが刷り込まれたのは早かった。中学生のとき、おそらく雑誌の「ロードショー」か「スクリーン」で知識を仕入れたのだろう、あの「エマニエル夫人」が主演だというので、はやる（スケベ）心を抑えながら例の「横浜日劇」にこっそり赴き、シルヴィア・クリステルの『チャタレイ夫人の恋人』を見ている。話など覚えていない。というより、端から関心がなかった。いま記憶にあるのは、肝心な部分がぼやけていたという一点だけである。もちろん、そういう汚らしい見方をロレンスがもっとも嫌っていたことなど知るよしもない。

前述したように、大学に入って伊藤整の小説に親しんだ。となれば、ロレンスの小説を読む下地はできあがっていたと考えてよい。まず『息子と恋人』を読んだ。この写実的な教養小説は堪能した。代表作は読破しようと思い、続いて『虹』と『恋する女たち』を手に取った（付言すれば、内容はまるで違うが、伊藤整には『虹』という小説もある）。あとは『チャタレー夫人の恋人』となるわけだが、結局のところ読まなかった。理由はおもに三つある。まず、『虹』と『恋する女たち』でロレンスはもう十分だと思った。また、「チャタレー事件」のことを知り、生来の天邪鬼《あまのじゃく》精神が働いた。つまり、有名だから読みたくない。そして、あらかじめ『チャタレー夫人の恋人』に関する情報を仕入れたせいである。男と女がセックスを通して宇宙だか何だかと一つになり、最終的には「優しさ」という思想に到達するという。こんな説明を聞いて読むに気になるだろうか。以後、ロレンスにはいっさい手を出さなかった。

そういうわけで、『チャタレー夫人の恋人』を訳すことになったとき、大いに戸惑った。その資格が自分にあるとはとうてい思えない。ロレンスだけは専門家にまかせるべきだという思い込みもあった。だいたい『チャタレー夫人の恋人』が相手である。誰だって二の足を踏む。早い話、怖気づいた。だが、『チャタレー夫人の恋人』を書いていたときのロレンスが四十代前半だと知り、挑戦してみようと思った。翻訳の意向を打診されたときの私とほぼ同年齢だったのだ。

早速、原書——底本にした無削除のペンギン版——を読んでみた。やはり実際に読んでみるものだ。予想外なことの連続だった。まず、『チャタレー夫人の恋人』＝猥褻というイメージが完全にひっくり返った。いまこの作品を読んで、猥褻と感じる人がはたしているのだろうか。また、文章が速くて荒い。「ロレンスって、パンク」と思ったものだ。事実、日本で指折りのロレンス研究家が、ロレンスは文学的にも思想的にも「ワル」だと記している。それから、この独特な文体と関連しているのだろうが、少なくとも本書のロレンスはじつにずぼらである。クリフォードの年齢設定は適当。似たような内容を何度も何度も繰り返す。そして、何よりも驚きだったのは、『チャタレー夫人の恋人』がまことに素朴な恋愛小説だということである。男と女が出会い、お互いを欲しいと思う。感情のすれ違いや世間の反発があって、最後には結ばれる（らしい）。本書の翻訳中、日本の恋愛小説をむさぼり読んだ。その都度、「ここにもロレンスがいる」と思ったものだ。たとえば、三島由紀夫の『美徳のよろめき』。主人公の倉越夫人が「すっかり裸になって姿見を眺め」る場面を読んで、『チャタレー夫人の恋人』を思い出さずにいられるだろうか。

翻訳するにあたっては、従来のロレンス像や作品評は気にせず、自分の印象に従おうと決めた。つまり、速くて荒い文章で書かれた恋愛小説として訳す。ただ、ここで問題が生じる。荒い文章を速いリズムに乗せていくと、肝心の物語がぼやけてしまうのだ。ここが翻訳の分かれ道だろう。私は物語のほうを重視した。これだけ有名な作品でありながら、物語の味わいに関してはあまり語られていない気がするからだ。

このようなスタンスを取ると、当然、大きな問題が立ちはだかる——メラーズの方言をどう処理するのか。個人的な嗜好を告白すれば、方言は方言らしく訳したい。理屈としては、日本のどこかの方言を当てはめることになる。昔であれば東北の方言（らしきもの）となるのだろう。たしかに舞台は中部——イギリス人の感覚なら「北部」——だから、地理的には合う。とはいえ、まったくなじみのない方言を自在に操れるわけがない。ならば、自分がふだん使っている「横浜弁」にしたらどうか。いや、それも無理である。コニーの尻を撫でまわすメラーズに、「おまえ、いいケツしてんじゃん」とは言わせられない。そもそもロレンスは方言の正確な再現を目指していなかった。ほかの作品に関してではあるが、ある手紙の中で、読者が読みやすいような方言を作っていると述べている。とするなら、方言を律義に訳すこともあるまい。実際、メラーズは方言を戦略的に使用している。そこからおそらく読者が感じ取るのは、階級差に対する「皮肉」だろう。したがって、方言自体に読者の注意を向けるよりも、その効果を出すことに専念したほうがよいと判断した。

メラーズの一人称に関しては、「私」と「僕」と「俺」を使い分けた。最後の手紙の美しさを考えて、基本は「僕」である。問題は、どこで「僕」を導入するか。単純だとは思ったが、コニーと交わったあとにした。翻訳中に読んでいた日本の恋愛小説にも、同じような切り替えをしているものがあった。ちなみに原文では、地の文にメラーズという固有名詞がほとんど出てこない。「森番」以外は「男」か「彼」である。本書では、ほぼ「メラーズ」で通した。メラーズが初めて登場する場面、つまりコニーがメラーズのことを得体の知れない使用人としか思っていないところだけ「男」にしている。コニーとメラーズを血の通った人間に見せようと思ったら、メラーズは、メラーズ、コニーはコニーにしたほうがよい。日本の小説を考えても、物語を読ませようとするものは、基本的に固有名詞を使っている。

古典新訳文庫の一冊として、現代に通じる言葉を使いながら、既訳との違いが出るように心がけた。これが決定版だというのではない。この翻訳をまったく受けつけない読者もいるだろう。それはそれでよいではないか。私自身、翻訳小説のファンであり、複数の翻訳があるなら読み比べたりもする。そのたびに思わぬ発見があって面白い。翻訳小説を読むことには、そんな楽しみもある。できれば、ほかの訳者による『チャタレー夫人の恋人』も読んでいただきたい。きっと何か得るものがある。そして、ロレンスの別の作品も手に取ってもらえたらと思う。訳者として、これに勝る喜びはない。

「訳者まえがき」、「解説」、「年譜」そして「訳者あとがき」の執筆に際しては、多くの先行研究を参照しました。とくに、三巻からなるケンブリッジ版のロレンス伝と『ロレンス研究――チャタレー卿夫人の恋人』(朝日出版社)には感謝してもしきれません。また、古典新訳文庫編集部および校正の方々にはたいへんお世話になりました。ここに記して感謝申し上げます。そして最後に、『チャタレー夫人の恋人』の歴代訳者に心からの敬意を表したいと思います。

本書には、黒人やレズビアン、精神病院に対する差別的な表現があります。これは物語が成立した一九二八年当時のイギリス社会および作家個人の見解に基づくものですが、古典作品としての歴史的・文学的な意味を尊重して、原文に忠実に翻訳しています。差別の助長を意図するものではないことをご理解ください。

編集部

光文社古典新訳文庫

チャタレー夫人《ふじん》の恋人《こいびと》

著者　D・H・ロレンス
訳者　木村《きむら》 政則《まさのり》

2014年9月20日　初版第1刷発行
2025年2月15日　　　第3刷発行

発行者　三宅貴久
印刷　大日本印刷
製本　大日本印刷

発行所　株式会社光文社
〒112-8011東京都文京区音羽1-16-6
電話　03（5395）8162（編集部）
03（5395）8116（書籍販売部）
03（5395）8125（制作部）
www.kobunsha.com

ISBN978-4-334-75297-2 Printed in Japan

いま、息をしている言葉で、もういちど古典を

長い年月をかけて世界中で読み継がれてきたのが古典です。奥の深い味わいある作品ばかりがそろっており、この「古典の森」に分け入ることは人生のもっとも大きな喜びであることに異論のある人はいないはずです。しかしながら、こんなに豊饒で魅力に満ちた古典を、なぜわたしたちはこれほどまで疎んじてきたのでしょうか。

ひとつには古臭い教養主義からの逃走だったのかもしれません。真面目に文学や思想を論じることは、ある種の権威化であるという思いから、その呪縛から逃れるために、教養そのものを否定しすぎてしまったのではないでしょうか。

いま、時代は大きな転換期を迎えています。まれに見るスピードで歴史が動いていくのを多くの人々が実感していると思います。

こんな時わたしたちを支え、導いてくれるものが古典なのです。「いま、息をしている言葉で」――光文社の古典新訳文庫は、さまよえる現代人の心の奥底まで届くような言葉で、古典を現代に蘇らせることを意図して創刊されました。気取らず、自由に、心の赴くままに、気軽に手に取って楽しめる古典作品を、新訳という光のもとに読者に届けていくこと。それがこの文庫の使命だとわたしたちは考えています。

このシリーズについてのご意見、ご感想、ご要望をハガキ、手紙、メール等で翻訳編集部までお寄せください。今後の企画の参考にさせていただきます。
メール　info@kotensinyaku.jp